Knaur.

*Im Knaur Taschenbuch Verlag sind bereits
folgende Bücher der Autorin erschienen:*
Julias Entscheidung
Im Schatten meiner Schwester
Die schöne Nachbarin
Wer mit der Lüge lebt

Über die Autorin:
Barbara Delinsky ist die New-York-Times-Bestseller-Autorin von 66 Romanen. Über 21 Millionen Exemplare sind weltweit in 18 verschiedenen Sprachen verkauft worden.
Ihre Ausbildung als Psychologin und Soziologin befähigt sie, hinter die Fassaden der Menschen zu blicken und die Herzen vor allem der Frauen zu ergründen. Barbara Delinsky lebt mit ihrem Mann in New England und hat drei erwachsene Söhne.

BARBARA DELINSKY

Das Glück meiner Tochter

Roman

Aus dem Amerikanischen von
Tina Thesenvitz

Knaur Taschenbuch Verlag

Die amerikanische Originalausgabe erschien 2010
unter dem Titel »Not My Daughter«
bei Doubleday, New York

Besuchen Sie uns im Internet:
www.knaur.de

Deutsche Erstausgabe März 2012
Knaur Taschenbuch
Copyright © 2010 by Barbara Delinsky
Copyright © 2012 für die deutschsprachige Ausgabe bei
Knaur Taschenbuch.
Ein Unternehmen der Droemerschen Verlagsanstalt
Th. Knaur Nachf. GmbH & Co. KG, München.
Alle Rechte vorbehalten. Das Werk darf – auch teilweise –
nur mit Genehmigung des Verlags wiedergegeben werden.
Redaktion: Dr. Gisela Menza
Umschlaggestaltung: ZERO Werbeagentur, München
Umschlagabbildung: FinePic®, München
Satz: Adobe InDesign im Verlag
Druck und Bindung: CPI – Clausen & Bosse, Leck
Printed in Germany
ISBN 978-3-426-50920-3

2 4 5 3 1

*Für meine Leser, für ihre großen Herzen
und ihre nicht nachlassende Treue*

I

Susan Tate hatte es nicht kommen sehen. Sie wusste nur, dass ihre Tochter anders war. Sie, die immer spontan und offen gewesen war, war ganz plötzlich undurchsichtig.
Lily war siebzehn. Vielleicht sagte das ja schon alles. Sie absolvierte das letzte Jahr an der Highschool und hatte einen übervollen Stundenplan, spielte Hockey und Volleyball und sang in einem A-cappella-Chor. Und ja, Susan war verwöhnt durch die enge Beziehung, die sie und Lily immer gehabt hatten. Sie waren eine Zweierfamilie und fühlten sich miteinander wohl.
Natürlich musste Lily ihre Flügel austesten, das wusste Susan. Doch sie hatte auch das Recht, sich Sorgen zu machen. Lily war die Liebe ihres Lebens, das Allerbeste, was ihr in ihren fünfunddreißig Jahren passiert war. Wenn es um die Dinge ging, die man im Leben erreichen konnte, war eine gute Mutter zu sein das, was sie am meisten zu schätzen wusste.
Das bedeutete zu kommunizieren, und da das Abendessen nur allzu oft von E-Mails oder SMS unterbrochen wurde, war Ausgehen angesagt. In einem Restaurant hätte Susan Lily für sich, während sie auf die Bestellung warteten, auf das Essen warteten, auf die Rechnung warteten – alles wertvolle Zeit.

Sie schlug das Steak Place vor, eindeutig protzig, doch es gab dort ruhige Nischen aus Eichen. Lily sprach sich dagegen aus und wählte stattdessen das Carlino.

Das Carlino war nicht mal Susans zweite Wahl. Oh, sie mochte die Besitzer und die Karte und die Kunst dort – alles echt toskanisch. Doch die Preise waren so vernünftig für die riesigen Portionen, dass die ganze Stadt dorthin ging, und Susan suchte Abgeschiedenheit und Ruhe, aber bei Carlino war es öffentlich und laut.

Doch sie wollte Lily einen Gefallen tun, und so gab sie nach und drängte, entschlossen, keine Spielverderberin zu sein, ihre Tochter mit einem Lächeln aus der Novemberkälte hinein in einen Kokon aus Wärme und Lärm. Als sie schließlich alle Freunde begrüßt hatten und saßen, aßen sie gemeinsam Hummus auf getoasteten Crostini, und auch wenn Lily nur daran knabberte, behauptete sie, es sei gut. Noch mehr Freunde kamen vorbei, und um ehrlich zu sein, war das nicht allein Lilys Schuld. Als Direktorin der Highschool war Susan stadtbekannt. Ein anderes Mal hätte sie es genossen, alle zu sehen.

Heute Abend aber hatte sie eine Mission. Sobald sie wieder mit Lily allein war, beugte sie sich vor und sprach leise über ihren Tag in der Schule. Da das Budget für das nächste Jahr an Thanksgiving fällig war und die Finanzen der Stadt stagnierten, waren schwere Entscheidungen zu treffen. Die meisten Personalfragen waren zu sensibel, als dass sie sie mit ihrer siebzehnjährigen Tochter hätte teilen können, doch wenn es um neue Kursangebote und Technologie ging, war Lily ein wertvoller Resonanzboden.

Susans Motiv ging tatsächlich tiefer, traf mitten ins Herz des Mutterseins. Sie glaubte, dass es Lily zum Denken aufforderte, wenn sie mit ihr Probleme der Erwachsenen teilte. Sie glaubte auch, dass ihre Tochter verständig war, und heute Abend bildete da keine Ausnahme. Lily, die vorübergehend ganz konzentriert war, stellte gute Fragen.

Sobald jedoch ihre Vorspeisen kamen – Huhn mit Cannellini-Bohnen für Lily und Lachs mit Artischocken für Susan –, wurden sie von zwei von Susans Lehrern unterbrochen, die sie begrüßten. Als sie fort waren, fragte Susan Lily nach der Chemiearbeit, die sie an diesem Morgen geschrieben hatte. Auch wenn Lily bereitwillig antwortete, lag der Schwerpunkt ihrer Erwiderung doch auf unbedeutenden Tatsachen, und ihre Munterkeit wirkte gezwungen. Sie stocherte in ihrem Essen herum und aß nur wenig.

Besorgter denn je sah Susan ihrer Tochter prüfend ins Gesicht. Es war herzförmig, so süß wie immer und wurde von langem, glänzendem sandfarbenem Haar eingerahmt. Das Haar war ein Erbe ihres Vaters, während ihre Augen – Susans Augen – haselnussbraun und klar waren und ihre Haut cremeweiß und glatt.

Sie sah nicht krank aus, fand Susan. Verletzlich vielleicht. Vielleicht gequält. Aber nicht krank.

Selbst als Lily die Nase rümpfte und sich über den Knoblauchgeruch im Restaurant beschwerte, ahnte Susan noch nichts. Sie war zu sehr damit beschäftigt, sich zu versichern, dass diese klaren Augen Drogenmissbrauch ausschlossen, und was Alkohol anging, so hatte sie niemals Flaschen, leere oder sonstige, in Lilys

Zimmer gesehen. Sie suchte nicht aktiv danach, indem sie zum Beispiel hinter Trödel auf den obersten Regalen nachschaute. Doch wenn sie saubere Wäsche in die Schubladen zurücklegte oder Jeans in den Schrank hängte, entdeckte sie nichts, was nicht stimmte.

Alkohol wäre keine Verlockung. Susan trank Wein mit Freunden, stockte aber selten auf, so dass Lily sich nicht aus einer Bar versorgen konnte. Dasselbe mit verschreibungspflichtigen Medikamenten, obwohl Susan wusste, wie leicht es für Jugendliche war, sie online zu bekommen. Es verging kaum ein Monat, ohne dass ein Schüler deshalb festgenommen wurde.

»Mom?«

Susan blinzelte. »Ja, Liebes?«

»Wer ist denn jetzt zerstreut? Woran denkst du?«

»An dich. Geht es dir gut?«

Kurzer Ärger flackerte auf. »Das fragst du mich ständig.«

»Weil ich mir Sorgen mache«, gab Susan zurück, griff über den Tisch und schlang ihre Finger um Lilys. »Seit dem Sommer bist du nicht mehr dieselbe. Und da ich dich liebe wie verrückt und du nichts sagen willst, muss ich mich einfach fragen, ob es nur die Tatsache ist, dass du siebzehn bist und deinen Freiraum brauchst. Bedränge ich dich?«

Lily sprudelte heraus: »Nein. Du bist in der Hinsicht die beste Mom.«

»Ist es die Schule? Du bist gestresst.«

»Ja«, antwortete Lily, doch ihr Ton sagte, dass da noch mehr war, und ihre Finger umklammerten Susans.

»Die Collegebewerbungen?«

»Das ist in Ordnung für mich.«
»Dann die Infinitesimalrechnung.« Der Lehrer für Infinitesimalrechnung war der härteste im Mathe-Lehrkörper, und Susan hatte sich gesorgt, dass Lily eingeschüchtert sein könnte. Doch was gab es für eine Wahl? Raymond Dunbar war dreißig Jahre älter als Susan und hatte sich mit seiner Stimme ihrem Aufstieg zur Direktorin widersetzt. Wenn sie ihn bäte, es lockerer anzugehen, würde er sie der Vetternwirtschaft bezichtigen.
Doch Lily meinte: »Mr. Dunbar ist nicht so schlecht.«
Susan spielte mit Lilys Fingern. »Wenn ich es genau benennen müsste, würde ich sagen, dass die Veränderung im letzten Sommer eingesetzt hat. Ich habe mir das Hirn zermartert, aber du hast mir immer gesagt, dass du deinen Job liebst. Ich weiß, ich weiß, du warst am Strand, aber Kinder unter acht zu beaufsichtigen ist schwer, und Sommerfamilien können am schlimmsten sein.«
Lily strich sich das Haar zurück. »Ich liebe Kinder. Außerdem war ich mit Mary Kate, Abby und Jess zusammen.« Die Mädchen waren ihre drei besten Freundinnen und die Töchter von Susans besten Freundinnen. Alle drei Mädchen waren verantwortungsbewusst. Abby fehlte es manchmal an Führung, wie ihrer Mutter Pam, und Jessica hatte ein bisschen etwas von einer Rebellin, auch wenn ihre Mutter Sunny nicht so war. Doch Mary Kate war so beständig wie ihre Mom Kate, die für Susan wie eine Schwester war. Mit Mary Kate an ihrer Seite konnte Lily nichts falsch machen.

Nicht, dass Lily selbst nicht beständig war, doch Susan kannte Gruppendruck. Wenn sie eines als Lehrerin gelernt hatte, dann, dass der Schlüssel zum Erfolg eines Kindes zu einem nicht geringen Teil in den Freunden lag, die es hatte.

»Und mit ihnen ist nichts?«, fragte sie.

Lily wurde wachsam. »Hat Kate was gesagt?«

Susan beruhigte sie. »Nichts Negatives. Aber sie fragt ständig nach dir. Du bist ihr sechstes Kind.«

»Aber hat sie was über Mary Kate gesagt? Macht sie sich Sorgen um sie, wie du dir Sorgen um mich machst?«

Susan dachte eine Minute nach und antwortete dann ehrlich. »Sie ist eher traurig als besorgt. Mary Kate ist ihre Jüngste. Kate hat das Gefühl, dass sie sich auch von ihr entfernt. Aber um Mary Kate sorge ich mich nicht, sondern um dich.« Mehrere Tische weiter brach Gelächter aus. Verärgert durch die Störung, warf Susan der Gruppe einen Blick zu. Als sie sich wieder umwandte, wirkten Lilys Augen verängstigt.

Susan hatte diesen Blick in letzter Zeit oft gesehen, und er machte ihr Angst.

Sie war jetzt ganz verzweifelt, hielt Lilys Hand noch fester und sagte leise und panisch: »Was ist los? Ich sollte wissen, was Mädchen in deinem Alter fühlen und denken, aber in der letzten Zeit kann ich das bei dir nicht mehr. Deine Gedanken sind so oft woanders – irgendwo, wo ich keinen Zutritt habe. Vielleicht sollte es in deinem Alter ja so sein«, gab sie zu, »und es würde mich nicht stören, wenn du glücklich wärst, aber du wirkst nicht glücklich. Du wirkst geistesabwesend. Du wirkst ängstlich.«

»Ich bin schwanger.«
Susan keuchte auf. Sie löste ihre Hand, setzte sich aufrechter hin und wartete auf ein neckendes Lächeln, doch da war keines. Natürlich nicht. Lily würde über so was keine Witze machen.
Ihre Gedanken rasten. »Aber ... aber das ist unmöglich. Ich meine, es ist nicht körperlich unmöglich, aber das würde doch nicht passieren.« Als Lily nichts sagte, drückte Susan eine Hand an ihre Brust und flüsterte: »Oder doch?«
»Ich bin es«, flüsterte Lily zurück.
»Wie kommst du darauf?«
»Sechs Tests, alles positiv.«
»Du bist zu spät dran?«
»Nicht spät. Habe sie nicht mehr. Dreimal.«
»Dreimal? O mein Gott, warum hast du mir nichts erzählt?«, rief Susan und dachte an all die anderen Dinge, die eine ausgefallene Periode bedeuten konnte. Schwanger sein ergab keinen Sinn, nicht bei Lily. Aber sie log nicht. Wenn sie sagte, dass sie schwanger war, dann glaubte sie es auch – nicht, dass es stimmte. »Tests können völlig irreführend sein.«
»Übelkeit, Müdigkeit, Aufgeschwemmtsein?«
»Ich sehe kein Aufgeschwemmtsein«, gab Susan defensiv zurück, denn wenn ihre Tochter im dritten Monat schwanger wäre, hätte sie es bemerkt.
»Wann hast du mich das letzte Mal nackt gesehen?«
»Im Whirlpool im Wellnessbereich«, antwortete sie ohne Zögern.
»Das war im Juni, Mom.«
Nun zögerte Susan doch, wenn auch nur kurz. »Es

muss etwas anderes sein. Du hast doch nicht mal einen Freund.« Sie atmete durch. »Oder doch?« War ihr tatsächlich etwas entgangen? »Wer ist es?«
»Das ist egal.«
»Egal? Lily, wenn du …« Sie konnte das Wort nicht laut aussprechen. Der Gedanke, dass ihre Tochter sexuell aktiv war, war ihr völlig neu. Sicher kannte sie die Statistik. Wie sollte sie auch nicht bei ihrem Job? Aber das hier war ihre Tochter, *ihre* Tochter. Sie waren übereingekommen – Lily hatte es versprochen –, dass sie es Susan sagen würde, wenn sie die Pille wollte. Darüber hatten sie nur allzu oft geredet. »Wer ist es?«, fragte sie wieder.
Lily schwieg weiter.
»Aber wenn er beteiligt ist …«
»Ich werde es ihm nicht sagen.«
»Hat er dich gezwungen?«
»Nein«, antwortete Lily. Ihre Augen blickten fest und zeigten nun keine Angst, sondern etwas, was Susan nicht benennen konnte. »Es war andersrum«, fügte sie hinzu. »Ich habe ihn verführt.«
Susan lehnte sich zurück. Wenn sie es nicht besser gewusst hätte, hätte sie vielleicht gesagt, dass Lily erregt aussah. Und plötzlich war nichts an diesem Gespräch richtig – nicht das Thema, nicht dieser Blick und sicher nicht der Ort. Sie legte ihre Serviette neben den Teller und winkte nach dem Kellner. Der Sohn einer Familie der Gegend und früherer Schüler von Susan eilte herbei.
»Sie sind noch nicht fertig, Mrs. Tate. Stimmt etwas nicht?«

Ob etwas nicht stimmte? »Nein, äh ..., es ist nur die Zeit.«
»Soll ich das einpacken?«
»Nein, Aidan, wenn du nur die Rechnung bringen könntest.«
Er war kaum weg, als Lily sich vorbeugte. »Ich wusste, du würdest dich aufregen. Deshalb habe ich es dir nicht erzählt.«
»Wie lange hattest du geplant zu warten?«
»Noch ein bisschen länger – vielleicht bis zum Ende meines ersten Trimesters.«
»Lily, ich bin deine Mutter.«
»Aber das ist mein Baby«, sagte Lily leise. »Deshalb muss ich Entscheidungen treffen, und ich war nicht bereit, es dir zu sagen, nicht mal heute Abend. Darum habe ich diesen Ort gewählt. Aber sogar hier ist es, als könntest du in mich schauen.«
Susan war jenseits von Verletztsein. Sie hatte Lily vor allem beigebracht, nicht schwanger zu werden. Sie lehnte sich zurück und atmete aus. »Ich fasse es nicht. Bist du dir sicher?« Lilys Körper sah nicht anders aus. Was sah man schon, wenn sie dieselben Schichten übereinandertrug wie ihre Freundinnen und die Tage, da Susan sie gebadet hatte, schon längst vorbei waren? »Dreimal keine Periode gehabt?«, flüsterte sie. »Dann ist das ...«
»... vor elf Wochen passiert.«
Susan stand neben sich. »Wann hast du die Tests gemacht?«
»Sobald ich meine erste Periode nicht mehr hatte.«
Und kein Wort gesagt? Es war eindeutig ein Statement, aber was bedeutete es? Eine Herausforderung?

Dummheit? Lily mochte nett sein, oft verletzlich, doch sie hatte auch einen eigensinnigen Zug. Wenn sie etwas anfing, wich sie selten zurück. In die richtigen Bahnen gelenkt, war das etwas Positives, wenn sie sich zum Beispiel in den Kopf setzte, den ersten Preis in Naturwissenschaften zu gewinnen, was sie auch gepackt hatte, wenngleich erst nach drei Fehlstarts. Oder als sie sich daranmachte, in der A-cappella-Gruppe für Mädchen zu singen, es im ersten Jahr auf der Highschool nicht geschafft und sich in dem Jahr auf den Hosenboden gesetzt hatte, im nächsten dann zur Managerin der Gruppe geworden war, bis sie schließlich den Platz bekommen hatte.

Aber das hier war anders. Eigensinn war kein Grund zu schweigen, wenn es um Schwangerschaft ging, und sicher nicht, wenn die zukünftige Mutter siebzehn war. Susan bekam keine Ordnung in ihre Gedanken und griff nach losen Fäden. »Wissen die anderen es?« Es war klar, dass sie damit Mary Kate, Abby und Jess meinte.

»Ja, aber nicht die Moms.«

»Und keines der Mädchen hat es mir gesagt?« Noch mehr Verletztheit. »Aber ich sehe sie doch andauernd!«

»Sie haben mir geschworen zu schweigen.«

»Weiß dein Dad es?«

Lily sah entsetzt aus. »Ich würde es ihm nie sagen, bevor ich es dir erzählt habe.«

»Na, das ist immerhin etwas.«

»Ich liebe Babys, Mom«, sagte Lily und regte sich wieder auf.

»Und wegen der Babys ist es okay?«, gab Susan

hysterisch zurück, verstummte aber, als der Kellner wiederkam. Sie sah auf die Rechnung, legte hin, was ein angemessener Betrag sein mochte, und schob dann ihren Stuhl zurück. Die Luft im Raum war plötzlich zu warm für jemanden, der nicht schwanger war. Als sie mit Lily im Schlepptau zur Tür ging, stellte sie sich vor, dass alle Blicke sie beobachteten. Es war wie ein Blitz aus ihrer eigenen Vergangenheit, gefolgt vom Echo der Worte ihrer Mutter. »Du hast uns Schande gemacht, Susan. Was hast du dir nur gedacht?«

Die Zeiten hatten sich geändert. Alleinerziehende Mütter waren heute nichts Ungewöhnliches. Für Susan ging es hier nicht um Schande, sondern um die Träume, die sie für ihre Tochter gehabt hatte. Träume konnten mit einem Baby nicht mithalten. Ein Baby veränderte alles.

Das Auto bot Abgeschiedenheit, doch wenig Trost und sperrte Susan und Lily in einen zu kleinen Raum mit einem Riesenabgrund zwischen ihnen ein. Susan kämpfte gegen Panik an, während die Minuten unwiderruflich vergingen, suchte nach ihren Schlüsseln und startete den Motor.

Das Carlino lag im Stadtzentrum. Beim Hinausfahren kamen sie am Buchladen, der Drogerie, zwei Maklern und einer Bank vorbei. An Perry & Cass vorbeizufahren dauerte länger. Sogar in den fünfzehn Jahren, die Susan in Zaganack lebte, hatte sich das Geschäft ausgeweitet. Es erstreckte sich nun über drei Blocks, zweistöckige Gebäude mit rot-cremefarbenen Markisen mit dem typischen Schriftzug darauf, und sie zählte nicht mal die Versandabteilung und das Online-Call-Center zwei Straßen weiter mit sowie die Fertigung

eine Meile die Straße weiter hinunter und der Vertrieb draußen auf dem Land.
Zaganack *war* Perry & Cass. Drei Viertel der Stadtbevölkerung arbeiteten für die Handelsikone. Der Rest lieferte Dienste für diese und für die Zehntausende von Besuchern, die jedes Jahr zum Einkaufen kamen.
Doch Perry & Cass hatte Susan nicht angelockt, als sie nach einem Ort gesucht hatte, an dem sie ihr Kind großziehen könnte. Sie stammte aus den Great Plains und hatte etwas Grünes am Meer gesucht. Zaganack lag über der Casco Bay in Maine und war mit seinen Tannen und Pinien das ganze Jahr über grün. Seine Küste war ein atemberaubendes Durcheinander aus Küstengranit, sein Hafen, Heimat für eine Handvoll Fischer, war unauffällig. Mit einer Bevölkerung, die mal größer, mal kleiner war und im Sommer von achtzehntausend auf zwanzigtausend anschwoll, war die Stadt klein genug, um eine Gemeinde zu sein, doch groß genug, um Vielfalt zu erlauben.
Außerdem liebte Susan den Namen Zaganack. Er stammte aus der Sprache der Penobscot und wurde locker gedeutet als »Menschen aus dem Ort ewigen Frühlings«, und obwohl die lokale Überlieferung behauptete, dass sich die Eingeborenen damit auf das relativ milde Wetter der Küstenstädte bezogen, interpretierte Susan dies breiter. Frühling bedeutete Neubeginn. Sie hatte einen in Zaganack gefunden.
Und nun dies? Wiederholte die Geschichte sich?
Susan war keines Gedankens fähig und fuhr schweigend. Sie verließ die Hauptstraße und fuhr vorbei an den großen Ziegelhäusern der Perrys und Casses,

gefolgt von eleganten, wenn auch kleineren Häusern der jüngeren Generation. Die Häuser der einheimischen Bevölkerung fächerten sich von hier aus auf, der Kolonialstil wich dem viktorianischen und darauf Häusern, die einfacher und näher beieinandergebaut waren.
Susan lebte in einem der letzteren. Es war ein kleines Fachwerkhaus mit sechs Zimmern, die sich gleichmäßig über zwei Stockwerke verteilten, und einem offenen Speicher im dritten Stock. Nachts sah es mit seinem winzigen Vorgarten und der schmalen Auffahrt wie alle anderen aus. Tagsüber aber fiel es auf, denn es war cölinblau gestrichen und hatte meergrüne Fensterläden und einen blaugrünen Speichergiebel.
Farben waren Susans Spezialität. In ihrer Jugend hatte sie Rot geliebt, auch wenn ihre Mutter behauptete, dass es sich mit ihren Sommersprossen beiße. Dunkelgrün wäre besser, riet Ellen Tate. Oder Braun. Doch Susans Haar hatte die Farbe dunklen Sandes, und deshalb liebte sie immer noch Rot, Orange und Rosa.
Dann kam Lily, und Susans Mutter biss sich an den Farben fest. Du hast ein Fuchsienherz, wütete sie verzweifelt, als sie von der Schwangerschaft erfuhr, und auch wenn Susan das meiste, was ihre Mutter sagte, abtat, überlebten diese Worte. Da sie es hasste, die Aufmerksamkeit auf sich zu ziehen, hatte sie fast während der ganzen neun Monate Schwarz getragen und, nachdem Lily geboren war, ein helleres, aber immer noch fades Beige. Selbst als sie anfing zu unterrichten, dienten ihr neutrale Farben und glichen die Sommersprossen aus, die sie zu jung wirken ließen.

Doch ein Fuchsienherz stirbt nicht. Es wartet nur auf den rechten Augenblick, hält sich hinter Pragmatismus zurück, während es hier und da hilflose Tropfen Farben fallen lässt. Daher blaugrüne Giebel, türkisfarbene Ohrringe, chartreuse- oder safranfarbene Schals. In dem Garn, das sie als Hobby färbte, waren die Farben noch wilder.

Susan bog in ihre Einfahrt, parkte und stieg aus dem Auto. Sie ging die Seitentreppe hinauf und betrat die Küche. In dem sanften Licht, das unter den Kirschholzschränken hervorströmte, für die sie drei Jahre lang mühevoll gespart und die sie größtenteils selbst eingebaut hatte, drehte sie sich nach Lily um.

Lily war so groß wie Susan, aber schlanker und zerbrechlicher, doch sie behauptete sich und hatte die Hände in den Jackentaschen vergraben. Schwanger? Susan könnte es immer noch nicht glauben. Ja, sie war heikel beim Essen, launisch und morgens benommen, und all das war ungewöhnlich und neu in den letzten Monaten gewesen, doch andere Beschwerden hatten ähnliche Symptome. Wie Pfeiffersches Drüsenfieber.

»Vielleicht musst du ja nur Antibiotika nehmen«, sagte sie in vernünftigem Ton.

Lily sah verblüfft aus. »Antibiotika?«

»Falls du Pfeiffersches ...«

»Mom, ich bin schwanger. Sechs Tests, alle positiv.«

»Vielleicht hast du sie falsch interpretiert.«

»Mary Kate hat zwei gesehen und ist meiner Meinung.«

»Mary Kate ist auch keine Expertin.« Susan empfand einen Stich. »Wie oft habe ich Mary Kate seitdem gesehen? Dreißigmal? Sechzigmal?«

»Sei nicht sauer auf Mary Kate. Es war nicht ihre Aufgabe, es dir zu erzählen.«
»Ich bin aber sauer auf Mary Kate. Ich stehe ihr näher als den anderen, und es geht um deine Gesundheit, Lily. Was, wenn etwas anderes mit deinem Körper los ist? Sollte Mary Kate sich nicht darum Sorgen machen?«
Lily fuhr sich mit den Fingern durchs Haar. »Das ist mehr als bizarr. Die ganze Zeit hatte ich Angst, es dir zu erzählen, weil ich nicht wusste, wie du reagieren würdest, aber nie hätte ich gedacht, dass du mir nicht glauben würdest.«
Susan wollte nicht streiten. Es gab nur eine Möglichkeit, es mit Sicherheit herauszufinden. »Was immer es ist, wir werden damit umgehen. Ich rufe gleich morgen früh Dr. Brant an. Sie wird dich reinquetschen.«

Susan war nie eine gute Schläferin gewesen und verbrachte die Nacht damit, alle Gründe durchzugehen, warum ihre Tochter nicht schwanger sein konnte. Die meisten hatten mit Verantwortung zu tun, denn wenn Susan Lily eines beigebracht hatte, dann war es das. Lily war verantwortungsbewusst, wenn es um die Schule ging. Sie lernte viel und bekam gute Noten. Sie war verantwortungsbewusst, wenn es um ihre Freunde ging, da war sie hundertprozentig loyal. Hatte sie sich nicht ein Bein ausgerissen, um für Abby zu kämpfen, die es sich in den Kopf gesetzt hatte, Klassensprecherin zu werden? Als sie die Wahl verlor, hatte Lily drei Nächte hintereinander bei ihr geschlafen.
Lily war verantwortungsbewusst, wenn es um das Auto ging, kam selten einmal zu spät nach Hause, fuhr den

Tank leer oder war nicht rechtzeitig da, wenn sie Susan abholen sollte.
Schwer arbeitend, treu, zuverlässig ... aber schwanger? Susan hätte ihr das abgekauft, wenn Lily einen festen Freund gehabt hätte. Unfälle passierten.
Doch es gab keinen Freund und gar keinen Grund zu glauben, dass Lily mit jemandem schlafen würde, den sie kaum kannte. War die süße Lily Tate – die wenig Make-up auflegte, in Flanellschlafanzügen schlief und einen Pullover über dem anderen trug, um ihr winziges Dekolleté vor den Blicken zu verbergen – überhaupt zu Verführung fähig?
Susan glaubte es nicht. Es musste etwas anderes sein, doch die Möglichkeiten waren erschreckend. Um zwei Uhr morgens war ihre Phantasie derart außer Kontrolle geraten, dass sie den Versuch aufgab, einzuschlafen, leise durch den Flur ging und Lilys Tür öffnete. Im schwachen Licht einer Nachttischlampe war Lily nur ein Fleck unter der Decke, und lediglich die obere Hälfte ihres Kopfes war zu sehen, dunkles Haar breitete sich auf dem Kissen aus. Ihre Jeans und ihr Pullover waren auf dem gepolsterten Stuhl, ihre Sherpa-Stiefel – einer stand, der andere nicht – auf dem Boden daneben. Auf ihrer Kommode lagen Bürsten und Klammern, Perlarmbänder, eine Socke, die sie gerade strickte. Ihr Handy lag auf dem Nachttisch neben mehreren Büchern und einer halbvollen Wasserflasche.
Ganz leise nur flüsterte Susan ihren Namen, doch sie antwortete nicht, es gab keine Bewegung in diesem Stillleben. *Mädchen mit Nachttischlampe* hätte sie es nennen können. Mädchen. So jung. So verletzlich.

Ihr Herz setzte aus, als sie vorsichtig zurückwich, über den Flur zur Speichertür schlich und leise die Treppe hinunterging. Dort blätterte sie an einem Eichentisch unter dem kleinen Bogen einer handgearbeiteten Lampe eine Seite ihres Blocks um, öffnete eine Tube Pastellfarbe und setzte ihren ersten kühnen Strich an. Ein Fuchsienherz? Eindeutig. Wenn etwas sie ablenken konnte, dann das hier. Sie setzte einen weiteren Strich, verwischte die Enden, fügte Gelb hinzu, um ein Grün abzumildern, dann Blau, um ein Rot zu vertiefen.
Typischerweise brachte sie die beste Arbeit hervor, wenn sie gestresst war – reine Sublimierung –, und heute Nacht machte da keine Ausnahme. Als sie fertig war, hatte sie fünf Seiten, jede mit einem einzigartigen Streifen in zwei bis fünf Farbtönen, die sich von Nuance zu Nuance wallten. Dies würden die Frühlingsfarben für PC-Garn sein. Sie gab ihnen sogar Namen: Märzverrücktheit, Frühlingsflut, Frühlingsfinsternis, Rotkehlchen in der Dämmerung und natürlich Schöpfung.
Die letzte Seite war besonders lebhaft. Gewalttätig? Nein, beschloss sie. Na ja, vielleicht. Aber war Schöpfung nicht etwas Gewalttätiges? Hatte Schaffen nicht tiefgehende Folgen? Und was, wenn in Lily kein Kind heranwuchs, sondern etwas Düstereres?

Susan ging wieder ins Bett, doch jedes Mal, wenn sie eindöste, wachte sie mit neuer Angst auf. Um fünf Uhr morgens, als sie das Schlafen schließlich aufgab und aufstand, war sie überzeugt, dass ihre Tochter eine Gebärmutterzyste hatte, die man lange genug übersehen hatte, um ihre Chancen, jemals ein Baby zu bekommen, zu gefährden. Entweder das oder ein Tumor. Gebärmutterkrebs, der eine Hysterektomie und vielleicht Chemotherapie erforderte. Erschreckend. Niemals ein Kind? *Tragisch*.

Sie behielt ihre Ängste für sich und weckte Lily wie immer, setzte sie bei Mary Kate ab und fuhr weiter in die Schule. Die Mädchen würden später nachkommen, doch heute Morgen hatte Susan zwei Treffen mit Eltern, beide schwierig, bevor sie auf der Vordertreppe erschien, um die Schüler zu begrüßen. Erst um halb neun stand sie vor der Tür der Ärztin.

Den einzigen Termin, den sie für Lily bekommen konnte, war am späten Nachmittag, so dass Susan sich den Rest des Tages Sorgen machen musste. Das hieß, dass sie nur halbherzig E-Mails beantwortete, zerstreut war bei einer Lehrerbeurteilung und wenig Arbeit in das Budget fürs nächste Jahr steckte, das Thanksgiving beim Schulinspektor sein musste.

Sie konnte nur an eines denken, und von welcher Seite sie es auch betrachtete, es war nicht gut.

2

Die Ärztin bestätigte es. Lily war eindeutig schwanger. Als Susan erfuhr, dass ihre Tochter keine tödliche Krankheit hatte, war sie tatsächlich erleichtert – aber nur kurz. Die Realität, mit siebzehn schwanger zu sein, war etwas, was sie nur zu gut kannte.
Susan war selbst in der Highschool schwanger geworden. Richard McKay war der Sohn der besten Freunde ihrer Eltern. In jenem Sommer, als er gerade mit einem Abschluss in Journalismus das College verlassen und für den Herbst einen Job angeboten bekommen hatte, den er nicht ablehnen konnte, funkte es zwischen ihnen. Reine Lust, beschloss ihr Vater. Und die Chemie stimmte. Doch Susan und Rick hatten in jenem Sommer zu viele Stunden nur mit Reden verbracht, als dass es allein um Sex gehen konnte. Sie waren sich über so viele Dinge einig – und darunter war ihr Wunsch, Oklahoma zu verlassen, nicht unwichtig –, dass, als Rick pflichtbewusst anbot, Susan zu heiraten, sie schlichtweg nein sagte.
Sie hatte ihre Entscheidung nie bereut. Bis heute erinnerte sie sich an den Ausdruck greifbarer Erleichterung auf seinem Gesicht, als sie entschlossen den Kopf geschüttelt hatte. Er hatte Träume, die sie bewunderte. Hatte es Zeiten gegeben, da sie ihn vermisst hatte? Sicher. Aber sie konnte nicht mit der Erregung

seines Berufs mithalten und weigerte sich, ihn festzubinden.
Sein Erfolg bestärkte sie in ihrer Überzeugung. Er hatte als Assistent des Produktionsassistenten einer nationalen Nachrichtensendung begonnen. Nun war er ein Star und verfolgte Storys bis zum Ende der Welt als einer der führenden Kommentatoren der Sendung. Er hatte nie geheiratet, hatte nie andere Kinder gehabt. Erst nachdem er das Gesicht vor der Kamera geworden war statt das dahinter, hatte er Geld zu Lilys Unterhalt schicken können, doch sein Scheck traf jeden Monat ohne Verzögerung ein. Er verpasste nie einen Geburtstag und hatte Lily überraschen können, indem er bei einem Hockeyturnier auftauchte. Er hielt telefonisch engen Kontakt mit ihr und war ein guter, wenn auch körperlich abwesender Vater.
Rick hatte Susan immer vertraut. Anstatt aus der Ferne mitzumischen, überließ er die tägliche Elternarbeit ihr. Und nun war Lily unter ihrem wachsamen Blick schwanger geworden.
Fassungslos lauschte Susan still, während Lily die Fragen der Ärztin beantwortete. Ja, sie wollte das Baby, und ja, sie begriff, was das bedeutete. Nein, sie hatte es nicht mit ihrer Mutter besprochen, weil sie es alleine machen würde, wenn es nötig wäre. Nein, sie wollte nicht, dass der Vater einbezogen wurde. Nein, sie trank nicht. Ja, sie wusste, dass sie keinen Schwertfisch essen sollte.
Sie hatte selber Fragen – ob sie die Hockeysaison beenden durfte (ja), ob es im Winter möglich sei, noch Volleyball zu spielen (vielleicht), und ob sie bei

Kopfschmerzen Tylenol nehmen dürfe (nur unter Anweisung) –, und sie klang so wie das reife, verantwortungsbewusste, intelligente Kind, das Susan großgezogen hatte, dass Susan, wenn sie nicht betäubt gewesen wäre, vielleicht gelacht hätte.
Sie schwieg, als sie die Praxis verließen, und reichte Lily die Autoschlüssel. »Ich muss zu Fuß nach Hause gehen.« Lily protestierte, doch sie beharrte darauf. »Fahr los. Ich brauche frische Luft.«
Das stimmte, auch wenn sie wenig nützliche Gedanken hatte, als sie durch die Novemberkälte ging. Sie war nicht länger betäubt, sondern kochte vor Wut. Sie wusste, es war falsch – eindeutig nicht die Art, wie eine Mutter sich fühlen sollte, und alles, was sie an ihrer eigenen Mutter gehasst hatte –, doch wie sollte sie es in den Griff bekommen?
Die kalte Luft half. Sie war ein wenig ruhiger, als sie sich dem Haus näherte. Dann sah sie Lily. Diese saß auf den Stufen vorm Haus, einen gestrickten Schal um den Hals geschlungen und ihre Steppjacke – ganz Perry & Cass – fest um sich gezogen. Als Susan näher kam, setzte sie sich aufrechter hin und sagte schüchtern: »Sei nicht böse.«
Doch Susan war böse. Wütend steckte sie die Hände in die Taschen.
»Bitte, Mom?«
Susan atmete tief durch. Sie sah weg, vorbei an den Nachbarhäusern und die Straße hinunter, bis die Reihe aus alten Ahornbäumen mit ihr zu verschmelzen schien.
»Das habe ich nicht für dich gewollt«, brachte sie schließlich heraus.

»Aber ich liebe Kinder. Ich bin geboren worden, um Kinder zu haben.«
Susan drückte die Hand auf ihr schmerzendes Herz. »Ich stimme dir absolut zu. Ich habe nur ein Problem mit dem Timing. Du bist siebzehn. Du bist in der Oberklasse der Highschool und erwartest ein Baby Ende Mai, kurz vor den Prüfungen. Hast du eine Ahnung, was es heißt, neun Monate schwanger zu sein? Wie wirst du lernen?«
»Ich bin auf dem College bereits angenommen worden.«
»Nun, das ist noch so was. Wie kannst du aufs College gehen? In Schlafsälen ist kein Platz für Kinderkrippen.«
»Ich gehe auf die Percy State.«
»Ach, Liebes, du könntest es besser treffen.«
»Du warst auch da, und schau doch, wo du bist.«
»Ich *musste* dorthin. Aber die Zeiten haben sich geändert. Es ist im Moment schwer genug, einen Job zu finden, selbst mit einem Abschluss von der besten Schule.«
»Genau. Also ist es egal. Alles ist machbar, Mom. Hast du mir das nicht beigebracht?«
»Stimmt. Ich habe nur nie geglaubt, dass man das auf ein Baby beziehen würde.«
Lilys Augen leuchteten auf. »Aber es ist ein Baby da«, rief sie aus und klang so sehr wie ein überschäumendes Kind, dass Susan hätte heulen können. Lily hatte keine Ahnung, was es hieß, Mutter zu sein. Den Sommer als Helferin von Müttern zu verbringen war ein Picknick, verglichen mit den täglichen Anforderungen der Mutterschaft.
»Ach, Liebes«, sagte sie und ließ sich plötzlich erschöpft auf die Stufen sinken. »Vergiss machbar. Was

ist mit vernünftig? Was mit verantwortungsbewusst? Wir haben über Verhütung gesprochen. Du hättest es tun können.«
»Das geht an der Sache vorbei, Mom«, erwiderte Lily und drückte Susans Arm. »Ich will dieses Baby. Ich weiß, ich kann eine gute Mutter sein, sogar besser als die Moms, für die wir im Sommer gearbeitet haben, und ich habe mit dir das beste Rollenmodell. Du hast immer gesagt, Mutter zu sein sei wundervoll. Du hast gesagt, ich sei das Beste, was dir je passiert ist.«
Susan ließ sich nicht besänftigen. »Ich habe auch gesagt, alleinerziehende Mutter zu sein ist schwer und dass ich nie wollte, dass du ebenso kämpfen musst wie ich. Also denk übers College hinaus. Du sagst, du willst Biologin werden, doch das bedeutet eine weiterführende Ausbildung. Wenn du eine gute Forschungsstelle willst ...«
»Ich will ein Baby.«
»Ein Baby ist nicht nur für den Sommer, und es bleibt nicht lange ein Baby. Er oder sie redet und spricht und wird ein richtiger Mensch. Und was ist mit dem Vater?«
»Ich habe es dir gesagt. Er weiß es nicht.«
»Er hat ein Recht darauf.«
»Warum? Er hatte dabei nichts zu sagen.«
»Und das ist fair, Lily?«, fragte Susan. »Was, wenn das Baby genau wie er aussieht? Meinst du nicht, dass die Leute reden werden?«
Ein Hauch von Eigensinn trat in Lilys Gesicht. »Mir ist es egal, wenn die Leute reden.«
»Dem Vater aber vielleicht nicht. Was, wenn er zu dir kommt und dich fragt, warum dieses Kind, das neun

Monate, nachdem ihr Sex hattet, geboren wurde, seine Haare und Augen hat? Und was passiert, wenn das Kind etwas über seinen Vater erfahren will? Du hast mit zwei danach gefragt. Manche Kinder haben nämlich noch Väter. Nun bist du an der Reihe, die Mommy zu sein. Was wirst du sagen?«

Lily runzelte die Stirn. »Das werde ich entscheiden, wenn ich so weit bin. Mom, du machst das schwerer, als es sein muss. Im Moment muss der Vater des Babys es nicht erfahren.«

»Aber es ist auch sein Baby«, widersprach Susan. Sie suchte verzweifelt nach jemandem, dem sie die Schuld geben konnte, und ging die Möglichkeiten durch. »Ist es Evan?«

»Ich sage dir nicht, wer es ist.«

Susan fragte sich, ob Lily aus einem bestimmten Grund abblockte. »War *er* es, der das Baby wollte?«

Lily entzog ihr ihren Arm. »Mom«, rief sie aus, und ihre braunen Augen blitzten, »hör mir zu! Er weiß es nicht. Wir haben nie über ein Baby gesprochen. Er dachte, ich nehme die Pille. Ich habe es gemacht. Ich.«

Was natürlich zu den Dingen gehörte, die Susan so schwer zu schlucken fand. Es war wie ein Schlag ins Gesicht, die Zurückweisung von allem, das sie ihrer Tochter beizubringen versucht hatte.

Sie wollte es verzweifelt begreifen und fragte: »Bist du sicher, dass es kein Unfall war? Ich meine, es ist okay, wenn es so war. Unfälle passieren.« Lily schüttelte den Kopf. »Du hast einfach beschlossen, dass du ein Baby willst?«

»Ich habe immer ein Baby gewollt.«

»Ein Geschwister«, sagte Susan, denn als sie klein war, hatte Lily immer um eines gebettelt.
»Jetzt bin ich alt genug, ein eigenes zu bekommen, und ich weiß, du hast dich vielleicht nicht freiwillig entschieden, vor siebzehn Jahren schwanger zu werden, aber ich schon. Es ist mein Körper, mein Leben.«
Susan hatte Lily zur Unabhängigkeit und Stärke erzogen, aber zum Hochmut? Nein. Vor allem nicht, wenn es Realitäten gab, denen man sich stellen musste. »Wer wird die Arztrechnung zahlen?«
»Wir sind versichert.«
»Mit Prämien, zu denen ich jeden Monat beitrage«, betonte Susan. »Die Antwort lautet also ich. Was ist mit Windeln? Mit Milch?«
»Ich werde stillen.«
»Was wundervoll ist, wenn es klappt, aber manchmal tut es das nicht, und dann brauchst du Milch. Und was ist mit fester Nahrung und Kleidung? Und Ausrüstung? Sie werden dich nicht aus dem Krankenhaus entlassen ohne einen anerkannten Autositz, und weißt du, was ein guter Kinderwagen kostet? Nein, ich habe deinen alten nicht mehr, weil ich ihn vor Jahren verkauft habe, um dir ein Fahrrad zu kaufen. Und was ist mit Tagesbetreuung, während du die Schule beendest? Ich würde ja selbst sehr gerne bei dem Baby zu Hause bleiben, aber einer von uns muss arbeiten.«
»Dad wird helfen«, sagte Lily leise.
Ja, Rick würde es. Doch freute sich Susan darauf, ihn zu fragen? Auf keinen Fall.
Lilys Augen füllten sich mit Tränen. »Ich will das Baby wirklich.«

»Du kannst ein Baby haben, aber es wird einen besseren Zeitpunkt geben!«, rief Susan.
»Ich werde nicht abtreiben.«
»Das schlägt ja auch keiner vor.«
»Ich habe schon das Herz meines Babys schlagen hören. Du hättest es hören sollen, Mom. Es war toll.«
Susan konnte nur mit Mühe akzeptieren, dass ihre Tochter schwanger war, und noch weniger, dass tatsächlich ein lebendiges Baby in ihr wuchs.
»Es hat Beine und Ellbogen. Es hat Ohren, und diese Woche entwickeln sich die Stimmbänder. Das weiß ich alles, Mom. Ich mache meine Hausaufgaben.«
»Dann nehme ich an«, sagte Susan mit einer Stimme, die sie nicht beherrschen konnte, »dass du gelesen hast, dass Teenagerschwangerschaften ein größeres Risiko für Komplikationen darstellen.« Es war teilweise die Stimme ihrer Mutter. Der Rest war die einer gescheiterten Erzieherin, deren Kreuzzug darin bestand, junge Mädchen davon abzuhalten zu tun, was sie getan hatte. Die Erzieherin hatte auf ihrer eigenen Schwelle versagt.
»Ich habe mir auf dem Heimweg Vitamine besorgt«, sagte Lily bedrückt. »Glaubst du, das Baby ist in Ordnung?«
So ärgerlich sie war, so enttäuscht sie war, eine ängstliche Lily konnte sie immer erreichen. »Ja, es ist okay«, beruhigte sie sie. »Ich habe nur so eine Bemerkung gemacht.«
Lily ließ sich leicht beruhigen und lächelte. »Glaubst du, ich kriege ein Mädchen wie du?« Sie schien keine Antwort zu brauchen, was gut war, da Susan keine hatte. »Wenn es ein Mädchen ist, dann bekommt sie

bereits jetzt Eierstöcke, und sie ist so groß.« Sie breitete Daumen und Zeigefinger mehrere Zentimeter aus. »Mein Baby kann denken. Sein Hirn kann Signale an seine Glieder senden, sich zu bewegen. Wenn ich meinen Finger genau dort hinlegen könnte, wo es ist, würde es auf meine Berührung reagieren. Es ist ein menschliches Wesen. Ich könnte es auf keinen Fall abtreiben.«
»Bitte, Lily. Hab ich dich darum gebeten?«
»Nein, aber vielleicht wirst du es tun, wenn du darüber nachdenkst.«
»Habe ich dich abgetrieben?«
»Nein, aber du bist sauer.«
Susan warf einen flehenden Blick zu den fast nackten Wipfeln der Bäume. »O Lily, ich bin so vieles außer sauer, dass ich gar nicht damit anfangen will, es zu erklären. Wir sind nun an einem guten Ort, aber es ist nicht leicht gewesen. Ich musste zweimal so schwer arbeiten wie andere Mütter. Ausgerechnet du solltest das wissen.«
»Weil ich eine gute Tochter bin? Macht meine Schwangerschaft mich zu einer schlechten?«
»Nein, Liebes, nein.« Es hatte nichts mit gut und schlecht zu tun. Susan hatte darüber mit ihrer eigenen Mutter gestritten.
»Aber du bist enttäuscht.«
Versuch es mal mit: Mir bricht das Herz. »Lily, du bist siebzehn.«
»Aber das ist ein Baby«, flehte Lily.
»Du bist ein Baby«, schrie Susan.
Lily erhob sich und sagte leise: »Nein, Mom, das bin ich nicht.«

Susan dachte tatsächlich das Gleiche. Nein, Lily war kein Baby. Sie würde nie wieder ein Baby sein.
Der Gedanke ließ sie ein Verlustgefühl empfinden. Verlust der Kindheit? Der Unschuld? Hatte ihre Mutter auch so empfunden? Susan würde es nie erfahren. Nicht mal in den besten Zeiten hatten sie geredet, und ganz sicher nicht so, wie Susan und Lily es taten.
»Sei nicht wie Grandma«, bettelte Lily, die ihre Gedanken spürte.
»Ich bin nie wie Grandma gewesen.«
»Ich würde sterben, wenn du mich verleugnen würdest.«
»Das würde ich niemals tun.«
Lily wandte sich ihr zu, griff nach ihrer Hand und hielt sie an ihre Kehle. »Ich brauche dich bei mir, Mom«, sagte sie heftig und wurde dann sanfter. »Das ist unsere Familie, und wir machen sie größer. Du wolltest das auch, das weiß ich. Wenn es anders gewesen wäre, hättest du fünf Kinder gehabt wie Kate.«
»Nicht fünf, drei.«
»Dann eben drei. Aber siehst du?«, schmeichelte sie. »Ein Baby ist nichts Schlimmes.«
Nein. Nichts Schlimmes, das wusste Susan. Ein Baby war nie schlimm. Es veränderte nur das Leben.
»Es ist dein Enkelkind«, versuchte es Lily.
»Hm«, meinte Susan. »Ich werde mit sechsunddreißig Großmutter sein. Das ist ja peinlich.«
»Ich finde es toll.«
»Nur weil du siebzehn bist und schwärmerisch – was gut ist, Liebes, denn wenn du jetzt nicht lächelst, wirst du bald Probleme kriegen. Du wirst alleine sein, Lily.

In der Vergangenheit hatten wir zwei andere schwangere Zwölftklässlerinnen und eine schwangere Elftklässlerin. Keine von ihnen wollte aufs College. Deine Freundinnen werden aufs College gehen. Sie wollen Berufe. Sie werden es nicht nachempfinden können, wie es ist, schwanger zu sein.«

Lilys Augen wurden groß vor Erregung. »Aber sieh doch, Mom, das stimmt ja nicht. Das ist ja das Schöne daran.«

Susan zog ein Gesicht. »Was soll denn das heißen?«

3

»Ich bin schwanger.«
»Niedlich«, antwortete Kate Mello ihrer Jüngsten und goss weiter trockene Makkaroni in einen Topf mit kochendem Wasser. »Lissie?«, schrie sie die Treppe hinauf nach ihrer Zweitjüngsten. »Wann gehst du denn nun? Ich brauche die Milch.« Sie rührte in den Makkaroni und sagte mehr zu sich selbst als zu Mary Kate, die neben ihr am Herd stand: »Warum habe ich in letzter Zeit bloß immer keine Milch mehr?«
»Ich meine es ernst, Mom. Ich bin schwanger.«
Kate, den Deckel in einer Hand und einen Holzlöffel in der anderen, hielt einfach die Hand an Mary Kates Stirn und lächelte. »Wir waren uns doch einig, dass du Grippe hast.«
»Es geht nicht weg.«
»Dann ist es Laktoseunverträglichkeit«, stellte Kate fest und setzte den Deckel auf den Topf. »Du bist diejenige, die mir die ganze Milch wegtrinkt. Lissie? Bitte gleich, ja?«
»Ich trinke Milch«, erklärte Mary Kate, »weil schwangere Frauen das eben tun.«
»Du bist keine schwangere Frau«, teilte Kate ihrer Tochter mit und griff nach ihrer Brieftasche, als Lissie auftauchte. Es war nicht viel drin; das Geld verschwand noch schneller als die Milch. Sie fand einen Zwanziger

zwischen all den Einern und reichte ihn ihr. »Eine Gallone Milch, ein Dutzend Eier und zwei Laib Mehrkornbrot bitte.«

»Alex hasst Mehrkorn«, erinnerte Lissie sie, während sie sich die Jacke anzog.

Kate schob ihr die Autoschlüssel in die Hand. »Alex ist einundzwanzig, er kann sich eine eigene Wohnung nehmen und kaufen, was ihm gefällt. Oh, und wenn noch Geld übrig ist, kaufst du auch noch ein paar Äpfel?«

Als Lissie fort war, übergab sie Mary Kate einen Stapel Teller. »Heute Abend sind wir zu acht. Mike bringt noch einen Freund mit.«

»Ich habe vor acht Wochen empfangen«, berichtete Mary Kate, während sie die Teller in Empfang nahm.

Kate betrachtete ihre Tochter. Sie war blass, aber das war sie immer. Und sie sah auch immer zerbrechlich aus. Das arme Ding hatte die zarten Züge eines unbekannten Vorfahren, doch ihr Haar war ganz das von Kate – sandfarben und dick und so wild, wie es das Kind nie gewesen war. Kate steckte ihres mit Stricknadeln aus Bambus hoch, und Mary Kate band ihres zu einem Pferdeschwanz, der hinter ihr explodierte und sie noch kleiner aussehen ließ.

»Du bist nicht schwanger, Liebes«, versicherte Kate ihr. »Du bist erst siebzehn, du nimmst die Pille, und Jacob will Arzt werden. Es ist noch Jahre hin, bis ihr beide heiraten könnt.«

»Ich weiß«, gab Mary Kate in einem Anfall von Begeisterung zurück, »aber dann werde ich älter sein, und es wird schwerer, schwanger zu werden. Jetzt ist für mich die Zeit, ein Baby zu bekommen.«

Kate fühlte die Stirn des Mädchens. »Kein Fieber. Du kannst nicht im Delirium reden.«
»Mom ...«
»Mom, ist Lissie weg?« Das kam von Kates dritter Tochter, die ihren Zwilling nicht sah und sich ein Handy aus dem Durcheinander auf dem Küchentisch schnappte.
»Das ist meins«, protestierte Kate. »Ich habe nicht mehr viel drauf.«
»Das ist kein Freundschaftsanruf, Mom. Ich brauche Tampons.«
»Ich nicht«, sagte Mary Kate leise, doch da Sara Lissie anrief und Mike genau diese Minute wählte, um hereinzubrechen und zu fragen, ob er *zwei* Freunde zum Abendessen mitbringen könne, hörte Kate sie kaum.
»Es gibt nur Makkaroni mit Käse«, warnte sie ihn.
»Nur?«, wiederholte ihr zwanzigjähriger Sohn. »Du hast gesagt, es gäbe Hummermakkaroni mit Käse.«
»Kommen sie deshalb?«
»Klar. Deine Hummermakkaroni sind berühmt. Die Typen nerven mich jeden Mittwoch wegen einer Einladung.«
»Und wenn dein Onkel beschließt, seine Fallen am Freitag einzuholen?«
»Dann schalten sie auf Freitag um. Sind nun zwei in Ordnung?«
»Zwei sind in Ordnung«, gab Kate nach und bemerkte zu Mary Kate, als Mike und Sara weg waren: »Welch ein Glück, dass es so viele gibt und der Preis niedrig ist.«
»Ich versuche dir gerade etwas zu erzählen, Mom. Es ist wichtig. Ich nehme die Pille nicht mehr.«

Als Kate das hörte, drehte sie sich um. Ihre Tochter wirkte ernst. »Sind du und Jacob nicht mehr zusammen?«

»Doch. Ich habe einfach beschlossen, dass ich ein Baby will. Wusstest du, dass eine Frau fruchtbarer ist, wenn sie die Pille absetzt? Ich habe es Jacob noch nicht mal gesagt. Ich wollte, dass du es als Erste erfährst.«

Etwas an ihrem ernsten Blick ließ Kate innehalten. »Mary Kate? Du machst keine Witze?«

»Nein.«

»Schwanger?«

»Ich mache dauernd Tests, und sie sind alle positiv.«

»Seit wann?«

»Eine Weile. Ich hätte es dir schon früher erzählt, doch ich wollte sicher sein. Aber ich habe wirklich alles im Griff, Mom. Ich habe mir Bücher gekauft, und ich hole mir noch mehr Infos online. Sie haben eine Selbsthilfegruppe für Teenager, aber das brauche ich eigentlich nicht. Ich habe schon eine Gruppe.«

Kate runzelte die Stirn. »Wen?«

»Nun ja – nun, zuerst mal meine Familie. Ich meine, wir sind normalerweise zu siebt beim Essen. Heute sollten es acht sein, und nun sind es neun. Was stört da einer mehr?«

Kate hätte Mary Kate auf die hintere Veranda geschickt, um noch einen Klappstuhl zu holen, denn das bedeutete einer mehr in ihrem engen Esszimmer, wenn sie nicht damit zu kämpfen gehabt hätte, was diese gesagt hatte. »Stimmt das?«

»Ja. Außerdem liebst du Kinder. Hast du nicht fünf innerhalb von fünf Jahren bekommen?«

»Nicht geplant«, erwiderte Kate schwach. »Sie sind einfach gekommen und haben nicht aufgehört.« Erst als Will eine Vasektomie hatte machen lassen, doch darüber sprachen sie nicht oft mit den Kindern. Sie hätten über Enthaltsamkeit geredet, wenn sie geglaubt hätten, dass es eine Chance gäbe, dass die Kinder zuhörten. Realistischer war, dass sie über Verantwortung sprachen. »Aber warte, halt mal, ich war einundzwanzig, als ich mein erstes Kind bekam, und ich war verheiratet.«

Mary Kate schien sie nicht zu hören. »Und dies ist nun die nächste Generation. Ich bin gerne die Erste von uns, die ein Kind hat. Sonst bin ich immer in allem die Letzte.«

»Bei der Entscheidung, ein Kind zu bekommen, sollten beide Eltern einbezogen werden«, meinte Kate. »Du musst Jacob fragen, bevor du etwas Übereiltes tust.«

»Ach, Jacob ist manchmal so ernst. Er hätte nein gesagt, und er hätte einen Haufen sinnvoller Gründe angegeben, aber manchmal muss man einfach seinem Bauchgefühl folgen. Erinnerst du dich an Disney World vor fünf Jahren? Du hast Dad und uns ins Auto gepackt und bist mitten im Winter mit uns nach Florida gefahren, und wir hatten kein Hotel gebucht oder irgendwas, aber dein Bauchgefühl hat dir gesagt, dass die Reise gut werden würde.«

»Das war ein Ausflug, Mary Kate. Dies hier ist ein Baby. Ein Baby ist für ein Leben lang.«

»Aber ich werde eine gute Mutter sein«, beharrte Kate. »Der letzte Sommer hat mir so die Augen geöffnet – zu sehen, was diese Moms taten? Zum Beispiel keine Geduld mit ihren Kindern. Ständig wollten sie sie uns

aufladen, während sie am anderen Strandende saßen. Das werde ich niemals mit meinem Baby tun. Wenn es ein Junge wird, wird es ein kleiner Jacob sein. Das wäre irre.«
Kate war sprachlos. Mary Kate war die Ruhigste ihrer fünf, die Passivste und Rücksichtsvollste und nur selten so redselig. Und was hatte sie gerade gesagt? »Ein kleiner Jacob?«
Mary Kate nickte. »Ich werde noch eine Weile das Geschlecht nicht kennen, und ich weiß, es könnte auch ein Mädchen werden ...« Ihre Stimme verebbte.
Verwirrt blickte Kate sich um. Die Küche war klein. Das ganze Haus war klein. »Wo würden wir ein Baby haben können?«
»In meinem Zimmer. Das Kind im eigenen Zimmer haben ist zurzeit in. Wenn das Baby daraus herausgewachsen ist, wird Alex wahrscheinlich aus dem Haus sein und Mike vielleicht auch. Und sobald Jacob sein Medizinstudium abgeschlossen hat ...«
»Jacob ist noch nicht mal mit der Highschool fertig«, japste Kate, die das Absurde an der Situation erneut traf. »Mary Kate, sagst du mir die Wahrheit?«
»Dass ich schwanger bin?« Mary Kate beruhigte sich. »Bei so was würde ich nie lügen.«
Nein, das würde sie nicht. Sie war ein ehrliches Mädchen, vielleicht die Begabteste von Kates fünf Kindern, und sie hatte eine Zukunft vor sich. Sie plante, einen Arzt zu heiraten und selbst Dozentin am College zu werden.
»Ich meine«, fuhr Mary Kate fort, die nun schneller redete, da sie eindeutig das Entsetzen ihrer Mutter

spürte, »du hast immer gesagt, ›je mehr, desto lustiger‹, dass ein lautes Heim dich glücklich macht und dass du noch mehr Kinder bekommen hättest, wenn wir reicher gewesen wären.«

»Genau, aber das sind wir nicht«, stellte Kate schlicht fest. »Dein Vater und ich hatten kaum rechtzeitig unser eigenes Collegedarlehen abbezahlt, so dass deine Brüder aufs College gehen konnten, und mit den Zwillingen und dir im nächsten Jahr ... Aber du wirst ja nicht aufs College gehen, wenn du ein Baby bekommst, oder? Wie kannst du Englischdozentin werden ohne Collegeabschluss, ohne überhaupt einen Abschluss?«

»Ich werde einen machen. Es wird vielleicht nur ein bisschen länger dauern.«

Kate konnte nicht glauben, was ihre schlaue Tochter da sagte. »Wird nur ein bisschen länger dauern?«

»Und in der Zwischenzeit bekomme ich Jacobs Baby.«

»Wo? Wie? Jacobs Vater fährt einen Lastwagen, und seine Mom ist Grundschullehrerin. Wenn Jacob dich so liebt, wie er sagt, wird er mit dir und dem Baby zusammen sein wollen, doch seine Eltern können euch drei nicht unterstützen.«

»Das würde ich auch nie von ihnen verlangen«, entgegnete Mary Kate. »Außerdem will ich Jacob noch nicht heiraten. Ich will hierbleiben.«

»Damit *wir* dich und das Baby unterstützen können?«

»Gut, dann ziehe ich eben aus.«

Kate packte ihre Tochter bei den Schultern. »Du wirst nicht ausziehen, Mary Kate. Das kommt nicht in Frage.«

»Aber eine Abtreibung auch nicht.«
»Da stimme ich dir zu, doch es gibt andere Möglichkeiten.«
»Wie Adoption? Ich werde mein Baby nicht zu jemand anderem geben.« Sie zupfte an ihrem Pullover. »Siehst du das hier? Er hat Sara gehört, und die Jeans waren von Lissie, aber das Baby gehört mir.« Die Hand auf ihrem Bauch war blass, doch beschützend.
Ja, musste Kate zugeben. Mary Kate bekam oft abgelegte Kleider von den Zwillingen – okay, sie bekam meistens Kleider von den Zwillingen –, aber machten große Familien das nicht immer so? Sie war ein Kind für aufgetragene Sachen für alles bis auf die Liebe. Kate hatte immer geglaubt, deshalb wäre es okay. »Deine Schwestern sind aus diesen Sachen herausgewachsen«, erklärte sie. »Es war gute Kleidung.«
»Darum geht es nicht, Mom. Das Baby gehört *mir*.«
»Genauso wie du und deine Brüder und Schwestern mir gehören«, sagte Kate. »Als ich noch ein Kind war, habe ich davon geträumt, Tierärztin zu werden. Ich liebe Tiere. Aber ich habe deinen Vater noch mehr geliebt, und dann seid ihr Kinder ziemlich schnell gekommen, und ich habe euch so sehr geliebt, dass ich eine Vollzeitmutter sein wollte, was ein Glück war, denn es gab so viel zu tun für euch fünf, dass unser Haus schon so chaotisch genug war, ohne dass ich auch noch arbeiten ging. Und als ihr alle in der Schule wart, hatten wir nicht das Geld, um mir eine Ausbildung zur Tierärztin zu finanzieren. Glaubst du, ich arbeite nur zum Spaß?«
Mary Kate war kleinlaut. »Du liebst deine Arbeit.«

»Ja, aber ich könnte sie nicht machen, wenn sie sich nicht auszahlte. Wir brauchen jeden zusätzlichen Cent.«
»Mein Baby wird nicht viel kosten«, sagte Mary Kate leise.
Kate nahm ihre Tochter erneut bei den Schultern, die sich an einen Traum klammerte, der schnell verblasste. »Es geht nicht ums Geld«, flehte sie sanft. »Ich will, dass alles leichter für dich ist, wenn du einmal Kinder hast. Ich will, dass deine Kinder ein eigenes Zimmer haben. Ich will nicht, dass du dich entscheiden musst zwischen Musikstunden oder Ballett, weil du beides nicht bezahlen kannst.«
Die Tür öffnete sich, und Kate blickte auf. Sie erwartete, dass es Lissie wäre, doch es war Will. Will, der sich von der Auslieferung bei PC hochgearbeitet hatte zum Meister der Abteilung, der Haare verloren und Fett angesetzt hatte, aber Kates Felsen geblieben war.
Sie spürte jedes Mal, wie sich eine Last von ihren Schultern hob, wenn Will nach Hause kam, doch nie war ihre Erleichterung größer gewesen als jetzt. »Hier ist dein Dad. Will, wir haben etwas zu bereden.«

Fünf Blocks weiter war Sunny Barros nicht nahe so erleichtert, als ihr Mann von der Arbeit heimkam. »Sie ist was?«, fragte Dan sie. Ihre Tochter war bei ihnen im Zimmer, doch er sah Sunny an, die absolut neben sich stand.
»Schwanger«, flüsterte Sunny. Sie konnte das Wort nicht noch mal laut sagen.
»Jessica?«, fragte er und wandte sich dem Mädchen zu. »Stimmt das?«

Sie nickte.
»Wer ist der Junge?«
»Du kennst ihn nicht, Dad.«
Dan sah seine Frau an. »Wer ist es?«
Sunny schüttelte den Kopf und presste die Lippen zusammen. Entweder das, oder sie würde zu schreien anfangen.
»Mom ist wütend«, erklärte Jessica ruhig. »Ich habe ihr gesagt, dass es in Ordnung ist. Die Menschen bekommen Babys seit Adam und Eva. Sie ist überzeugt, dass es das Ende der Welt bedeutet.«
»Entschuldige mal, Jessica«, schrie Sunny, hörte jedoch auf, als ihre zehnjährige Tochter ins Zimmer hüpfte. »Darcy.« Sie zeigte nach oben. »Geige üben. Noch zehn Minuten.«
Das Kind sah verletzt aus. »Ich begrüße doch nur Daddy. Hi, Dad.«
Sunny zeigte wieder hoch und wartete nur, bis Darcy weg war, bevor sie Jessica ansah. »Sag ihm, was du mir noch erzählt hast.« Sie sah zu Dan. »Jessica hat das geplant.«
»Geplant, schwanger zu werden?«
»Beschlossen, dass sie ein Baby will«, erläuterte Sunny. Wenn Jessica nach der einen Sache gesucht hätte, die das geordnete Leben aus den Fugen heben könnte, das sich Sunny so sorgfältig zurechtgezimmert hatte, so hatte sie sie gefunden.
»Stimmt das, Jessica?«, fragte Dan.
Jessica betrachtete ihn gleichmütig. Sie war ein großes Mädchen mit langem braunem Haar und Dans Fähigkeit, sich auszudrücken, und sprach voller

Selbstvertrauen. »Ein Kind auf die Welt zu bringen ist das Wichtigste, was ein Mensch tun kann. Ich will Spuren hinterlassen.«

»Mit siebzehn?«

»Das Alter spielt keine Rolle. Es geht darum, was in einem steckt. Ich werde die beste Mom sein, die es gibt.«

»Mit siebzehn«, wiederholte Dan. Er sah Sunny an und kratzte sich am Kopf. »Wie ist das gekommen?«

Sunny antwortete nicht. Sie verschränkte die Arme vor dem bevorstehenden Sturm und wartete. Dan war schlau, weit über die Verträge hinaus, die er für Perry & Cass aushandelte. Er sah Ursache und Wirkung und war unglaublich vorhersehbar. Sunny hatte das immer an ihm geliebt, doch jetzt würde es gegen sie arbeiten. Man musste ihm zugutehalten, dass er zuerst andere Möglichkeiten in Betracht zog. »Ist es der Druck in der Schule? Angst vor dem College?«

Jessica lächelte selbstgefällig. »Meine Noten sind super. Das ist einer der Gründe, warum ich wusste, ich könnte dies hier tun.«

Sie hatte das Hirn ihres Vaters – Zehnte in ihrer Klasse ohne große Mühe –, doch dies hier hatte nichts mit Noten zu tun oder offensichtlich auch nicht mit Hirn, befand Sunny. »Hast du eine Ahnung ...«, setzte sie an, verstummte aber, als Darcy wieder hereingewirbelt kam.

»Meine Lampe ist gerade ausgegangen. Sie braucht eine neue Birne.«

»Ich tausche sie in einer Minute aus«, sagte Sunny und drehte sie um. »Bis dahin benutze das Deckenlicht.«

»Ich mag kein Deckenlicht.«
»Benutze es«, befahl Sunny und wandte sich wieder den anderen zu. »Und da ist noch ein Problem. Was sagen wir Darcy, damit sie in sieben Jahren nicht dasselbe tut? Das ist das schlimmste Beispiel, das du ihr setzen kannst.«
Dan hob eine Hand und sagte zu Jessica: »Du hast davon geredet, nach Georgetown zu gehen.«
»Die Percy State tut es auch.«
»Tut es auch?« Er senkte die Stimme. »Ist es Adam?«
»Vielleicht, vielleicht auch nicht.«
»Jessica!«, schrie Sunny.
Dan hob erneut die Hand, um für Ruhe zu sorgen. »Du gehst doch mit Adam, oder?«
»Das tue ich, aber er ist nicht die Liebe meines Lebens.«
»Er muss dich heiraten, wenn er der Vater dieses Babys ist«, meinte Sunny.
»Ich habe nicht gesagt, dass er der Vater ist«, beharrte Jessica. »Außerdem macht das Spenden von Sperma einen Mann nicht zum Vater. Beteiligung tut es, und der Vater dieses Babys wird nicht beteiligt sein. Ich ziehe es selbst groß.«
»Du ziehst es selbst groß?«, fragte Dan. »Das ergibt doch keinen Sinn.«
»Vielleicht nicht für dich und Mom. Wenn alles in der Welt so sauber ist wie eure Küche ...«
»Was stimmt nicht mit dieser Küche?«, fragte Sunny erschrocken. Ihre Küche – ihr Haus – war größer als viele andere in der Stadt und spiegelte Dans Position als Leiter der Rechtsabteilung von PC sowie Sunnys Stellung als Abteilungsleiterin von Haushaltswaren

wider. Sie hatte jeden Zentimeter des Hauses selbst eingerichtet und war stolz auf die saisonalen Zugänge aus dem Geschäft wie die handgeblasene Schale aus Pinienzapfen auf dem Tisch. Ihre Küche spiegelte alles wider, für das sie so schwer gearbeitet hatten. Sie hatte keinen Angriff aus dieser Ecke erwartet.

»Nichts stimmt nicht mit der Küche, Mom«, antwortete Jessica gelassen. »Das ist ja das Problem. Alles ist an seiner Stelle. Nichts passt nicht zusammen. Unser Leben ist sehr, sehr organisiert.« Sie sah Dan an, der zu Sunny schaute.

»Wo hat sie das her?«, fragte er und klang verblüfft.

»Von mir nicht«, schwor Sunny, doch sie wusste, was nun kam.

»Von deiner Mutter?«

Es war die einzig mögliche Erklärung. Sunny musste Jessicas Handy nicht untersuchen, um zu wissen, dass sie oft mit ihrer Großmutter sprach. Das Mädchen machte kein Geheimnis daraus. Sie und Delilah hatten sich immer verstanden, und daran konnte keine Warnung von Sunny etwas ändern.

Delilah Maranthe war die Verkörperung von allem, dem Sunny versucht hatte zu entfliehen. Ihre Eltern waren die Exzentriker der Gegend gewesen und darauf versessen, ihr eigenes Ding zu machen. Sie wurden als Stan und Donna geboren und gingen zu Gericht, um Samson und Delilah zu werden. Sie kauften ein Haus in der Vorstadt und weigerten sich, jemals den Rasen zu mähen unter dem Vorwand, dass sie das Land in seinen ursprünglichen Zustand zurückverwandeln wollten. Sie verbrachten die Wochen vor Halloween mit

Keksebacken und dem Aufstellen von ausgefeilten elektronischen Einrichtungen, obwohl es den Kindern der Gegend verboten war zu kommen. Zu Sunnys äußerster Scham tauchten sie bei der Abschlussfeier der Highschool verkleidet als Abschlussschüler aus dem vorigen Jahrhundert auf.

Bis heute waren sie seltsam geblieben, und während manche Leute ihr Verhalten harmlos charmant fanden, sah Sunny dies anders. Wenn ihre Eltern jemals harmlos gewesen wären – wenn sie jemals auch nur eine Unze an Voraussicht besessen hätten –, hätten sie ihre Kinder nicht mit solch blöden Namen belastet. Welche Mutter nannte ihre Tochter schon Sunshine? Sunny wäre selbst zu Gericht gegangen, um ihn ändern zu lassen, hätte sie sich nicht so hartnäckig geweigert, in die Fußstapfen ihrer Eltern zu treten. Und Buttercup? Das war ihre ältere Schwester, die es einfach nur abgeschüttelt hatte und als Jane durchs Leben ging.

Sunny war verletzlicher gewesen und hatte unter den Neckereien der Schulkameraden gelitten, und obwohl keiner in Zaganack sie als Sunshine kannte, wurde sie von der Angst vor Entdeckung verfolgt. Sie hatte Jessica und ihre Schwester erzogen, normal mit einem großen N zu sein.

Und nun war Jessica schwanger und sagte, dass Sperma einen Mann nicht zum Vater machte und dass ihrer aller Leben zu normal sei – und Dan sah Sunny an, als ob es ihre Schuld wäre. Aber wie konnte sie Delilah Maranthe kontrollieren? »Es ist nicht genug, dass ich meiner Mutter entfliehen musste, als ich ein Kind war, jetzt hat sie auch noch meine Tochter verdorben!«

»Das hat nichts mit Delilah zu tun«, behauptete Jessica, was Sunny nur noch mehr erzürnte.
»Siehst du, Dan? Nicht Großmutter, *Delilah*.« Sie stürzte sich auf ihre Tochter. »Eine Großmutter sollte nicht bei ihrem Vornamen gerufen werden. Warum kannst du sie nicht Grandma nennen?«
»Weil sie es mir verboten hat. Sie ist einfach keine Grandma.«
»Das ist unser Problem«, sagte Sunny zu Dan.
»Warum gehst du immer so auf sie los?«, wollte Jessica wissen. »Delilah ist zufällig einer der aufregendsten Menschen, die ich kenne. Finde dich damit ab, Mom. Wir sind völlig voraussehbar.«
»Ich habe einen Job, für den andere Leute sterben würden«, widersprach Sunny.
»Wir befolgen jede Regel bis aufs i-Tüpfelchen.«
»Ich werde in dieser Stadt geachtet.«
Jessica hob die Stimme. »Ich will anders sein!«
»Na, das hast du ja jetzt getan. Was werden die Leute nur denken?«
»Sie werden denken, dass es in Ordnung ist, Mom, weil nicht nur ich es bin. Lily und Mary Kate sind es auch.«
Sunny japste. »Was?«

4

Susan wartete, bis Lily nach oben gegangen war, bevor sie ihr Handy einschaltete. Sekunden später fragte Kate, ohne auch nur hallo zu sagen: »Weißt du, was los ist?«
»Ich nicht. Ich habe gehofft, du wüsstest es. Du bist mein Guru.«
Sie hörte sie schnauben. »Ich war meinen Kindern eine Mutter bei gebrochenen Knochen und Kopfläusen, aber nicht bei einer Schwangerschaft. Wie geht es Lily?«
»Selbstbewusst, naiv.«
»Dasselbe bei Mary Kate.«
»Wie konnte das nur passieren?«, fragte Susan bestürzt. »Wir haben ihnen doch das Richtige beigebracht, oder?«
Kate unterbrach sie: »Nein, Lissie, sie ist kein Loser. Es gibt eine Lösung dafür.« Dann wandte sie sich wieder Susan zu und flüsterte: »Aber ich habe keine Ahnung, was es ist. Ich muss aufhören, Susie. Mary Kate wird hier gerade gekreuzigt. Es wird eine lange Nacht werden. Kannst du morgen früh zur Scheune kommen?«
Susan hatte eine ganze Reihe von morgendlichen Terminen, würde aber mit Freuden ein paar davon umlegen. »Sei um zehn da.«

Die Aussicht, mit Kate zu sprechen, war ein Trost. Genauso wie perverserweise der Gedanke, dass Susan und Lily nicht die Einzigen waren, die ein Problem hatten. Doch je länger Susan darüber nachdachte, desto panischer wurde sie. Drei Mädchen absichtlich schwanger? Dafür gab es ein Wort, doch die Mutter in ihr konnte es nicht aussprechen. Und der Schuldirektor? Sie vermochte nicht mal im Ansatz darüber nachzudenken.
Eine Schwangerschaft konnte man verbergen.
Eine konnte ein Unfall sein. Aber nicht drei.
Eine würde schnell Schnee von gestern sein. Drei nicht.
»Mom?«, drang Lilys Flüstern durch die Dunkelheit des Zimmers. »Schläfst du?«
»Wenn ich es doch nur könnte«, gab Susan leise zurück. Wenn sie doch nur die Augen schließen könnte, so dass alles weg wäre. Wenn alles nur ein schlimmer Traum wäre, ein Überbleibsel der Panik aus ihrer eigenen Vergangenheit. *Ich kann das nicht, ich bin allein, Hilfe!* Nein, sie schlief nicht. »Aber du solltest schlafen«, sagte sie ruhig. »Du schläfst für zwei.«
»Ich pinkel auch für zwei. Hast du mit Kate gesprochen?«
Susan blickte zur Tür, wo Lily stand, vom Licht dahinter beschienen, eine noch schlanke Silhouette vor dem Türrahmen. »Nur eine Minute. Wir treffen uns morgen früh.«
»Mary Kate sagt, ihre Mom ist echt außer sich. Es geht ums Geld.«
»Es geht um mehr als das«, erwiderte Susan. Wenn Geld die Mellos beherrschen würde, hätten Kate und Will nach den Zwillingen aufgehört. Aber Kate war

wohl wie sie auch außer sich wegen der Konsequenzen dessen, was ihre Töchter aus Dummheit getan hatten.
»Irgendwas von Jess gehört?«
»Nein. Sie antwortet nicht auf meine Nachrichten. Ich glaube, sie ist sauer auf mich. Sie hat Mary Kate erzählt, dass Sunny ausgeflippt ist. Jess gibt mir die Schuld.«
»Warum dir?«
»Weil wir ausgemacht hatten, es niemandem zu erzählen. Nur bin ich vor ihnen schwanger geworden, weshalb ich schon weiter war, und ich wusste, du wüsstest ...«
»Ich wusste es nicht.«
»Du magst nicht gewusst haben, dass du es wusstest, aber du hast es gewusst«, beharrte Lily, »und sobald ich es dir erzählt habe, mussten es die anderen ihren Moms auch sagen, obwohl sie warten wollten.«
Susan stritt nicht darüber, was sie wann gewusst hatte. Sie machte sich schon genug Vorwürfe wegen dem, was sie hätte sehen müssen, aber nicht gesehen hatte. Mädchen wie ihre Tochter taten so was nicht.
Doch jetzt hatten sie es getan. Und damit warten, es den Müttern zu sagen? »Seltsame Sache mit dem Schwangersein«, überlegte sie laut und schlang die Arme um die Knie. »Man sieht es ziemlich bald.«
»Aber dann wäre es zu spät gewesen, etwas daran zu ändern«, sagte Lily. »Jess macht sich Sorgen, dass sie sie zu einer Abtreibung zwingen könnten. Wenn sie es versuchen, wird sie zu ihrer Großmutter abhauen. Ich habe niemanden außer dir, Mom. Wenn du mich nicht hier willst, könnte ich deine Tante Evie anrufen, aber sie ist jetzt wie alt? Achtzig?«

Susan legte das Kinn auf die Knie. »Sechzig – und du rufst Tante Evie nicht an.«
»Nun, wenn ich es müsste, täte ich es – oder ich würde Dads Schwester anrufen. Sie mag mich. Ich meine, es wäre ja nur für eine Weile.«
»Du gehst nirgendwohin.«
»Es tut mir leid, wenn ich alles kaputt gemacht habe.«
Susan wollte sagen, dass sie das nicht getan hatte, aber es stimmte. Dass sie hier im Bett saß und Lilys warmen Körper vermisste, aber nicht die Decke hochschlagen konnte, damit sie sich an sie kuschelte, sprach für ein großes Chaos.
»Sei nicht wütend«, flüsterte Lily.
»Warum nicht, Lily?«, schoss Susan zurück. »Meine besondere Leistung im letzten Jahr war die Einrichtung einer Praxis, in der Schüler wegen Dingen behandelt werden können, über die sie mit ihren Eltern nicht reden wollen. In dieser Praxis arbeitet eine richtige Krankenschwester, und ein richtiger Arzt hat Dienst, und beide hätten dir Verhütungsmittel gegeben, wenn du hättest Sex haben wollen. Ist dir klar, dass ich darauf besonders gedrängt habe, um Schülerschwangerschaften zu verringern?«
Lily schwieg.
»Hm«, schloss Susan leise. »Ich bin auch sprachlos.«
»Dir entgeht das Wesentliche. Das ist keine ungeplante Schwangerschaft.«
»Nein, *dir* entgeht das Wesentliche«, parierte Susan spitz und empört. »Diese Stadt lebt und atmet durch Verantwortung. Diese Familie ebenso. Was du getan hast, ist verantwortungslos. Du kannst reden, soviel du

willst, dass du weißt, was du tust, und eine gute Mutter sein wirst, aber du bist siebzehn, Lily. *Siebzehn.*«
»Du hast es auch getan«, gab Lily kleinlaut zurück.
Und Susan erkannte, dass sie das für immer verfolgen würde. Sie hatte so schwer daran gearbeitet, es hinter sich zu lassen, aber hier war es wieder. Und nun hatte sie keine Ahnung, was sie tun sollte. Ganz sicher würde sie nicht Rick anrufen. Er hatte ihr vertraut, dass sie Lily gut erziehen würde, und sie hatte versagt.
Bekümmert wandte sie sich weg von der Tür und rollte sich zu einem Ball zusammen. Sie wusste nicht, wie lange Lily noch dort stand, wusste nur, dass sie ihr nicht die Hand reichen konnte, und als sie sich wieder umdrehte, um auf die Uhr zu schauen, war der Türrahmen leer.

Susan meldete sich selten krank, aber sie hätte es am nächsten Tag getan, wenn sie sich nicht mit Kate an der Scheune hätte treffen wollen. Jemand hätte sie unweigerlich dorthin gehen sehen. Doch Zaganack kümmerte sich um die Seinen. Wenn man krank war, wussten das die Leute. Genauso, wenn man angeblich krank war und anderswo auftauchte.
Die Aussicht, die Schule um zehn zu verlassen, hielt sie am Laufen, und als sie schließlich die Steinstufen hinunterging und ins Auto stieg, fühlte sie sich zum ersten Mal an diesem Tag besser. Sie wäre zu Fuß gegangen, wenn sie Zeit gehabt hätte; die Scheune war nicht weit, und die Novemberluft war frisch und duftete noch nach trockenem Laub. Doch sie wollte keine Minute verlieren.

Es war keine normale Scheune, sondern eine mit Vergangenheit. Sie war ursprünglich am Stadtrand erbaut worden, um Pferde darin unterzubringen, und hatte ihren Anteil an entflohenen Sklaven beherbergt, die auf dem Weg in die Freiheit nördlich der Grenze waren. Jahrelang war nichts als Spinnweben und Mäuse darin gewesen, doch für Susan, Kate, Sunny und Pam, die PC Wool als ihr eigenes Ticket in die Freiheit ansahen, hatte sie ihren Reiz nie verloren. Als der Letzte der Familie Gunn gestorben war und der Besitz zum Kauf angeboten wurde, machten sich die Frauen für die Scheune stark. Tanner Perry, der Enkel von Herman Perry und Ehemann von Pam, sah es als Touristenattraktion und hatte es gekauft und es näher an den Rest von Perry & Cass gerückt. Aus dem touristischen Teil war nie recht etwas geworden, doch der Erfolg von PC Wool entschädigte mehr als genug dafür.

Susan parkte neben Kates Lieferwagen und ging hinein, vorbei an Ständen mit rohen Fasern, Kisten zum Versenden und Computern, bis nach hinten. Dort standen an den Wänden Wannen, um die Fasern einzuweichen, und Regale mit Farben. In einem getrennten Teil befand sich frisch gefärbte Wolle, die man zum Trocknen aufgehängt hatte, während Ventilatoren leise über ihr surrten. In der Nähe stand eine Aufwickelmaschine.

Wenn sie nicht mit sich beschäftigt gewesen wäre, hätte Susan einen Stapel fertigen Garns bewundert. Es war eine Mischung aus Alpaka und Mohair und gehörte zu den letzten der Ferienfarben, die sie sich im vergangenen Sommer ausgedacht hatte. Dutzende von Cranberry-,

Balsam- und Schneeschattierungen schienen darin auf und waren der Höhepunkt eines Jahres, in dem sich die Verkäufe verdoppelt hatten. PC Wool hatte sich nicht nur eine eigene Abteilung im Katalog von Perry & Cass verdient, sondern auch eine Explosion in den Online-Verkäufen erzielt, nachdem es der Liebling der Strick-Blogs geworden war.

Ein großer Eichentisch stand in der Mitte des Arbeitsraums. Er war alt und verschrammt und derselbe, an dem sie vor zehn Jahren ihre erste Farbsaison zusammengestellt hatten. Damals stand der Tisch in Susans Garage, und PC Wool war nur ein Traum gewesen, beschworen an kinderfreien Abenden bei einer Flasche Wein und mit guten Freundinnen, die gerne strickten. Selbst jetzt lagen in einem großen Korb in der Mitte des Tisches kleine Strickarbeiten, während der größte Teil des Tisches mit Garnrollen bedeckt war, die darauf warteten, gezwirbelt zu werden.

Susan ließ ihren Mantel auf einen Stuhl fallen und ging zu Kate. »Geht es dir gut?«

»Ging mir schon mal besser«, gab Kate zurück. Ihre Augenlider waren schwer, ihr Haar ein Durcheinander, das vom Kopf abstand. Sie öffnete die Arme.

Deshalb war Susan gekommen. Sie brauchte Trost. Die zierliche Kate mit dem großen Herzen und ihrer praktischen Ader hatte ihr immer welchen geboten. »Wenn es schon jemand hat sein müssen«, flüsterte Susan, »bin ich froh, dass du es bist. Was sollen wir tun?«

Kate hielt sie eine Minute fest. »Ich weiß es nicht.«

»Das ist nicht die richtige Antwort. Du musst sagen, dass sich alles finden wird, dass dies nur eine weitere der kleinen Herausforderungen des Lebens ist und dass, was passiert, so sein soll.«

»Aha«, bellte Kate trocken, »zumindest habe ich *dich* gut erzogen. Du kannst mir das ruhig weiter sagen. Im Moment bin ich nicht gerade glücklich und zufrieden.«

»Was sagt Will?«

»Ziemlich genau, was du gerade gesagt hast. Aber Mann, das kam völlig unerwartet. Wie können schlaue Mädchen so was Dummes tun?« Sie griff nach einem Strang Garn und drehte es geschickt, bis es fest genug war. »Der Hals meiner Tochter«, murmelte sie, während sie ein Ende ins andere steckte.

»Das kann ich unterschreiben«, erwiderte Susan, und die Angst der letzten sechsunddreißig Stunden strömte aus ihr hinaus. »Ich kann die Wut nicht überwinden. Ich kann Lily nicht fragen, wie sie sich fühlt, ich kann sie nicht halten. Sie war so lange mein kleines Mädchen, doch jetzt steht dieses ... dieses ... andere Ding zwischen uns.«

»Ein Baby.«

»Für mich ist es noch kein Baby. Es ist etwas Ungewolltes.« Sie wedelte mit der Hand. »Schlechte Wortwahl. Was ich sagen wollte, ist, dass wir das in dieser Phase unseres Lebens nicht gebraucht haben. Lily sollte all die Möglichkeiten bekommen, die ich nicht hatte. Was hat sie sich nur dabei gedacht?«

»Sie war nicht allein.«

»Was mich umhaut. Ich fand immer schön, dass unsere Mädchen viel zusammen gemacht haben. Sie sind alle gute Schülerinnen, gute Sportlerinnen, gute Stri-

ckerinnen. Ich dachte, sie würden sich gegenseitig davon abhalten, Blödsinn anzustellen.« Ihr kam ein neuer Gedanke. »Wo passt Abby bei alldem rein?«
Kate warf ihr einen Blick zu. »Mary Kate weigert sich, es zu sagen.«
»Sie ist auch schwanger?« Vier wären noch schlimmer als drei, auch wenn drei schon schlimm genug waren.
»Mary Kate hat mich nur angestarrt, als ich sie gefragt habe.«
»Was heißt, dass Abby entweder schwanger ist oder es noch versucht.«
»Ich weiß nur«, fuhr Kate fort, »dass Mary Kate mich angefleht hat, es nicht Pam zu erzählen.«
»Aber wenn Pam verhindern kann, dass es auch Abby passiert …«
»Das habe ich auch gesagt, aber Mary Kate meinte, dass Abby es sowieso tun würde, und sie hat wahrscheinlich recht. Von den vier Mädchen ist sie die am wenigsten Verankerte.«
Wie ihre Mom, dachte Susan. Sie musste es nicht sagen, Kate wusste es auch so. Sie hatten mehr als einmal darüber gesprochen.
»Außerdem«, fuhr Kate fort, »kann Pam ihr ja schlecht einen Keuschheitsgürtel umbinden.«
Susan schnaubte. »Davon gibt es heutzutage nicht viele, und was haben wir stattdessen? Das Netz. Genug Informationen, um naiven Siebzehnjährigen das Gefühl zu geben, sie wüssten alles. Was war Mary Kates Entschuldigung, dass sie ein Baby will?«
Kate drehte eine weitere Strähne. »Sie war ein Kind, das alles auftragen musste. Sie will etwas Eigenes.«

»Ist das nicht Jacob?« Susan war im Allgemeinen skeptisch, was Highschool-Paare anging, doch sie mochte Jacob Senter sehr. Er war ein netter Junge, engagiert in der Schule und Mary Kate ergeben. Lily hatte niemanden wie ihn.
»Aber zwischen Schule und Darlehen«, erklärte Kate, »wird es Jahre dauern, bis sie heiraten können. Sie will jetzt etwas. Etwas, was ihre Schwestern nicht haben.« Sie kniff die Augen zusammen. »Ist mir was entgangen?«
»Sie hatte Liebe«, verteidigte Susan Kate.
»Wenn ich nicht mit den anderen beschäftigt war. Sie hat ein bisschen recht, Susie. Ihre Lösung mag abwegig sein, aber ich verstehe, wo es herkommt. Lily aber hat dich ganz für sich gehabt.«
»Aber nur mich. Sie will eine Familie.«
»Sie hat Rick.«
Rick. Susan spürte ein leichtes Ziehen im Herzen.
»Rick ist wie der Wind. Versuch mal, ihn zu fangen.«
»Hast du ihn angerufen?«, fragte Kate vorsichtig.
Susan presste die Lippen zusammen und schüttelte den Kopf.
»Weißt du, wo er ist?«
»Das kann ich herausfinden.« Nicht, dass es wichtig war. Seine Handynummer war verbunden mit dem Nachrichtenhauptquartier in New York. Er konnte überall in der Welt sein, und ihr Anruf würde ihn erreichen.
Ihn zu erreichen wäre der leichte Teil. Ihm zu sagen, was passiert war, würde schwerer werden.
Sie übte an Kate. »Als Lily klein war, wollte sie einen Bruder oder eine Schwester. Das war, bevor ihr klar war, dass ihr Daddy nicht da war. Sobald sie begriff,

dass Rick und ich nicht zusammen waren, wurde sie zur Heiratsvermittlerin. ›Du würdest Kelseys Daddy wirklich mögen, und Kelsey hat eine Schwester und zwei Brüder, und sie brauchen eine Mom wie dich.‹« Susan lächelte kurz. »Es war süß. Traurig. Sie wollte immer eine große Familie, aber es gibt einen richtigen und einen falschen Weg, eine zu bekommen.« Sie griff nach einem Strang Garn und drehte ihn, wie auch sie es Hunderte von Malen gemacht hatte. »Sie erinnert mich ständig daran, dass ich siebzehn war, als ich sie bekommen habe, aber genau deshalb weiß ich, wie schlimm es ist. Sie sind körperlich noch nicht bereit. Und emotional auch nicht.«

»Ich auch nicht«, gab Kate müde zu. »Jahrelang war mein Leben ein verschwommener Wirrwarr aus Windeln, laufenden Nasen und unterbrochenem Schlaf. Ich hyperventiliere, wenn ich nur daran denke. Ich kann es nicht noch mal durchmachen.«

Susan sorgte sich weniger, es noch mal durchzumachen, als weiterzugehen. »Zumindest weißt du, dass es Jacob ist. Lily will mir nicht sagen, wer der Vater ist. Sie behauptet, sie weiß es nicht. Wie verrückt ist das?«

»Du hast keine Idee?«

»Keinen Schimmer.« Und das beunruhigte Susan sehr. »Sie hat mir gesagt, als sie in der zweiten Klasse für Bobby Grant schwärmte. Sie hat mir erzählt, als sie ihren ersten Kuss bekam. Der war von Jonah McEllis. Sie hat mir einen genauen Bericht ihrer Beziehung mit Joey Anderson im letzten Jahr gegeben. Und in jedem Fall war ich nicht überrascht. Eine gute Mutter würde wissen, wenn ihre Tochter jemanden mag, oder?«

Kate kicherte. »Wie sie auch wissen würde, ob ihre Tochter plant, schwanger zu werden?«
»Wie habe ich es nicht erkennen können?«, fragte Susan noch immer bestürzt. »Ich sehe jetzt hin, und ja, da ist ein Unterschied. Ihre Brüste sind voller. Warum habe ich es vorher nicht bemerkt?«
»Sie waren vorher nicht voller«, beruhigte Kate sie. »Oder ihre Kleider haben es verborgen. Oder du hast gedacht, sie wird nur runder. Susie, ich frage mich dasselbe. Meine Tochter ist im zweiten Monat schwanger, trinkt literweise Milch, hat sich morgens oft übergeben, und ich dachte, es sei eine Grippe.«
Susan musste tatsächlich lächeln. So jämmerlich die Situation war, sie fühlte sich besser. Luft ablassen half immer, vor allem, wenn der Mensch, bei dem man es tat, im selben Boot saß. Kate würde sie lieben, egal, was für eine Mutter sie war.
»Hast du mit Lily über Möglichkeiten geredet?«, fragte Kate.
Susan fielen nur drei ein, und eine Abtreibung stand nicht zur Debatte. Sie griff nach noch mehr Garn. »Ich habe heute Morgen Adoption erwähnt.« Sie drehte den Strang und sah auf. »Lily hat die Frage an mich zurückgegeben. Hätte ich es tun können? Wir kennen beide die Antwort.«
»Wie war es?«, ertönte eine dritte Stimme. Sunny knöpfte im Näherkommen ihren Mantel auf. »Mit siebzehn ein Baby zu bekommen?«
Susan musste nicht lange nachdenken. Sie hatte die Erfahrung seit dem Abendessen bei Carlino am Dienstag noch mal intensiv durchlebt. »Es hat mein

Leben total verändert. Meine Kindheit endete – war einfach vorbei.«

Sunny trat zu ihnen an den Tisch. Sie hatte offenbar eine Pause von der Arbeit genommen und ihr Haar mit einer pflaumenblauen Spange zurückgebunden, die zu ihrem Pullover und ihrer Hose passte. »Ich weiß, du hast dich deinen Eltern entfremdet«, sagte sie zu Susan, »aber ich kenne die Details nicht.«

Das war etwas, mit dem sich Susan nicht lange befasste. »Meine Eltern konnten nicht damit umgehen«, erwiderte sie, »deshalb bin ich zu einer Tante in Missouri gezogen, als ich Lily bekam und die Highschool beendete. Tante Evie war toll, doch sie hatte keine Kinder. Sie wusste nicht, was ich durchmachte, und ich traute mich nicht, mich zu beschweren. Es war erschreckend. Mein Arzt war nicht viel anders als mein Vater. Es gefiel ihm, mir von all den Risiken zu berichten, die es gibt, wenn man mit siebzehn ein Baby bekommt.«

»Zum Beispiel?«

»Dass zum Beispiel der Körper einer Siebzehnjährigen nicht bereit ist, ein Baby bis zum Ende auszutragen. Dass ich Anämie, Bluthochdruck und eine Frühgeburt riskierte und dass das Baby Untergewicht und unterentwickelte Organe haben kann.«

Kate sah erschrocken aus. »Stimmt das alles?«

»Ich habe es geglaubt. Jetzt weiß ich, dass die meisten dieser Probleme auftreten, weil Mütter im Teenageralter typischerweise nicht auf sich achten. Ich hatte eine Heidenangst. Es gab keine Unterweisungen im Krankenhaus des Ortes. Ich hatte ein paar Bücher, aber die beruhigten mich nicht. Ich war erst siebzehn. Ich

hatte Angst vor der Geburt, und dann, wenn ich es überlebte, würde ich mich um ein Baby kümmern müssen, das völlig hilflos wäre und vielleicht Entwicklungsprobleme hätte, weil ich erst siebzehn war.«
Sunny runzelte die Stirn. »Es muss doch jemanden gegeben haben, der helfen konnte.«
»Die Krankenschwester bei meinem Kinderarzt. Sie war ein Engel. Ich habe jeden Morgen während der Sprechstunde mit ihr geredet. Es war, als ob sie zwei Patienten hätte, ein Kleinkind und eine Siebzehnjährige – na ja, inzwischen Achtzehnjährige. Wir haben immer noch Kontakt.«
»Hast du noch Kontakt mit deiner Tante?«
»Ab und zu. Aber es ist heikel. Sie wollte sich auch niemals meinem Vater widersetzen. Es war abgemacht, dass ich bei ihr bleibe, bis ich die Highschool fertig hatte, und dann gehen sollte. Mein Dad hat genug Geld auf ein Konto überwiesen, dass ich ein gebrauchtes Auto kaufen und für alles Notwendige zahlen konnte, bis ich für mich und Lily einen Ort gefunden hätte, wo ich arbeiten konnte.«
»Sie haben dich verleugnet«, schloss Sunny, »was ich vielleicht mit meiner Tochter auch tun werde.«
»Das wirst du nicht«, schimpfte Kate.
»Vielleicht doch. Ich kann es nicht glauben, dass sie das getan hat. Weißt du, wie peinlich das ist?«
»Nicht so peinlich wie damals, als ich schwanger wurde«, gab Susan zurück. »Wir lebten in einer Kleinstadt, deren Bürgermeister mein Vater war – genauso wie sein Dad vor ihm –, so dass die Peinlichkeit ganz öffentlich war. Mein älterer Bruder dagegen war der Held der

Stadt. Toller Schüler, Footballstar, rechtmäßiger Erbe – nenn mir einen Stereotyp, und Jackson war es alles. Ich war das faule Ei. Es war leicht, mich aus dem Familienbild auszulöschen.«
Sunny wirkte eher fragend als verstört. »Was ist mit Lily? Waren sie nicht neugierig?«
»Meine Mutter vielleicht.« Möglicherweise ein Phantasiegebilde, doch Susan klammerte sich an diesen Glauben. »Aber sie war mit meinem Vater verheiratet, und er war hart. Ist es immer noch. Ich schicke bei jeder Gelegenheit Karten – zum Geburtstag, Hochzeitstag, Thanksgiving, Weihnachten. Ich schicke Zeitungsartikel über Lily und mich. Ich schicke Geschenke von Perry & Cass und Garn für meine Mutter. Sie schickt jedes Mal nur förmliche Dankesgrüße.« Susan hielt eine Garnrolle hoch. »Sie fand diese Farben sehr, sehr hübsch. Sehr hübsch«, wiederholte sie monoton, erschrocken darüber, wie sehr die nichtssagende Nachricht sie immer noch traf.
»Ich versuche zu entscheiden, ob Jessica überleben kann«, sagte Sunny. »Wie hast du es ohne Hilfe mit einem Kleinkind geschafft?«
»Ich habe nicht geschlafen.«
»Nein, im Ernst.«
»Im Ernst«, beharrte Susan. Sie hatte früh gelernt, mehrere Aufgaben gleichzeitig zu erledigen. »Ich habe gelernt, gearbeitet und mich um ein Baby gekümmert. Nachdem ich mit der Highschool fertig war, habe ich auf meinem Weg nach Osten gebabysittet. Babysitten war das Einzige, was ich tun und dabei Lily bei mir haben konnte, da ich mir ganz sicher keinen Babysitter

leisten konnte. Als ich herkam, habe ich Büroarbeit im College der Gemeinde gemacht, weil ich so eine billige Tagesbetreuung und umsonst Unterricht bekam. Ich hatte mein Studium halb fertig, als ich euch zwei kennenlernte.« Ihre Mädchen waren zusammen in der Vorschule gewesen. »Das war ein Wendepunkt. Freunde sind wichtig.«

»Genau!«, rief Sunny. »Wenn unsere Mädchen nicht Freundinnen gewesen wären, wäre das nicht passiert.«
Susan war erschrocken. Von den drei Mädchen sah sie Jessica als diejenige an, die am ehesten bereit zum Rebellieren war. »Wenn nicht mit unseren beiden, dann mit zwei anderen Freundinnen«, gab sie ruhig zurück.
Sunny beruhigte sich ein wenig. »Sag das mal meinem Mann.«
»Oh, oh!« Das kam von Kate, und mit Grund. Dan Barros war ein freundlicher Mann, doch es gab keinen Zweifel, wer die Hosen anhatte. »Er gibt unseren Mädchen die Schuld?«
Es entstand eine Pause und dann ein halbherziges: »Nicht genau.«
»Was hat er gesagt?«
»Ach, er sagt nichts. Er deutet an. Er folgert. Ich sage zu Jessica, sie muss uns erzählen, wer der Vater ist, damit sie heiraten können, was dem Ganzen wenigstens den Anschein von Anstand verleihen würde, doch Dan nimmt *mich* in die Mangel. ›Wie ist das passiert? Wo warst du? Hast du nichts gesehen?‹ Fazit? Ich bin schuld.«
»Es ist nicht deine Schuld«, meinte Kate, obwohl sie zu Susan sah. »Oder?«

Hatte Susan sich nicht selbst auch schon die gleiche Frage gestellt? Sie nahm ein PC-Wool-Schildchen von einem Stapel neben den Garnrollen. Das Schildchen war ein auffälliges kleines Ding, auf dem das PC-Wool-Logo stand, zusammen mit dem Inhalt der Faser auf der Rolle, seiner Länge und Breite und der Waschanleitung. »Wir haben unsern Töchtern das Wissen mitgegeben, wie so etwas zu verhindern ist«, sagte sie, während sie geistesabwesend mit dem Schildchen herumspielte. »Aber sie haben uns nicht um Rat gefragt.«
»Sie haben uns nicht um Rat gefragt«, klagte Sunny. »Sie haben einander Kraft gegeben.«
»Angeberei«, ergänzte Kate.
»Das auch«, stimmte Susan zu. Nachdem sie noch eine Weile mit dem Schildchen gespielt hatte, blickte sie auf und sah ihre Freundinnen an. »Ich sage den Eltern ständig, dass sie einbezogen werden müssen. Sie müssen wissen, was ihre Kinder tun. Kinder sind nicht schlecht, nur jung. Ihre Gehirne entwickeln sich noch. Deshalb sind Sechzehnjährige miserable Autofahrer. Sie haben nicht das Urteilsvermögen. Sie haben körperlich tatsächlich nicht die graue Hirnmasse, um in einer Krise die richtige Entscheidung zu treffen. Die bekommen sie erst vollständig, wenn sie Anfang zwanzig sind.«
»Und in der Zwischenzeit ist es dann *unsere* Schuld?«, fragte Sunny.
Susan antwortete nicht. Sie fragte sich plötzlich, was all diese Eltern, die sie belehrt hatte, wohl sagen würden, wenn sie erfuhren, dass ihre Tochter schwanger war. Angesichts ihres Alters und dessen, was manche als meteorhaften Aufstieg auf ihrem Gebiet ansahen, hatte sie

sich immer auf schwankendem Boden bewegt. Jetzt fürchtete sie um ihre Glaubwürdigkeit.

Sie hatte wohl betroffen gewirkt, denn Kate nahm ihre Hand. »Was unseren Töchtern vielleicht an grauer Masse gefehlt hat, haben sie an elterlichem Einfluss wettgemacht. Wir haben sie gelehrt, richtig von falsch zu unterscheiden, Susie. Sie haben uns noch nie zuvor einen Grund gegeben, an ihnen zu zweifeln.«

»Aber das macht es ja gerade so absurd«, jammerte Susan. »Ich könnte euch eine Liste von Mädchen in der Schule geben, die in Gefahr sind, so etwas zu tun. Die Namen unserer Töchter würden sich nicht darauf befinden.«

»Das ist eine Idee«, warf Sunny ein und klang hoffnungsvoll. »Niemand erwartet es von unseren Mädchen, also wird es erst mal niemand erfahren. Das lässt uns Zeit zu überlegen, was zu tun ist.« Sie sah von Susan zu Kate und zurück. »Stimmt's?«

Susan dachte gerade, dass die Zeit vielleicht nicht helfen würde, als Pam aus dem vorderen Teil der Scheune geschlendert kam. »Hallo, ihr«, rief sie, als sie kaum halb an den Ständen vorbei war. »Waren wir verabredet?« Sie löste einen großen Schal, als sie zu ihnen trat. »Ich habe bei PC Beans Leah und Regina getroffen. Sie haben gesagt, du hättest sie rausgeworfen, Kate.« Leah und Regina waren an diesem Tag Kates Assistentinnen, zwei von acht Teilzeitkräften, die dabei halfen, PC-Wool-Artikel in der Menge auszuliefern, die nachgefragt wurde.

»Ich habe ihnen Geld für Kaffee gegeben«, entgegnete Kate nach nur wenigen Sekunden.

Aber Pam bekam es mit und blickte sich um. »Was ist los? Ihr seht alle aus, als ob jemand gestorben wäre.«
»Niemand ist gestorben«, erwiderte Sunny fröhlich. »Wir haben nur einen letzten Blick auf das Urlaubsgarn geworfen. Es war eine tolle Farbstrecke. Die Leute sind hingerissen von der Frische der Farben – erinnert sehr an Urlaub, ist aber nicht ganz traditionell. Ich habe euch doch gesagt, dass wir der Frühjahrsware bei Haushaltswaren zum Muttertag einen gehörigen Aufschwung geben würden, oder? Haben wir Farben, Susan?«
»Ja, haben wir«, antwortete Susan, um das Entsetzen zu verbergen, das allein die Erwähnung des Muttertags hervorrief. Lily würde dann im neunten Monat und sehr dick sein. Als sie sich das vorstellte, konnte Susan nur an Rosa und Blau denken, was absolut keine PC-Farben waren.
Natürlich konnte sie das nicht sagen. Mitzumachen schien am sichersten zu sein. Doch Pam war eine gute Freundin, und ihre Tochter war sehr wahrscheinlich schwanger oder versuchte, es zu werden. Sag es ihr, rief eine Stimme in Susans Kopf.
Aber niemand sonst meldete sich. Wenn Susan es täte, würde sie die anderen – und Lily – verraten.
Also sagte sie: »Ich werde am Samstag an den Färbungsrezepturen arbeiten. Haben wir einen Termin für den Katalog?«
Pam war ihre Verbindung zu den Katalogbestellungen. Zumindest nannte sie sich so, auch wenn sie in diesem Bereich nicht mehr tat, als Daten an einen Manager weiterzugeben. Wichtiger war, dass sie für PC Wool

kämpfte und die Verbindung der Frauen zu den Mächtigen war. Wenn es einen Interessenkonflikt gab, scherte das niemanden, da sie selbst eine Perry war. PC Wool hatte im letzten Jahr einen größeren Wachstumsanteil aufgewiesen als zwei andere Abteilungen zusammen.

»Ende Januar«, antwortete Pam. »Das heißt, dass wir Mitte des Monats Muster malen und fotografieren lassen müssen.« Ihr Gesicht leuchtete auf. »Können wir vor Weihnachten noch ein Wellnesswochenende machen, um Texte zu schreiben? Letztes Jahr fand ich das toll.«

Sie waren nach Weymouth Farm gefahren. Das Spa dort hatte eine gegenseitige Vereinbarung, nach der Perry & Cass es mit PC-Badeseifen und -gels belieferte im Austausch für die kostenfreie Zimmernutzung.

»Das könnte Probleme geben«, wich Kate aus. »Meine vier an der Percy State haben dann Abschlussprüfungen. Ich muss mich besonders um sie kümmern.«

Sunny schüttelte den Kopf. »Dan hat alle Wochenenden zwischen heute und Weihnachten bereits verplant.«

Susan schwieg. In einem Monat würde man es Lily ansehen. Es würde vielleicht bekannt sein. Pam würde sie vielleicht hassen, weil sie es ihr nicht vorher gesagt hatten. Schlimmer, Abby selbst wäre vielleicht schwanger, und in diesem Fall würde sich Susan doppelt schuldig fühlen.

Doch Pam sah so eifrig aus, dass Susan ihre letzte Ausrede hervorkramte. »Rick kommt vielleicht«, sagte sie entschuldigend. »Er will mal sehen, wie seine Termine im Dezember ausschauen. Bis er das weiß, lege ich mich nicht fest.«

Pam sah niedergeschlagen aus. »Was seid ihr für Spielverderber?«, schmollte sie. »Dann muss ich mich also mit Samstagen hier begnügen? Was machen wir diese Woche?«

»Die Garnrollen beschriften«, antwortete Kate. »Und uns Susans magisches Notizbuch mit den Farben anschauen, die sie ausgesucht hat.«

»Bring dein WIP mit«, schlug Susan Pam vor und meinte damit ihre laufende Arbeit, einen Kaschmirmantel, den nur Pam die Zeit und das Geld hatte anzugehen. »Wie läuft es damit?«

»Der Rücken ist fast fertig. Das Garn ist phantastisch. Wir müssen Kaschmir in unsere Kollektion aufnehmen.«

»Zu teuer«, warnte Sunny.

»Aber hättest du ihn nicht gerne im Laden?«, fragte Pam.

»Für mich? Ja. Ich weiß nur nicht, wie viele Leute, die mit dem Bus kommen, Kaschmir kaufen werden.«

»Vielleicht keine Touristen, aber eingefleischte Strickfreaks? Online-Käufer? Blogger haben danach gefragt.« Sie sah die anderen an. »Ein Kaschmirumhang oder ein Schal so leicht wie Spitze wäre perfekt für den Frühling. Kann ich recherchieren, wo man es ungefärbt bekommen kann?«

»Klar.«

»Unbedingt.«

»Super«, gab Pam zurück. »Lasst uns am Samstag weiterreden. Und am Sonntag«, fügte sie hinzu und wandte sich Sunny zu. »Wann brauchst du uns?«

Brunch um elf, dachte Susan. Es war Dans Geburtstag.

»Dan hat seine Meinung geändert«, sagte Sunny und

wirkte bedrückt. »Er will nur ein ruhiges Frühstück. Er fühlt sich alt.«
Dan wurde dreiundvierzig, was auf keinen Fall alt war. Es war nicht das Alter, erkannte Susan. Er gibt uns auch die Schuld.

Sunny schaffte es am Samstagmorgen nicht zur Scheune, und angesichts der Tatsache, dass sie ihr Ohr war, wenn es um die Kunden von Perry & Cass ging, zögerte Susan, ohne sie über die Farben zu sprechen. Glücklicherweise blieb Pam nicht lange, so dass sie abwechselnd Schilder befestigten und den Mantel bewunderten, den Pam strickte. Aber sobald sie weg war, meinte Susan schuldbewusst: »Das war schlimm. Wir müssen es ihr sagen.«
»Wie können wir?«, gab Kate zurück und zählte die Argumente zur Loyalität den Mädchen gegenüber auf.
»Aber wenn wir Pam davor retten ...«
»Abby wird es trotzdem tun.«
»Vielleicht nicht, wenn Pam rechtzeitig mit ihr spricht. Was, wenn ich sie schwören lasse, es niemandem zu sagen?«, fragte Susan.
»Und du glaubst, sie würde es nicht tun?«
Nein, Susan glaubte es nicht. Pam würde es niemandem absichtlich erzählen, doch sie war so verzweifelt darauf aus, wichtig zu sein, dass es einfach aus ihr hinausströmen würde. »Das Problem«, brachte Susan ihr letztes Argument vor, »ist, dass sie es früher oder später herausbekommen wird, und dann wird sie verletzt sein.«
»Sie wird es verstehen.«

»Und in der Zwischenzeit müssen wir solche Samstagvormittage wie diesen durchleiden? Ich weiß nicht, ob ich das kann, Kate. Es ist schlimm genug, dass ich Rick nicht anrufe, aber Lily will warten. Benutze ich sie als Ausrede? Ich bin so ein Feigling.«

Kate legte ihr tröstend eine Hand auf den Arm. »Du bist kein Feigling. Du respektierst Lily, Mary Kate und Jess, indem du es Pam nicht erzählst. Außerdem gibt es einen Grund, warum Lily damit warten will, es Rick zu sagen. Das erste Trimester ist entscheidend. Was, wenn sie eine Fehlgeburt hat?«

Lily hatte keine Fehlgeburt. Sie verbrachte die nächste Woche größtenteils, wie sie die letzten elf verbracht hatte – sie ging zur Schule, ohne dass jemand etwas ahnte, schlief abends über ihren aufgeschlagenen Büchern ein und wachte später wieder auf, um zu lernen, schickte oft SMS an Mary Kate und Jess, auch wenn Jess jetzt öfter ihr eigenes Zuhause floh und bei ihnen war.

Susan kämpfte darum, mit dem Zustand ihrer Tochter fertig zu werden. Sie steigerte sich einerseits in Visionen über Lilys Zukunft hinein und weigerte sich dann wieder, daran zu denken, doch die ganze Zeit empfand sie einen Schmerz in ihrem Inneren. Sie fühlte sich verraten.

Natürlich spürte Lily das, was vielleicht erklärte, warum ihr morgens weiter schlecht war. Zumindest schloss Susan das schuldbewusst, als sie am Donnerstagmorgen einen Anruf aus der Schulpraxis bekam. Sie verließ schnell eine Sitzung im Stadtzentrum und fuhr dorthin.

5

Die Praxis befand sich im Keller der Schule. Susan hatte etwas Offeneres und Helleres gewollt, doch da so wenig Platz war, war der Keller ein notwendiges Zugeständnis. Seine Nähe zu den Umkleideräumen war ein Vorteil; Sportverletzungen gehörten in einer Schule dazu, die höchst konkurrenzfähige Mannschaften ins Feld schickte. Ein direkter Eingang zum hinteren Parkplatz half, wenn es um eine ansteckende Krankheit ging.

Susan benutzte nun diesen Hintereingang, lief an zwei Schülern vorbei und sah in den Kabinen nach. Sie entdeckte Lily auf einem Bett in der dritten Kabine, und sie sah erbärmlich jung aus. Ihre Knie waren gebeugt. Eine Hand lag über dem Bauch, mit dem anderen Arm bedeckte sie die Augen.

»Süße?«

Lily bewegte den Arm und brach, als sie Susan erblickte, sofort in Tränen aus. »Es tut mir leid«, flüsterte sie.

Susans Herz schmolz dahin. »Was ist passiert?«

Die Worte kamen hastig und atemlos. »Mir war so schlecht, und da bin ich an meinen Schrank gegangen, um nach Keksen zu suchen, und da war Abby und hat verkündet, ich meine, richtig laut verkündet, was ich denn wolle, ich sei nun mal schwanger. Es war ein

Alptraum, Mom. Überall waren Jugendliche, und sie sind alle stehen geblieben und haben mich angestarrt. Ich wollte ihnen sagen, dass sie unrecht hat, aber ich konnte nicht. Ich war so aufgeregt – ich meine, wie konnte Abby das tun? Ich habe mich noch nie zuvor übergeben, aber da habe ich es getan, vor allen anderen.«

Sie sah grün genug aus, um es wieder zu tun, doch Susan war es egal. Sie setzte sich auf den Rand der Liege und nahm sie in die Arme. Lily machte das durch, was, wie sie selbst wusste, eine Feuerprobe war. Eine gute Mutter empfand keine Wut auf ihr Kind, wenn sie diesen Schmerz spürte.

Außerdem gab Susan sich genauso viel Schuld wie Abby. Sie war zurückhaltend und kühl gewesen, als ihre Tochter Unterstützung gebraucht hatte. Sie schaukelte sie sanft, hatte ihr Kinn auf Lilys Kopf gelegt und versuchte nachzudenken.

In dem Moment öffnete die Schwester den Vorhang. Amy Sheehan war Mitte dreißig, attraktiv in Pullover und Jeans und sprach leise. Sie war unglaublich umgänglich und Susans erste Wahl für den Job gewesen, es hatte keine Zugeständnisse gegeben. Ihre Stimme klang nun sanft. »Lily hat es mir erzählt. Sie hat gesagt, sie war beim Arzt.«

Susan nickte, doch ihre Gedanken rasten. Sie hatte auf mehr Zeit gehofft. Was jetzt?

Lily blickte auf. Ihre Augen wirkten gequält. »Ich habe zu Mittag gegessen. Ich dachte, wenn ich etwas im Magen hätte, würde ich es schaffen. Ich habe nicht erwartet, dass mir so schlecht würde. In den Büchern steht, dass es nach zwölf Wochen aufhört.«

Susan erinnerte sich, dass sie auch noch lange nach dem magischen Zeitpunkt an Übelkeit gelitten hatte. »Was wissen die Bücher schon? Aber es ist, wie es ist. Zeit für Plan B.«
»Und der ist?«
»Keine Ahnung.« Sie sah Amy an. »Irgendwelche Ideen?«
Amy wirkte entschuldigend. »Man kann es eigentlich nicht leugnen. Nicht, wenn Lily das Baby behalten will. Es wird sowieso bald offensichtlich werden.«
Sie musste nicht weitersprechen. Wenn man die Schwangerschaft jetzt leugnete, würde das Leugnen selbst zum Problem werden, sobald man es Lily ansah. Vor allem, was den Direktor anging.
Lily sah wieder Susan an. »Was hast du getan?«
Susan musste Amy ihre Geschichte nicht erzählen. Ihr und Lilys Alter stand in den Papieren. Außerdem hatte Susan es offengelegt, als sie Amy für die Schulpraxis eingestellt hatte. »Ich habe meine Schwangerschaft fünf Monate lang verborgen. Ich habe meine Gesundheit und die meines Babys gefährdet, weil ich nicht wusste, an wen ich mich wenden sollte. Ich will, dass unsere Schüler einen Ort haben, an den sie gehen können, wenn sie nicht zu ihren Eltern können. Ich will nicht, dass man sexuelle Probleme ignoriert.«
Als Antwort auf Lilys Frage lächelte sie nun traurig. »Ich hatte das Glück, dass ich mich nicht in der Öffentlichkeit übergeben musste, so dass ich etwas mehr Zeit hatte. Ich war Leichtathletin und trug lockere Oberteile. Aber es ist schwer, in einem Umkleideraum etwas zu verbergen. Meine Mannschaftskameradinnen sahen es zuerst. Sie waren meine Abby.«

»Warum hat sie das getan?«, rief Lily aus, doch Susan konnte nur den Kopf schütteln.
»Es ist passiert. Es gibt kein Zurück.« Sie zog ihre Autoschlüssel aus der Tasche. »Ich glaube, wir sollten für heute nach Hause fahren. Alles soll sich erst mal beruhigen. Später sehen wir weiter.«

Natürlich hoffte sie, dass niemand Abbys Ausspruch wirklich gehört hatte. Von ihrer Seite war das reine Verleugnung, die Mutter in ihr. Da ihre Gefühle zwischen der Gegenwart und der Vergangenheit hin- und herpendelten, wollte ein Teil von ihr alles einfach verbergen.
Doch sie war kaum wieder in ihrem Büro, als die Fragen begannen, zuerst von dem Lehrer, dessen Unterricht Lily gerade versäumt hatte, dann von einer anderen Lehrerin, die gerne weitergeben wollte, was ihre Schüler sagten. Als sie in der Kantine angekommen war, verrieten die Blicke, die ihr begegneten, dass sich die Gerüchte schnell verbreiteten.
Mary Kate und Jess mieden sie – doch das taten sie in der Schule immer und mit Susans Zustimmung. Sie hatten das Thema ihrer Beziehung besprochen, als Susan zur Direktorin ernannt worden war. Ihre Nähe zu diesen Mädchen war fast so kompliziert wie die Tatsache, dass sie Lilys Mutter war.
Dass Mary Kate und Jess nun mit anderen Freundinnen zusammen waren und keine von ihnen *sie* seltsam ansah, sagte Susan, dass Lily die Einzige war, die geoutet worden war. Wie sie Mary Kate und Jess kannte, konnte sie sich vorstellen, dass sie deshalb Stress hatten.

Abby schaffte es nicht zum Mittagessen, was nichts Ungewöhnliches war. Eine Schülerin, die einen dichten Stundenplan hatte, schlang oft etwas hinunter, während sie zwischen den Unterrichtsstunden hin und her rannte. Nicht, dass Susan hier mit ihr hätte reden können. Was hätte sie sagen können, ohne alles noch schlimmer zu machen? Wie konntest du das einer guten Freundin antun, wo du doch alles die ganze Zeit wusstest und selbst versuchst schwanger zu werden?
Sie vermochte wohl nicht objektiv zu sein, nicht, da ihr Herz für ihre Tochter blutete. Lily würde ganz alleine zur Schau gestellt werden, wenn sie morgen wieder in die Schule kam. Susan konnte sich nur vorstellen, wer es bis dahin sonst noch wissen würde.

Es war ein langer Tag. Es kamen nur wenige weitere direkte Fragen, die Susan nervös machten. Sie kannte ihre Kollegen; solche Neuigkeiten würden durch das Lehrerzimmer fliegen. Freunde würden vielleicht aus Verständnis oder auch Respekt Abstand halten, aber andere – ihre Gegner – würden sich diebisch freuen.
Nach dem Unterricht traf sie sich mit zwei Lehrern. Beide waren neu an der Schule und kamen in ihr Büro, um eine Einschätzung ihrer Leistungen zu hören. Keiner von ihnen erwähnte Lily, aber natürlich machten sie sich mehr Sorgen wegen ihrer Jobs als wegen Susans schwangerer Tochter. Nach den Lehrern kamen zwei Treffen mit Eltern, eines wegen eines Drogenproblems, das andere wegen angeblichen Abschreibens. Auch diese hatten wichtigere Sorgen.

Die Treffen relativierten zwar alles wieder, doch als Susan nach Hause kam, war sie entmutigt. Sie wollte ihre Tochter schützen, konnte es aber nicht, und obwohl sie wusste, dass Lily es sich selbst zuzuschreiben hatte, brach es ihr das Herz.

Lily hatte gelernt, wie die verstreuten Bücher auf ihrem Bett bewiesen, doch jetzt schlief sie. Susan ließ sie, ging ins Arbeitszimmer und stellte den Fernseher an. Sie musste Storys über die Wirtschaft, den Mord an einem Prominenten und einen Bericht über die Erderwärmung abwarten, bevor Rick erschien.

Er berichtete aus Zimbabwe nach der Cholera auf eine so nüchterne Weise, wie Susan sich nur vorstellen konnte. Armut, Obdachlosigkeit, Hunger – noch mehr Relativierung gab es hier. Lily war nicht arm, war nicht obdachlos oder hungrig. Aber das hieß nicht, dass sie sich nicht in einer Krise befanden.

Mit der Fernbedienung in der Hand wartete sie, bis er sich verabschiedete, bevor sie sein Bild auf dem Schirm erstarren ließ. Dann warf sie die Fernbedienung beiseite, griff nach dem Telefon und gab mit dem Blick auf sein gutaussehendes, sonnenverbranntes Gesicht seine Nummer ein. Es klingelte einmal, dann hörte man einen etwas anderen Klingelton, als der Anruf weitergeleitet wurde. Nach fünfmaligem Läuten nahm er ab.

»Lily?«, fragte er mit liebenswerter Hoffnung, und seine volle Stimme klang bemerkenswert klar dafür, dass er so weit weg war.

»Ich bin's. Das eben war wirklich unglaublich.«

»Traurig, dass jemand es machen muss«, sagte er, doch er klang erfreut, ihre Stimme zu hören. »Warte eine

Sekunde, meine Liebe.« Sie stellte sich vor, wie er das Telefon an sein Leinenhemd drückte, während er zu wem auch immer sprach – seinem Produzenten, einem Kameramann, dem Mitarbeiter der Weltgesundheitsorganisation, den er gerade interviewt hatte. Als er wieder dran war, klang seine Stimme schwankend, was zeigte, dass er im Gehen telefonierte und wahrscheinlich nach Abgeschiedenheit suchte. Sie stellte sich vor, wie er auf der anderen Seite des Übertragungswagens stehen blieb. »Wir haben gedacht, dass es nach der Choleraepidemie besser werden würde«, fuhr er dann fort. »Es sah so aus, als ob die Welt endlich Notiz von dem genommen hätte, was hier passiert. Aber jetzt sind die Bedingungen schlimmer denn je. Erzähl mir etwas Schönes, Susie. Ich muss etwas Fröhliches hören.«
Susan hatte nur eines zu erzählen. »Lily ist schwanger.«
Das nun folgende Schweigen war so lang, dass sie befürchtete, dass ihre Verbindung unterbrochen war. »Rick?«
»Ich glaube, du würdest über so was keine Witze machen.«
»Nun, es ist nicht Cholera oder Armut, aber es ist ein Problem.«
Wieder Pause, dann ein ängstliches: »Ist sie vergewaltigt worden?«
»O Gott, nein.«
»Wer ist der Kerl?«
»Sie will es nicht sagen. Und nein, sie ist nicht mit jemand Besonderem zusammen«, beeilte sich Susan hinzuzufügen, bevor er fragen konnte. »Ich sehe sie in der Schule. Ich sehe sie am Wochenende. Normalerweise

höre ich es von jemand anderem, wenn mir etwas entgeht.«
»Warum will sie es nicht sagen?«
Weil sie dickköpfig ist? Fehlgeleitet? Loyal? Susan seufzte. »Weil der Kerl nur Mittel zum Zweck war.« Sie informierte ihn, so gut sie konnte, aber selbst nach neun Tagen klang die Geschichte seltsam. »Sie und ihre Freundinnen haben einfach beschlossen, dass es der richtige Zeitpunkt sei, ein Baby zu bekommen. Mary Kate und Jess sind auch schwanger.«
Sie hörte einen verblüfften Fluch, dann ein erstauntes: »Sie haben einen Pakt geschlossen?«
Da war es, das Wort, das sie nicht hören wollte. »So würde ich es nicht nennen.«
»Wie würdest du es denn nennen?«
Sie suchte nach einem besseren Wort. Eine Abmachung? Ein Versprechen? Ein Deal? Aber das war nur Beschönigung. »Ein Pakt«, gab sie schließlich zu.
»Was wissen wir über Paktverhalten?«, fragte Rick, der Journalist.
»Vor allem, dass Lily nicht die typische Kandidatin dafür ist«, antwortete Susan, die Erzieherin. Paktverhalten war die größte Angst einer Schulverwaltung. Ein Kind mit einem Problem war schon schlimm genug. Aber drei? »Die Kinder tun sich mit einem oder mehreren Freunden zusammen, um etwas Verbotenes zu machen. Sie tun es im Geheimen, und es ist meistens selbstzerstörerisch.«
»Aber Lily ist stark. Sie hat Selbstvertrauen.«
»Sie ist aber auch ein Teenager mit sehr engen Freundinnen. Sie haben sich gegenseitig überzeugt, dass sie

tolle Mütter sein könnten, besser als die, für die sie im letzten Sommer gearbeitet haben.«
»Sie haben es wegen eines Sommerjobs getan?«
»Nein, aber das war der Auslöser.«
»Sie sind erst siebzehn«, protestierte er. Susan stellte sich seine Augen vor. Sie waren blau, abwechselnd stählern und sanft, aber immer hypnotisierend. »Wie weit ist sie?«
»Zwölfte Woche. Sie hat es mir erst letzte Woche erzählt. Und nein, ich habe nichts gesehen. Es gibt praktisch noch nichts zu sehen. Ich hätte dich ja gleich angerufen, aber sie hat mich gebeten zu warten. Ich weiß nicht, ob es aus Aberglauben oder Angst war.«
»Angst?«
»Dass du vorschlagen könntest, sie solle die Schwangerschaft abbrechen.«
Leise fragte er: »Ist sie da? Kann ich sie sprechen?«
»Sie schläft.« Susan berichtete, was in der Schule passiert war.
Rick fluchte und spiegelte damit genau Susans Gefühle wider. »Dann ist es also in der ganzen Schule rum?«
»Noch nicht. Aber ich nehme an, bald.«
Er atmete tief aus, was über die vielen Meilen zu hören war. »Wie fühlt sie sich dabei?«
»Durcheinander. Sie wollte abwarten.«
»Aber sie denkt nicht an Abtreibung.«
»Nein. Sie will es behalten. Dazu ist sie entschlossen.«
»Was ist mit dir? Findest du, sie sollte es tun?«
Das war die Frage, die Susan am meisten am Herzen lag, die dunkle, die eine, über die sie sonst mit keinem reden konnte. »O Rick«, sagte sie müde, »das quält

mich ja so. Du weißt doch, was ich damals getan habe. Sobald sie in mir war, konnte ich den Gedanken nicht ertragen, sie nicht zu bekommen. Deshalb versteht ein Teil von mir, wie sie sich jetzt fühlt.« Sie verstummte.
»Und der andere Teil?«
»Will nur, dass das hier aufhört«, gestand sie und kam sich vor wie der schlimmste Mensch auf der Welt. »Abtreibung, Adoption – mir egal.«
»Aber das hast du Lily nicht gesagt.«
»Nein, und ich werde es auch nicht. Da spricht nur mein hässliches Ich. Wie kann ich meine Tochter bitten, etwas zu tun, was ich mich weigerte zu tun? Und was schon, wenn es unser Leben verändert, wenn sie es behält? Wir können damit umgehen. Wer hat noch gesagt, dass es nur eine gute Weise gibt, ein gutes Leben zu führen?«
Diesmal entstand eine längere Pause, dann antwortete er leise: »Dein Dad.«
Rick begriff immer. »Genau. Und nun bist du der Dad. Was sagst du?«
»Ich sage, es geht um Rechte. Sie hat ein Recht, es zu wollen, du hast ein Recht zu wollen, dass es weg ist ...«
»Aber ich will nicht, dass es weg ist«, unterbrach ihn Susan, die ein Gefühl von Sünde empfand. »Zumindest nicht dauernd, nur wenn ich daran denke, was für ein Chaos das aus ihrem Leben machen wird, oder wenn ich darüber nachdenke, wie absolut unglaublich dumm es von ihr war, so etwas zu tun. Ich meine, bist du stolz auf das, was sie getan hat?«
»In dieser Minute? Nein. In fünf Jahren empfinde ich es vielleicht anders.«

»Vergiss fünf Jahre«, rief Susan frustriert aus. »Wir befinden uns an einem Scheideweg – hier und heute. Wenn sie dieses Baby nicht behält, müssen wir das jetzt entscheiden. Was soll ich tun?«

»Du hast es gerade gesagt. Wie kannst du sie bitten, etwas zu tun, was du dich geweigert hast zu tun? Sie behält es.«

Es so einfach ausgedrückt zu hören ließ Susan sich ein wenig leichter fühlen. »Und was mache ich mit dem Teil von mir, der das nicht will?«

»Du arbeitest daran. Du bist eine gute Arbeiterin.«

»So wie ich eine gute Mutter bin?«

»Das bist du auch. Eine gute Mutter tut ihr Bestes, selbst wenn ihre eigenen Träume zum Teufel gehen. Lily behält also das Baby. Hat sie einen Plan?«

»Um das Baby großzuziehen? Nun, sie sagt, sie hatte in mir ein gutes Rollenmodell.« Susan hob die Stimme. »Ehrlich, Rick, ich hätte mir das niemals vorgestellt. Sie weiß, wie schwer es für mich war. Sie weiß, was ich aufgegeben habe. Ich wollte, dass für sie alles perfekt ist. Vielleicht wollte ich, dass *sie* perfekt ist.«

»Kein Kind ist perfekt.«

»Stimmt. Warum komme ich mir dann verraten vor?«

Sie sah ihn vor sich, wie er darüber nachdachte, die Stirn runzelte und den Unterarm benutzte, um sich das dunkle Haar aus dem Gesicht zu streichen. »Das wird ihr nicht helfen«, sagte er leise. Natürlich hatte er recht. Das würde Susans Mantra sein müssen. »Denk an das, was du damals gebraucht hast.«

»Das tue ich. Die ganze Zeit.«

Es entstand ein kurzes Schweigen, während die Last

des Problems klarwurde. Er hatte vielleicht in dem Rauschen geflucht, das folgte, doch als er wieder sprach, klangen seine Worte eindeutig. »Wirst du es deiner Mutter sagen?«

Ellen Tate erzählen, dass die Tochter, die sie blamiert hatte, als sie mit siebzehn schwanger wurde, ihre eigene Tochter genau dasselbe hatte tun lassen? Mehr als sonst in der letzten Woche fühlte Susan sich geschlagen. »Das ist nichts, was ich gerne in einem kleinen Rundumschlag über die letzten Neuigkeiten schicken wollte, auch wenn es vielleicht ausnahmsweise eine Reaktion hervorrufen würde. Sie wird nur mich dafür verantwortlich machen.« Sie presste das Telefon an ihr Ohr. Sie musste die Frage stellen, ganz offen diesmal. »Und du?«

»Versuch mir selbst die Verantwortung dafür zuzuschieben«, sagte er und klang betroffen. »Ich war nicht gerade ein allgegenwärtiger Dad. Außerdem habe ich dich in Aktion gesehen. Du bist die beste Mutter.«

»Deren siebzehnjährige Tochter jetzt ledig schwanger ist.«

»Wie ihre Mom mit siebzehn. Vielleicht ist Lily genauso dickköpfig wie du damals. Ich habe dir angeboten, dich zu heiraten, aber du hast dich geweigert.«

»Eine Entscheidung, für die ich jedes Mal dankbar bin, wenn ich dich im Fernsehen sehe«, sagte Susan zu dem Gesicht auf dem Bildschirm. »Du hättest diese Karriere nicht gemacht, wenn du dich mit Frau und Kind belastet hättest.«

Er gab ein kehliges Geräusch von sich. »An Tagen wie heute hätte ich Frau und Kind vorgezogen. Was ich mache, kann schlicht deprimierend sein.«

»Das Gleiche hier. Ich bin die Direktorin einer Highschool, an der alle erfahren werden, dass meine Tochter im Teenageralter schwanger ist. Wie deprimierend ist das?«

Diesmal war seine Pause nachdenklicher. »Wird es dir bei der Arbeit Probleme bringen?«

Susan rieb sich die Stirn. »Ich weiß es nicht. Wir werden sehen.«

»Wie kann ich dir helfen?«

»Den Kerl erwürgen, der ihr das angetan hat?«, schlug sie vor. »Aber wie dämlich ist das? Sie sagt, sie hat ihn verführt. Er wusste nicht, was er tat.«

Rick schnaubte. »O doch.«

»Du weißt, was ich meine.«

»Früher. Aber das ist auch meine Tochter. Lily ist immer unschuldig gewesen.«

»Erzähl mir mehr davon«, sagte Susan.

Das Gesicht auf dem Bildschirm veränderte sich nicht. »Was hat er sich gedacht? Hat er sie monatelang angemacht? Hat er sie einfach nur mürbegemacht? Hat er gefragt, ob sie die Pille nimmt? Hat er selbst angeboten, etwas zu benutzen?«

Gerührt von dem Schwall an Fragen – und weil sie ihn dafür liebte, dass er sie liebte, trotz ihrer dunklen Seite und allem –, musste sie tatsächlich lachen. »Rick, ich weiß es nicht. Ich war nicht dabei. Und nein, ich habe nicht gefragt. Wenn das Kind schon in den Brunnen gefallen ist, was hat das noch für einen Sinn?«

»Und hier meine nächste Taktik. Hat sie ihn aus einem besonderen Grund ausgewählt? Wie du mich ausgewählt hast?«

Sie lächelte. »Ich habe dich nicht ausgewählt. Du hast mich im Sturm erobert. Es gab kein Vorausdenken.«
»Nein.« Seine Stimme war sanft und ergreifend. »Das gibt es nie, oder?«

Lilys Handy klingelte an diesem Abend. Es war nicht die erste Nachricht, die sie erhielt. Mary Kate und Jess hatten ihr gesimst, um über Abby zu schimpfen, und Lily schrecklich aufgeregt. Sie hoffte halb, dass Abby anriefe, so dass sie selbst schimpfen könnte, und klappte das Handy auf. »Ja.«
»Lily?«, ertönte eine vorsichtige Männerstimme.
Sie kannte sie gut. Ihr Besitzer war ein fester Bestandteil in ihrem Leben – niemals fordernd, immer da. Ihr Herz raste. »Hi.«
»Stimmt es?«
Sie musste nicht fragen, woher er es wusste. Alle in der Schule mussten es wissen. Ein Teil von ihr wollte lügen, dafür sorgen, dass alles wegging, dass sie nicht mehr im Rampenlicht stünde. Doch es würde noch schlimmer werden, wenn man es erst mal sah.
Sie legte sich wieder aufs Kissen zurück, starrte zum Fenster und antwortete: »Ja.«
Es entstand eine Pause. Sie stellte sich vor, wie er verblüfft dreinschaute und sich vielleicht am Kopf kratzte. Schließlich fragte er unsicher: »Ist es von mir?«
Die Frage traf sie falsch, als ob er damit sagen wollte, dass sie mit jedem schlief. »Warum sollte es von dir sein?«, gab sie schnippisch zurück. »Du bist schließlich nicht der einzige Kerl im Umkreis.«
»Ich weiß. Aber an dem Abend ...«

»Einmal. Wir waren einmal zusammen. Nichts passiert bei einmal. Weißt du, wie die Chancen sind, dass es bei einmal passiert? Weißt du, wie lange manche Paare warten müssen, bevor sie schwanger werden?«
»Du warst mit niemandem sonst zusammen.«
Da war keine Unsicherheit. Sie beruhigte sich ein wenig und fragte: »Woher weißt du das?«
»Weil ich es weiß. Und weil da Blut war.«
»Frauen bluten jeden Monat«, sagte sie, kroch übers Fußende des Bettes und schloss die Fensterläden. Es war leichter zu schummeln, wenn keiner es sehen konnte. »Wirklich, Robbie. Lass nicht die Phantasie mit dir durchgehen.«
»Das ist ziemlich schwer«, erwiderte er erregt. »Ich war ganz auf der anderen Seite der Schule, als dir schlecht wurde, aber als ich aus Englisch rauskam, haben alle darüber gesprochen. Sie wissen, dass wir gute Freunde sind, also haben sie mich gefragt. Und ich wusste nicht, was ich sagen sollte.«
»Sag einfach, dass du es nicht weißt. Das stimmt schließlich, oder?«
Zuerst antwortete er nicht. Dann fragte er: »Wie fühlst du dich?«
Auf ihrem Bett starrte Lily auf die geschlossenen Fensterläden. Ihr war es recht gutgegangen, bis er angerufen hatte. Als sie sich erneut an die Szene in der Schule erinnerte, wurde ihr wieder schlecht.
Aber schließlich würden sie alle das fragen. Sie musste sich daran gewöhnen. »Mir geht es wirklich gut. Ich bin glücklich. Es ist unglaublich, ein Leben zu schaffen.«

»Wann ist es so weit?«
»Ende Mai. Das Timing ist perfekt«, fuhr sie eilig fort. »Ich mache die Prüfungen fertig, mache die Mom-Sache den Sommer über und kann dann im Herbst mit dem College anfangen.« Mary Kate und Jess kamen kurz nach ihr und würden weniger Zeit haben, sich zu erholen, bis das Schuljahr wieder anfing.
»Wie kannst du aufs College gehen? Wer kümmert sich um das Baby?«
»Ich werde sie in die Obhut von PC KidsCare geben.«
»Sie? Kennst du das Geschlecht schon?«
Lily lachte. »Nein, dazu ist es zu früh. Ich vermute nur, dass es ein Mädchen wird.« Genauso wie sie vermutete, dass Mary Kate und Jess auch Mädchen bekommen würden. Sie wollte, dass ihre Tochter sich mit ihren anfreunden würde, eine dritte Generation bester Freundinnen. »Im Moment hat mein Baby Hände und Füße. Und Ohren. Haut dich das nicht um?«
Aber er war immer noch auf die Zukunft konzentriert. »Ist PC KidsCare nicht nur für Angestellte von PC?«
»Ich stricke Muster für PC-Woll-Shows, also bin ich theoretisch eine. Außerdem habe ich einen Anknüpfungspunkt. Mrs. Perry wird dafür sorgen.« Falls Lily jemals wieder mit Pams Tochter Abby sprechen sollte, was im Augenblick fragwürdig war.
»Ich glaube immer noch, dass es von mir ist«, sagte Robbie.
»Weil du so süß bist.«
»Lily, ich habe ein Recht zu wissen, ob es von mir ist.«
»Damit du von der Schule gehst, um das Baby zu

unterstützen? Das wirst du nicht, Robbie. Außerdem habe ich es dir gesagt. Es ist nicht von dir.«
»Warum glaube ich dir das nicht?«
»Vielleicht, weil es machohaft ist zu glauben, dass du ein Baby gezeugt hast.« Macho war nicht das Wort, das sie verwendet hätte, um Robbie zu beschreiben – aber es war auch nicht ganz falsch, wie sie erkannte. Er war im letzten Jahr gewachsen und musste nun fast eins neunzig sein. Zwar war er immer noch der Leichteste im Ringerteam, doch was ihm an Muskelkraft fehlte, machte er durch Entschlossenheit wett. Er wusste eindeutig, wo es langging.
»Vergiss den Macho«, sagte er. »Es ist reine Mathematik. Wenn du Ende Mai so weit bist, hast du Ende August empfangen, und da haben wir es getan.«
»Ich werde es dir nicht noch mal sagen«, meinte sie leise.
»Von wem ist es dann?«, drängte er. Als sie schwieg, flehte er: »Sag mir was, Lily. Wenn du meine Fragen hart findest, dann warte nur morgen ab. Ob ich der Vater bin oder nicht, ich bin ein Freund. Lass mich helfen.«
Lilys Augen füllten sich mit Tränen. In den Büchern stand, dass sie emotional sein würde. Und Robbie *war* ein Freund. Und sie hatte Angst vor der Schule.
Doch wenn er half, würden alle glauben, dass er der Vater wäre, und das wollte sie nicht. Das hier ging nur sie etwas an.
Na ja, nicht nur. Mary Kate, Jess und Abby waren auch mit dabei. Aber noch wusste keiner von Mary Kate und Jess, und Abby war sauer, weil sie weit hinten lag.

Was sollte sie Robbie sagen? Sie brauchte Zeit zum Nachdenken.
»Wenn ich es jemandem sagen würde«, meinte sie, »dann dir. Neben Mary Kate und Jess bist du mein ältester Freund.« Seit sie sechs waren. Es war romantisch.
Nein, sie empfand keine Reue, was Robbie anging. Wegen Abby ja. Aber nicht wegen Robbie. Er war loyal. Wenn sie Hilfe brauchte, wäre er da.

Dieser Gedanke brachte ihr wenig Trost, als sie sich am nächsten Morgen für die Schule anzog. Mary Kate und Jess würden helfen, falls die Fragen zu schlimm wurden, doch sie fühlte sich am besten, wenn sie an ihre Mom dachte. Susan hatte es getan, und man musste sie nur anschauen. Sie war gebildet. Sie war erfolgreich. Und sie hatte Lily, um es zu beweisen.
Während sie vor dem Spiegel stand, in einer Jeans, die so schmal wie immer war, berührte Lily die Stelle, von der sie annahm, dass dort ihr Baby sei, und flüsterte: »Du gehörst mir, Süßes. Ich sorge für dich. Lass die Leute reden. Uns ist das egal. Wir haben etwas Besonderes, du und ich. Und wir haben meine Mom und meinen Dad. Sie werden dich wahnsinnig lieben. Das kannst du mir glauben.«

In der Schule kamen nur wenige Fragen, lediglich ein paar Blicke.
Ihre Mutter hatte nicht so viel Glück.

6

Susan telefonierte mit einem Headhunter, von dem sie hoffte, dass er ihr einen Nachfolger für den in Rente gehenden Vorsitzenden des Sportlehrkörpers beschaffen würde, als Pam an der Tür erschien und nicht eben leise sagte: »Was habe ich da gerade gehört?«
Susan legte einen Finger an die Lippen und winkte sie herein. »Ja, Tom. Männlich oder weiblich. Unser jetziger trainiert Football, aber das ist keine Voraussetzung. Meine Prioritäten liegen bei Verwaltungserfahrung und der Fähigkeit, gut mit Kindern zu arbeiten.«
»Susan«, flüsterte Pam eindringlich, während sie die Tür schloss, »was habe ich da gehört?«
Susan dirigierte sie zu einem Stuhl und hob die Hand, um anzuzeigen, dass sie noch eine Minute für den Anruf brauchte.
Pam wartete keine Sekunde länger. Der Hörer lag kaum auf, als sie sagte: »Es geht das Gerücht, dass Lily schwanger ist. Ich habe heute Morgen drei Anrufe bekommen – drei Moms, die mich dasselbe fragten –, und ich konnte nichts darauf antworten, obwohl ich deine Freundin bin, was einer der Gründe war, warum sie mich angerufen haben. Ich konnte nicht mal Abby anrufen, weil du es den Schülern nicht erlaubst, während des Unterrichts Telefone zu benutzen. Stimmt es?«

Pam war durch Heirat eine Perry geworden und als solche Mitglied der besseren Gesellschaft der Stadt, doch sie ließ nicht oft ihre Autorität spielen. Susan war sich nicht sicher, was sie in Pams Stimme hörte – ob es Arroganz, Empörung oder Verletzung war –, doch sie empfand kurz Ärger. Es hätte keine Anrufe und keine Fragen gegeben, wenn Pams Tochter nicht gewesen wäre.
Doch Lily wäre trotzdem immer noch schwanger. Resigniert nickte Susan.
»Wie das?«, fragte Pam bestürzt. Es war eine blöde Frage. Susans Miene hatte das wohl ausgedrückt, denn ihre Freundin redete schnell weiter. »Wer?«
Susan zuckte mit den Schultern und schüttelte den Kopf.
Pam saß auf der Stuhlkante, ihre Jacke war offen, und sie hatte sich einen Paisley-Schal kunstvoll um den Hals geschlungen. »Du musst es wissen, du sagst es nur nicht.«
»Pam, ich weiß es nicht.«
»Das ist unmöglich. Du und Lily, ihr steht euch so nahe wie kaum eine Mutter und Tochter, die ich kenne. Sie muss dir doch erzählt haben, dass sie mit jemandem schläft.« Als Susan erneut den Kopf schüttelte, fragte Pam: »Wie konntest du es nicht wissen?«
Susan fühlte sich gehörig gestraft. Sie war immer stolz darauf gewesen, dass sie besser war als die Eltern, die nicht bemerkten, dass ihnen ihre Aufputschmittel ausgingen, lange bevor es das sollte. Es war eine demütigende Erfahrung.
»Es kommt ein Punkt«, verteidigte sie sich, »an dem

unsere Kinder sich entscheiden, uns manche Dinge nicht mehr mitzuteilen.«

»*Manche* Dinge. Das hier ist wichtig. Wann hast du es rausgefunden?«

Susan konnte nicht lügen und antwortete: »Letzte Woche.« Es kam ihr vor wie vor Jahren. Dauernd dachte sie zurück an Lilys Empfängnis. Noch heute Morgen, als sie ihren eigenen Alptraum noch einmal durchlebte, an dem Tag zur Schule zu gehen, nachdem es die ganze Welt plötzlich erfahren hatte, hatte sie halb erwartet, dass Lily in Tränen aufgelöst auf ihrer Schwelle erschien auf der Suche nach einer Schulter, an der sie sich ausweinen konnte.

Doch weder Mary Kate noch Jess gingen neben ihr durch die Flure, oder Lily war härter, als es Susan gewesen war. Und vielleicht war das am besten. Lily war mit Absicht schwanger geworden – und in Abstimmung mit ihren Freundinnen. Sie hatte sich für weitaus mehr zu verantworten als Susan damals.

Pam Perry wusste nicht mal die Hälfte. Unschuldig rief sie aus: »Letzte Woche? O mein Gott, Susan. Das ist ja schrecklich. Was hat sie sich bloß gedacht?« Als Susan ihr nur einen Blick zuwarf, fuhr sie fort: »Was wirst du tun?«

»Das versuche ich herauszubekommen.«

»Sie will das Baby behalten? Natürlich. Lily liebt Kinder, und du wirst sie nicht dazu bringen, es abzutreiben. Also muss der Kerl vortreten«, beschloss Pam. »Du musst herausfinden, wer es ist.« Als Susan nichts sagte, fügte sie hinzu: »Na ja, irgendein Kerl ist ja verantwortlich dafür.«

»Offensichtlich, aber spielt sein Name eine Rolle?«
»Absolut.«
»Falsch. Es ist der Körper einer Frau, das Baby einer Frau.«
»Das sagst du, weil du alleinerziehende Mutter bist.«
»Ich sage es, weil ich Realistin bin«, erwiderte Susan. »Selbst Mütter in traditionellen Familien übernehmen den Löwenanteil der Kindererziehung. Hier hört der Mann auf.«
»Manche von uns sehen das anders«, gab Pam zurück. »Der Vater muss die Verantwortung teilen.«
»Vielleicht in einer idealen Welt«, räumte Susan ein. »Du hast Glück, Pam. Dein Mann ist nicht nur ein Goldstück, sondern er kommt aus einer geschichtsumwobenen Familie. Perrys lassen sich nicht scheiden, und sie gehen nicht pleite. Doch Tanner wechselt keine Windeln oder faltet Wäsche oder macht das Schulmittagessen, und das macht dich verrückt. Erinnerst du dich daran, als du und Tanner beide Grippe hattet? Wer ist aus dem Bett gekrochen, um sich um Abby zu kümmern?«
Es war natürlich mehr an der Geschichte dran. Pam tat all diese Dinge ohne Klagen, obwohl sie sich sicher ein Hausmädchen leisten konnte. Aber mit einem Kind und keinem anderen Vollzeitjob halfen diese Aufgaben ihr, sich zu definieren.
»Also bekommst du im Grunde ein zweites Kind«, stellte Pam fest. »Ist das nicht das Fazit?«
Susan dachte darüber nach, presste die Lippen zusammen und nickte.
»Das kannst du nicht«, protestierte Pam. »Du kennst

die Arbeit. Du hast einen Job, der sehr anspruchsvoll ist.«
»Was meinst du, was ich tun soll?«, fragte Susan. Frustriert rieb sie sich mit den Fingerspitzen die Stirn. »Sie will das Baby, Pam. Sie hat seinen Herzschlag gehört. Sie kennt die Möglichkeiten. Sie will das Baby.«
»Und du lässt sie es einfach bekommen?«
»Was soll ich denn tun? Versetz dich mal an meine Stelle. Das hier ist passiert – Vergangenheitsform. Es ist geschehen. Vielleicht machst du es ja besser und redest mit deiner Tochter darüber, dass sie nicht schwanger werden soll.« Da war es, mehr konnte Susan nicht verraten.
Pam runzelte die Stirn und sah erst auf die Papiere auf Susans Schreibtisch und dann ihre Freundin an. »Darüber habt ihr drei letzte Woche in der Scheune geredet. Du hast es ihnen erzählt. Warum nicht mir?«
Susan empfand erneut Ärger. Auf Lily, weil sie schwanger war? Auf Abby, weil sie sie verraten hatte? Auf Pam, weil sie das Opfer spielte? »Sie wussten es schon«, erklärte sie. »Mary Kate hat es Kate erzählt, und Jess hat es Sunny erzählt, aber offenbar hat Abby nichts zu dir gesagt, sonst hättest du es erwähnt. Hat sie?«
Pam hob das Kinn. »Nein, aber sie betrachtet Lily als eine ihrer engsten Freundinnen. Wahrscheinlich hat sie das Gefühl, es wäre nicht loyal.«
»Loyal? Abby war es, die es in der Schule herumposaunt hat!« Pam sah erschrocken drein, doch Susan konnte nicht aufhören. Wenn Pam eine Freundin sein wollte, musste sie sich das anhören. »Abby ist gestern auf dem Gang voller Schüler damit rausgeplatzt.

Deshalb solltest du vielleicht mit ihr reden und nicht mit mir. Aber diese Mütter, die dich heute Morgen angerufen haben, haben dir das nicht erzählt, oder?«
»Nein«, antwortete Pam kleinlaut. »Sie haben Gerüchte gehört. Sie wissen, dass wir Freundinnen sind, und da ich im Schulausschuss sitze, dachten sie, sie würden zwei Fliegen mit einer Klappe schlagen.«
Susan empfand einen Stich bei der Erwähnung des Schulausschusses. Er hatte sieben Mitglieder. Alle waren gewählt, die meisten seit Jahren. Mit neununddreißig war Pam die Jüngste der Gruppe und vor allem wegen ihres Namens gewählt worden. Im Alter am nächsten kam ihr im Ausschuss Hillary Dunn, die fünfundfünfzig war. Die anderen fünf waren Männer, von denen vier sich besonders vehement gegen Veränderungen wehrten. Susan hatte stundenlang streiten müssen, mit jedem einzeln und in der Gruppe, bevor sie ihr grünes Licht für die Schulklinik gaben.
Sie würden sich alle aufregen, wenn sie erfuhren, dass Lily schwanger war. Und wenn sie von den beiden anderen Mädchen hörten?
Aber eins nach dem anderen. Susan war versucht, Pam nach den Namen der Anruferinnen zu fragen, doch sie konnte es erraten. Zaganack war eine enge Gemeinschaft. Seine Mitglieder waren auf Perry & Cass angewiesen und wussten das, und während einige offen für Erneuerung waren, glaubten andere, dass man am Status quo nicht herumpfuschte. Sie waren es, die Susan anriefen, um sich über die kleinste Veränderung im Lehrplan zu beschweren. Sie waren es, die Pam angerufen hatten.

»Haben sie angerufen, um sich zu beschweren?«, fragte Susan.
»Vor allem, um zu erfahren, ob es wahr ist.«
»Und um sich dann zu beschweren.« Als Pam es nicht abstritt, fragte sie: »Was hast du ihnen gesagt?«
»Ich habe gesagt, ich würde mich erkundigen. Ich habe versucht es herunterzuspielen. Als alle drei weitermachten, erklärte ich ihnen, dass es, wenn es wahr wäre, Privatsache sei. Aber das ist es nicht, Susan. Es könnte wirklich alles durcheinanderbringen. Zunächst mal ist da die PC-Wool-Muttertagverkaufsaktion. Junge, Junge, das bekommt eine ganz neue Bedeutung! Lily wird bis dahin dick sein.«
Susan hatte das selbst schon bedacht, doch da es von Pam kam, war es beleidigend. »Hattest du geplant, sie für das Katalogcover im Profil zu fotografieren?«
»Du weißt, was ich meine.«
»Nein, tue ich nicht. Unsere Kundinnen müssen nichts von Lily erfahren. Was sie mit ihrem Leben anfängt, hat nichts mit PC Wool zu tun.«
»Sie strickt für uns.«
»Genauso wie Mary Kate, Abby und Jess.«
»Die sind auch nicht schwanger.«
Sag es ihr, rief eine kleine Stimme in Susan. Sag es ihr aus Freundschaft und Sorge. Doch ihre Loyalität galt Kate und Sunny. Pam war als Letzte zu der Gruppe gestoßen, und angesichts ihrer Rolle als eine Perry war sie nur ein sporadisches Mitglied. Wenn sie bei ihnen war, war sie jedoch eine hingebungsvolle Freundin. Die Gruppe gab ihr ein Ziel, wonach sie sich sehnte. Sie liebte es, dazuzugehören, was die Schuldgefühle

vergrößerte, die Susan wegen ihres Schweigens empfand.
»Was soll ich Tanner sagen?«, fragte Pam. »Er wird wissen wollen, wer der Vater ist.«
»Sag ihm, dass ich es nicht weiß.«
»He, wenn es schon für mich schwer zu glauben ist, wird er es nie tun. Dasselbe gilt für den Schulausschuss. Sie werden schwere Geschütze auffahren, wenn sie davon hören. Die Tochter der Direktorin? Ich meine, es rückt mich echt in ein schlechtes Licht. Ich habe wegen Voreingenommenheit abgelehnt, als es darum ging, für dich zu stimmen, wegen Interessenkonflikt. Was soll ich denn jetzt machen?«
Warte, bis sie von den anderen hört, dachte Susan, und ihr Unbehagen wuchs. »Mir etwas Zeit verschaffen?«, flehte sie. »Mehr verlange ich nicht. Ein bisschen Zeit.«

Doch Pam war kaum zur Tür hinaus, als Susans Assistentin Rebecca erschien. Sie war eine tüchtige Frau mit dichtem weißem Haar, und sie war so etwas wie die Großmutter der Schule. »Dr. Correlli ist auf dem Weg hierher. Er hat gefragt, ob Sie ein paar Minuten zum Reden haben. Ich habe versucht ihm klarzumachen, dass auf Ihrem Plan Englisch für Zehntklässler steht, aber er hat gemeint, es sei dringend.« Sie klang entschuldigend. »Es tut mir leid. Haben Sie es ihm schon gesagt?«
»Ich nicht«, murmelte Susan und versuchte zuversichtlich zu sein, doch sie konnte sich nur eines vorstellen, über das der Schulinspektor mit ihr reden wollte.
Phillip Correlli war ein stämmiger Mann, der oft mit dem Cross-Country-Team lief, um abzunehmen. Er

war wie Susan aufgestiegen, wenn auch in einem anderen Schulsystem, und liebte es, mit Kindern zusammen zu sein. Noch mehr liebte er es, die Prüfungen des Lebens in Lektionen zu verwandeln.

Als er nun vor ihrer Tür auftauchte, entschuldigte er sich dafür, sie zu stören, setzte sich jedoch nicht und vergeudete keine Zeit. »Das Telefon klingelt ständig. Sagen Sie mir, dass das, was ich da höre, nicht wahr ist.«

Susan versuchte ruhig zu bleiben. »Das kann ich nicht.«

»Ihre Lily? Sie ist die Letzte, von der ich erwartet hätte, schwanger zu werden.«

»Da sind wir schon zwei, Phil.«

»Wie ist das passiert? Lily ist ein gutes Mädchen, und ich hätte von der Polizei erfahren, wenn es eine Vergewaltigung gegeben hätte, also muss es jemand sein, den sie kennt. Wurde sie gezwungen?«

»Nein.« Susan stand vom Schreibtisch auf und sank auf einen Stuhl.

Er blieb weiter stehen. »Nicht aufgepasst?«

Selbst das wäre leichter zu schlucken gewesen. Doch was konnte sie sagen, ohne das Vertrauen ihrer Tochter zu verraten?

»Ich bin ein Freund«, erinnerte Phil sie sanft. Aber so einfach war es nicht. Er war auch ein Kollege, ein Mentor und als Schulinspektor ihr Boss. Er war derjenige, der sie gedrängt hatte, sich als Direktorin zu bewerben, derjenige, der für sie eingetreten war, als der Ausschuss ihre Jugend und ihre mangelnde Erfahrung ins Feld führte. Er war derjenige, der persönlich gekommen war, um ihr den Job anzubieten, und sein Stolz war echt.

»Das ist einer der Gründe, warum es so schwer ist«, versuchte sie zu erklären. »Ich habe es selbst erst erfahren. Es ist noch ganz frisch.«

»Ich verstehe, aber wir haben hier kein großes Zeitfenster. Sie nehmen eine öffentliche Stellung ein. Nach den Anrufen zu urteilen, die ich bekomme, werden Sie den Luxus der Zeit nicht haben.« Er runzelte die Stirn. »Ich wünschte, wir würden über ein anderes Kind reden. Wir hatten schon früher mit Schwangerschaften zu tun. Aber Sie sind unsere Direktorin, also ist das Spielfeld ein anderes. Ich wurde heute Morgen auf dem falschen Fuß erwischt. Es wäre besser gewesen, wenn man mich vorgewarnt hätte ...«

Susan tat es leid, ihn enttäuscht zu haben. »Im Nachhinein haben Sie recht. Aber ich habe mir über die ganze Sache auf einer persönlichen Ebene den Kopf zerbrochen, und ich brauchte mehr Zeit. Ich habe nicht erwartet, dass sich die Nachricht so schnell verbreiten würde.« Sie erklärte, wie es passiert war.

»Eine Freundin, hm? Das stinkt. Wussten Sie, dass Lily sexuell aktiv ist?«

Wie sie auch antwortete, Susan wäre schuldig. Also sagte sie: »Lily und ich haben über sexuelle Verantwortung öfter geredet, als ich zählen kann. Im Moment versuchen wir einen Plan für die Zukunft aufzustellen. Sie behauptet, sie kann lernen und ein Baby bekommen und aufs College gehen.« Susan empfand die alte Scham und fügte leise hinzu: »Wer bin ich, dass ich ihr widerspreche?«

»Tja«, murmelte Phil. Er kratzte sich am Hinterkopf und fragte verwirrt: »Hat sie Probleme in der Schule?«

»Nein.«
»Angst vor dem nächsten Jahr?«
»Nein. Phil, es ist einfach passiert.«
Er lehnte sich an ihren Schreibtisch und fragte kleinlaut: »Kann ich sagen, dass sie gezwungen wurde?«
Susan begriff, was er vorhatte. Er brauchte eine Geschichte, die in der Stadt gut durchgehen würde. Es ging um Schadensbegrenzung.
Er führte weiter aus. »Sehen Sie, ich brauche einen Grund, warum das ausgerechnet der Tochter meiner Direktorin passieren konnte. Es wäre am besten, wenn ich sagen könnte, dass Lily gezwungen wurde oder sogar, dass sie verliebt ist.« Er hielt inne. »Sonst werden sie Ihnen die Schuld geben.«
Ihr die Schuld geben? Nach allem, was sie in den letzten siebzehn Jahren aus ihrem Leben gemacht hatte? Und der gute Wille, den sie in den letzten zwei gezeigt hatte – war der denn nichts wert?
»Ich hatte bei der Sache nichts zu sagen, Phil«, betonte Susan. »Ich war als Mutter immer da für sie. Ich habe Lily alles gelehrt, was richtig ist. Aber sie hat mich nicht um Rat gefragt. Sie ...« Sie hat ihre Freundinnen gefragt, hätte Susan fast gesagt, fing sich aber rechtzeitig. »Sie hat mich nicht um Rat gefragt«, wiederholte sie erschüttert. Bis jetzt hatte sie nicht an die anderen gedacht, doch das war eine schreckliche Unterlassungssünde. Der Gedanke an einen Pakt machte alles zehnmal schlimmer. Dadurch mochte sich die Schuldzuweisung ein wenig verbreitern, aber Susan war immer noch die herausragendste Figur. Die Stadt würde wie besessen von der Geschichte sein, und Phil wäre nicht glücklich.

»Aber Sie sind ihre Mutter.«

»Sie ist keine fünf mehr«, rief Susan mit einer Stimme, die vor Panik höher klang. »Möchten Sie, dass ich zu den Eltern gehöre, die vor der Schule warten, um ihre Kinder in der Minute abzuholen, wenn der Unterricht vorbei ist? Oder die fünfmal am Tag ihren Lehrern eine E-Mail schicken? Oder die die ganze Zeit ihren Kindern bei ihren Hausaufgaben über die Schulter schauen, um sicherzugehen, dass sie keine SMS von einer Freundin bekommen? Das nennt man übertriebene Reglementierung. Wir haben darüber geredet, Phil. Wir hassen das beide. Ich habe mit Eltern darüber gesprochen. Ich habe das Thema in Mitteilungen angesprochen. Ab einem gewissen Punkt müssen die Eltern Vertrauen haben.«

»Und wenn sie entdecken, dass das Vertrauen von jemandem missbraucht wird, der eine Autoritätsperson ist?«, fragte er, räumte aber schnell ein: »Schauen Sie, Sie sind für unsere Schülerinnen ein Vorbild. Das ist einer der Gründe, weshalb ich dafür gekämpft habe, dass Sie diese Stellung bekommen. Sie sind ein Beispiel dafür, was eine Frau schaffen kann, wenn das Leben eine falsche Wendung genommen hat. Nur nimmt es die jetzt wieder, und das wird nicht gefallen. Einmal, okay. Lerne die Lektion und geh weiter. Zweimal?« Mit zusammengepressten Lippen schüttelte er den Kopf.

»Die Situationen sind nicht gleich«, widersprach Susan, obwohl sie Mühe gehabt hätte zu antworten, wenn er gefragt hätte, was der Unterschied sei. Doch sie hatte sowieso ein Problem. Es gab so viel, was er nicht wusste.

»Sie waren siebzehn«, bemerkte er. »Und sie ist siebzehn.«
Was konnte Susan darauf erwidern? Er hatte ja recht.
Sie musste wohl betroffen ausgesehen haben, denn sein Gesicht wurde sanfter. Er legte die Hände auf den Rand ihres Schreibtisches und sagte: »Hören Sie, wenn eine andere schwanger geworden wäre, wäre es kein Thema. Weil es Lily ist, brauchen wir einen Plan. Das Beste, was wir sagen können, ist, dass es ein Versehen war. Das gibt uns die Ausrede, über die Folgen von unverantwortlichem Verhalten sprechen zu können. Wir können die Schulklinik mit einbeziehen, vielleicht eine Reihe von Vorträgen über die Nachteile von Teenagerschwangerschaften durchführen.«
»Das haben wir schon.«
»Nun, die Umstände verlangen nach weiteren, weil es noch eine Möglichkeit gibt. Da Sie Direktorin sind und Lily eine Vorzeigeschülerin ist, könnte es Nachahmerinnen geben. Und das wollen wir nicht. Besorgen Sie sich einen Arzt, der die schlimmen Folgen von Teenagerschwangerschaften in düsteren Farben malt. Damit nutzen wir die Klinik gut und überzeugen nebenbei auch noch gleich ein paar Zweifler. Wir müssen das frontal angehen.«
»Auf Kosten meiner Tochter.«
»Wer hat ihr gesagt, dass sie schwanger werden soll?«, fragte er.
Er hatte keine Ahnung, wie bedeutsam diese Frage war.

7

Sobald er weg war, klappte Susan mit bebender Hand ihr Handy auf. Selbst der Klang von Kates Begrüßung konnte sie nicht beruhigen.

»Wir haben ein Problem – *ich* habe ein Problem«, sagte sie. »Correlli ist gerade raus. Er weiß von Lily, aber nicht von den anderen. Er macht sich Sorgen wegen Nachahmungsverhalten, müsste sich aber eigentlich eher wegen Paktverhalten Sorgen machen. Doch da hört es nicht auf, Kate. Diese Situation hat Auswirkungen auf mich, auf meinen Job.« Vor einer Woche hatte sie sich das noch nicht vorstellen können. Damals betraf das Problem nur Lilys Schwangerschaft. »Man sollte meinen, es gäbe ein gewisses Verständnis – jeder weiß doch, dass sich Teenager aufspielen. Bekomme ich nicht ein klein wenig Spielraum? Mitglieder des Schulausschusses, die mir am kritischsten gegenüberstehen werden, sind diejenigen, deren Kinder Gott weiß was hinter deren Rücken getan haben. Aber vergiss den Ausschuss«, fuhr sie eilig fort und legte die Fingerspitzen an die Stirn. »Ich muss Phil von Mary Kate und Jess erzählen. Er wird es sowieso herausfinden, und je mehr er sich um Schadensbegrenzung wegen einer Schwangerschaft bemüht, desto mehr wird er wie ein Narr dastehen, wenn es sich herausstellt, dass es drei gibt. Phil ist mein Chef, Kate. Er stellt ein und

wirft raus. Ich brauche ihn auf meiner Seite.« Sie fluchte leise. »Was für ein Chaos.«
»Das ist noch nett ausgedrückt«, bemerkte Kate. »Dabei hätte eine von ihnen nur sagen müssen: ›Nein, macht das nicht, dumme Idee.‹ Aber meine Tochter hat einfach mitgemacht. Wessen Idee war es eigentlich? Welche hat sich das ausgedacht?«
»Das habe ich Lily nicht gefragt. Doch das unmittelbare Problem ist jetzt erst mal Phil. Was soll ich tun, Kate? Er wird bald von Mary Kate und Jess erfahren, und er sollte es besser aus meinem Munde hören, oder sein Vertrauen zu mir wird noch erschütterter sein, als es so schon ist. Hast du mit Mary Kate darüber gesprochen, was sie den Leuten sagen wird?«
»Sie will abwarten.«
»Und Lily alleine hängenlassen?«
Es entstand eine Pause, dann ein defensives: »Es ist auch für uns nicht leicht.«
Susan wurde milder. »Ich weiß. Aber was, wenn ich es Phil im Vertrauen erzählen würde? Was, wenn ich ihm vorher sagen würde, dass ich ihm dies mitteile, weil ernsthafte Schadensbegrenzung angesagt ist und er eingeweiht sein sollte? Ich habe auch in der Vergangenheit schon Informationen über Schüler mit ihm geteilt, und er hat stets zu seinem Wort gestanden. Man kann ihm trauen.« Am anderen Ende der Leitung blieb es still. »Kate?«
»Ich wünschte, du wärst nicht Direktorin der Highschool. Ich wäre lieber unter dem Radarschirm geflogen.«
Susan fragte sich, ob sie da Abneigung mithörte. Unbeirrt sagte sie: »Im Moment wünsche ich mir das

auch. Aber sei nicht sauer auf mich, Kate. Ich habe mir diesen Plan nicht ausgedacht.«
»Ich weiß.«
Sie wartete, dass Kate noch mehr sagte – Kate, die immer mit dem Strom schwamm, die glaubte, dass sich am Ende immer alles fügte. Doch Kate schwieg.
»Es wäre schön, ein bisschen Kontrolle über das zu haben, was passiert«, meinte Susan. »Das ist noch ein Grund, weshalb ich es Phil mitteilen will. Und wegen Mary Kate. Wie lange kannst du es verbergen, vielleicht zwei Monate?«
»Keiner kümmert sich darum, dass meine Tochter schwanger ist. Ich habe das College nie zu Ende besucht. Keiner erwartet Großes von meinen Kindern.«
»Bitte? Kate, deine Kinder sind alle Klassenbeste.«
»Aber keiner sieht uns. Alex ist einmal angehalten und verwarnt worden, weil er eine offene Bierdose im Auto hatte, und keiner hat sich geschert. Ich bin gerne anonym.«
»Glaubst du ehrlich, dass sich keiner darum scheren würde, wenn eine deiner Zwillinge einen Schwangerschaftspakt mit Freundinnen in der Highschool schlösse? Komm schon, Kate. Es wäre auf der Titelseite der Zeitung!«
»O mein Gott«, kreischte Kate. »Wird es dazu kommen?«
Susan konnte nicht antworten. Hinter jeder Wendung schien eine neue Schicht Schrecken zu liegen. Sie versuchte ruhig zu bleiben und sich auf Phil zu konzentrieren. »Das ist noch ein Grund, es Correlli zu erzählen. Er hat Kontakte zur Zeitung. Wenn er es schon nicht

aus der Presse raushalten kann, wird er vielleicht zumindest kontrollieren können, was sie drucken.« So müde sie war, so verängstigt sie war, sie musste Kate überzeugen. »Hör zu, ich werde nichts sagen, solange Sunny nicht auch zustimmt. Es hat keinen Sinn, Phil nur die halbe Geschichte zu erzählen. Entweder alles oder nichts.«

»Was, wenn du es ihm sagst, ohne Namen zu nennen? Würde das nicht das Problem lösen?«

»Es mag zwar meines lösen, aber nicht deins. Er würde gleich erraten, dass es um Mary Kate geht, und wenn nicht, würde eine Frage an einen von Lilys Lehrern genügen, und der Name käme auf. Dieser Lehrer könnte einen anderen fragen, der es vielleicht gegenüber einem Dritten erwähnt, und bevor du dichs versiehst, gehen die Spekulationen los. Viel besser ist es, wenn ich es Phil im Vertrauen sage. Und Phil kann wirklich gut mit den Kindern. Er kann uns vielleicht bei unseren Mädchen helfen.«

Kate platzte los: »Wie kann er helfen? Es ist ja nicht so, dass er mitzureden hat, ob Mary Kate ihr Baby behält, und er wird ganz sicher nicht zahlen. Oh, wir kommen zurecht, Susie, das weiß ich. Aber ich wollte, dass meine Kinder mehr als nur zurechtkommen. Ständig frage ich Mary Kate, was sie sich dabei gedacht hat, als sie das auf sich genommen hat, und jedes Mal stürzt sie sich in eine lange Diskussion darüber, dass sie es aus jeder Perspektive betrachtet hat und weiß, dass es klappen wird. Aber sie hat es nicht aus meiner oder Wills Perspektive betrachtet – oder aus Jacobs. Ich kann mir nicht vorstellen, was er fühlt, wenn er es herausfindet.

Unsere Töchter haben nicht über ihre Nasenspitze hinaus gedacht. Sie haben nicht an uns gedacht.«
Erleichtert, dass sie zumindest in dieser Hinsicht auf derselben Seite standen, erwiderte Susan: »Nein. Und Phil wird es schließlich doch erfahren. Lass es mich ihm jetzt sagen.«
»Ich sollte Will fragen. Er arbeitet für das Unternehmen. Was, wenn das Unternehmen ein Problem mit Schwangerschaften hat? Wird Pam uns decken?«
Früher hätte Susan mit Ja geantwortet, doch es gab noch so viele Unsicherheiten. »Ich weiß es nicht. Sie ist vorhin hier reingestürmt, wütend, weil ich ihr nichts von Lily erzählt habe. Sie weiß noch nichts von Mary Kate und Jess, und ich konnte sie wegen Abby nicht vorwarnen, wofür ich ewige Verdammnis zu erwarten habe. Glaub es oder nicht, Pam macht sich weniger so viele Sorgen wegen Perry & Cass als wegen des Schulausschusses. Dass wir Freundinnen sind, bringt sie in eine Zwickmühle. Ehrlich? Wenn es ums Ganze geht und sie Stellung beziehen muss, bin ich mir nicht sicher, auf wessen Seite sie sich schlagen wird.«
»Sie wird sich auf deine stellen, darauf würde ich wetten. Sie liebt dich. Du vertrittst alles, was sie sich für sich selbst wünscht.«
»Ledig sein?«, fragte Susan trocken.
»Deine Karriere, deine Zielstrebigkeit. Sie fragt dich um Rat. Ich habe es gesehen, selbst wenn Sunny und ich dabei sind. Sie fragt dich, nicht uns. Übrigens, was sagt Sunny denn zu alldem?«
»Sie rufe ich als Nächstes an. Ich kann warten, bis du alles mit Will besprochen hast. Oder ich kann Sunny

abtesten«, fuhr sie fort und klang nun lockerer. »Ich kann so tun, als ob du mir dein Okay gegeben hättest. Du weißt schon, von unseren Kindern lernen – der alte Trick: ›Meine Mom hat gesagt, es ist okay.‹ Wenn Sunny zustimmt, wirst du keinen leichten Stand mehr haben.«
Kate schnaubte. »Als ob ich jetzt einen leichten Stand hätte! Ich wünschte immer noch, dass du nicht so eine große Nummer wärst. Aber mach ruhig. Ich muss Will nicht fragen. Er weiß, dass du in der Zwickmühle steckst. Achte nur drauf, dass Phil nichts ausplappert, bis wir bereit sind. Ich zähle auf dich, Susie. Lass uns nicht im Stich.«

Einer der Vorteile, Direktorin zu sein, war, dass Susans Stundenplan flexibler war, als wenn fünfundzwanzig junge Menschen in einem Klassenzimmer darauf warten würden, dass sie mit ihnen über *Jane Eyre* sprach. Notfälle gehörten zu ihrem Alltag. Sie konnte eine Lehrerversammlung oder einen Besuch in einer Klasse verschieben, und alle akzeptierten, dass sie etwas Dringendes zu tun hatte.
Also bat sie ihre Assistentin, ihre Unterrichtsbeobachtung bei den Zehntklässlern zu verschieben, ignorierte den Computerbildschirm voller ungelesener E-Mails und verließ die Schule. Sie ging schnell, es war ein kalter Tag. Der Wind blies trockenes Laub von den Ästen und wehte andere Blätter vom Boden auf. Als ihr Haar flog, steckte Susan es in den Kragen, wickelte sich den Schal doppelt um und ließ zum Wärmen eine Hand darin. Der Schal war aus Sockenwolle aus der Herbstkollektion und passte perfekt zu dem Rot und Orange, das die

Blätter bis vor kurzem gezeigt hatten. Sie waren nun verblasst, doch ihr Schal leuchtete so hell wie eh und je. Den Kopf gegen den Wind gebeugt, ging sie Richtung Hauptstraße. Sie trabte an einem Reisebus vorbei, der an den Rand gefahren war, überquerte die Straße und ging noch einen Block weiter Richtung Perry & Cass Haushaltswaren. Sie hatte erst einen Fuß in der Tür und wurde bereits eingehüllt von dem Duft gewürzten Kürbisses. Thanksgiving kam schnell näher, mit herbstlicher Tischdekoration, Schneidebrettern aus Holz und Serviertellern aus Ton, die ausgestellt waren. Auf einer Seite sah man jahreszeitliche Kerzen und Potpourris, Kochgeschirr auf der anderen, doch erst hinten im Geschäft, wo Wolle in riesigen Körben lag, entdeckte sie Sunny.

Sie trug heute Dunkelgrün, zusammenpassende Hosen, Pullover und Haarspange. Susan erkannte den Pullover sofort als einen, den Sunny im Sommer zuvor gestrickt hatte, als die ersten Herbstfarben gemalt und aufgerollt wurden. Er gehörte zu Susans Lieblingsstücken. Sunny war eine wunderbare Strickerin, die Einzige der vier, der man zutraute, dass sie glatt rechts stricken konnte. Jede Masche saß.

Sie sprach mit einem Schaufenstergestalter und war offenbar ganz vertieft, bis sie Susan sah, die sie sofort ablenkte.

»Hm, das kann vielleicht funktionieren«, sagte sie zu dem Gestalter, »hm, wahrscheinlich ja, aber legen Sie kein dunkles Futter in die Körbe. Ich will, dass dieser Teil des Ladens, hm, hell ist. Entschuldigung, ich bin gleich wieder da.« Sie eilte herüber und führte Susan zu

der Nische, wo Berge von Gänsedaunenkissen und Decken sie dämpfen würden, und selbst da senkte sie die Stimme. »Was ist los? Weiß es noch jemand?«
»Nein. Das genau ist das Problem«, antwortete Susan und erzählte ihr von Phil. Sie war noch nicht fertig, als Sunny schon den Kopf schüttelte.
»Ich weigere mich. Es ist zu demütigend. Es wäre etwas anderes, wenn Jess in jemanden verliebt wäre wie Mary Kate. Sie sollte heiraten und Teil eines zauberhaften jungen Paares sein, das im Übrigen ein Baby bekommt, aber das ist ja nicht der Fall. Jessica hat nicht die Absicht zu heiraten und absolut die Absicht, das Baby zu behalten. Ich bin so wütend auf sie. Ich weiß nicht, was ich tun soll.«
»Ich bin wütend auf Lily ...«
»Nicht so, glaub mir. Ich will meine Tochter nicht in meiner Nähe haben, und sie weiß das. Warum glaubst du, dass sie so oft bei dir zu Hause ist?«
Susan erkannte, dass es stimmte. »Ich weiß, aber das löst nicht das Problem. Wir brauchen Hilfe.«
»Ich kann nicht in die Öffentlichkeit gehen.«
»Nicht in die Öffentlichkeit. Nur Phil.«
»Phil ist die Öffentlichkeit«, flüsterte Sunny in Panik und umklammerte die Spitze, die ihren V-Ausschnitt umrahmte. »Du kannst dir nicht vorstellen, wie ich mich fühle. Ich schwöre, es liegt in den Genen. Jessica hat gestern Abend meine Mutter angerufen – meine Mutter, die Königin der Schrullen –, und ihr macht es nichts aus, dass ihre Enkelin als Teenager schwanger ist, so sagt zumindest Jessica. Ich muss ihr glauben, weil ich darüber nicht mit meiner Mutter sprechen werde.«

»Es ist nicht deine Schuld.«
»Dan macht mir Vorwürfe.«
»Nur weil er jemanden braucht, dem er die Schuld geben kann, aber er hat unrecht.«
»Wirklich?«, fragte Sunny. »Er sagt, ich hätte das Thema meine Mutter niemals offen angesprochen, und vielleicht hat er recht. Ich habe mit Jessica über das, was richtig und falsch ist, geredet, bis ich blau im Gesicht war, aber habe ich jemals offen ausgesprochen, dass meine Mutter ein Sonderling ist? Habe ich sie je unausgeglichen oder egoistisch oder ... oder böse genannt? Na ja, sie ist nicht böse, nur völlig unmöglich – aber nein, ich beschimpfe meine Mutter nicht vor den Kindern, weil das ein guter Mensch nicht macht. Ach ja, und Dan gibt dir und Kate die Schuld, weil ihr eure Töchter nicht unter Kontrolle habt, denn Jessica hätte das allein nie gemacht.«
Susan empfand dieselbe Schwäche wie vorhin bei Kate. Diese Freundinnen bedeuteten ihr alles. Bei all dem, was passierte, brauchte sie sie auf ihrer Seite. »Sich gegenseitig zu beschuldigen wird nicht helfen. Das Schuldspiel ist destruktiv.«
»Sag das mal Dan.«
»Geht er auch auf Adam los?«
»Nein, weil Jessica nicht bestätigen will, dass es von Adam ist, und Dan will noch niemanden von außen damit konfrontieren. Er will es so geheim wie möglich halten. In der Zwischenzeit hat er ja mich, die er rügen kann.«
Susan liebte Dan, weil er Sunny ermöglichte, das geregelte Leben zu führen, das sie brauchte, doch er hatte starke

Überzeugungen und urteilte, ohne jemals die Stimme zu heben. »Sag was, Sunny. Erklär ihm, dass er sich irrt.«
»Leichter gesagt als getan. Du weißt nicht, wie es ist, einen Ehemann zu haben.«
Von einer Fremden wäre das ein Schlag ins Gesicht gewesen, doch Susan wusste, dass Sunny sie nicht kritisierte; sie beklagte sich nur über Dan.
Susan legte ihre Hand auf die ihrer Freundin. »Er ist unfair.«
»Er ist mein Mann.«
Das war nichts Neues. In all den Jahren, die Susan sie kannte, hatte sich Sunny bei allen wichtigen Problemen immer Dan gebeugt. Es hatte Zeiten gegeben, selbst während der Entstehung von PC Wool, da war er unaufgefordert gekommen und hatte jede Entscheidung in Frage gestellt. Sosehr die anderen sie jedoch unterstützten – sooft Sunny auch versprach, ihn nicht um Erlaubnis zu fragen, wenn sie zum Beispiel einen neuen Mantel kaufen wollte –, sie fiel immer wieder in ihr altes Verhalten zurück.
Doch Susan hatte nicht die Kraft zu streiten. »Ich glaube nur, wir sollten Phil auf unsere Seite ziehen.«
»Du machst dir Sorgen um deinen Job«, zischte Sunny, »aber was ist mit meinem? Was mit Dans? Gut für dich, dass du in deinem besten Interesse handelst, aber was ist mit unserem? Deine Tochter mag hohe Wellen schlagen, aber meine ist kaum in der siebten Woche schwanger. Ich muss noch nicht in die Öffentlichkeit gehen. Es wird noch drei Monate dauern, bis irgendjemand was bemerkt.«
»Ich dachte dasselbe wegen Lily, und schau, was passiert ist«, erklärte Susan. Ja, sie handelte in ihrem eigenen

besten Interesse, aber die Grenze zwischen dem, was am besten für sie und am besten für ihre Freundinnen war, war fließend. Sie drückte Sunnys Hand, um die Worte abzumildern. »Wer weiß schon, ob Abby nicht auch über Mary Kate und Jess plappert?«
»Du musst mit ihr reden, nicht mit mir.«
Keine schlechte Idee, erkannte Susan. Doch das Grundproblem blieb bestehen. »Diesen Monat, nächsten Monat, übernächsten Monat – es ist egal, Sunny. Du kannst es so weit wegschieben, wie du willst, aber früher oder später wird die Geschichte herauskommen.«
»Später ist besser. Zumindest werden die Ferien vorbei sein. Nächste Woche ist Thanksgiving, meine Güte. Wenn es jetzt herauskommt, wo wir nach Albany zu Dans Familie fahren, wird es alles kaputt machen.«
Wenn es nicht Thanksgiving war, war es Weihnachten. Hierfür würde es niemals eine gute Zeit geben. Doch eine Woche konnte sie warten.

Die Nachricht von Lilys Schwangerschaft verbreitete sich. Als sie wieder in ihrem Büro war, bekam Susan einen Anruf von der Direktorin der Mittelschule, die angeblich eher neugierig als missbilligend war, obwohl Susan Letzteres vermutete. Als sie auf ihrem Weg zu einem Footballspiel der Schulmannschaft auf einen Kaffee bei PC Beans hielt, spürte sie, wie andere Gäste sie anstarrten. Und als sie auf dem Heimweg in den Supermarkt kam, wusste sie, dass die Kassiererin ihr einen fragenden Blick zuwarf.
Am nächsten Tag waren sie und Kate die Einzigen in der Scheune. Sunny backte Pasteten für ihre

Schwiegereltern, und Pam bereitete alles für das Haus der offenen Tür vor, das die Perrys jedes Jahr an Thanksgiving abhielten.

Sie färbten keine Wolle, spielten nicht mal mit Farben. Keine von ihnen hatte Lust darauf. Also strickten sie. Susan arbeitete gerade an einem T-Shirt für Lily, Kate an einem Set Platzdecken aus Baumwolle. Sie bewunderten gegenseitig ihre Arbeiten und sprachen über ihr Thanksgiving-Essen bei Kate, die Erhöhung der Postgebühren, das Wetter. Keine von ihnen erwähnte, dass Lily das T-Shirt nicht mehr lange passen würde oder dass die Platzdeckchen vollgespritzt mit Babynahrung vielleicht nicht gut aussehen mochten.

Am Sonntag arbeitete Susan an ihrem Budget. Neben ihrem Laptop und einem Taschenrechner hatte sie Papiere auf dem Küchentisch verstreut. Sie schrieb mehrere Lehrerbeurteilungen, die sie Anfang der Woche vernachlässigt hatte. Sie verfasste ihre Montagsmitteilung, machte Werbung für das Schulkonzert am Dienstagabend und schrieb eine Gute-Besserung-Karte für den Mann der Schulbibliothekarin.

Lilys Singgruppe, die Zaganotes, probte normalerweise am Sonntagnachmittag. Da das Thanksgiving-Konzert unmittelbar bevorstand, fing die Probe heute früher an und endete auch später. Normalerweise hätte Susan es gehasst, dass es so still im Haus war, und hätte sich entweder mit einer Freundin zum Kaffee getroffen oder eine eingeladen.

Doch diese Woche blieb sie daheim. Das Haus war totenstill und zu einsam, um Trost zu spenden, aber sie hatte nicht die Kraft, hinauszugehen. Sie sagte sich, sie sei müde, und vergrub sich, sobald die Arbeit getan war, mit der Sonntagszeitung auf dem Sofa. Doch sie konnte sich nicht auf die Nachrichten konzentrieren. Die Stille im Haus tönte zu laut. Also griff sie nach ihrem Strickzeug – nicht das T-Shirt für Lily, sondern ein Paar Socken für sie selbst. Als sie für den Bruchteil einer Sekunde daran dachte, dass sie eigentlich Babyschühchen stricken sollte, verdrängte sie den Gedanken.

Das Problem war, dass das Leben jetzt aus Bruchteilen von Sekunden zu bestehen schien – eine Sekunde, in der sie sich vorstellte, wie Lily Sex hatte, in der sie den Klatsch in der Stadt hörte, sich fragte, was ihre Eltern denken würden. Alles entsetzliche Gedanken, von denen sie keinen länger ertragen konnte. Wenn man all diese Bruchteile von Sekunden jedoch zusammenzählte, dachte sie nicht mehr an viel anderes.

Außer an Lily. Immer Lily. Sie vermisste ihre gemeinsame Nähe, vermisste es, dass eine einen Satz der anderen beenden konnte, wie sie zusammen einen Film anschauen konnten, den sie beide liebten, wie sie schweigend zusammen stricken und sich völlig zufrieden fühlen konnten.

Lily hatte all das zerstört, was Susan wütend machte. Eine gute Mutter liebte ihre Tochter, egal, was passierte.

Sie liebte Lily. Sie mochte sie nur im Moment nicht sehr, und das brachte sie nur noch mehr auf.

Montag bekam sie Anrufe von entfernten Freunden, von einem Elternteil einer Schülerin, die im Vorjahr ihren Abschluss gemacht hatte, sogar von einer Frau, die bei

PC KidsCare gearbeitet hatte, als Lily dort untergebracht war. Wie am Freitagnachmittag stellte Susan sich vor, dass jeder nach dem Anruf sofort fünf Freunde anrief.

Anstatt nach der Arbeit zum Sport zu gehen, begab sich Susan direkt nach Hause. Sie hatte ein ruhiges Abendessen mit Lily. Es dauerte nur zehn Minuten. Danach strickte sie. Sie hatte am Tag zuvor die Ferse ihrer Socke verpfuscht, also trennte sie sie wieder auf und probierte es erneut. Sie musste es dreimal machen, bevor sie endlich zufrieden war, doch die erzwungene Konzentration kam ihr gerade recht.

Trotzdem hörte sie, wie die Dusche an- und wieder ausgeschaltet wurde, hörte Lily für ein Getränk nach unten kommen, hörte das Telefon läuten. Normalerweise wäre sie zwei-, dreimal vor Lilys Zimmer stehen geblieben, bevor sie ins Bett ging, doch heute Abend nicht. Und Lily kam auch nicht zu ihr.

Nicht, dass Susan ihr Vorwürfe machen konnte. Lily spürte eindeutig Susans Missbilligung. Da sie selbst einmal an ihrer Stelle gewesen war, wusste Susan, wie das war. Als sie schwanger gewesen war, hatte sie bewusst Konfrontationen mit ihren Eltern gemieden.

Die Geschichte wiederholte sich.

Am Dienstag schaffte es Lily schließlich in die Volleyballmannschaft der Schule. Überschwenglich lief sie in Susans Büro, um die Neuigkeit zu verkünden. Sie sah es als persönliche Rechtfertigung, als ein: Siehst du, ich kann es schaffen!

Susan versuchte sich für sie zu freuen, doch die ganze Zeit dachte ein Teil von ihr, dass die Trainerin eigentlich keine schwangere Spielerin aufnehmen sollte, dass dies ein falsches Signal für die anderen Schülerinnen sei, dass Lily kein Recht habe, alles auf einmal zu bekommen.

Später an diesem Nachmittag, als Lily kaum zwanzig Minuten, bevor sie zum Konzert abgeholt werden sollte, ins Haus stürmte und nichts von dem Abendessen zu sich nehmen wollte, das Susan vorbereitet hatte, erinnerte diese sie daran, dass ihr Baby essen musste, selbst wenn sie es nicht tat. Kurz darauf bekam sie Schuldgefühle wegen ihres scharfen Tons und überschlug sich, um den schwarzen Pullover zu suchen, den Lily anziehen wollte und in ihrer Aufregung nicht finden konnte.

Nachdem Lily zur Tür hinaus war, fühlte sich Susan verlassen. Sie setzte sich, um etwas von dem Hühnereintopf zu essen, den sie und Lily so mochten, doch alleine hatte sie keinen Appetit.

Sie stand vom Tisch auf und öffnete ihren Laptop auf der Küchentheke. E-Mails poppten auf, darunter eine neue von Phil wegen des Budgets, das sie gerade unterbreitet hatte. Sie musste seine Fragen beantworten ebenso wie dringende Elternanfragen, und sie musste für drei Schüler College-Empfehlungen schreiben, die sie als Neuntklässler unterrichtet hatte und mit denen sie in Kontakt geblieben war. Während sie auf den Bildschirm starrte, traf eine Nachricht von der Frau ein, die für die Auktion verantwortlich war, die jeden Februar abgehalten wurde, um Geld für Schulausflüge aufzubringen. Sie erinnerte Susan daran, dass der Beitrag von PC Wool fällig war, was diese daran denken ließ, dass sie an den letzten Samstagen arbeitsmäßig eine Niete gewesen war, dass sie noch nicht mal angefangen hatten, Frühlingsfarben auszuprobieren, und noch weniger etwas hervorgebracht hatten, das Pam fotografieren konnte. Sie fragte sich, ob Pam überhaupt noch weitermachen wollte, sobald sie die Wahrheit erfuhr – was Susan wütend machte, denn sie liebte PC Wool und konnte den Gedanken nicht ertragen, dass es gefährdet sein könnte, nur weil Lily beschlossen hatte, ein Baby zu bekommen.

Susan war vor Bestürzung außer sich, ging ins Wohnzimmer, griff nach ihrem Strickzeug und setzte sich im Schneidersitz aufs Sofa, doch sie schaffte es nicht, sich darauf zu konzentrieren, die Ferse fertigzustricken. Sie warf die Socke beiseite, stürmte wieder in die Küche, zog das T-Shirt aus ihrem Strickbeutel und stand eine Minute an dem für das Abendessen gedeckten Tisch, das nicht stattfinden würde, und strickte fieberhaft. Sie dachte gerade, dass sie einen lausigen Job machte – lausige Strickerin, lausige Direktorin, lausige Mutter –, als ein lautes Klopfen an der Tür sie unterbrach.

Erschrocken ließ sie ein paar Maschen fallen, warf das Strickzeug erneut wütend beiseite und ging zur Tür.

8

Rick McKay hatte immer seine Wirkung auf Susan ausgeübt. Deshalb begann ihr Herz zu rasen, als sie ihn auf der anderen Seite der Glastür erblickte. Doch diesmal war der Grund nicht Erregung, sondern Wut. Sie funkelte ihn weiter an, als er auf die Klinke drückte und mit einem strahlenden Lächeln auf seinem attraktiven Gesicht eintrat.

»Hallo«, sagte er. Sein Blick ließ sie nicht los, und sein Lächeln ließ nicht nach, während er sich gegen die Tür lehnte, um sie zu schließen. Er war offenbar entzückt, sie zu sehen, was Susan noch wütender machte.

»Wenn du deine Tochter suchst, sie ist gerade weg. Sie kam hier reingerauscht, ohne sich für das Abendessen zu interessieren, das ich mit Mühe vorbereitet habe, doch sie jammerte wie ein Kind um Hilfe, als sie den Pullover nicht finden konnte, den sie anziehen wollte. Es ist, als ob sich nichts verändert hätte! Sie hat es gerade in die Volleyballmannschaft geschafft, obwohl ich mir nicht vorstellen kann, dass sie die letzten Spiele im März wird spielen können, doch sie stürmt los, als ob alles in Ordnung wäre. Aber das ist es nicht. Sie scheint keine Konsequenzen zu sehen. Doch ich spüre sie bereits. Die Leute reden, und sie wissen noch nicht mal von den anderen beiden.« Sie wedelte den Gedanken weg. »Ich kann noch nicht mal daran denken. Mein

Boss ist auch ohne das schon wütend – auf mich, nicht auf Lily, auf mich. Was habe ich falsch gemacht, außer sie so gut aufzuziehen, wie ich es verstand?« Ihr schossen Tränen in die Augen, und sie verschränkte die Arme.
»Warum lächelst du? Das hier ist ernst, Rick.«
»Gott, habe ich dich vermisst!«, sagte er mit seiner volltönenden Stimme.
»Das ist völlig unwichtig!«, schrie sie und kämpfte gegen ihre Panik an. »Wir befinden uns in der Krise, nur dass meine Tochter – unsere Tochter – das nicht zu begreifen scheint. Drei Mädchen schwanger? Jedes Mal, wenn ich daran denke, schüttelt es mich. Wenn sie rebellieren wollte, hätte sie sich da nicht das Haar pink färben oder den Nabel piercen oder sich tätowieren lassen können?«
»Sie sagt, es geht nicht um Rebellion.«
»Nein«, räumte Susan ein, »nicht Rebellion. Sie will eine Familie. Und wie soll ich mich dabei fühlen? Ich habe mir den Hintern aufgerissen, um ihre Familie zu sein. Wenn sie unbedingt eine größere wollte, hätte sie es mir sagen sollen. Ich hätte ein Baby adoptieren können, ich hätte zu einer Samenbank gehen können.«
»Du hättest mich fragen können.«
»Rick, das ist nicht lustig. Sie ist schwanger, weigert sich, den Kerl zu nennen, und hat keine Ahnung, wie ihre Zukunft aussehen wird.«
»Würde es denn helfen, wenn sie eine hätte?«, fragte er so vernünftig, dass Susans Wut abebbte.
»Vielleicht nicht.« Sie seufzte. »Sie weiß, ich werde immer da sein.«
»Weil du eine gute Mutter bist.«

»Ich bin eine lausige Mutter«, rief Susan mit neu angefachter Wut. »Ich verhalte mich schlecht, und ich scheine nicht helfen zu können. Ich mag ihr Selbstvertrauen nicht. Ich mag ihre lässige Haltung nicht. Ich bin sogar eifersüchtig – *eifersüchtig* –, weil sie dasselbe durchmacht wie ich, nur dass sie es leichter haben wird. Ich habe uns diesen Platz hier erkämpft. Die Leute respektieren mich, Rick. Ich habe so schwer gearbeitet, um dafür zu sühnen, was nach der Meinung aller in meinem Leben unverantwortlich war, und ich habe tatsächlich gedacht, ich hätte es geschafft. Und nun hat Lily es weggenommen. Alles verleugnet. Ich fühle mich verraten. Von einer Siebzehnjährigen.«
»Sie ist nicht irgendeine Siebzehnjährige.«
»Nein. Vielleicht ist meine Wut also gerechtfertigt – aber ich tue genau das, was meine Mutter getan hat, alles, was ich mir geschworen habe, niemals zu tun, und das macht mich krank.«
Sein Gesichtsausdruck wurde sanfter. Er sagte nichts, sondern zog sie an sich. Und natürlich war sie verloren. Er besaß diese Macht, konnte mit einer Berührung jeden rationalen Gedanken in ihrem Kopf auslöschen. Nicht dass sie sich beklagte. Dies war die erste Erholung von der Sorge, die sie seit zwei Wochen hatte. Wie kurz es auch immer sein mochte, aber ihre Sorgen wurden geteilt.
Sie wusste nicht, wie lange sie so standen, doch sie hatte keine Eile zu gehen. Alles an Rick war vertraut. Trotz der vielen Orte, an denen er gewesen war, und der Menschen, denen er begegnet war, er blieb derselbe Mann – dieselbe Wärme, derselbe Geruch, derselbe

Herzschlag. Ihre Verbindung zu ihm war so stark wie immer.
Der lange Atemzug, den er machte, während er sie hielt, sagte ihr, dass er ebenso fühlte. Nach ihrem Ausbruch bedeutete das eine Menge.
Schließlich hob sie den Kopf, und ihr gelang ein kleines Lächeln. »Du bist wegen Lilys Konzert hier.«
Seine Augen waren auf ihren Mund gerichtet. »Ich war mir nicht sicher, ob ich es schaffen würde. Mein Dad erwartet mich zu Thanksgiving, also bin ich über den Pazifik geflogen, doch ich habe andauernd gedacht, dass Lily und ich persönlich reden sollten. Sie wird mir am Telefon nicht viel erzählen. Ich bin sechsunddreißig Stunden gereist. Habe jeden Anschluss verpasst.«
Susan kannte Rick. Er war ein erfahrener Reisender, der überall ein Nickerchen halten konnte. Aber ja, seine Augen waren müde. »Du brauchst Schlaf.«
»Eine Dusche brauche ich noch mehr.« Er sah auf die Uhr. »Wie viel Zeit ist bis zum Konzert?«
»Dreißig Minuten.«
»Jede Menge. Zuerst die Dusche.« Er warf einen begehrlichen Blick auf den Hühnereintopf auf dem Herd. »Wollte sie das da nicht essen?«
»Genau.«
»Ich will schon. Kann ich?«

Susan und Rick kamen gerade noch rechtzeitig in der Highschool an. Da fünf verschiedene Gruppen auftraten, war der Saal voll, so dass sie hinten an der Wand stehen mussten. Rick schlich sich bis zur letzten Minute immer wieder in die Halle, um Lily zu erwischen, doch keiner der Sänger tauchte auf.

Susan suchte die Sitzreihen nach Mary Kate und Jess ab, sah sie aber nicht. Sie konnte sich nicht vorstellen, dass sie nicht hier wären, um Lily zu unterstützen – außer dass sie sich einfach unauffällig benehmen wollten, was sie vollkommen verstehen könnte. War sie nicht selbst froh gewesen, dass sie in letzter Minute im Saal ankam und sich nicht mit den Eltern unterhalten musste?

Die Lichter erloschen, und das Konzert begann mit Aufführungen eines Streichquartetts und der Jazzband, bevor endlich die Zaganotes die Seitengänge entlangliefen und die Bühne mit ihrem Markenzeichen »Feelin' Groovy« betraten. Es waren ein Dutzend gertenschlanker Mädchen, jedes mit langem, wehendem Haar und schnippenden Fingern, deren Lächeln lebhaft über schwarzen Rollkrägen aufblitzte.

Lily war nicht dabei.

»Wo ist sie?«, flüsterte Rick.

»Keine Ahnung.« Susan holte ihr Handy hervor, doch es gab keine Nachrichten. Sie sah zurück zur Tür, aber da warteten keine Mädchen darauf, sich zu den anderen auf der Bühne zu gesellen – und außerdem bestanden die Zaganotes aus einem Dutzend Sängerinnen, und die waren bereits da. Susan wusste, wer in der Gruppe war und wer nicht. Eines der Mädchen auf der Bühne, Claire DuMont, war neu.

»Meinst du, dass Lily schlecht geworden ist?«, flüsterte Rick.

»Dann hätte sie angerufen.«

»Was, wenn sie nicht konnte, wenn es etwas Ernstes war?« Susan wusste, er dachte an das Baby.
»Dann hätte eines der anderen Mädchen mir Bescheid gegeben.«
Die Gruppe sang Cyndi Laupers »Time After Time«, dann ein aufsehenerregendes Arrangement von »Kiss from a Rose«, doch Susans Blick lag auf ihrem Handy. »Wo bist du?«, simste sie und wartete nervös. Als Lily sich nicht meldete, schlich sie aus dem Saal und versuchte anzurufen, doch die Stimme, die sie hörte, war nur die muntere Aufnahme, die sagte: »Nicht da, sag, wo.« Rick stand neben ihr und sah so besorgt aus, wie sie war, als das Telefon klingelte.
»Lily ist bei mir«, sagte Mary Kate. »Ihr geht es gut.«
»Warum singt sie nicht?«
»Die Zaganotes haben sie gebeten, zurückzutreten.«
»Zurücktreten.« Susan fing Ricks Blick auf.
»Weil sie schwanger ist.«
»Warte. Kristen Hannigan hat sie abgeholt, um mit ihr zum Konzert zu fahren.«
»Kristen Hannigan hat sie abgeholt, um es ihr zu sagen. Lily hat sich von ihr in der Stadt absetzen lassen, dann hat sie mich angerufen.«
»Wo bist du jetzt?«
»Bei dir.«
»Ich komme sofort.«

Lily saß zusammengesunken im Wohnzimmer, die Augen rot und Taschentücher in der Hand. Ihre nackten Füße hatte sie unter sich gezogen, ihren schwarzen Pullover und ihre Jeans gegen einen lilafarbenen

Trainingsanzug eingetauscht. Ihr Haar war verstrubbelt, ein Zeichen für das hastige Umziehen. Als sie Susan erblickte, begann sie zu weinen, und ihre Augen wurden groß, als sie Rick sah.
»Du bist den ganzen Weg wegen des Konzerts hergekommen?«, rief sie aus, und Tränen liefen ihr über das Gesicht. »Es ist so schlimm!«
»Ich wollte dich sehen«, erwiderte Rick, beugte sich vor und umarmte sie. »Das Konzert war nur eine Ausrede.« Er trat zurück und wischte ihr die Tränen ab, doch sie strömten weiter.
»Wie konnten sie mir das antun, Mom?«, fragte sie. »Ich habe dafür gearbeitet. Ich habe es verdient. Ich war Sonntag den ganzen Tag bei der Probe, und keine hat ein Wort gesagt, doch die ganze Zeit müssen sie hinter meinem Rücken geredet haben.« Wütend wischte sie sich mit den Handflächen über die Wangen. »Ich wette, Emily Pettee hat damit angefangen. Ihre Mom ist eine Ziege.«
»Lily.«
»Stimmt doch. Sie tut so, als wäre sie unsere Zensorin. Sie hat etwas gegen jedes Lied, dessen Text auch nur eine kleine Anspielung enthält, also vergiss Amy Winehouse oder sogar die Dixie Chicks. Sie ist vor Konzerten ständig da und sorgt dafür, dass auch der letzte kleine BH-Träger versteckt ist. Ich weiß, dass sie dahintersteckt.«
»Es ist egal …«
»Ist es nicht, Mom. Ich liebe das Singen.«
Susan wusste das, und es brach ihr das Herz. Sie kniete sich hin und nahm Lilys Hand. »Es ist egal, wer damit

angefangen hat«, beendete sie ruhig den Satz. »Wenn die Mädchen dafür waren, ist es passiert.«

»Aber wie konnten sie mir das antun? Ich habe seit dem ersten Jahr mit ihnen gearbeitet.«

»Babys verändern vieles«, versuchte Susan so sanft wie möglich zu erklären, doch Lily war noch nicht fertig.

»Man wird es mir erst lange nach den Ferien ansehen, aber nein, sie dachten, dies würde einen ›sanfteren‹ Übergang ermöglichen. Als ob sie so rein wären? Sind sie nicht, Mom. Jennifer Corbin macht in der Fußballmannschaft die Runde, Laura Kirk ist jeden Monat mit einem anderen zusammen. Und Emily? Sie hatte letzten Sommer eine Abtreibung, doch sie haben es Eingriff wegen eines gynäkologischen Problems genannt.«

»Eingriff?« Rick schnaubte verächtlich. »Und ihre Mom ist die Anführerin? Klingt wie selbstgerechte Empörung von jemandem, der schuldig wie die Hölle ist, aber nicht will, dass es die anderen erfahren.«

»Ich sollte allen von Emily erzählen«, erklärte Lily.

»Und selbst selbstgerecht empört sein?«, meinte Susan. »Ich glaube nicht.«

»Emily hatte eine Abtreibung.«

»Sie ist jetzt nicht schwanger, und darum geht es.«

Lily entzog ihr die Hand. »Damit wären wir wieder beim Thema – dass ich jetzt schwanger bin und du das Baby nicht willst. Gib es zu. Du willst es nicht.«

»Dich jetzt schwanger sehen? Das will ich nicht. Aber du bist es. Ich versuche es zu akzeptieren – wie du akzeptieren musst, dass die anderen Mädchen eine

Schwangerschaft nicht als Teil des Images der Zaganotes sehen. Du hast Gründe für das, was du getan hast, und wenn dies eine der Folgen ist, musst du es akzeptieren.«
Lily fing wieder an zu weinen. »Warum?«
»Weil es so ist.« Susan seufzte. »Was hast du für eine Alternative, Süße? Ja, die Mädchen haben unrecht, aber wenn du es ihnen sagst, wird es ihnen nicht gefallen. Erzähl den Leuten von Emily oder von Jen oder Laura, und es wird noch schlimmer werden. Ist es nicht besser, dir deine Würde zu bewahren?«
»He«, sagte Mary Kate hinter ihnen.
Susan hatte vergessen, dass sie auch da war, und sah, wie sie sich Richtung Tür schlich.
»Geh nicht weg!«, rief Lily. »Ich brauche dich hier!«
Doch Mary Kate ging weiter. »Deine Mom hat recht. Wenn sie dich nicht wollen, solltest du sie auch nicht wollen. Dein Dad will jetzt mit dir sprechen, und ich will das alles nicht hören. Ich höre es zu Hause andauernd.«
»Du bist ein Feigling!«
»Ja, das bin ich«, gab sie zurück und verschwand in einem Schwall ungebärdigen Haares.
Lily schmollte und drückte sich in die Sofaecke. »Warum laufen Freunde weg, wenn man sie am meisten braucht?«
»Mary Kate läuft nicht weg«, mahnte Rick. Er setzte sich neben sie aufs Sofa und legte einen Arm auf die Rückenlehne. »Sie gibt uns Zeit.« Er berührte ihr Haar. »Ich will bei dir sein. Du wolltest am Telefon nicht viel sagen. Ich kenne immer noch nicht den Namen des Jungen.«

»Warum ist das wichtig?«, fragte Lily mit einer Haltung, von der sich Susan veräppelt fühlte. »Es ist passiert.«
Doch Rick ließ nicht locker. »Er ist der Vater deines Babys, und dieses Baby bleibt dir lebenslang. Wer er ist, ist mir wichtig, weil ich dein Dad bin und du mir wichtig bist. Ich will, dass jemand, der dich berührt, ein anständiger Mensch ist. Okay, ich weiß, du hast das initiiert, aber bitte sag mir wenigstens, dass du echte Gefühle für ihn hattest.«
Ihr Blick wich ihm aus. »Die hatte ich.«
»Wohnt er hier in der Stadt?«
»Ja.«
»Ist er ein Klassenkamerad?«
Sie lehnte sich zurück und sah zur Decke. »Wenn ich es sagen würde, was würdest du tun? Ihn wegen Geld anpumpen?« Sie wandte sich zu Rick um. »Er hat es nicht. Und seine Eltern auch nicht.«
»Es geht nicht um Geld.«
»Dann um Heirat?« Sie sah zu Susan. »Ihr habt auch nicht geheiratet? Was ist der Unterschied?«
»Habe ich von Heirat gesprochen?«, fragte Susan. Sie war zurückgetreten, da sie Rick Zeit mit Lily geben wollte. Doch die Entscheidung, nicht zu heiraten, war nicht seine gewesen.
»Du denkst das.«
»Das tue ich nicht.« Sie würde niemals wollen, dass sich ihre Tochter in eine Ehe stürzte, die vielleicht schlecht enden würde. »Und deine Situation ist eine andere als unsere. Ich wollte nicht schwanger werden. Aber sobald ich es war, war Rick der Erste, dem ich es erzählt habe.«

»Und schau, was passiert ist«, gab Lily zurück. »Es hat so viel Ärger verursacht, dass seine Eltern die Stadt verlassen mussten.«
»Deshalb sind meine Eltern nicht weggezogen«, meinte Rick leise.
»Warum dann?«
»Weil …« Er verstummte und runzelte die Stirn. »Weil es Zeit war. Meine Schwester war schon weg, und ich war auf dem Absprung. Es hielt sie nichts mehr dort. Doch zumindest kannten sie den Stand der Dinge, und das hat es leichter gemacht. Und darauf will ich hinaus, Lily. Du hast deine Mom in eine miese Lage gebracht. Je mehr sie weiß, desto besser wird sie damit umgehen können. Außerdem – glaub mir – würde der Typ es wissen wollen.«
»Wolltest du es?«
»Ich wollte nicht, dass deine Mutter schwanger wird, aber als sie es dann war, ja, da wollte ich es wissen. Du gehörst zur Hälfte mir.«
»Aber du hast sie nicht geheiratet, weil Mom nicht heiraten wollte.« Ihre Stimme erhob sich. »Nun, vielleicht wollte ich es. Vielleicht wollte ich einen Vollzeitvater. Vielleicht waren diese Besuche bei deinen Eltern zu erschreckend, weil ich sie nicht kannte und dich auch nicht richtig, und Mom nicht da war. Vielleicht wäre es besser für mich gewesen, wenn du sie geheiratet hättest«, fuhr sie fort und nahm Fahrt auf. »Aber nein, Mom wollte, dass du deine Karriere hast. Rick will der Weltenbummler sein, den alle kennen und bewundern – und wir alle wollen, was Rick will, oder?« Es war keine Frage. »Nun, was ist damit, was ich will? Was ist so

schrecklich daran, dass ich mein Herz an etwas hänge? Warum können nicht ausnahmsweise alle wollen, was Lily will?«

Als ihr bewusst wurde, was sie gesagt hatte, sah Lily schockiert aus. Blitzartig stand sie vom Sofa auf und rannte aus dem Zimmer.

Als Susan ihr folgen wollte, sagte Rick: »Lass sie.«

»Sie hat kein Recht, dich zu kritisieren.«

»Hat sie wohl.« Er beugte sich vor, die Ellbogen auf den Knien. »Ich war nicht für sie da. Vielleicht habe ich nicht genug daran gedacht, was sie wollte.«

»Sie ist erregt, Rick. Sie hat so was noch nie zuvor gesagt. Ich sollte mit ihr reden. Sie sollte nicht alleine sein.«

»Meinst du, das ist sie?«, fragte Rick und hatte natürlich recht. »Allein« war relativ. Lily würde wohl entweder telefonieren, simsen oder skypen.

Susan setzte sich neben ihm aufs Sofa und nahm seine Hand. »Du hättest ihr die Wahrheit sagen sollen. Deine Eltern sind wegen meinem Dad weggezogen.«

»Sie mussten es nicht. Sie haben sich dazu entschieden. Die Schwester meiner Mom war in San Diego. Sie wollten als Rentner immer dorthin ziehen.« Er verschränkte seine Finger mit ihren.

»Nur dass dein Vater nicht in Rente war. Er hat noch Jahre danach gearbeitet. Nein, Rick, es war die Schuld meines Vaters. Er hat seine Wut an deinem Dad ausgelassen. Sie waren dicke Freunde gewesen, und plötzlich war die Freundschaft kaputt.«

»Na ja, es war sowieso eine unpassende Freundschaft, mein Dad, der Postbote, und deiner, der Bürgermeister.«

Er wurde nachdenklich. »Aber als es so war, war es gut. Ich war mit ihnen auf ein paar Angelausflügen. Sie konnten reden. Es war, als ob sie Brüder wären, völlig unterschiedlich, doch mit einer echten starken Bindung zueinander. Ich habe nie rausgekriegt, was es war.«
»Es war eine Brudersache«, sagte Susan. Rick warf ihr einen verblüfften Blick zu. »Ich hatte einen Onkel«, erklärte sie. »Ich habe ihn nie gekannt, denn er ist jung gestorben. Aber mein Vater hat ihn geliebt. Sie haben zusammen geangelt.«
»Kein Scherz?«
»Big Rick hat seinen Platz eingenommen.«
»Die Brudersache?«
»Die Reaktion meines Vaters war wohl so übertrieben, weil er unrealistische Erwartungen an deinen Dad hatte.«
Rick dachte darüber nach. »Und da habe ich immer geglaubt, dass es darum ging, dass dein Vater in einer kleinen Stadt in der Öffentlichkeit stand und eine Erklärung abgeben musste. Aber he ...« Er packte ihre Hand fester. »... trotzdem hat mein Vater ihn gelassen. Er hätte für sich einstehen können. Er hätte kämpfen können. Genau das hätte er tun sollen.«
Susan zog ein Gesicht. »Findest du?«
»Absolut. Er hätte deinen Vater vielleicht zur Vernunft bringen können. Stattdessen ist er eingeknickt – ist einfach gegangen, und er hat verdammt mehr verloren als nur eine Freundschaft. Ich könnte schwören, dass er Angst hat, herzukommen und Lily zu sehen, weil er glaubt, John Tate könnte es herausfinden. Deshalb ist seine Beziehung zu Lily so eingeschränkt. Sie kann ihn

besuchen, aber er sie nicht. Selbst als Mom noch lebte, hat er es nicht getan. Nein, er hätte kämpfen sollen. Lily ist sein einziges Enkelkind. Er hätte sie mehr unterstützen sollen.«
»Ich habe sein Geld nie gewollt.«
»Nicht mit Geld. Mit Zeit. Mit Aufmerksamkeit.« Er lehnte sich zurück und legte den Kopf aufs Sofa. Dabei sah er sie immer noch an. »Er stand auf der richtigen Seite.«
»Wie Lily, wenn es ums Singen geht, aber ich habe ihr gesagt, sie solle nicht kämpfen. Sollte sie doch?«
»Im Idealfall ja. Aber du hast es erfasst. Wenn sie die Mädchen herausfordert, weil sie gegen sie gestimmt haben, treibt sie sie nur noch weiter von sich weg, und in dem Fall wäre es kein Spaß, wieder in der Gruppe zu sein.« Er schloss die Augen.
»Also verliert sie auf jeden Fall?«
Er schwieg eine Weile. »Vielleicht gewinnt sie auch auf jeden Fall. Sie wird in den nächsten Monaten genug am Hals haben, und diese Mädchen braucht sie ganz sicher nicht.«
»Okay. Aber sie hat sich ihren Platz verdient – und es war etwas, was ich für sie wollte. Ich kann nicht singen, doch sie hat eine wunderbare Stimme.«
»Von mir hat sie sie auch nicht.«
»Sie hat sie von Mom, die sie aber nie hat singen hören.«
»Ihre Schuld«, murmelte Rick müde und küsste ihre Hand.
Sie kuschelte sich an ihn. »Tatsächlich ist es unsere, Lilys und meine. Ich dachte, es war schlimm, als sie

klein war und wir keinen Kontakt mit meinen Eltern hatten, aber es wird mit jedem Jahr schlimmer. Sie ist so eine begabte junge Frau geworden. Sie verdient es, liebende Großeltern zu haben.«

Ricks Atem klang ein bisschen zu gleichmäßig. Susan legte den Kopf zurück und sah, dass er schlief, und ein paar Minuten beobachtete sie ihn dabei. Schließlich schloss sie auch die Augen, um seinen Herzschlag besser genießen zu können.

So schliefen sie drei Stunden lang. Susan wachte zuerst auf. Sie stieß ihn sanft an und brachte ihn hinauf ins Gästezimmer, doch da blieb er nicht lange. Sie lag kaum in ihrem Bett, als er sich hereinschlich und die Tür zumachte.

Er hatte nichts Schläfriges mehr an sich. Er flüsterte ihren Namen, strich ihr übers Haar, streichelte ihre Brüste und ihren Bauch. Sein Hunger war ansteckend. In diesen kostbaren Minuten konnte sie nicht genug bekommen – konnte nicht genug geben –, und als ihr Körper explodierte, schrie sie vor Lust laut auf.

Sie hätte Lily geweckt, wenn er ihr nicht die Hand auf den Mund gelegt hätte. Er war im Lauf der Jahre gut darin geworden. Er sorgte sich um Lilys Gefühle und Susans Fruchtbarkeit – was besonders jetzt erfreulich war, dachte Susan in den Sekunden, bevor sie in seinen Armen einschlief. Was, wenn Mutter und Tochter ledig schwanger wären?

Susan konnte sich nicht mal im Ansatz dieses Chaos vorstellen.

9

Rick bot an zu bleiben, doch Susan schickte ihn für Thanksgiving zu seinem Vater, der sonst allein gewesen wäre.
Susan und Lily würden es nicht sein. Sie verbrachten den Feiertag bei Kate, wie sie es seit mehr als zwölf Jahren getan hatten. Es war einer der wenigen Orte, an denen ihre Gastgeberin zumindest alle ihre Geheimnisse kannte.

Kate liebte Thanksgiving – liebte das Kochen, die Gerüche, das volle Esszimmer, den Lärm. Sie liebte es, Feiertagswaisen einzuladen, die sonst nirgendwohin gehen konnten. In der letzten Minute gab es immer zwei oder drei zusätzliche Gäste.
Dieses Jahr waren es sechs, alle vor Wochen eingeladen, was in Ordnung gewesen sein sollte. Nur Kate war nicht scharf auf die beiden zusätzlichen Tischkarten, die im Flur steckten, oder die Klappstühle, die nicht passten. Sie war gestern Abend lange wach geblieben, aber es gefiel ihr nicht, wie die Teller aussahen – zu viele verschiedene –, also hatte sie sie im Morgengrauen wieder neu zusammengestellt.
Dieses Jahr stimmte einfach alles nicht. Sie hatte keine Butter mehr, um die Füllung zu machen, und da alle anderen noch im Bett waren und der Truthahn so schnell

wie möglich im Ofen sein musste, rannte sie selbst ins Lebensmittelgeschäft, was gut und schön war, nur dass sie, da es der einzige offene Laden war, fast doppelt so viel zahlte, wie sie es getan hätte, wenn sie genug im Supermarkt gekauft hätte, und das machte sie sauer.
Als sie wieder zu Haus war, heuerte sie Will an, ihr beim Truthahn zu helfen, und als die Kinder hereintaumelten und sich ihr Frühstück zusammensuchten, musste sie um sie herumgreifen, darauf warten, dass sie sich bewegten, oder sie zur Seite schieben.
»Das kann zwei Minuten warten«, sagte sie zu Mike, als er sich nach dem Schrank mit dem Müsli über ihrem Kopf streckte. »Lissie, dein Vater hilft mir hier«, klagte sie, als ihre Tochter Will zur Seite schob, damit sie an den Kühlschrank konnte. Und als Sara hereinwieselte, um am Spülbecken eine Orange zu schälen, riss Kate mit Schwung ein Papiertuch ab und drückte es ihr in die Hand. »Ich versuche hier zu arbeiten. Siehst du das nicht?«
»Mom braucht Kaffee«, bemerkte Mike.
»Mom braucht eine größere Küche«, gab Kate zurück und kreischte dann: »Nicht da rein!«, als ihr Sohn Richtung Esszimmer marschierte. »Alles ist gedeckt.«
»Ich versuche nur die Küche zu räumen. Wohin soll ich gehen?«
Kate dirigierte ihn zu einem Hocker an der Theke, obwohl es kaum einen Zentimeter freie Fläche gab, da auf dieser eine Schüssel Süßkartoffeln, die bald ein Auflauf sein würden, Schachteln mit Crackern für die Guacamole und Teller mit Keksen und Kuchen standen. »Nimm das in die Hand, Michael Mello, und kein Wort mehr, bitte.

Will, diese Küche ist zu klein«, sagte sie zu ihrem Mann, während er den Truthahn in den Ofen schob.
Er streckte sich und lächelte. »Und was ist mit gemütlich?«
»Ich weiß nicht. Was denn? Gemütlich ist süß. Das hier ist nicht süß.«
Er legte den Arm um sie und drückte sie – gerade genug, um sie daran zu erinnern, dass das, was sie hatte, verdammt gut war. Dann kam Mary Kate herein und griff nach der Milch, eine unschuldige Geste, bei der Kate jedoch durch den Kopf schoss, dass mit einem neuen Baby alles weniger gut sein würde. Ein neues Baby würde die Küche noch kleiner machen und das Esszimmer noch voller. Sie platzten schon jetzt aus allen Nähten. Wie lange, bis sie explodierten?
Nähte ... Träume ... alles dasselbe, dachte sie. Sie war leicht in Panik und begann die Zettel zu durchwühlen, die in den Kochbüchern steckten, die über dem Herd standen, auf der Suche nach dem Rezept für eine Schokoladennusspastete, das Sunny ihr gegeben hatte.

Sunny kannte die Küche ihrer Schwiegermutter in- und auswendig, und das aus gutem Grund. Sie war es gewesen, die sie eingerichtet hatte, als ihre Schwiegereltern nach Jahren in Mietwohnungen das Stadthaus gekauft hatten, von dem sie träumten. Dan half bei der Anzahlung, Sunny half bei der Einrichtung. Obwohl sie Ende sechzig waren, arbeiteten Martha und Hank noch und waren absolut imstande, ihren Alltag zu bewältigen, doch Sunny half ihnen gerne. Ihre Schwiegermutter zählte mittlerweile auf ihren Rat, was sie zu lokalen Anlässen tragen sollte, wo sie im März in Urlaub hinfahren sollten oder ob sie zusätzlich Vitamin D nehmen sollte, und Sunny war geschmeichelt. Sie sah dies als eine Bestätigung dafür, dass sie es wert war, um Rat gefragt zu werden, ein Beweis, dass sie normal mit einem großen N war.

Normal war eindeutig das Richtige. Sie vertiefte sich in das, was sie am besten konnte, und hatte in dieser Woche jeden Abend gebacken und dann ihren Kofferraum mit all den Bestandteilen für das Thanksgiving-Essen vollgeladen, nicht nur für ihre eigenen vier und Martha und Hank, sondern auch für Dans Bruder und dessen Familie und für zwei ältere Tanten. Am Donnerstagmittag duftete Marthas Küche nach gebratenem Truthahn, Glühmost und Kürbiscremesuppe. Tonschüsseln standen säuberlich aufgereiht auf der Theke, passende Becher warteten auf den Most. Aufeinandergestapelte Servierteller würden die Truthahnzutaten beinhalten. Und der Esszimmertisch war ein denkwürdiger Anblick.

Alles lief wie am Schnürchen. Der Truthahn erreichte die richtige Temperatur zum richtigen Zeitpunkt und ließ sich schneiden wie ein Traum, während Spargel, Süßkartoffeln und Zwiebeln perfekt gekocht waren. Dan schenkte die Getränke ein, Hank sprach den Segen, Sunny löffelte die Suppe aus einer Terrine von Perry & Cass. Es gab ein kurzes Schweigen, gefolgt von einem Chor aus anerkennendem Gemurmel.

»Du hast dich selbst übertroffen, Sunny«, lobte Martha. »Das ist köstlich.«

Sunny badete in dem Lob. Und gelobt wurde während des ganzen Hauptgangs und bis zum Nachtisch. Dann nutzte Jessica eine Gesprächspause, schlug mit dem Messer an ihr Glas und stand auf.

»Ich habe etwas zu verkünden«, sagte sie. Sunny starrte sie entsetzt an, doch sollte Jessica dies merken, so achtete sie nicht darauf. »Die Familie wird wachsen«, erklärte sie. »Wir werden nächstes Thanksgiving ein weiteres Mitglied haben.«

Martha keuchte auf. »Du bist verlobt?«

Jessica schüttelte den Kopf.

»Nun, das ist gut«, bemerkte ihre Großmutter. »Du bist noch viel zu jung.« Aufgeregt wandte sie sich an Sunny und Dan. »Ihr bekommt noch ein Baby?«

Sunny hätte vielleicht genickt, wenn Jessica nicht schnell gesagt hätte: »Mom nicht. Ich.«

»Du?«

»Jessica«, warnte Sunny. Jemand fragte, ob das stimmte, und sie antwortete: »Nein ...«

»Doch«, erklärte Jessica.

»Dan«, flehte Sunny, doch was er auch gesagt haben mochte, verlor sich in einer Flut aus Fragen. Sie beschloss, dass ihre Tochter tatsächlich hassenswert war, griff nach einem leeren Teller, floh in die Küche und begann Pfannen abzuwaschen, doch Gesprächsfetzen waren über dem Geklapper zu hören. Sie schrubbte den Röster mit wütender Kraft, als ihre Schwiegermutter zu ihr an das Becken trat.

»Sie ist erst siebzehn, Sunny. Meinst du, dass sie alt genug ist, ein Kind zu haben?«

»Auf keinen Fall!«

»Aber du lässt es sie trotzdem bekommen?«
Sunny legte den Schwamm weg. »Sie lassen? Sie hat mich nicht um Erlaubnis gebeten. Das ist kein Kleid, das man kaufen und zurückgeben kann.« Sie hörte ihre bissige Stimme und sagte entschuldigend: »Das alles regt mich sehr auf. Ich weiß nicht, warum sie das Gefühl hatte, sie müsste es euch allen heute erzählen.« Doch sie wusste es. Sie wollte ihre Mutter blamieren.
»Sie scheint es aufregend zu finden.«
»Sie quält mich absichtlich, weil sie weiß, wie wütend ich bin.«
»Und sie will nichts von dem Jungen?«, fuhr Martha traurig fort. »Was ist nur los mit den Kindern von heute? Sie machen Dinge, die sich unsere Kinder nicht getraut hätten. Es reicht nicht, einen Stift aus dem Billigwarenladen zu stehlen oder eine Packung Zigaretten zu verstecken. Nun, der Unterschied ist, glaube ich, dass wir ein Heim hatten.«
»Ein Heim?«
»Ich habe erst angefangen zu arbeiten, als die Kinder groß waren.«
Sunny fühlte sich unbehaglich wegen der Schlussfolgerung ihrer Schwiegermutter und sagte: »Weil die Frauen damals keine Berufe hatten.«
»Vielleicht war es ja besser so. Ich bin nicht sicher, dass man beides gut machen kann. Das hier ist das perfekte Beispiel dafür.«
»Meinst du, es wäre nicht passiert, wenn ich zu Hause gewesen wäre?«, fragte Sunny betroffen. »Sie hat es nicht zu Hause getan, Mom. Sie darf keine Jungen mit

nach oben nehmen. Aber sie ist siebzehn, sie fährt Auto, sie ist den ganzen Tag außer Haus.«
»Jetzt ja, aber nicht immer.«
Nein. Es hatte eine Zeit gegeben, als der Babysitter nach der Schule auf Jessica und Darcy aufgepasst hatte. »Die Sitterin war in den Fünfzigern. Sie war sehr verantwortungsvoll.«
»Sie war nicht du.« Martha seufzte. »O Sunny, was passiert ist, ist passiert. Ich glaube, du hast deine Kinder so erzogen, wie du es am besten verstanden hast.«
Nicht gerade eine Unterstützung. »Aber es war nicht gut genug?«
Martha musste nichts erwidern. Der Blick, den sie Sunny zuwarf, sprach von großer Enttäuschung.

Susan verband eine Liebe-Hass-Beziehung mit Thanksgiving. Sie liebte es, mit Kate und ihrer Familie zusammen zu sein, liebte den Lärm und die Wärme. Was sie hasste, war das anschließende Heimkommen und dass sie ihre Eltern vermisste. Was war Thanksgiving schließlich anderes als Familie?
Pams jährliches Haus der offenen Tür war normalerweise eine Ablenkung. Es wurde am frühen Abend abgehalten und bot leichte Vorspeisen nach einem reichhaltigen Mittagessen, und es konnte bis elf Uhr dauern, so dass Susan meist wenig Zeit zum Nachdenken hatte. Aber in diesem Jahr ging Susan nicht hin. Oh, sie hatte schnell angenommen, als die Einladung eintraf, doch das war gewesen, bevor die Nachricht von Lilys Schwangerschaft durchgesickert war. Seitdem hatte Pam den Tag der offenen Tür nicht mehr erwähnt. Als

Susan sie am Mittwoch anrief, um ihr mitzuteilen, dass sie nicht komme, sagte Pam nur die richtigen Dinge – mir ist egal, was die Leute denken, ich kann verstehen, wie du dich fühlst, ich werde dich vermissen –, doch sie bestand nicht auf Susans Kommen.

So war Susan um sechs an diesem Abend allein zu Hause, da Lily noch bei Mary Kate war. Sie schaltete den Fernseher ein und wieder aus. Sie öffnete ihren Arbeitsordner und schloss ihn wieder. Sie nahm ein Strickzeug nach dem anderen zur Hand, aber keines sagte ihr zu.

Ziellos wanderte sie durchs Haus. Es war ein schönes Haus, ein Beweis dafür, wie weit sie es gebracht hatte. Als sie es gekauft hatte, hatte sie ihren Eltern ein Bild geschickt, doch die Nachricht wurde wie so viele davor und danach nicht beantwortet.

An der Tür zu Lilys Zimmer blieb sie stehen. Lily hatte sich nicht für ihren Ausbruch vor Rick entschuldigt, doch Susan sah kleine Versuche der Wiedergutmachung. Das Bett war gemacht, die Kleider aufgehängt und der Abfall auf dem Schreibtisch weggeräumt.

Hatte Susan nicht dasselbe getan? In den Monaten, bevor sie weggeschickt wurde, war sie die perfekte Tochter gewesen – hilfsbereit und ordentlich, respektvoll ohne Fehl und Tadel. Sie hatte nicht widersprochen, hatte nicht versucht ihren Vater dazu zu kriegen, seine Meinung zu ändern. Sein Wort war Gesetz und sie die Sünderin. Wenn sie ihn beschuldigt hätte, grausam zu sein, was hätte das gebracht?

Susan befingerte die Socke auf Lilys Kommode, die ihre Tochter gerade strickte. Sie vereinigte auf hinreißende

Art verschiedene Maschen zu einem Muster, das Susan selbst nie strickte. Einen Moment lang empfand sie Stolz und hob die Socke hoch, um die Rückseite zu bewundern, als sie die Maschen auf der Nadel bemerkte. Die Anzahl verblüffte sie – viel zu viele für eine Socke –, bis sie auf die handgeschriebenen Notizen daneben sah und erkannte, dass dies gar keine Socke war. Es war ein Babyjäckchen.
Ihr wurde eiskalt, und sie ging aus dem Zimmer, doch das Bild von dem Jäckchen ließ sie nicht los. Die Wolle war rosa. Lily wollte ein Mädchen. Es war etwas schockierend Reales daran.
Sie fragte sich, ob ihre Mutter dieselbe Mühe gehabt hatte, Susans Schwangerschaft zu akzeptieren, und in der Hoffnung, dass sie vielleicht darüber reden könnten, nahm sie den Hörer ab und wählte. Ihre Eltern waren Gewohnheitstiere und würden ein Nachmittagsessen mit ihrem Bruder und der Familie seiner Frau gehabt haben und jetzt wieder zu Hause sein.
Es klingelte viermal. Sekunden bevor der Anrufbeantworter angesprungen wäre, nahm jemand ab, doch Susan legte sofort auf.

Susan war im Wohnzimmer, als Lily nach Hause kam. Lily wirkte erschrocken, sie so zu sehen. »Bist du in Ordnung?«, rief sie von der Tür her.
Susan nickte. »Mir war nur nach Sitzen.«
»Normalerweise tust du das nicht.«
»Nein.« Normalerweise putzte sie, strickte oder arbeitete an einer Lösung für einen Schüler mit einem Problem, einem Lehrer mit einem Problem, einer

Tochter mit einem Problem, dachte sich eine Lösung aus oder zumindest eine Annäherung an eine Lösung. Heute Abend tat sie nichts als sitzen. »Alles okay mit Mary Kate?«
»Ich glaube schon. Sie hat versucht Abby anzurufen. Wir haben nicht viel mit ihr gesprochen seit dem, was in der Schule passiert ist, doch das Haus der offenen Tür war noch im Gange, also konnte sie nicht reden. Tut mir leid, dass wir dieses Jahr nicht da waren, Mom.«
»Hättest du denn gewollt?«, fragte Susan überrascht.
»Vielleicht nicht. Emilys Mom war wohl auch da. Ich bin immer noch ziemlich sauer wegen der Zaganotes.« Sie schwieg kurz. »Aber Pams Haus der offenen Tür war immer lustig. Du warst gerne dort.«
Susan nickte. »Ja.«
Lily sah traurig aus. »Es tut mir leid, Mom. Mir war nicht klar, dass die Leute so reagieren. Ich wusste, es würde Gerede geben, und ich hatte Angst, dass die Trainerin mich nicht in der Volleyballmannschaft haben wollte, aber das Singen verboten zu bekommen? Ausgeschlossen zu werden? Schwangerschaft ist doch keine Geschlechtskrankheit.«
»Krankheit nicht, aber ein Zustand ja – und genauso unverzeihlich in den Köpfen mancher Leute.«
»Aber sie irren sich. Es ist die älteste Sache der Welt. Denk nur an Eva.«
»Ging Eva auf die Highschool? Hat sie Hockey gespielt oder gesungen? War ihre Mom eine prominente Figur in der Stadt? Die Zeiten haben sich geändert, Lily. Das Leben ist komplex.«

Es gab keinen Widerspruch, nur einen verwirrten Blick. Susan hasste das und klopfte aufs Sofa.
Lily hockte sich auf den Rand. »Hat Pam gesagt, du sollst nicht kommen?«, fragte sie.
»Nein, das war ich. Ich wollte keine Fragen beantworten.«
»Du musst doch nur sagen, dass ich das alleine gemacht habe.«
»So leicht ist das nicht«, entgegnete Susan mit einem traurigen Lächeln.
Sie dachte, dass der nüchterne Gesichtsausdruck ihrer Tochter bedeutete, dass sie es vielleicht kapierte, als deren Gesicht plötzlich aufleuchtete. Lily legte die Hand auf ihren Bauch und fragte aufgeregt: »Hast du mit mir gesprochen, Mom? Ich meine, als ich ein Fötus war?«
»Ja. Du warst meine Komplizin.«
»Ich rede die ganze Zeit mit ihr.«
»Ihr?«
»Es ist eine Sie. Ich weiß es.«
»Ich hoffe, du hast recht. Für einen Er wäre es vielleicht schwierig, das Jäckchen zu tragen, das du gerade strickst. Aber es ist ein ziemlich cooles Jäckchen.«
»Nicht wahr? Ich arbeite ein Erwachsenenmuster um.«
»Auf Kindergröße? Das ist eine ganz schöne Beschränkung.«
»Nicht so sehr, wie du glaubst. Das Originalmuster erfordert etwas Masse. Ich benutze dünnere Wolle, so dass es automatisch kleiner ist. Ich mache auch noch eine passende Mütze. Kleinkinder brauchen auch im Sommer Mützen.«
»Sie brauchen noch viele andere Dinge.«

»Wirst du welche machen?«
»Ich dachte an Windeln und Wiegen.«
»Aber wirst du für mein Baby stricken?«, fragte Lily geradeheraus. »Ich will, dass sie etwas von dir hat. Wirst du es tun, Mom?«
»Eventuell.«
»Damit sie es hat, wenn sie geboren ist? Erinnerst du dich an die Wendedecke, die du für Mrs. Davidsons Baby gestrickt hast? So eine will ich.«
»Du könntest sie selbst stricken.«
»Das wäre nicht dasselbe. Sie wird diese Decke ewig behalten. Ich will sie von dir.«
Susan konnte sich nicht verpflichten, für ein Baby zu stricken, das sie sich noch nicht vorzustellen vermochte, und so fragte sie: »Werden dir diese Jeans zu eng?«
Lily lümmelte sich auf das Sofa und hob ihren Pullover an. Auf den ersten Blick war ihr Bauch flach, auf den zweiten Blick erkannte Susan eine kleine Wölbung.
Lily streichelte die Stelle. »Sie ist jetzt siebeneinhalb Zentimeter lang. Und ihre inneren Organe beginnen zu wachsen. Ich meine, sie sind schon die ganze Zeit gewachsen, aber jetzt lösen sie sich aus der Nabelschnur.« Ihr Blick traf Susans. »Noch drei Wochen, und ich werde das Geschlecht sicher wissen. Ich werde sie tatsächlich sehen können.«
»Sie wird nicht nach viel aussehen.«
»Doch. Vier Monate sind bedeutsam.« Sie wurde wieder vorsichtig. »Ich werde ziemlich bald ein paar Klamotten brauchen. Ich meine, zum Beispiel Jeans. In den Blogs heißt es, dass man ein paar Dinge eine

Nummer größer kaufen soll, noch keine Umstandssachen.« Als Susan nichts erwiderte, sagte sie: »Ich zahle auch.«
»Ich zahle für die Kleidung.«
»Nicht von Sevens.«
»Stimmt, weil ich nicht dafür bin, so viel für ein Paar Jeans auszugeben. Wenn du Sevens willst, Süße, musst du es selbst zahlen.«
»Ich brauche keine Sevens.«
»Das ist schlau. Sieht man es schon bei Mary Kate und Jess?«
»Bei Jess nein, bei Mary Kate ein bisschen.«
Aber alle drei würden sehr bald sichtbar schwanger sein. Der Gedanke daran machte Susan verrückt. »Lily, ich muss Phil von den anderen beiden erzählen.«
Lily schreckte hoch. »Das kannst du nicht! Noch nicht!«
»Ich habe Sunny gesagt, ich würde bis nach Thanksgiving warten. Er ist einer der Gründe, warum ich nicht zu Pam konnte. Aber je länger ich damit warte, desto schlimmer wird es, wenn ich es dann tue.«
»Du kannst Mary Kate und Jess nicht verraten!«
»Es ist kein Verrat. Ich erzähle es nur jemandem, der ein Recht hat, es zu erfahren. Es wird Auswirkungen auf die ganze Schule haben.«
»Mary Kate wird es die Leute bald wissen lassen. Kannst du nicht noch ein bisschen länger warten? Sie wird mich hassen, wenn du es sagst.« Sie sprang auf. »Wenn du für mich wärst, würdest du es verstehen. Aber du bist immer noch sauer, weil ich nicht um Erlaubnis gebeten habe. Als es um die Zaganotes ging,

hast du mir gesagt, ich solle einfach weitergehen. Nun schau doch mal, wer nicht weitergehen kann. Warum ist es so schwer für dich, das zu akzeptieren? Warum ist es so schwer, sich zu freuen? Das ist unser Baby!«, rief sie und stürmte hinaus.

Susan sah es nicht so. Es war Lilys Baby, und die Situation mit Phil wurde brenzlig. Sie saß in der Klemme und musste ihre Rolle als Mutter gegen die der Direktorin abwägen.
Als Sunny später weinend aus Albany anrief, versuchte Susan nur sie zu trösten. Sie sprach nicht davon, es Phil zu erzählen. Es hätte sie nur noch mehr aufgeregt.
Außerdem war es irgendwann allein Susans Entscheidung.

Zumindest glaubte sie das. Sie wartete bis Montag – warum Phils Feiertag kaputt machen? – und erfuhr dann, dass er auf einer Konferenz in Denver war. Die Nachricht auf seinem Anrufbeantworter leitete dringende Anrufe an seine Assistentin weiter, doch das hier wollte sie nicht mit jemand anderem teilen, beschloss Susan. Und in gewisser Weise war es auch kein Notfall. Das wurde es erst am Donnerstag.

10

Lily saß in der Kantine am Ende eines langen Tisches zusammen mit Mary Kate und Jess. Andere Schüler saßen in der Nähe, doch die Stühle, die sie leer gelassen hatten, bedeuteten, dass sie zu den drei Mädchen Platz lassen wollten.
»Ich nehme mal an, so wird es jetzt immer sein«, sagte Lily, »aber für mich ist das okay. Sie haben mich immer als die brave kleine Lily gesehen, die Tochter der Direktorin. Und jetzt wissen sie nicht, was sie mit mir anfangen sollen.« Sie dachte nach. »Irgendwie gefällt mir das.«
»Ich wünschte, meine Eltern wären nicht so sauer«, meinte Mary Kate. »Vielleicht haben wir ihre Reaktion unterschätzt.«
»Glaubst du?«, fragte Jess.
Lily wusste es. »Meine Mom ist verletzt, als ob ich ihr absichtlich nicht gehorcht hätte. Aber so habe ich es nie gesehen.«
»Meine Mom ist wütend«, ergänzte Jess.
Lily wusste, dass ihre Mutter das auch war, und das machte ihr große Sorgen. Sie hatte gehofft, dass alles leichter wäre, da sie selbst die Kontrolle über die Situation hatte. Sie hatte das alles wirklich durchdacht. Schwanger war nicht etwas, was man einfach mal so wurde. Und am Ende musste sie optimistisch sein. »Sie

werden schon drüber wegkommen. Sobald der erste Schock vorüber ist, wird ihnen klarwerden, dass ein Baby ein Baby ist und dass wir einander haben, was es leichter macht. Schaut unsere Mütter und PC Wool an. Keine von ihnen hätte das Geschäft alleine gründen können.«

Endlich lächelte Mary Kate. »Kannst du dir vorstellen, dass unsere Kinder es eines Tages übernehmen? Ehrlich? Ich glaube nicht, dass hier drin ein kleiner Jacob ist. Es ist ein Mädchen, das dicke Freundschaft mit euren Töchtern schließen wird, genau wie bei unseren Müttern und uns.«

Lily dachte das auch, hatte sich aber noch ein viertes vorgestellt. »Vielleicht hat Abby deshalb geplaudert. Sie fühlt sich ausgeschlossen.«

Jess lehnte sich zurück und blickte sich im Raum um. »Sie sitzt immer noch bei Theo Walsh. Was ist mit Michael los?«

»Der Charme des zweiten Typen?«, riet Lily, obwohl sie wusste, was Jess dachte. Sie waren übereingekommen, dass die Väter nicht einbezogen würden, doch das hieß nicht, dass sie egal waren. Wenn man plante, ein Baby zu bekommen, brauchte man einen Vater mit guten Genen. Theo Walsh war nur eine Randfigur.

»Oh, oh, da kommt sie«, murmelte Mary Kate.

»Hallo, ihr«, grüßte Abby und klang selbstbewusster, als sie aussah. »Wie geht es?«

»Uns geht es super«, antwortete Jess, bevor Lily es konnte. »Aber nicht wegen dir. Was du Lily angetan hast, war schrecklich.«

Abby sah beschämt aus. »Ich fühle mich schlecht, Lily.

Ich wollte es nicht sagen. Es ist einfach so rausgerutscht. Es tut mir leid.«
»Das macht es nicht besser«, warf Jess ein, doch Lily zog einen Stuhl heran und bot ihn Abby an.
»Hasst du mich?«, fragte Abby sie.
Das konnte Lily nicht. Hass beinhaltete eine endgültige Trennung, und das wollte sie nicht. Abby tat ihr leid. Sie schien immer eine Außenseiterin zu sein – als ob sie einen großen Namen und viel Geld hätte, sich aber mit beidem nicht wohl fühlte.
Doch trotzdem war Lily verletzt. »Als wir uns dazu entschlossen haben, haben wir darüber geredet, wie wichtig es ist, alles geheim zu halten und einander gegenüber loyal zu sein. Es mag im Moment schwer für dich sein ...«
»Das ist keine Entschuldigung«, unterbrach Jess und hätte vielleicht noch mehr gesagt, wenn Mary Kate nicht ihre Hand berührt hätte.
Abby starrte Jess an. »Du hast keine Ahnung.«
»O doch. Es ist auch bei mir nicht sofort passiert. Vielleicht musst du dran arbeiten, damit es bleibt. Vielleicht musst du fünf Typen ausprobieren, bevor es so weit ist.«
Lily brachte sie zum Schweigen.
Doch Abby funkelte sie an. »Vielleicht will ich gar keine Typen ausprobieren. Vielleicht wache ich ja auf und erkenne, was es für eine blöde Idee war.«
»Und wer ist auf diese blöde Idee gekommen?«, schrie Jess.
»Pscht.«
»Nein, Mary Kate«, widersprach Jess. »Es war ihre Idee, und nun kneift sie.«

Abby stand auf. »Ich war sauer und habe vielleicht Dinge gesagt, die ich an diesem Tag im Gang nicht hätte sagen sollen, aber glaubst du denn, du bist besser? Ich sollte fünf Typen ausprobieren? Das ist ekelhaft. Und du glaubst, du bist bereit, ein Baby zu haben? Du hast kein Recht darauf, schwanger zu sein! Lily ja. Mary Kate ja. Aber du? Dein Baby tut mir ja so leid.« Sie drehte sich um und stolzierte davon. Zurück blieb ein verblüfftes Schweigen – und mindestens ein Dutzend faszinierter Blicke, die auf Lily, Mary Kate und Jess ruhten.

»Das waren Elftklässler«, ertönte Lilys atemlose Stimme, »und sie müssen jedes Wort gehört haben, das Abby gesagt hat. Ich konnte es daran erkennen, wie sie uns anstarrten. Was sollen wir machen, Mom? Sollen wir sagen, dass es stimmt?«

Susan ging die Hauptstraße hinunter, den Kopf gegen den Wind gestemmt und das Handy am Ohr. Sie kam gerade von einer Versammlung von Dienstleistungsorganisationen der Gemeinde, doch die Themen von dort waren schnell vergessen.

»Nein, Lily.« Sie versuchte ruhig zu bleiben. »Lüg nicht, aber lass uns auch nicht vorpreschen. Vielleicht haben sie ja gar nicht so viel gehört, wie du denkst. Wo bist du jetzt?«

»Immer noch in der Kantine. Wir haben noch fünf Minuten bis zum Unterricht.«

Susan beschleunigte den Schritt. »Geh in den Unterricht. Versuch dich normal zu verhalten, bis wir sicher wissen, dass jemand was gehört hat. Sag Mary Kate und Jess, sie sollen es genauso machen. Geht es ihnen gut?«

»Nein. Mary Kate versucht Jacob zu finden. Er weiß nicht mal, dass sie schwanger ist. Was hat sich Abby nur gedacht?«

»Ich weiß es nicht, Lily. Aber Abby ist die geringste unserer Sorgen.« Es gab so viele andere Dinge zu bedenken, sobald die Nachricht raus war. »Ihr geht alle in den Unterricht. Wenn du Leute über Mary Kate und Jess reden hörst, sagst du mir Bescheid. In der Zwischenzeit denke ich mir eine Strategie aus.«

Tatsächlich dachte Susan, dass sie in der Zwischenzeit darum beten würde, dass die Elftklässler nichts gehört hatten.

Doch sie war kaum wieder in der Schule, als eine Gruppe von Mädchen sich ihr in der Kantine näherte.

»Wir haben gerade etwas echt Irres gehört, Mrs. Tate«, sagte eine, und die anderen stimmten rasch ein.

»Ist Mary Kate Mello schwanger?«

»Und Jessica Barros auch?«

»Alle drei?«

»Kaylees Schwester hat es von jemandem gehört, der es beim Mittagessen gehört hat. Stimmt es?«

Susan versuchte unbesorgt zu wirken. »Nun ja, es ist ein erschreckender Gedanke. Ich melde mich wieder bei euch, ja?« Sie blieb noch sechzig Sekunden und ging dann lässig zur Tür. Sobald sie jedoch im Flur war, eilte sie in ihr Büro. Ihre Assistentin legte gerade den Hörer auf, und ihr Gesichtsausdruck bestätigte das Problem.

»Wer war das?«, fragte Susan.

»Allison Monroe. Sie wollte berichten, was ihre Schüler erzählen.«

Allison unterrichtete Spanisch für Anfänger, vor allem für die unteren Klassen. Susan betrachtete sie als Freundin, was ihrem Bericht Glaubwürdigkeit verlieh.

Da sie wusste, dass sie schnell handeln musste, sagte Susan: »Würden Sie Amy Sheehan bitten, herzukommen? Sagen Sie ihr, es sei dringend. Dasselbe für Meredith Parker.« Meredith war die Vertrauenslehrerin. »Wenn meine Tochter oder eine ihrer Freundinnen hier auftauchen, lassen Sie sie auch rein.«

Sie betrat ihr Büro, schloss die Tür und lehnte sich kurz dagegen. Das hier war die Ruhe vor dem Sturm. Es war Zeit zu planen.

Doch zuerst musste sie Sunny und Kate anrufen; die beiden Anrufe waren kurz und aufwühlend. Amy kam mit Mary Kate im Schlepptau, und als Meredith da war, tauchten auch Lily und Jess auf.

Amy nahm Susan die Verantwortung einer formalen Ankündigung ab, indem sie erschrocken fragte: »Ihr seid alle drei schwanger?«

Die Mädchen starrten einander an. Mary Kate nickte als Erste.

»Wie weit?«, fragte Amy.

»Elfte Woche«, antwortete Mary Kate.

»Zehnte«, sagte Jess.

»Mit Absicht?«

Dreimaliges Nicken.

»Keiner sollte es erfahren, bis man was sieht«, meinte Jessica. »Das ist alles Abbys Schuld.«

Niedergeschlagen stemmte sich Susan gegen ihren Schreibtisch. »Abby war nicht im Bett, oder wo immer ihr wart, als ihr alle ungeschützten Geschlechtsverkehr hattet.«

»Ihr habt einen Pakt geschlossen?«, fragte Meredith.

»Es war kein Pakt«, erwiderte Lily. »Wir sind nur übereingekommen, dass es gut wäre, es zusammen zu machen.«

»Das ist ein Pakt, Liebes«, sagte Susan, die die Lektion von Rick gelernt hatte. »Du kannst mit Worten spielen, soviel du willst, aber das ist es.«

»Warum?«, fragte Meredith die Mädchen.

»Weil wir Babys lieben«, antwortete Lily.

»Ich auch«, erwiderte Meredith ernsthaft, »aber ich habe keinen Mann oder die Mittel, ein Baby zu unterhalten, also gibt es kein Baby, und ich bin fertig mit der Schule und habe das richtige Alter, um ein Kind zu bekommen.« Sie war eine der Ersten, die Susan eingestellt hatte, eine couragierte Afroamerikanerin, die völlig damit zufrieden zu sein schien, Schülerinnen zu bemuttern anstatt eigener Kinder. Sie sprach freiheraus, und auch wenn das manche Eltern erregte, bei den Schülern funktionierte es. Die Jugendlichen mochten nicht immer, was Mrs. Parker sagte, hatte Lily erklärt, doch es gefiel ihnen zu wissen, wo sie stand.

Susan auch, vor allem, da Meredith die Themen Mann, Geld, Erziehung und Alter aufgebracht hatte, die Susan auch angesprochen hätte.

Kleinlaut saßen die Mädchen auf dem Sofa. Vor allem Mary Kate sah betroffen aus. »Hast du Jacob gefunden?«, fragte Susan.

Mary Kate, der Tränen in den Augen standen, nickte.

»Wie war er?«

»Wütend. Er hat mich angestarrt und ist dann gegangen.« Ihre Stimme zitterte. »Ich bin hinter ihm hergelaufen – ich meine, er war einer der Gründe, warum ich das Baby wollte –, aber er wollte nicht zuhören.«

Unter anderen Umständen wäre Susan zu ihr gegangen, hätte sie in den Arm genommen und ihr versichert, dass Jacob sie liebe und sich besinnen würde. Doch genau das taten Lily und Jess nun. Es war offensichtlich das Ziel des Pakts, einander zu unterstützen, wenn es hart auf hart kam.

Susan fragte sich, was wohl der Vater von Lilys Baby dachte. Sie hatte nicht zugelassen, an ihn zu denken, hatte immer noch Probleme, sich ihre Tochter mit einem Jungen vorzustellen. Doch inzwischen würde er es sicher wissen. Sie fragte sich, ob andere Schüler erraten konnten, wer es war, und ob sie es so erfahren würde.

Auch deshalb war sie wütend auf Lily und ging an dem Regal vorbei, auf dem die Lektüren für jede Klassenstufe lagen. Daneben hingen Bilder von Lily in der dritten, sechsten, neunten Klasse, auf denen sie so unschuldig aussah, dass Susan hätte weinen können.

Sie nahm sich einen Stuhl und sagte nach einer Minute laut: »Wir haben drei geplante Schwangerschaften bei drei Zwölftklässlerinnen, bei denen man es am wenigsten erwartet hätte. Wie soll man damit umgehen?«

»Du kannst uns nicht von der Schule werfen«, warnte Jessica kleinlaut. »Ich habe meinen Dad gefragt.«

Susan seufzte. »Ich würde euch nicht rauswerfen, Jess. Ihr müsst euren Abschluss machen.« Sie informierte Amy und Meredith über das, was beim Mittagessen passiert war. »Die Nachricht verbreitet sich schnell.«

»Das ist Abbys Schuld«, beharrte Jess.
»Wenn ihr nicht schwanger wärt«, meinte Susan, »hätte sie nichts zu sagen. Aber es ist passiert, Jess. Wir müssen überlegen, was jetzt zu tun ist.«
Die Tür ging auf, Kate und Sunny traten ein, beide sahen blass und erregt aus. Kate schloss die Tür und schüttelte den Kopf, als Amy sich erhob und ihr einen Platz anbot. Sunny stand neben dem Schrank mit den Ordnern und verströmte Wut. Es gab Blicke zu den Mädchen, wenn auch nur kurze.
Das ist nicht meine Tochter, hörte Susan ihre Gedanken. Sie teilte dieses Gefühl, doch sich bei dem Entsetzen darüber aufzuhalten, was die Mädchen getan hatten, würde nicht helfen. »Es wäre schön gewesen, wenn wir noch etwas mehr Zeit gehabt hätten, doch der Flurfunk kann tödlich sein. Alle werden spekulieren und übertreiben.«
»Wie kann man das hier übertreiben?«, fragte Sunny entrüstet.
Nur ruhig, dachte Susan. »Zu sagen, es seien zehn Mädchen beteiligt, nicht drei. Zu sagen, dass es ein Pakt unter den Jungs ist, um Mädchen zu schwängern. Zu sagen, dass jemand auf Partys geht und süßen kleinen Dingern wie euch mit Drogen versetzte Drinks unterschiebt.«
»Davon stimmt nichts«, warf Jess ein.
»Richtig. Und deshalb müssen wir die Geschichte selbst erklären. Morgen ist Freitag. Die Schüler gehen ins Wochenende und werden reden ...«
»Haben sie nichts Besseres zu tun?«, fragte Lily.
»Das hängt davon ab, wie du besser definierst«, gab Susan zurück. »Verändere die beteiligten Namen. Sag

zum Beispiel Rachel Bishop, Sara Legere und Kelsey Hughes. Das sind deine Freundinnen, oder? Was, wenn du plötzlich erfahren würdest, dass alle drei schwanger sind – drei gute Freundinnen, gute Schülerinnen, die aufs College gehen sollen? Würdest du nicht auch darüber reden? Würdest du nicht andere Freundinnen anrufen, um herauszufinden, was sie wissen? Natürlich würdest du es. Es ist nur menschlich.«
»Deine Mutter hat recht«, sagte Meredith. »Schüler reden. Sie schicken sich SMS.«
»Aber es ist doch alles Hörensagen«, protestierte Jess.
»Nicht alles«, korrigierte Kate. »Was gesagt wurde, war aus erster Hand.«
»Leider«, erwiderte Meredith. »Das ist der Klassiker: Ein bisschen Wissen ist schlimmer als gar keins. Wenn die Sache erst mal rum ist, haben wir das Stadium des ›gar keins‹ hinter uns gelassen.«
»Gut«, sagte Sunny zu Susan und verschränkte die Arme. »Was schlägst du vor?«
Susan versuchte immer noch zu entscheiden. Eines war sicher. »Ich muss es Dr. Correlli sagen.«
»Kannst du das tun, ohne unsere Namen preiszugeben?«
»Was soll das? Er weiß doch schon, dass Lily schwanger ist. Wenn er nicht errät, dass die anderen Mary Kate und Jess sind, wird es ihm ein Anruf bei einem von Lilys Lehrern sagen.«
»Lehrer können keine Namen herausgeben. Was ist mit unserem Recht auf Privatsphäre?«
»Das gibt es nicht mehr«, antwortete Susan und fühlte ein Gewicht in der Magengrube. Ihre Tochter würde

zusammen mit den anderen genannt werden. »Es ist nun eine öffentliche Angelegenheit. Der Schulinspektor ist für alles verantwortlich, was seine Schulen betrifft.«
»Dan wird nicht einverstanden sein«, warf Sunny ein, doch Susan kannte das Gesetz.
»Er hätte recht, wenn ein Lehrer sich außerhalb des Schulsystems bewegen und die Zeitungen über den Namen einer Schülerin informieren würde. Vor allem, da meine eigene Tochter beteiligt ist, muss ich ihn einbeziehen. Es wäre das Beste, wenn ich mit einem Plan zu ihm käme.« Das würde vielleicht sogar ihre Unfähigkeit als Mutter wiedergutmachen, die sie empfand.
»Was schlägst du vor?«, fragte Kate.
Susan bewegte sich auf dünnem Eis. Sie hätte alles dafür gegeben, wenn jemand anders das Heft in der Hand gehabt hätte. Sie war emotional viel zu sehr beteiligt. Aber es gab niemand anderen. Also versuchte sie sich vorzustellen, was sie wohl täte, wenn sie keines der Mädchen kennen würde. »Wir müssen die Geschichte eindämmen. Das bedeutet, sie sorgfältig abzugrenzen.«
»Und wie willst du das machen?«, fragte Sunny.
»Ich werde eine Mail an mein Kollegium und eine an die Eltern schicken.«
Sunny gab einen erstickten Laut von sich. »Du willst es allen erzählen?«
»Wenn nicht, wird es jemand anders tun. Das hier ist für mich genauso schlimm wie für dich, Sunny.«
»Was wirst du sagen?«, fragte Kate.
»Ich werde das Gerücht bestätigen, sagen, wie viele Schülerinnen beteiligt sind und dass der Pakt abgeschlossen ist.« Sie strich Abby von der Liste der

potenziellen Mütter und blickte die Mädchen an. »Das stimmt doch, oder?«

Die drei nickten.

Susan lehnte sich zurück. »Also nur drei. Keine Epidemie.«

»Im Moment«, meinte Meredith. »Schwangerschaft ist nicht ansteckend, Paktverhalten aber kann es sein. Das macht mir Sorgen, und es wird auch vielen Eltern Sorgen machen. Könnt ihr euch vorstellen, dass noch andere Mädchengruppen sich dazu entschließen?«

»Nur weil wir es getan haben?«, fragte Mary Kate skeptisch.

»Nur weil ihr es getan habt. Ihr Mädchen seid angesehen.«

»Der Sinn des Ganzen war doch«, wandte Jess ein, »etwas anderes zu machen.«

»Etwas für uns«, fügte Mary Kate hinzu.

»Würdest du unsere Töchter in deiner Mail nennen?«, fragte Sunny Susan.

»Nein. Aber die Namen werden herauskommen.«

»Das ist kein gutes Gefühl.«

»Für mich auch nicht«, gab Susan hilflos zu, »aber fällt dir ein besserer Plan ein?«

11

Das Rathaus von Zaganack, ein großes Ziegelgebäude mit weißer Zierleiste, teilte sich das Ende der Hauptstraße mit der Bücherei, der Polizei und der Kirche der Kongregationalisten. Im zweiten Stock befanden sich die Büros des Schulinspektors. Seine Fenster gingen hinaus zum Friedhof, der am hinteren Ende des Hafens lag. So spät in der Saison waren nur wenige Freizeitboote auf dem Wasser, doch diejenigen – Segelboote, deren Segel gerefft waren, und ab und zu ein Fischerboot – milderten den Anblick des Friedhofs ab.

In der Vergangenheit hatte Susan am Fenster gestanden, aufs Wasser geblickt und Neid empfunden. Wie schaffst du hier nur etwas, Phil? Wenn das mein Büro wäre, wäre ich zu sehr von der Arbeit abgelenkt. Weit entfernt von den Great Plains, verkörperte dieser Anblick viel von dem, was sie in Zaganack zu finden gehofft hatte.

Heute nahm sie es kaum wahr. Sobald sie das Büro betrat, war ihr Blick auf Phil gerichtet.

Als sie mit ihrer Erklärung fertig war, schwieg er, die Ellbogen auf dem Schreibtisch, das Kinn auf die Fäuste gestützt. Schließlich ließ er mit traurigem Blick die Hände sinken. »Wussten Sie die ganze Zeit von den beiden anderen?«

Susan hatte die Frage erwartet, doch das minderte nicht ihre Schuldgefühle. »Zuerst habe ich geglaubt, es sei nur Lily. Als ich von den anderen erfuhr, war es ...«
Verblüffend? Wütend machend? Niederschmetternd? Ihr fiel kein richtiges Wort ein, und sie sagte: »Das ist ein Alptraum. Ich habe mich auf persönlicher Ebene damit auseinandergesetzt, und es war nicht leicht. Ich hätte Ihnen vor Thanksgiving alles erzählt, doch da wusste noch niemand an der Schule von Mary Kate und Jess. Ihre Familien sind meine engsten Freunde, und sie machen dasselbe persönliche Trauma durch. Ich habe sie angefleht, es Ihnen erzählen zu dürfen. Eine von ihnen hat es glattweg abgelehnt.«
»Das wird wohl Sunny Barros sein.«
Sunny war für ihre Disziplin bekannt. Zusammen mit dem Ruf ihres Mannes als jemand, der für Recht und Ordnung eintrat, im Vergleich zu Kates und Wills Unbeschwertheit, konnte Phil es leicht erraten.
Sein Mund blieb angespannt. »Nun, wir können es keinen Pakt nennen. Das ist ein aufrührerisches Wort.«
»Aber es ist ein Pakt. Wir müssen es direkt angehen.«
»Bitte nicht das Wort verwenden«, sagte er und verlor plötzlich die Geduld. »Unsichere Mädchen kann ich verstehen. Mädchen ohne Zukunft kann ich verstehen. Mädchen ohne Liebe, gut. Aber diese Mädchen? Was soll das?«
»Das habe ich meine Tochter ein Dutzend Mal gefragt. Sie hat das Gefühl, einen berechtigten Grund zu haben – das glauben sie alle –, und sie haben einander Mut gemacht. So ist das eben mit der Paktmentalität ...«
»Bah.« Er schnitt ihr das Wort ab. »Vergessen Sie die

Paktmentalität. Warum werden so viele Teenager schwanger? Ist es Hollywood?«
»Vielleicht.«
»Vielleicht? Schlagen Sie nur eine dieser Zeitschriften auf, und Sie sehen ›Bäuchleinalarm‹. Was für eine lächerliche Umschreibung! Ein Bäuchlein ist da und tut nichts. Ein Baby schon. Begreifen diese Mädchen, was es heißt, Eltern zu sein? Die Popkultur vermittelt ihnen eine falsche Vorstellung, und offenbar haben wir es nicht ändern können.«
»O doch«, widersprach Susan. Wenn er ihre elterlichen Fähigkeiten angreifen wollte, gut; im Lichte dessen, was ihre Tochter getan hatte, sah sie selbst Mängel darin. Doch sie als Schulleiterin anzugreifen war unfair. »Drogen, Trinken, Sex – wir sprechen in jeder Klassenstufe darüber, und wir nutzen das, was in den Medien ist, als Türöffner. Wir sprechen die Themen direkt an, Phil. Die Schulschwester trifft sich ständig mit kleinen Gruppen, um über Dinge wie sicheren Sex und die Fallstricke früher Schwangerschaft zu sprechen.«
Er schien sie nicht zu hören. »War das also ein Pakt, um Promis nachzuahmen?«
»Wie ich mir das wünschte. Das gäbe uns etwas, über das wir reden könnten. Doch in diesem Fall ist es das nicht. Diese Mädchen stehen sich nahe. Sie haben sich immer gegenseitig unterstützt. Sie haben gesehen, wie ihre Mütter sich unterstützt haben. Sie haben beschlossen, dass sie es zusammen schaffen würden.«
»Sie sind zu jung, um diese Entscheidung zu treffen.«
»Stimmt. Aber wir bitten sie, andere Entscheidungen zu treffen. Sie fahren Auto. Das beinhaltet erwachsene

Entscheidungen. Und die Mädchen werden achtzehn sein, wenn ihre Babys zur Welt kommen. Mit achtzehn können sie in der Armee dienen, ein Gewehr tragen, Leute töten.«
»Schlechter Vergleich, Susan. Ein Soldat handelt aus Notwendigkeit.«
»Aber wie Soldaten haben diese Mädchen eine Gruppenmentalität angenommen. Ich sage ja nicht, dass das richtig ist, Phil. Ich sage nur, wie es war. Sie haben in einer Geistesverfassung gehandelt, die das hier machbar machte.«
»Und genau das meine ich«, schoss er zurück. »Das sehen sie im Fernsehen. Wer sagt, dass es okay ist, schwanger und alleinerziehend zu sein?«
Da war es. Susan hob das Kinn. »Ich war alleine und schwanger.«
»Sehen Sie, das ist das Problem.« Er winkte abfällig. »Ein anderes sind die Väter. Sie müssen sich erklären. Das würde dem Ganzen einen Anschein von Moral geben.«
»Und Sie sprechen von aufrührerischen Worten.« Susan war leicht beleidigt. »Ist Verantwortung nicht besser?«
»Nennen Sie es, wie Sie wollen. Ich will, dass sich die Väter melden.«
»Die Mädchen wollen sie nicht einbeziehen.«
»Und für die Familien der Mädchen ist das in Ordnung?«
»Nein.« Susan fühlte sich persönlich angegriffen, doch sie wäre nicht da, wo sie heute war, wenn sie sich geduckt hätte. Ihre Mutter hatte recht, sie hatte ein

fuchsienfarbenes Herz. Wenn man sie provozierte, wurde ihre grelle Farbe sichtbar. »Die Familien finden es nicht in Ordnung. Die Familien der Mädchen versuchen zu entscheiden, was das Verantwortungsbewussteste wäre. Unsere Mädchen haben einen Pakt geschlossen. Teil des Pakts war es, die Väter nicht einzubeziehen. Nein, ich finde das nicht in Ordnung«, erklärte sie mit wachsender Wut, »und das habe ich meiner Tochter auch gesagt, aber möchten Sie, dass sie diese Jungs vor uns anschleppen? Zwingen Sie sie, Väter zu sein, und Sie werden Teenagermütter haben, die in schlechten Ehen stecken mit Kindern, die vom ersten Tag an gehasst werden. Ich habe es erlebt, Phil. Ich hätte Lilys Vater heiraten können, aber es hätte nur Hass erzeugt. Das will ich nicht für meine Tochter und ihr Kind.«

»Dann billigen Sie es also?«, fragte er bestürzt.

»Nein. Ich bin außer mir. Ich versuche nur das Beste aus einer schlechten Lage zu machen.«

Phil schwieg, lehnte sich zurück und betrachtete sie. Schließlich sagte er: »Ich bin enttäuscht.«

»Ich auch. Ich bin enttäuscht von Lily, ich bin es von Mary Kate und Jess. Ich bin enttäuscht von den Jungen, weil sie keine Kondome benutzt haben trotz dem, was die Mädchen ihnen vielleicht erzählt haben. Und ja, Phil, ich bin auch enttäuscht von mir, weil eine bessere Mutter vielleicht die Gedanken ihres Kindes gelesen hätte, selbst wenn das Kind siebzehn ist. Aber wenn Sie von mir als Direktorin enttäuscht sind, ist das unfair. Ich habe in den letzten zwei Jahren einen guten Job für Sie gemacht, und es gab andere Krisen. Wir sind damit fertig geworden, dass ein Schüler in der Schule den

Apotheker gespielt und dass sich ein anderer in den Lehrercomputer eingehackt hat, um die Prüfungsfragen zu klauen. Wir hatten sogar einen Lehrer, der anzügliche Mails an eine Schülerin geschickt hat. Das ist also eine neue Herausforderung. Und ich kann damit umgehen.«
»Sie waren mit siebzehn eine ledige Mutter.«
»Und was ist mit dem, was ich seitdem erreicht habe? Zählt das gar nicht?«
Er hielt versöhnend die Hand hoch. »Was Sie seitdem getan haben, ist bemerkenswert. Ich sage nur, was die Leute sehen werden.«
»Dann müssen wir dafür sorgen, dass sie etwas anderes sehen.«
»Wie denn?«
Susan wiederholte, was sie zu Sunny und Kate gesagt hatte. »Wenn wir den Erwachsenen genaue Informationen zukommen lassen, können sie sie an die Schüler weitergeben. Ich werde mit Freuden eine E-Mail an die Eltern aufsetzen und sie Ihnen zeigen.«
»Schicken Sie eine Mail, und die *Gazette* wird sie sehen.«
»Sie kennen den Herausgeber. Können Sie ein paar Fäden ziehen?«
Phil schnaubte abfällig. »Und was tun – ihn abhalten? Es handelt sich um wichtige Nachrichten. Die Zeitung von heute ist raus, was heißt, dass er jede Menge Zeit hat, für die Ausgabe nächste Woche eine Geschichte zu basteln.«
»Können Sie bei dem, was er druckt, den Ball flach halten?«

»Möglicherweise.« Susan hätte einen Hauch von Erleichterung verspürt, wenn er nicht hinzugefügt hätte: »Was ist mit dem Schulausschuss?«
Ihr Magen zog sich zusammen. »Nun, sie werden es durch Pam Perry erfahren«, antwortete sie, und ihr wurde klar, dass sie sich auch noch darum kümmern musste. »Was, wenn ich sie bitte, eine Versammlung einzuberufen, damit ich es selber erzählen kann?«
»Sie werden Sie aufspießen.«
O ja, das würden sie, und mehrere der widerspenstigsten Mitglieder würden große Freude daran haben. »Aber das ist die beste Möglichkeit, damit umzugehen, finden Sie nicht?«

Die Sache mit dem Schulausschuss war ein großes Thema, doch das war nicht der Grund, weshalb Susan so schnell wie möglich Pam anrief. Sie wollte ihr aus erster Hand berichten, was los war, nicht aus politischen Gründen, sondern weil sie Freundinnen waren. Kate hatte recht, Pam hatte eine besondere Beziehung zu Susan. Doch die Beziehung ging in beide Richtungen. Pam kam aus einem ähnlich einengenden Haus wie Susan – sie sprachen oft darüber –, und auch wenn die Ehe mit Tanner geholfen hatte, hatte Pam noch nicht das Selbstvertrauen gefunden, das Susan besaß.
»Wo bist du gerade?«, fragte sie, als Pam ans Telefon ging.
»In Tanners Büro. Etwas stimmt nicht, ich höre es an deiner Stimme.«
»Kann ich dich dort treffen?«
»Was ist los, Susan?«

»Ich verlasse gerade das Rathaus. Gib mir fünf Minuten, ja?«
Die nervöse Energie ließ sie schneller gehen, so dass sie nur drei brauchte. Die Verwaltungsbüros von Perry & Cass lagen am anderen Ende des Hafens, in einem makellosen Haus, das grau gestrichen war, mit Veranden, die direkt zum Pier hinausgingen, wo Möwen in der Kälte kreischten. Tanners Büro lag im zweiten Stock wie das von Phil, doch damit endete auch schon die Ähnlichkeit. Der Raum war angefüllt mit edlem Mahagonimobiliar, kostbaren Berberteppichen und dem Licht, das durch mehrere Fenster hereinströmte. Pam hatte in diesem Licht gesessen, doch sie ließ ihr Strickzeug fallen und stand sofort auf, als Susan eintrat. Tanner war am Telefon, mit dem Rücken zur Tür, seine hochgewachsene, schlaksige Gestalt vorgebeugt.
Pam packte ihre Hand und zog sie in die Ecke, die am weitesten von ihm entfernt war. »Sag's mir.«
»Hast du mit Abby gesprochen?«
»Seit heute Morgen nicht mehr. Was ist los?«
»Nichts Gutes«, warnte Susan sie und erzählte ihr von Jessica und Mary Kate.
Pam machte den Mund auf, doch es kamen keine Worte heraus.
»Ich wollte, dass du es von mir erfährst. Ich mache Abby keine Vorwürfe. Es wäre sowieso herausgekommen. Aber nun kann man es nicht mehr verbergen.«
»Drei sind schwanger?«, fragte Pam ungläubig. »Ein Pakt? Jessica kann ich ja noch begreifen, aber bei Mary Kate ist es so unwahrscheinlich wie bei Lily. Das ist ja verrückt. Wie konnte Abby mir das nicht erzählen?«

Einmal angefangen, hörten die Fragen nicht mehr auf. »Wer sind die Jungen? Du weißt es nicht oder sagst es mir nicht? Einer muss Jacob sein, aber was ist mit Lily? Ich wusste nicht mal, dass sie einen Freund hat. Und was sagt Sunny? O mein Gott, sie muss bereit sein, Jess zu erwürgen. Ich würde Abby jedenfalls umbringen, wenn sie so was täte.« Susan hoffte, dass es nicht dazu kommen würde, und Pam fuhr fort: »Warum hast du es mir nicht früher gesagt? Okay, ich weiß, da du Direktorin bist, steckst du in einer Zwickmühle, aber hätten Kate oder Sunny nicht anrufen können? Wir sind Freundinnen. Und wir arbeiten zusammen. Warum erfahre ich immer alles als Letzte?«

»Das tust du nicht. Die einzigen anderen Eltern, die es wissen, sind vielleicht diejenigen, deren Kinder von dem Gerücht gehört haben. Deshalb bin ich hier. Ich wollte es dir selbst sagen. Ich bin so schnell gekommen, wie ich konnte.«

Pam sah ratlos aus. »Warum werde ich immer ausgelassen?«

Susan versuchte mitfühlend zu sein, doch hier ging es im Grunde nicht um Pam. »Wir haben es mit unseren Töchtern zu tun. Glaub mir, wir haben kaum miteinander geredet.« Sie fand, dass das besonders auf Sunny zutraf, als Tanner auflegte.

»Tanner«, sagte Pam, »du musst dir Susans Neuigkeiten anhören.«

Und so erzählte Susan alles noch einmal. Sie war dankbar für kleine Dinge und froh darüber, dass Pam im Büro war und nicht etwa allein zu Hause. Tanner war ein ruhender Pol. Außerdem war er in Zaganack wahrscheinlich mächtiger als der Bürgermeister. Wenn es Susans Ziel war, die Geschichte unter Kontrolle zu halten, war er ein wichtiger Posten. Er geriet nicht in Panik. Er war fair. Er hatte ein privilegiertes Leben geführt, doch er verstand das völlig. In ihm war eine Freundlichkeit, ein Gefühl der Nächstenliebe.

Doch nun war er sichtlich verstört. »Ein Schwangerschaftspakt. Mit Abby als Botschafterin?«

»Aus Versehen«, wandte Susan ein.

Tanner sah Pam an. »Wissen wir, ob sie nicht selbst beteiligt ist?«

»Sie ist nicht schwanger. Sie hatte gerade ihre Periode.«

»Das geht an der eigentlichen Frage vorbei. Wenn der Plan im letzten Sommer ausgeheckt wurde, muss sie davon gewusst haben. Sie war jeden Tag mit den anderen Mädchen zusammen, und sie behauptet, sie seien ihre engsten Freundinnen. Rede mit ihr, Pam«, forderte er sie auf und sah zu Susan. »Das wird in der Stadt nicht gut ankommen.«

»Ich bin mir nicht sicher, dass das den Mädchen klar war.«

»Bei Perry & Cass geht es um Verantwortung«, fuhr er auf seine vernünftige Art fort. »Deshalb funktioniert das Unternehmen. Unsere Angestellten wissen, dass unser Name jedes Mal auf dem Spiel steht, wenn sie ein Paket versiegeln.« Er atmete ein und wieder aus. »Ein Schwangerschaftspakt allein ist schlecht, aber wenn drei prominente Mädchen involviert sind?«

»Die Geschichte wird eingedämmt werden«, versicherte Susan. »Es wird dem Unternehmen nicht schaden.«

»Was ist mit PC Wool?«, fragte Pam ihren Mann.

»Es sollte nicht beeinträchtigt sein«, antwortete er, doch er klang nicht überzeugt.
Susan war erregt. »Jenseits von Zaganack kennen die Leute, die unsere Wolle kaufen, nicht die Gesichter dahinter. Sie werden nichts davon erfahren.« Als Tanner beunruhigt dreinschaute, fügte sie hinzu: »Wir ersticken die Geschichte im Keim, indem wir in der Stadt hier offensiv sind. Das ist der Grund für meine E-Mail. Bring es schnell heraus und mach dann weiter.« Sie sah zu Pam. »Ich will mit dem Schulausschuss reden. Kannst du ihn zusammenrufen?«
»Natürlich«, antwortete Pam, als ob es um etwas Banales ginge. »Ich mache mich gleich dran. Wir halten eine Notversammlung ab. Wann am besten?«
»So schnell wie möglich.«
»Ich kümmere mich drum. Wie viel soll ich sagen?«
»So wenig wie möglich«, antwortete Susan, die sich nicht sicher war, was Pam sagen würde. Sie liebte eine gute Sache, stürzte sich immer schnell und ganz darauf. Doch sie wechselte leicht ihren Standpunkt – was nicht hieß, dass Pam sich Susan, Kate und Sunny gegenüber nicht loyal fühlte, nur war sie mit Tanner verheiratet, und Tanner machte sich Sorgen um das Image des Unternehmens. »Ich möchte lieber, dass sie es von mir erfahren. Außerdem, da wir Freundinnen sind, ist deine Lage schon delikat genug.«
»Eigentlich nicht, da Abby ja nicht beteiligt ist.«

»Oder«, fragte Pam ihre Tochter kurz darauf, nachdem sie sie in der Turnhalle angetroffen hatte, wo sie beim Basketballtraining zusah.

»Nein, bin ich nicht«, antwortete Abby, ohne den Blick vom Spielfeld zu nehmen.
»Obwohl die Mädchen deine besten Freundinnen sind?«
»Waren. Schwanger zu werden war blöd.«
»Wusstest du, dass sie einen Pakt hatten?«
»Nein.«
»Du hast sie nicht im Sommer darüber reden hören?«
»Nein. Sie waren Freundinnen, bevor ich auftauchte. Sie erzählen mir nicht alles.«
»Aber du warst es, die ihnen die Jobs beschafft hat.«
Abby drehte sich zu ihr um. »Ich wurde nur als Erste eingestellt. Lily war es, die den ersten Kontakt geknüpft hat, nicht ich.« Sie wandte sich wieder dem Spielfeld zu.
»Du hast mir gesagt ...«
»Hab ich nicht«, beharrte Abby und vergrub die Hände tiefer in den Taschen ihrer Jacke. »Du hast es nur angenommen. Du nimmst ständig Dinge an, die nicht stimmen – zum Beispiel meine Freundschaft mit Lily, Mary Kate und Jess. Du willst, dass wir beste Freundinnen sind, weil du willst, dass ihre Moms deine besten Freundinnen sind, aber es zu wollen macht es nicht wahr.«
»Ich betrachte ihre Moms als meine besten Freundinnen«, erwiderte Pam, obwohl sie außer Fassung war.
»Nun, träum weiter. Susan, Sunny und Kate sind ein Trio wie Lily, Mary Kate und Jess. Warum glaubst du, dass sie niemandem sagen wollen, wer die Väter sind? Sie wollen nicht, dass die Jungs ihre Gruppe sprengen.«

Pam konnte mit der Verletztheit ihrer Tochter mitfühlen. Hatte sie nicht ihre besten Freundinnen in der Scheune gefunden, die alles über den Pakt wussten, aber ihr nichts gesagt hatten? Doch trotzdem war sie froh, dass Abby nicht einbezogen worden war. Mit siebzehn schwanger zu werden war völlig verantwortungslos.

»Kennst du die Namen der Jungs?«

»Nein.«

»Aber du weißt, dass Jacob der Vater von Mary Kates Baby ist?«

»Das weiß doch jeder.«

»Was weißt du sonst noch, was ich vielleicht nicht weiß?«

Abby starrte sie an. »Warum ist das wichtig? Warum kannst du es nicht einfach dabei belassen?«

»Weil ich im Schulausschuss sitze, der darüber reden wird. Je mehr ich also weiß, desto besser. Ich bin auch das einzige Mitglied, das im Moment ein Kind in der Schule hat, und da ihr beste Freundinnen seid – beste Freundinnen wart –, kann ich versuchen dabei zu helfen, eine Antwort zu finden.«

»Was immer ich dir erzähle, wirst du dem Ausschuss sagen?«

»Nein. Es wird mir nur helfen zu entscheiden, was ich sagen soll.«

Abby wandte sich wieder dem Spielfeld zu und grummelte: »Ich weiß nichts.«

Pam betrachtete ihr Gesicht. Es war nicht glücklich. Sie legte ihr den Arm um die Schultern. »Nun, ich bin stolz auf dich.«

Das schien Abby noch mehr aufzuregen. Sie fuhr ein letztes Mal herum. »Weshalb?«
»Weil du dich von diesen Mädchen trennst. Weil du es besser weißt.«
Abby sah aus, als würde sie zu weinen anfangen – und Pam verstand das auch. Es war auch etwas Gutes daran, am Rand einer Gruppe zu stehen. Nicht, dass Abby es hören wollte. Sie war erst siebzehn.

12

Susan blieb am Donnerstagabend lange auf, um eine E-Mail an den Lehrkörper zu verfassen. Nachdem sie ein letztes Mal daran herumgefeilt hatte, schickte sie sie in der Morgendämmerung ab. Sie wollte, dass ihre Lehrer den Tag mit den Fakten begannen – die Art des Pakts, die Namen der Mädchen, die Einbeziehung der Schulpsychologin und der Schwester.
Die E-Mail an die Eltern war schwieriger. Nicht weil der Inhalt ein anderer wäre, auch wenn sie in dieser keine Namen erwähnte. Doch bei den Eltern, die persönlich stärker betroffen waren als die Lehrer, war das Risiko höher. Sie schrieb und verwarf wieder auf der Suche nach genau dem richtigen Ton. Dann schickte sie auch diese E-Mail hinaus.

Nach einem schweren Tag voller Fragen von allen Seiten kam sie kurz nach sechs nach Hause. Sie war nicht überrascht, Lily vorzufinden; das Volleyballtraining war vorbei, und die Pläne für Freitagabend hatten noch nicht begonnen. Und sie war auch nicht überrascht, dass Lily das Abendessen gemacht hatte. Das tat sie oft, wenn Susan später kam. Sie kochte gerne.
Was Susan jedoch überraschte, war die Zerknirschung ihrer Tochter, die sich äußerte in frischen Blumen auf dem Tisch, der Krebssuppe, die Susans Lieblingsspeise

war, nicht aber Lilys, und der Tatsache, dass Lily in der Küche wartete und nicht in ihrem Zimmer telefonierte oder simste.
Susans Handy klingelte. Sie beachtete es nicht, sondern hängte ihre Jacke an einen Haken neben der Tür, ließ ihre Tasche auf die Bank darunter fallen und setzte sich. »Du warst ja fleißig.«
Lily stand neben dem Tisch. »Ich habe nur nach dem Training ein paar Erledigungen gemacht. Jess hat mich gefahren.« Wieder klingelte das Handy. »Gehst du nicht ran?«
»Nein. Es klingelt schon den ganzen Tag am laufenden Band. Auf unserem Festnetz wird es auch bald losgehen.«
Sie hatte die Worte kaum ausgesprochen, als es losging. Lily sah nach der Anruferkennung. »Legere. Saras Mom?«
»Wahrscheinlich«, antwortete Susan resigniert. »Von ihr habe ich noch nichts gehört.« Die Frau war eine echte Nervensäge. Das wussten alle. Sie beschloss, nicht abzunehmen.
»Du hast die E-Mails verschickt«, schloss Lily. »War es schlimm?«
»Ach, das Verschicken war in Ordnung. Nur die Antworten waren schlimm.«
»Wie schlimm ist schlimm?«
Nicht rational oder verständnisvoll, dachte Susan – aber da sie die Namen der Mädchen nicht genannt hatte, hatten einige der Eltern wohl nicht erkannt, dass Susans eigene Tochter schwanger war. »Willst du das wirklich wissen?«

»Ja.«
Plötzlich fiel Susan ein, dass Lily, wenn sie alt genug war, um Mutter zu werden, auch dafür alt genug war. »Es gab Ungläubigkeit. Es gab Neugier – viele Fragen, auf die ich keine Antworten habe. Und es gab Kritik. Eine Mutter nannte es eine jämmerliche Nummer. Eine andere verwendete das Wort *ekelhaft*. Ein Vater, der offenbar wusste, dass du eines der Mädchen bist, sagte, es sei schamlos, dass ich mein eigenes Kind nicht unter Kontrolle habe.«
Lily blinzelte und kämpfte eindeutig darum, stark zu bleiben. »Sie wussten, dass ich es bin?«
»Manche ja.«
»Wer hat mich schamlos genannt?«
Susan lächelte traurig. »Ich wurde schamlos genannt, und ich bezweifle, dass es das letzte Mal sein wird. Das hier fällt auf mich zurück.«
»Das sollte es nicht.«
»Wie nicht? Ich bin deine Mutter.«
Das folgende Schweigen wurde nur vom Blubbern der Suppe auf dem Herd durchbrochen. Lily drehte den Gashahn ab. »Ich nehme an, ich habe nicht durchdacht, was du durchmachen musst.«
»O Lily, es geht nicht nur um mich. Du hast gehört, was Jacob getan hat, als er Mary Kate sah. Es kann ihre Beziehung zerstören, und was passiert dann mit dem Vater, von dem Mary Kate angenommen hat, dass ihr Baby ihn haben würde? Was glaubst du, wie Jacobs Wochenende sein wird? Oder Adams – zumindest nehme ich an, dass Adam Jess' Baby gezeugt hat? Und wer hat deins gezeugt?«

Robbie, bildete Lily den Namen mit dem Mund.
Susan hatte keine Antwort erwartet. Erschrocken setzte sie sich auf. »Robbie Boone? Bist du sicher?«
»Mom, ich bin in meinem Leben mit einem Typen zusammen gewesen. Ich glaube, ich weiß, wer der Vater ist.«
»Aber Robbie? Er … er ist der Junge von nebenan.«
»Nicht nebenan, von gegenüber.«
Das Telefon läutete. Sie beachteten es weiter nicht.
Susan hatte Mühe, sich ihre Tochter und Robbie zusammen vorzustellen. »Du kennst ihn seit deinem sechsten Lebensjahr. Er hat dir das Radfahren beigebracht.«
»Macht ihn das ungeeignet?«
»Nein. Ich habe euch beide nur nicht so gesehen.« Sie wurde vorsichtig. »Weiß er es?«
»Er vermutet es. Aber sonst keiner. Und bitte, bitte, Mom, sag es nicht Kate oder Sunny oder – am wenigsten Dr. Correlli. Wie nimmt er es auf?«
Susan hätte mehr über Robbie gefragt, wenn sie gewusst hätte, wo sie anfangen sollte, doch so sagte sie nur: »Der Inspektor ist außer sich. Er hat das Recht dazu.«
»Es tut mir leid.«
Susan musste dauernd an Robbie denken. Er war der Jüngste von drei Kindern, was seine Eltern deutlich älter als Susan machte, doch sie waren immer unbeirrbar freundlich gewesen. Als sie vor zwölf Jahren das Haus gekauft hatte und bis zum Hals verschuldet mit Dingen wie einem geplatzten Boiler und einem Hurrikanschaden am Dach kämpfte, hatte Robbies Vater sie an Männer verwiesen, die ihr gegen eine geringe Gebühr halfen. Bis

heute war Billy Boone nach jedem Schneesturm draußen mit seiner Schaufel und schaffte weg, was der städtische Pflug am Ende ihrer Einfahrt aufgehäuft hatte.

Susan dachte daran, dass Robbie niemals mit einem Mädchen in Verbindung gebracht worden war und so unschuldig zu sein schien wie Lily und dass sie, wenn Lily ihn wirklich verführt hatte, nach dem nächsten Sturm alleine bleiben würde. Da läutete erneut das Telefon, diesmal auf ihrem Handy. »Ich gehe nicht ran«, murmelte sie und fragte sich, wie Robbies Eltern sich damit fühlen mochten, dass ihr Sohn mit siebzehn ein Kind gezeugt hatte. Voller Wut, fürchtete sie. Beide Eltern arbeiteten bei der Percy State, sein Dad im Büro des Stadtkämmerers, seine Mom im Lehrkörper für Kunstgeschichte. Und Verantwortung? Beide lebten sie und atmeten sie ein.

Als das Handy ein drittes Mal klingelte, fischte Lily es aus Susans Tasche und sah aufs Display. Sie blickte Susan besorgt an, klappte es auf und murmelte: »Mein Dad.« Dann reichte sie es ihr.

Wenn es jemand anders gewesen wäre, hätte Susan es ihr gleich zurückgegeben. Doch Rick war ihr Gefährte.

»Hi«, grüßte sie leise.

»Wie läuft es?«

Sie seufzte und ließ ein wenig Spannung ab. »Das willst du nicht wissen.«

»Doch. Ich habe vorhin mit Lily gesprochen. Sie hat gesagt, die Sache mit dem Pakt ist raus.«

»Nur sollen wir das Wort nicht verwenden.«

»Corelli? Er hat Angst vor einer Panik.«

»Eindeutig.«

»Ich nehme an, es liegt alles auf deinen Schultern.«
»Wenn noch nicht, dann bald.« Sie erhob sich von der Bank und verließ die Küche. »Ein Mädchen, und die Leute würden ihm Vorwürfe wegen seiner Sorglosigkeit machen. Bei drei Mädchen wird es Absicht. Die Leute beginnen damit, es den Mädchen anzulasten, aber schließlich sind es nur Mädchen.« Sie stieg drei Stufen zum zweiten Stock empor und lehnte sich ans Geländer. »Wenn eines dieser Mädchen eine Mutter hat, die selbst mit siebzehn ledige Mutter war – und die in einer Position ist, in der sie verantwortlich für Hunderte von leicht beeinflussbaren Teenies ist –, wie leicht ist es da, ihr Vorwürfe zu machen?«
»Du wirst Verbündete haben. Es muss noch andere geben, die in ihrer Teenagerzeit Babys bekommen haben, und es gibt sicher auch andere alleinerziehende Eltern dort. Sie werden sich mit dir identifizieren. Was den Rest angeht, werden sie schließlich sehen, was du für einen guten Job gemacht hast. Sag, würdest du jetzt als Direktorin anders handeln, wenn nicht Mädchen beteiligt wären, die du liebst?«
»Nein. Aber ich würde wahrscheinlich auch den Eltern Vorwürfe machen, und deshalb kann ich es Correlli nicht ganz vorwerfen.«
»Er gibt dir die Schuld?«
»Ja.« Als Lily erschien, wandte sich Susan ab, damit sie sie nicht hören konnte. »Wir hatten einen ziemlich heftigen Streit. Ich habe mich wirklich gut unter Kontrolle, Rick, aber als er mich angegriffen hat, musste ich mich verteidigen. Ich meine, sind diese Mädchen wirklich nur deshalb mit siebzehn schwanger, weil ich es auch war?«

»Hat Corelli das behauptet?«
»Er hat nur ständig wiederholt: ›Sie waren siebzehn.‹ Als ob ich ein schlechtes Beispiel gesetzt hätte? Egal. Ich habe ihn vielleicht als Verbündeten verloren.«
»Gib ihm Zeit. Du bist sein Protegé, also ist die Situation im Moment persönlich. Fühlst du dich besser wegen des Babys?«
»Nein«, gestand sie leise. »Ich bin nicht bereit, eine Beziehung aufzubauen. Klingt das schrecklich?«
»Nein. Du bist ein Mensch. Wie geht es Sunny und Kate?«
Susan drehte sich um. Das musste Lily hören. »Kate hat eine Mail geschickt, bevor ich weg bin, dass Mary Kate hysterisch sei bei der Aussicht, Jacob zu verlieren, und Dan nervt Sunny mit der Frage, warum sie mir gestattet hat, meine Mail an alle Eltern der Schule zu schicken. Aber hätte ich sie nur an Eltern von Zwölftklässlern schicken sollen? Zwölft- und Elftklässler, aber keine Zehntklässler? Wenn es darum geht, die Gerüchte klein zu halten, war das, was ich getan habe, richtig.«
»Was ist mit Abby und Pam?«
»Das ist eine interessante Frage. Was ist mit Abby?«, fragte Susan Lily.
»Wir reden nicht miteinander. Sie war keine echte Freundin.«
»Vielleicht ist sie nur schlau«, gab Susan zurück und sagte zu Rick: »Auf keinen Fall wird sie nun weiter versuchen schwanger zu werden.«
»Sie war schwanger!«, schrie Lily.
»Bitte?«

»Vor uns allen. Kurz nachdem wir empfangen hatten, hat sie ihres verloren. Und wer hat ihr da geholfen?«
Susan senkte den Kopf und sagte ins Telefon: »Hast du gehört? Abby wurde als Erste schwanger. Wie weit war sie?«, fragte sie Lily, die mit den Schultern zuckte. »Weiß Pam es?«
»Nein, und bitte sag es ihr nicht. Es ist Abbys Sache, es ihrer Mom zu erzählen.«
»Was ist mit dem Jungen?«, fragte Rick Susan. »Lily wollte mir nichts über ihn sagen.«
»Hm.«
Schweigen, dann ein weises: »Aber du kannst es mir nicht sagen. Sie ist neben dir.«
»Genau.«
»Bitte erwähne Robbie nicht«, flüsterte Lily.
»Hast du seinen Namen gehört?« Susan schüttelte als Antwort den Kopf.
»Ist es zumindest ein anständiger Kerl?«, fragte Rick.
»Sehr anständig. Es ist tatsächlich eine Erleichterung. Vielleicht denke ich nicht mehr so, wenn er es herausfindet.«
»Willst du, dass ich komme?«
»Nein.« Sie drehte sich wieder von Lily weg. »Ich werde damit fertig. Es ist keine Cholera, nur ein Skandal.« Dann platzte sie heraus: »Wie jämmerlich ist das? Keine ansteckende Krankheit, kein Dritte-Welt-Land, aber es wird schmutzig werden. Mein Telefon beginnt schon zu läuten.«
»Sie lieben dich in der Stadt.«
»Vorher taten sie das. Ich bin eine gute Direktorin. Ich kommuniziere mit ihnen, was sie früher nie hatten.

Glaubst du, dass mein Vorgänger sich so wie ich heute bei einem solchen Problem geöffnet hätte? Keinesfalls. Wardell Dickinson wäre zu einer Konferenz irgendwo abgedüst, bis sich der Wirbel gelegt hätte. Natürlich hätte er den Eltern keine Mails schicken können, weil er ein Computer-Analphabet war. Technologisch lag unsere Highschool hinter allen anderen in der Gegend. Jetzt sind wir vorne. Mit einem Klick konnte ich eine Mail verschicken, die sich auf meinen Job auswirken könnte. Was für eine Ironie, oder?«

Es entstand eine Pause, dann: »Ich glaube, ich sollte kommen.«

»Nein. Ich mache mir nur Luft. Du bist der Einzige, der mich so lange kennt.«

»Apropos, mein Vater hat angerufen. Deinem Vater geht es nicht gut.«

Susans Herz setzte einen Schlag aus. »Was heißt ›nicht gut‹?«

»Mein Vater hat es ›schlecht beieinander‹ genannt. Er ist mit einigen Leuten von zu Hause in Kontakt. Dein Dad hat seine alljährliche Golfreise abgesagt.«

Das klang nicht so gut. John Tate liebte sein Golfspiel fast so sehr wie das Angeln.

»Meine Mutter würde mich anrufen, wenn es wirklich schlimm stünde, oder?«, fragte Susan, doch sie lastete es Rick nicht an, als er nicht antwortete. »Ich rufe sie besser an.«

Sie brauchte mehrere Stunden, um den Mut aufzubringen. Zuerst schob sie die Schuld auf die Zeitverschiebung um eine Stunde. Sie konnte doch nicht während des

Abendessens anrufen. Dann musste sie die Reihe zu Ende stricken, an der sie gerade arbeitete, dann die nächste. Als Sühne beantwortete sie mehrere Anrufe – und erwartete halb, dass Robbies Eltern sich voller Wut melden würden. Zufällig kamen die meisten Anrufe von Freunden, die sie ihrer Unterstützung versicherten, selbst wenn Enttäuschung in ihren Stimmen lag.

Schließlich wählte sie die Nummer ihrer Eltern. Ihre Mutter blieb immer lange auf, ihr Vater jedoch nicht, und das Telefon sollte ihn nicht wecken. Er brauchte seinen Schlaf. Zumindest war das früher so. Susan wusste eigentlich nicht, was ihre Eltern heute so liebten. Ellen Tate nahm nach einem Läuten ab, und ihre Stimme klang auf eine Art zerbrechlich, dass es Susan ans Herz rührte. Sie war erst neunundfünfzig, klang aber viel älter.

»Ich bin's, Mom. Susan.«

Es gab eine Pause, dann ein leises: »Ja.«

Wie geht es dir, Mom? Ich hab dich doch nicht geweckt, oder? Hast du ferngesehen? Gestrickt? Hier wird es langsam kalt, wie ist es bei euch?

So viele mögliche Fragen, die angenehm und besorgt waren, doch Susan hatte es schon so oft erlebt, hatte immer versucht den Kontakt zu erleichtern, so zu tun, als ob ihre Beziehung typisch wäre. Nach einer Antwort zu viel, die entweder kurz war oder aus Schweigen bestand, hatte sie es sich zweimal überlegt zu fragen. Ihre Fragen ließen Ellen nur angespannt werden.

Also kam sie auf den Punkt. »Ich habe gehört, Dad geht es nicht gut.«

»Wer hat dir das erzählt?«

»Rick. Sein Dad hat es ihm gesagt. Was ist los?«
»Nicht viel.«
»Es hat genügt, um ihn vom Golfen abzuhalten.«
»Ach das«, meinte Ellen lässig. »Er fliegt nur nicht mehr so gerne.«
»Nicht mal zum Golfspielen?«
»Fliegen ermüdet ihn.« Eine winzige Pause. »Er wird leicht müde.«
»War er beim Arzt?«
»Jedes Jahr. Regelmäßig. Aber dein Vater ist nicht mehr jung. Er wird im Frühling fünfundsechzig.«
Dessen war sich Susan wohl bewusst. Sie nahm an, dass es eine Party geben würde, hatte aber Angst zu fragen. Sie wollte nicht erfahren, dass sie nicht eingeladen war.
»Fünfundsechzig ist nicht alt, Mom. Macht Dr. Littlefield Blutuntersuchungen und EKGs?«
»Natürlich. Wir sind in guter ärztlicher Betreuung.«
»Ich weiß, aber ich mache mir Sorgen.«
»Das solltest du nicht. Du hast dein eigenes Leben.«
»Er ist mein Vater.«
»Du hast ihn seit Jahren nicht mehr gesehen.«
Es lag eine Schärfe in der Stimme ihrer Mutter, die Susan auf dem falschen Fuß erwischte. »Ist das meine Schuld?«
»Ja, das ist es.«
»Nun, das habe ich auch mal geglaubt, aber ich bin mir da nicht mehr so sicher. Ich war in einer Nacht leichtsinnig und habe zufällig eine tolle Tochter, die das beweist.« Eine tolle schwangere Tochter, dachte sie, sagte es aber nicht. In diesem Gespräch ging es weniger um

Lily als um sie, und ihr Fuchsienherz schlug schnell.
»Dads Stolz war verletzt. Wann erkennt er, dass er seinem eigen Fleisch und Blut den Rücken zukehrt? Ich meine, worüber predigt denn Reverend Withers jeden Sonntag, wenn nicht über Vergebung?«
Ellen antwortete nicht.
»Mom?«
»Reverend Withers ist vor sechs Jahren in Rente gegangen. Reverend Baker hat seinen Posten übernommen und ist eine Frau. Dein Vater hört nicht mehr so genau zu wie früher.«
War das ein leiser Seitenhieb gegen ihren Vater? Wenn ja, wäre das eine Premiere. Ellen ging im Gleichschritt mit John, vor allem, da sie ihn anbetete. Sie hatten eine sehr süße Romanze, die seit mehr als vierzig Jahren dauerte, teilweise, weil sie sich darin einig zu sein schienen, dass Johns Art die richtige und die einzige war.
Noch schlimmer machte es für Susan die Blindheit ihres Vaters gegenüber seinem Sohn. Jackson konnte nichts falsch machen, auch wenn in aller Fairness seine Sünden nur klein waren. Aber er hatte eine Frau geheiratet, die niemals eine Karte, einen Anruf oder ein Geschenk von Susan zur Kenntnis genommen hatte. In Susans Augen war das eine große Sünde. Sie fragte sich, ob Ellen, die immer eine Karte schrieb, ihr da zustimmen würde.
»Ich möchte eine Beziehung zu dir haben, Mom. Wir haben immer noch eine Menge gemeinsam.«
»Was zum Beispiel?«
Im Moment vor allem eine schwangere Tochter, doch das war nicht der Grund, weshalb Susan angerufen

hatte. Oder vielleicht doch außer der Ausrede des Gesundheitszustandes ihres Vaters. Sie wünschte, sie könnte sich Ellen anvertrauen, hatte sich manchmal wirklich danach gesehnt. Doch Ellens Ton lud nicht dazu ein. Und Susan konnte eine Abfuhr nicht ertragen.
Was hatten sie sonst noch gemein? Susan dachte gerade, dass sie einen unterschiedlichen Geschmack hatten, was Bücher und Essen anging, und dass Ellen keine Ahnung hatte, woraus Susans Job bestand, als sie ihre Wolle entdeckte. »Stricken«, antwortete sie, erleichtert, eine Antwort gefunden zu haben. »Woran arbeitest du gerade?«
»Nun, an einem Gebetsschal für die Mutter des Stadtsekretärs«, gab Ellen in leichterem Ton zurück. »Sie hat sich vor zwei Wochen die Hüfte gebrochen, und ihr geht es gut, aber sie wird eine Zeitlang in der Reha sein. Ich benutze ein wunderbares weiches Alpaka, das ich in Tulsa gefunden habe. Es ist beige.«
Susan war der Laden in Tulsa vertraut. Er führte PC-Wolle, nicht dass sie jemals erwarten würde, dass ihre Mutter diese Wolle kaufen würde. »Ich wünschte, ich hätte das gewusst«, meinte sie. »Wir haben Alpaka. Ich hätte dir welche geschickt.« Ihre war wunderbar weich, wenn auch nicht beige.
»Ich kann mir selber welche leisten«, erwiderte Ellen forsch. »Das Einkommen deines Vaters mag geringer geworden sein, aber nur, weil er freiwillig eine Kürzung seiner Pension in Kauf nahm, damit die Stadt Entlassungen vermeiden konnte.«
»Ich meinte doch nicht …«

»Leute aus dem Osten denken immer, dass sie die besten Restaurants, die besten Schulen, die besten Ärzte haben. Sie glauben, dass jeder mit etwas Hirn in Harvard seinen Abschluss macht, aber das stimmt nicht.«
»Das weiß ich doch, Mom.«
»Dein Vater hat es in seinem Leben weit gebracht, und das schließt die Sorge für seine Familie ein. Er hat Vorkehrungen für mich getroffen. Er ist ein guter Mann, der sich stets um mich sorgt. Wir besitzen dieses Haus, und unsere Ersparnisse liegen sicher auf der Bank. Wir leben bequem. Ich sehe keinen Grund, warum sich das ändern sollte.«
Susan erschrak bei diesem Ausbruch. Wenn sie die Worte richtig deutete, machte sie sich Sorgen, dass ihr Vater vielleicht nicht mehr viel länger da sein würde – oder dass Ellen es befürchtete. Susan wollte fragen, bekam die Worte aber nicht heraus. Hier wäre etwas, was Ellen vielleicht mit einer Tochter und nicht mit einem Sohn teilen wollte. Aber nicht einmal in den besten Zeiten hatte Susan die Art von Beziehung zu ihrer Mutter gehabt, die sie zu Lily hatte.
Sie bereute das jetzt, da sie beide große Sorgen hatten.
»Ich möchte, dass wir beide am Telefon ohne diese Spannungen reden können.«
Ellen schwieg eine Minute und sammelte sich offenbar. Als sie wieder sprach, war ihre Stimme ruhig. »Die Karten sind gut.«
»Nicht für mich.«
»Telefonieren bringt mich in eine heikle Situation.«
»Mit Dad.«

»Du hast nie versucht es von seiner Seite aus zu sehen, Susan. Du hast von Anfang an entschieden, dass er der Böse ist. So hast du es gesehen, also war es auch so. Wenn du dich ihm vielleicht annähern und entschuldigen würdest ...«

»Das habe ich getan, Mom.«

»Seit Jahren nicht mehr.«

»Weil meine Tochter, je älter sie wird, umso wundervoller ist. Ich werde mich nicht dafür entschuldigen, sie zu haben. Außerdem habe ich Karten und Geschenke geschickt. Hat Dad nicht gesehen, dass ich die Hand ausgestreckt habe?«

»Du warst nie hier.«

»Ich wurde nie eingeladen!«, rief Susan voller Kummer aus. »Man hat mir gesagt, ich solle gehen, du erinnerst dich? Man gab mir das Gefühl, nicht willkommen zu sein.«

»Dein Vater gab dir Geld, um ein neues Leben anzufangen, und schau, wo du jetzt stehst.«

Susan dachte an den Kampf, den es bedeutet hatte, die vielen Monate der Einsamkeit und Angst. Sie dachte an Lily und schwor sich, dass selbst in dieser Lage Lily es leichter haben würde als sie. Und sie dachte an Ellen, die so viel versäumte, und nun zum zweiten Mal.

»O Mom«, sagte sie traurig. »Ich habe nicht angerufen, um zu streiten. Ich wollte nur wissen, wie es Dad geht.«

»Ihm geht es gut«, wiederholte Ellen. »Danke für den Anruf.«

»Wirst du ihm sagen, dass ich an ihn denke?«, fragte Susan. Doch es kam keine Antwort, denn ihre Mutter hatte mit dem förmlichen Dank aufgelegt.

13

Samstagvormittage waren dafür da, um Garn zu färben, und wenn Susan jemals eine Ablenkung gebraucht hatte, dann jetzt. Sie trug ihre Wolljacke über einem alten Hemd und farbbekleckseten Jeans und ließ sich Zeit damit, die Scheune zu betreten. Die alten Bretter sangen von Geschichte, und man hörte das Echo von Hufen, die im Stroh scharrten, ein leises Schnauben, ein zartes Wiehern. Auch wenn die inneren Holzwände neu und isoliert waren und die Geräusche nur noch menschlich oder sogar mechanisch, der ursprüngliche Geist blieb doch.

Die vorderen Kabinen lagen im Dunklen, und die Computer und Kartons standen unbenutzt herum, weshalb Susan auf das Licht im hinteren Teil zulief. Auf halbem Weg roch sie frisch gebrühten Kaffee, Sekunden später gefolgt von dem zeitlosen Geruch nach feuchter Wolle.

Kate stand an einer großen Wanne, in der Wollstränge eingeweicht waren, damit sich die Poren öffneten. »Ich habe sie gestern Abend eingeweicht«, sagte sie, während sie sie mit einem Stock umrührte. »Es war eine gute Sache. Ich bin erst vor fünf Minuten gekommen.«

Susan legte ihre Jacke über eine Stuhllehne. Ihre Freundin sah erschöpft aus. »Schlechte Nacht?«

Kate zuckte mit den Schultern und arbeitete weiter.

Nachdem sie sich Kaffee eingeschenkt hatte, gesellte sich Susan zu ihr an die Wanne, doch Kate blieb auf die Wolle konzentriert, entweder gedankenverloren oder wütend.
Susan befürchtete Letzteres und fühlte sich schuldig und sagte: »Es tut mir wirklich leid, Kate. Ich hatte die Wahl, es entweder von alleine durchsickern zu lassen oder mit einer E-Mail die Sache ins rechte Lot zu bringen. Auf diese Weise bekommen wir die Reaktion auf einmal zu spüren, und dann wird es vorbei sein.«
Kate lächelte traurig. »Bis man es unseren Mädchen ansehen wird. Bis eine von ihnen in der Schule Wehen bekommt. Bis die drei auf einer Bank im Hafen sitzen und ihre Kinder in Babytragen haben.«
Susan rieb den Arm ihrer Freundin. »Erzähl mir von gestern Abend.«
»Ach, Susie. Entweder klingelte mein Telefon, oder die Mädchen rannten herein, um mir zu erzählen, wer sonst noch gerade angerufen hat.«
»Die Leute wussten, dass es Mary Kate ist?«
»Und Jess.« Ein strafender Blick. »Lily war der Hinweis. Übrigens wirst du dir keine Sorgen wegen Nachahmerinnen machen müssen. Es ist allgemeiner Konsens, dass die drei Idioten sind.«
»Deine Freundinnen haben das auch gesagt?«
»Du meinst, die Leute, die mich angerufen haben?« Kate rührte weiter in der Wolle. »Ich bin nicht sicher, ob es Freundinnen sind. Komisch, wie die Leute aus der Deckung kommen, wenn sie Informationen wollen.« Ihre Stimme stieg imitierend an. »›O Kate, es ist ja soo lange her, dass wir gesprochen haben, aber hat Mary Kate wirklich geplant, schwanger zu werden, wird sie

Jacob heiraten, und was sagt Will dazu?‹ Es war schrecklich. Mary Kate ist jetzt wütend auf Jacob, weil er wütend auf sie ist, und die Spannung ist sicher nicht gut für das Baby.« Sie griff in die Wanne, um zwei Stränge zu trennen. »Sie wollte heute Morgen mit mir kommen, und ich habe nein gesagt. Ich brauche Zeit alleine. Wenn mich das zu einer schrecklichen Mutter macht, dann bin ich das eben.« Sie sah sich um. »Hast du deine Farben?«
Susan holte ihr Notizbuch hervor. »Wo ist Sunny?«
»Kommt nicht. Sie sagt, sie hat zu viel zu tun.«
Es war eine Ausrede. Sunny wollte nicht mit Susan und Kate gesehen werden, deren Töchter die Gefährtinnen ihrer eigenen Tochter waren. »Vielleicht sollte ich anrufen. Sie hat Probleme damit.«
»Und wir nicht?«
»Wir sind nicht mit Dan verheiratet.« Es war leichter, Sunnys Abwesenheit ihm zuzuschieben als ihrem Wunsch, nicht mit Susan und Kate zu arbeiten. Die Samstagvormittage waren ein Ritual – eine Belohnung am Ende der Woche –, eine Ausrede, mit Freundinnen zusammen zu sein, die an die Donnerstagabende in Susans Garage erinnerten. Wenn sie in der Arbeit steckten, konnten sie weitermachen, bis Susan für ein Nachmittagsspiel in die Schule musste. Wenn es wenig zu tun gab, genügte eine lange Tasse Kaffee. Dann strickten sie, und wenn sie nicht über ein Muster sprachen, redeten sie über ein Buch, einen Film oder sogar über Stadtgerüchte.
Ohne Sunny fühlte es sich nicht richtig an. Doch das war nur ein Teil des Problems.
»Hat Pam angerufen?«, fragte Susan.

»Nein. Hast du nichts von ihr gehört?«
»Seit gestern nicht mehr. Sie sollte sich wegen des Schulausschusses wieder bei mir melden.« Das war kein tröstlicher Gedanke. Das Unbehagen, das Susan empfunden hatte, als sie Tanners Büro verließ, war noch genauso stark.
Sie legte ihr Handy auf den Arbeitstisch, öffnete ihr Notizbuch und ging hinüber zu der Wand, an der Regale standen, auf denen fein säuberlich Flaschen mit Farbpuder aufgereiht waren. Da sie intensive Farben mochte, goss sie das Doppelte von der vorgeschlagenen Menge in Krüge mit breitem Gießrand, fügte zu jedem Wasser hinzu, damit es zu einer Paste wurde, und goss nach dem Umrühren noch genug Wasser hinein, um eine Gallone Stammlösung zu erhalten. Diese würde sie direkt, aufgelöst oder vermischt benutzen. Dann wandte sie sich wieder dem Färben zu.
Hinter ihr vernahm sie Tröpfeln, als Kate einen Strang nach dem anderen herausholte und ihn auswrang. Über dem Geräusch hörte sie leise: »Jacobs Eltern haben angerufen.«
Susan sah sich um. Kates Gesichtsausdruck sagte, dass das keine gute Nachricht war.
»Sie sind außer sich. Ich wusste das. Sie sagen, Mary Kate habe Jacob benutzt.« Ihre Hände waren voll mit nassen Strängen, und sie fluchte leise. »Ich habe vergessen, das Plastik auszulegen.«
Susan kehrte wieder zu dem Vorratsregal zurück und fragte sich, was Robbies Eltern wohl denken würden. Wahrscheinlich dasselbe, beschloss sie, weshalb sie versuchte, nicht mal zu ihrem Haus hinzusehen, wenn sie

die Straße entlang und in ihre Einfahrt fuhr. Sie riss ein großes Stück Plastik von einer Spindel und legte es flach auf den Tisch. Dann nahm sie einen Strang von Kate entgegen und formte ihn zu einem Oval.

O ja, es tat ihr leid, dass Sunny und Pam nicht da waren. Doch dieser Teil der PC-Wool-Produktion ging eigentlich Susan und Kate an. Susan erfand die Farben und erarbeitete die Zusammensetzung, während Kate sich ums Färben kümmerte. Der Prozess hatte sich in der Anfangszeit in Susans Garage entwickelt und war nuancierter geworden, als sie Kurse besuchten und unter der Anleitung von Experten lernten. Obwohl sie nun Maschinen einsetzten, blieb die Grundtechnik die gleiche. Susan arbeitete an der Farbe, fügte mehr oder weniger hinzu und drückte sie durch die Faser.

Es war keine exakte Wissenschaft. Sooft sich Kate auch Farbproportionen notierte, die Reproduktion war niemals dieselbe. Doch das war das Schöne an handgefärbtem Garn. Jeder Strang war einzigartig.

Nun füllte Susan einen Becher mit acht Unzen der Stammlösung und tauchte ihn in ein Papiertuch, um die Farbe zu testen. Noch bevor sie sie mit ihrem Notizbuch verglich, wusste sie, dass sie zu kühl war. Nachdem sie zwei halbe Becher einer anderen Farbe hinzugefügt hatte, machte sie noch einen Test, aber erst nach zwei weiteren Teelöffeln war sie zufrieden.

Kate schrieb die Maße nieder und nahm dann den Faden des Gesprächs wieder auf. »Jacobs Eltern haben recht. Sie hat ihn benutzt.«

»Sie werden wieder zu sich kommen«, meinte Susan. »Sie haben Mary Kate immer geliebt.«

»Sie lieben sie, weil Jacob sie liebt. Wenn er es nicht mehr tut, tun sie es auch nicht mehr. Es ist nichts Intuitives, so wie Will und ich sie lieben.«
Susan dachte über den Begriff intuitiv nach. »Lieben alle Eltern so?«
»Ich glaube schon. Du nicht?«, fragte Kate erstaunt.
»Früher. Jetzt bin ich mir nicht mehr sicher.« Sie erzählte Kate von ihrem Gespräch mit ihrer Mutter.
»Sie lieben dich trotzdem noch«, versicherte Kate ihr. »Sie sind nur nie über die Wut hinweggekommen. Als sie dich weggeschickt haben, haben sie die Uhr angehalten. Sie haben es nie bewältigt.«
»Meinst du, ich sollte hinfahren – einfach dort auftauchen und ihnen das Thema aufzwingen.«
»Jetzt? Nein. Du hast genug am Hals. Krieg das mit Lily geregelt. Du hast deiner Mom nicht von ihr erzählt, oder?«
Susan schüttelte den Kopf.
Sie verstummten und arbeiteten weiter. Susan verschob die Wolle, damit sie die Farbe richtig aufnahm, und drückte Farbe in die Enden eines jeden Streifens, und die ganze Zeit dachte sie an das, was Kate gesagt hatte.
»Die Wut aufarbeiten, ja? Dann haben die kleinen Kabbeleien, die ich mit Lily habe, einen Sinn?«
Kate schnaubte. »Ich habe Will dieselbe Frage gestellt. Er sagt ja. Die Wut wird verebben. Es braucht Zeit.«
»Ich fühle mich, als ob ich immer noch eine Schuld abbezahlen würde. Als ob dies eine weitere Herausforderung wäre, die bis zu meiner eigenen Schwangerschaft zurückreicht.«
»Das ist Geschichte.«

»Dann gibst du mir nicht die Schuld an dem, was die Mädchen getan haben?«

»Nein. Nur daran, wer du jetzt bist und dass du es öffentlich machen musstest.«

»Ich hatte keine andere Wahl, Kate. Bitte glaub mir das. Auch ich leide unter den Folgen. Sunny und Pam mögen wütend sein, aber ich brauche deine Hilfe.«

Kate warf ihr einen hilflosen Blick zu. »Die hast du. Das ist einer der Gründe, warum ich so sauer bin. Ich brauche einen Sündenbock, und du wärst perfekt dafür, nur bist du meine beste Freundin. Ich war so stolz auf dich, als du diese Position bekommen hast. Jetzt hasse ich sie.«

»Es gibt in jedem Job Gutes und Schlechtes. Das ist nun das Schlechte.«

»Stimmt.« Sie betrachtete Susans Buch und dann die drei Stammlösungen. »Wir brauchen Türkis.«

Während sie es mischte, bereitete Susan die gelbe Färbung vor und begann sie anzuwenden. Als sie das meiste konzentriert an zwei kleine Stellen gegossen hatte, trat sie zurück, um es sich anzuschauen, verbreitete es ein wenig, sah es sich wieder an und fügte etwas verdünnte Lösung hinzu.

»Unglaublich, wie du das machst«, sagte Kate staunend. »Schau nur, wie die beiden Farben leuchten, wenn sie sich vermischen.«

»Hm«, machte Susan, doch ihre Gedanken waren beim Job. »Ich wünschte, Phil wäre so verständnisvoll wie du. Er hat mir ein paar von den Mails weitergeleitet, die er bekommen hat. Die Leute machen die Schulklinik dafür verantwortlich, weil sie Schwangerschaftstests

anbieten, mich, weil ich die Klinik ins Leben gerufen habe, und Phil, weil er es zugelassen hat.«
»Er hat dir wohl nur die schlimmen geschickt.«
»Er sagt, so empfinden die Leute eben. Wenn ich also die Klinik verteidige und Phil erklärt, dass der Schulausschuss das letzte Wort bei der Zulassung der Klinik hat, meinst du, dass der Ausschuss die Verantwortung auf sich nehmen wird? Keinesfalls. Sie werden es mir in die Schuhe schieben.«
»Nicht nur dir, auch mir. Mütter sind immer betroffen – als ob unsere Kinder eine Erweiterung unserer Körper wären. Sie werden auch Sunny die Schuld geben.«
Aber nicht Pam, wurde Susan klar. Sie nahm einen neuen Plastikbecher und füllte ihn halb mit Scharlachrot, fügte abgemessene Anteile von Sonnengelb hinzu und dann Türkis, um Korallenrot zu erzielen, doch die ganze Zeit nagte das Thema Schuld an ihr. Als sie mit der Schattierung zufrieden war, stellte sie den Becher ab.
»Wusstest du, dass Abby schwanger war?«
Kate sah sie überrascht an. »Nein! Sie *war* es?«
»Sie hat es verloren. Pam weiß nichts davon.«
»Wir sollten es ihr sagen.«
»Das muss Abby machen«, widersprach Susan, denn Abby zu verraten würde alle Freundschaften verletzen. »Aber es wirft eine interessante Fragestellung auf, wer wem die Schuld geben würde, wenn alle es wüssten.« Ein anderer Gedanke nagte an ihr. »Wenn du raten müsstest – nur raten, da keine unserer Töchter etwas gesagt hat –, wer, glaubst du, hat als Erste den Pakt vorgeschlagen?«

Kate zuckte nicht mit der Wimper. »Ich habe so eine Ahnung.«
»Ich auch.«
Sie dachten dasselbe, doch keine wollte es sagen, weil es ihnen illoyal vorkam. Dann ging die vordere Tür auf. Susan meinte, Kate etwas in der Art von *Wenn man vom Teufel spricht* murmeln zu hören, bevor Pam den hinteren Raum erreichte. Sie kam nicht zum Arbeiten, wahrscheinlich nicht mal auf einen Kaffee, obwohl sie wusste, dass sie mit Färbemitteln arbeiteten. Sie trug eine Wollhose, eine Seidenbluse und eine Lammjacke, alles hochwertiges PC-Design. Ihr frisch frisiertes Haar schimmerte in demselben Blondton, den Susan mit ihrem Garn einzufangen hoffte.
»Hallo«, grüßte Pam und sah dabei Susan an. »Morgen Mittag.«
Der Schulausschuss. »Perfekt«, gab Susan zurück. »Danke, Pam. Ich weiß das zu schätzen.«
Pam betrachtete die Wolle, die sie färbten. »Das gefällt mir. Wo ist Sunny?«
»Zu Hause, glaube ich«, antwortete Susan, doch Pam wandte sich bereits zum Gehen.
»Bleibst du nicht?«, fragte Kate.
»Nein. Ich bin nicht dafür angezogen. Außerdem braucht ihr mich dafür nicht.«
»Ich schon«, wandte Susan ein. »Ich will die Farbe deines Haars kopieren.«
»Süß.«
»Bleib wenigstens auf einen Kaffee, ja?«, bat Kate.
»Kann ich nicht«, rief Pam und ging weiter. »Wir fahren nach Boston. Tanner hat mir einen Einkaufstrip

versprochen, und wir haben Theaterkarten. Deshalb bleiben wir über Nacht dort. Wir müssen früh zurück, wenn wir bei der Versammlung dabei sein wollen, aber wenn ich zu spät komme, Susan, wirst du es verstehen?« Sie wartete die Antwort nicht ab.
Sie sahen ihr nach, bis sie die Tür erreichte.
»Theaterkarten? Wie schön«, bemerkte Kate. »Du hättest ihr von Abby erzählen sollen. Das würde ihr ein Thema geben, das sie mit Tanner beim Martini im Four Seasons besprechen kann.«
Doch Susan befand sich auf dünnem Eis. Die Aussicht, dem Schulausschuss gegenüberzustehen, war äußerst beängstigend und Pam eine fragwürdige Verbündete, und deshalb konnte sie es nicht riskieren.

Der Ausschuss kam in einem Konferenzsaal im Rathaus zusammen. Hier gab es keinen Hafenblick, man konnte nur ein wenig von der Kirche sehen. Es war ein bescheidener Raum, in dem, seiner Funktion entsprechend, ein langer Tisch und vierzehn Stühle standen. Schmalere Stühle standen an den Wänden, um Gäste aufzunehmen, und über ihnen hing eine Sammlung von Meereslandschaften der Gegend, die die begrenzte Aussicht wettmachen sollten.
Pam war noch nicht da, als Hillary Dunn die Tür schloss. Und Phil auch nicht, der jedoch Sekunden später hereineilte. Er nahm einen der Stühle, die an der Wand standen, und blieb in gehöriger Distanz zu Susan. Seine Botschaft war klar: Sie war allein.
Susan nahm einen Platz am Ende des Tisches ein und dankte den sechs, dass sie so kurzfristig gekommen

waren. Sie fügte eine Beileidsbekundung für einen der Männer hinzu, der gerade nach der Beerdigung seiner Schwester in die Stadt zurückgekehrt war, und das war nicht nur eine Geste. Der kahlköpfige Harold LaPierre war der Direktor der Bibliothek. Er war ein Büchermensch und hatte eine faire Einstellung, und auch wenn sich ihre Wege gesellschaftlich nicht kreuzten, hatten sie eine gute Arbeitsbeziehung. Susan mochte ihn. Neben Hillary und Pam war er ihr engster Verbündeter.

Sie fing damit an, Kopien der E-Mail zu verteilen, die sie den Eltern am Freitag geschickt hatte, und versuchte sich nicht entmutigen zu lassen, als einige der Männer die Blätter schnell beiseiteschoben. Sie erklärte ihre Gründe für das Verschicken – dass sie wollte, dass die Eltern direkt von ihr erfuhren, was passiert war und was sie deshalb zu unternehmen gedachte. Sie verstummte, um die Ausschussmitglieder zu einer Reaktion aufzufordern. Als keine kam, schilderte sie das Brainstorming, das sie mit der Schulschwester und der Vertrauenslehrerin durchgeführt hatte, und die Treffen, die sie am Montag mit den Schülern abhalten wollte. Als sie fertig war, verstummte sie erneut. Auch diesmal erfolgte keine Reaktion.

»Ich möchte gerne Ihr Feedback hören«, sagte sie schließlich. »Mein Ziel ist Offenheit. Ich will nicht, dass der Klatsch das hier zu etwas macht, was es nicht ist. Außerdem gibt es uns die Möglichkeit, Themen zu besprechen, die anstehen, wenn wir es offen angehen. Nationale Studien zeigen, dass Teenagerschwangerschaften ansteigen.«

»Soll das die Mädchen entschuldigen?«, fragte Duncan Haith mit seinem starken Maine-Akzent und zusammengezogenen buschigen weißen Augenbrauen. Sie wusste, dass er der Griesgram der Gruppe war, aber dass er so anfing, machte sie nervös.

Sie weigerte sich, Furcht zu zeigen, und antwortete: »Absolut nicht. Ich zitiere nur einen Trend und behaupte, dass man aus dem Timing guten Nutzen ziehen kann. Meine größte Sorge sind Nachahmungstäterinnen. Ich treffe mich morgen früh mit dem Lehrkörper. Wir werden für den Tag Diskussionen mit den Schülern koordinieren.« Sie sah sich um und wartete. »Sind Sie … zufrieden damit? Ich bin offen für andere Ideen.«

»Aber es ist zu spät«, klagte Duncan und schlug mit dem Handrücken auf das Papier. »Sie haben es schon allen gesagt. Das war kein guter Schritt.« Er warf Phil einen Blick zu. »Haben Sie dem zugestimmt?«

Phil zuckte mit den Schultern. »Wir konnten das Problem nicht unter den Teppich kehren.«

»Warum nicht?«

Phil bedeutete Susan, fortzufahren.

»Die Gerüchte verbreiteten sich bereits«, erklärte sie.

Duncan machte ein finsteres Gesicht. »Und deshalb reden nun anstatt nur ein paar Leute alle darüber? Was ist der Sinn?«

Susan wollte nicht streiten und rief die anderen auf. Zum Glück kam ihr Hillary Dunn zu Hilfe. Sie war die Frau eines bedeutenden Mitglieds der Stadt, Mutter von drei Kindern und stammte ursprünglich aus dem Mittleren Westen, war also wie Susan eine Außenseiterin.

»Ich verstehe, was ihr Ziel ist, Mr. Haith«, sagte sie. »Wenn die Leute reden, ist es wichtig, dass sie die Fakten kennen.«

»Aber sie haben nicht alle Informationen bekommen«, polterte Duncan. »Diese Mail erwähnt nicht die Namen der Mädchen.«

Susan nahm an, dass er die Namen kannte, doch sie nannte sie trotzdem. Wenn er wollte, dass sie sich wand, dann würde sie das eben tun. Das war der leichtere Teil. Schwer dagegen war es, genug Autorität auszustrahlen, damit der Ausschuss sie als Direktorin der Schule sähe und nicht als Mutter eines der beteiligten Mädchen. Sie trug heute Braun, gute solide Töne, und das bis zu ihrem Schal.

»Ich habe keine Namen in die Mail aufgenommen«, sagte sie respektvoll, »weil ich zuallererst wollte, dass die Schulgemeinschaft weiß, was passiert ist, und dass sie weiß, dass wir Schritte unternehmen, um sicherzustellen, dass es nicht wieder passiert. Die Identität der Mädchen ist zweitrangig.«

»Nun, ich bin sicher, Sie möchten es gerne so«, bemerkte Carl Morgan mit rauher Stimme. Er war der Leiter der Buchhaltung von Perry & Cass gewesen, bevor er in Rente ging, und machte immer noch für viele Einwohner die Steuererklärung. Auch wenn er als vernünftiger bekannt war als Duncan Haith, wäre er rasend gewesen, wenn es sich um April gehandelt hätte. »Wir sprechen über Ihre Tochter und ihre beiden engsten Freundinnen, oder?«

»Ja.«

»Keine Jungen beteiligt?«

Susan lächelte höflich. »Natürlich, aber es steht mir nicht an, ihre Namen zu nennen. Wir konzentrieren uns auf die Mädchen – in diesem Fall auf Paktverhalten.«
»Schlechtes Wort«, murmelte Thomas Zimmerman, ein Makler.
»Dann eben Gruppenverhalten«, sagte Susan.
»Aber erklären Sie es doch bitte«, bat Carl mürrisch. »Warum haben sie es getan? Darüber sagen Sie nichts in Ihrer Mail.«
Sie hatte es nicht für nötig gehalten und antwortete: »Sie haben es getan, weil sie Kinder lieben und weil sie sich sagten, es sei ihr Ding, dass sie fähig wären, das zu durchbrechen, was man ihnen beigebracht hat. Darum geht es bei Paktverhalten.«
»Aber warum diese Mädchen?«, fuhr Carl fort. »Sie sind Leistungsträger.«
»Vielleicht ja deshalb«, meinte Susan. »Leistungsträger zu sein gab ihnen das Selbstvertrauen zu glauben, dass sie es durchziehen können.«
Duncan beugte sich vor. »Sie sprechen dieses Thema also offen in der Schule an und drücken die Daumen, dass Ihre Schüler Ihnen zuhören, aber was ist mit diesen Mädchen?«
»Oh, sie werden dabei sein.«
»Nein.« Er verschränkte die Finger. »Ich rede von Bestrafung. Da Sie damit in die Öffentlichkeit gegangen sind, brauchen wir nicht auch eine öffentliche Reaktion? Sie sollten nicht ungeschoren davonkommen.«
Susan erschrak. »Sie werden für immer mit den Folgen ihres Verhaltens leben müssen. Aber Bestrafung? Sie meinen Arrest? Gemeindedienst?«

»Ich habe an Ausschluss gedacht oder zumindest an Suspendierung.«

»Ausschluss wäre illegal. Und Suspendierung? Weil sie schwanger sind?«

»Warum nicht? Das Handbuch sagt mir, dass der Direktor die Freiheit hat zu suspendieren. Oder können Sie das nicht, weil Sie selbst betroffen sind?«

Susan bekämpfte ihre aufsteigende Wut. »Oh, ich kann es, und ich würde es tun, wenn es Sinn machte. Ich habe Schüler suspendiert, weil sie andere schikaniert haben, weil sie die Wände der Toiletten vollgeschmiert haben, weil sie etliche Verstöße begangen haben, bei denen etwas oder jemand zu Schaden kam, aber in dem Handbuch steht nichts, das eine Schwangerschaft verbietet. Und wer ist hier das Opfer? Ihre ungeborenen Babys? Wenn das der Fall ist, ist eine Suspendierung kontraproduktiv. Es geht darum, die Mädchen ihre Ausbildung beenden zu lassen, damit sie etwas aus ihrem Leben machen. Wäre das nicht am besten für die Babys?«

»Aber was ist das Beste für uns andere?«, fragte Duncan. »Wir können so etwas doch nicht gutheißen. Nathaniel Hawthorne hatte recht. Sie sollten einen scharlachroten Buchstaben tragen.«

Die Bemerkung ging zu weit. Susan konnte sie nicht unwidersprochen lassen. »Nathaniel Hawthorne kam auch aus Salem, das sich der Massenhysterie ergab und unschuldige Frauen hängte.« Sie versuchte ruhig zu bleiben. »Die Mädchen auszusondern löst das Problem nicht. Kommunikation schon. Deshalb diskutieren wir es offen. Wir stellen die Nachteile von

Teenagerschwangerschaft dar. Wir geben Eltern Gründe, den Dialog mit ihren Kindern weiterzuführen.«
»Weil Sie es nicht getan haben?«
Susan atmete tief durch. »O doch, das habe ich.«
»Bevor oder nachdem Ihre Tochter schwanger wurde?«
»Mr. Haith«, mahnte Hillary Dunn sanft, »Sie sind zu streng.«
Er sah sich unschuldig um. »Ist denn keiner so erregt wie ich? Himmel, was hatte denn die Schulklinik für einen Sinn, wenn nicht den, das zu verhindern?«
Susan sah zu Phil. Mit breiten Beinen und verschränkten Armen saß er da und mied ihren Blick.
Gut. Sie sah zu Duncan. »Das Ziel der Klinik ist es, den Schülern eine Alternative zu geben, wenn sie zu Hause keine Hilfe bekommen – und ja, es geht um Bildung. Das, was meiner Tochter passiert ist, passierte nicht aus einem Mangel an Bildung. All diese Mädchen wussten, was sie taten.«
»Wer ist also der Schuldige?«
Susan konnte nicht antworten.
»Ist es nicht der Job einer Mutter zu wissen, wenn ihre Tochter in Schwierigkeiten gerät?«, fragte er.
Natürlich war das ein persönlicher Angriff. Doch wenn Phils weitergeleitete E-Mails ein Zeichen waren, würde sie sich daran gewöhnen müssen.
Sie zuckte nicht mit der Wimper und antwortete: »Meine Tochter und ich reden die ganze Zeit. Aber wenn eine Siebzehnjährige etwas verbergen will, kann sie ziemlich gut darin sein.«
Er machte eine wegwerfende Handbewegung. »Wir schreiben also einfach so die elterliche Verantwortung

ab, weil ein Elternteil vielleicht etwas nicht sieht? Was ist mit Drogen?«

»Bei Drogen können Eltern nach körperlichen Anzeichen suchen«, gab Susan zurück. »Aber die Absicht, schwanger zu werden? Wenn ich etwas gesehen hätte – wenn ich etwas geahnt hätte –, hätte ich mein Bestes getan, um es zu verhindern. Glauben Sie mir, Mr. Haith, ich weiß, was diese Mädchen erwartet, und ja, das ist eine persönliche Ebene. Ich weiß auch, wie schlecht es für diese Stadt aussieht.«

Die Tür ging auf, und Pam schlich sich herein. Auf dem Weg zu einem Platz berührte sie die Schultern mehrerer Ausschussmitglieder. Sie sah Susan kaum an, wand sich aus ihrem Mantel und setzte sich.

Susan stellte sich vor, dass sie nicht an der Diskussion teilnehmen wollte. Doch Hillary Dunn drehte sich prompt zu ihr um. »Wie sieht Ihr Mann das Ganze?«

Pam wirkte überrascht, weil sie so schnell angesprochen wurde, und brauchte eine Minute, um ihre Gedanken zu ordnen. Als sie antwortete, war sie selbstsicher. »Er ist erregt. Das Unternehmen steht für Verantwortung. Er hat das Gefühl, dass diese Mädchen verantwortungslos sind.«

»Stimmen Sie dem zu?«

»Absolut.«

Susan tat das auch. Es schadete nicht.

Doch Hillary ließ Pam nicht vom Haken. »Sie sind die Einzige unter uns, die eine Tochter im selben Alter wie die Mädchen hat. Sind Sie einverstanden mit dem, was Mrs. Tate tut, um zu verhindern, dass ihr Verhalten sich ausbreitet?«

»Bis jetzt ja.«
»Wie fühlt sich Ihre Tochter wegen dem, was die Mädchen getan haben?«
Pam blieb beherrscht. »Sie ist so schockiert wie wir.«
»Haben Sie von anderen Eltern gehört?«
»Ein paar. Sie machen sich Sorgen. Aber sie haben Susans E-Mail zu schätzen gewusst.«
Da hörte man eine neue Stimme. Neal Lombard war der Vorsitzende der Handelskammer. Er war ein nett aussehender Mann mit einem gutmütigen Mondgesicht und hatte vier Kinder. Alle waren in den Zwanzigern, was hieß, dass Susan keines von ihnen unterrichtet hatte. Wenn man jedoch Drogen erwähnte, redeten die Lehrer. Mehr als einer der Lombard-Söhne waren bekannte Konsumenten. Hatte das Neal mitfühlender gemacht? Offenbar nicht.
»Was Mr. Haith sagt«, meinte er ruhig, »ist, dass eine E-Mail vielleicht nicht reichen wird. Wir sollten bedeutendere Schritte erwägen, damit die Leute wissen, dass wir dieses Verhalten nicht gutheißen. Ich mag hier fehl am Platz sein, weil ich kein Mitglied des Ausschusses war, das für Ihre Einstellung gestimmt hat, Mrs. Tate, aber es gibt doch die Meinung, dass Sie sich beurlauben lassen sollten, bis sich alles beruhigt hat.«
Das hatte Susan nicht erwartet. Es raubte ihr den Atem – doch nur für eine Sekunde. »Bei allem Respekt, das wäre meine letzte Option.«
»Ich habe nur an das gedacht, was in Gloucester passiert ist«, sagte Neal Lombard.
»Ich auch«, versicherte Susan ihm. »Aber in Gloucester

war es anders. Es gab einen Anstieg von Teenagerschwangerschaften, und der Direktor nannte es einen Pakt, obwohl es keiner war. Er ist unter Druck zurückgetreten, weil er voreilige Schlüsse zog und Hysterie erzeugt hat. Das tue ich nicht. Diese Mädchen haben einen Pakt geschlossen. Die Eltern vertrauen mir, dass ich mit ihnen Tacheles rede.«
»Können Sie das, obwohl auch Ihre Tochter betroffen ist?«
»Absolut.«
»Hören Sie«, mahnte Duncan, »es ist eine Sache der Glaubwürdigkeit. Ich war hier, als es das erste Mal um Ihre Einstellung ging, Mrs. Tate, deshalb kenne ich Ihre Geschichte. Damals war es ein Verkaufsargument: Ledige Mutter verteidigt ihre Chancen. Jetzt ist es ein Hindernis. Mr. Lombard hat da vielleicht recht.«
»Ist es wirklich ein Hindernis?«, fragte sie leise. »Ich kann ehrlich sein. Ich kann den Schülerinnen aus erster Hand von den Nachteilen berichten, eine Teenagermutter zu sein.«
»Sie reden am Thema vorbei, Mrs. Tate. Was sind Sie für ein Rollenmodell? Ihre Tochter tritt in Ihre Fußstapfen. Wollen wir das für den Rest unserer Schülerinnen? Außer Sie finden das, was Sie getan haben, okay?«
Susan war beleidigt. »Das würden Sie nicht fragen, wenn Sie einige der Gespräche mitgehört hätten, die ich diese Woche oder letztes Jahr oder das Jahr davor mit meiner Tochter geführt habe. Ich billige Teenagerschwangerschaften nicht. Das ist einer der Gründe, warum ich auf die Schulklinik gedrängt habe – und

ganz ehrlich, wir wissen nicht, wie viele Schwangerschaften die Klinik verhindert hat.«
»Drei hat sie nicht verhindern können«, gab Neal Lombard zurück. »Und eine davon ist die Ihrer Tochter.«
»Was mir größere Glaubwürdigkeit gegenüber unseren Schülern verleiht. Ich kann mit ihnen als eine sprechen, die es erlebt hat. Ich möchte, dass man mir diese Chance gibt.«

14

»Sie würden dich nicht feuern«, sagte Lily.
Susan war sich da nicht so sicher. Phil war in der Versammlung alles andere als eine Stütze gewesen, und in seinen Händen lag ihr Job. Doch sein Job wiederum lag in den Händen des Schulausschusses. Wenn er das Gefühl hatte, dass es eine starke Strömung gegen sie gab, dass der Ausschuss dafür stimmen würde, sie gehen zu lassen, wenn man ein zweites Mal abstimmen würde, würde er sie lieber vorher feuern. So weit ging ihre Freundschaft nicht.
Und offenbar auch nicht die von Pam, was ihr wirklich weh tat. Was hatte sie gesagt, als man sie fragte, ob sie damit einverstanden sei, wie Susan mit der Situation umging? »Bis jetzt ja.« Nicht gerade eine eindringliche Rückenstärkung. Und als die Versammlung sich vertagte, hatte sie voller Eile mit anderen Mitgliedern geredet. Die Zeichen standen also nicht gut. Susans Ängste wurden auf der kurzen Heimfahrt nur noch größer.
»Vielleicht nicht gleich«, antwortete sie Lily, »aber nächste Woche? Nächsten Monat? Sie scheinen wie besessen von der Schuldfrage zu sein.«
»Das ist Blödsinn, da du ja an der Entscheidung nicht beteiligt warst.«
»Das ist absolut kein Blödsinn.« Susan griff nach

dem Teekessel. »Das ist eine grundlegende Lektion in Mutterschaft, Liebes. Der Schwarze Peter liegt bei mir.«

Am Montagmorgen betete Susan darum, dass ihr Lehrkörper weniger voreingenommen wäre, und fuhr vor dem Sieben-Uhr-Treffen in die Schule. Sie stellte Kaffee und Doughnuts hin, in der Hoffnung, guten Willen aufzubringen, doch die meisten Lehrer eilten, ohne sich aufzuhalten, in die kleine Aula.
War sie nervös? Nicht, weil sie das Treffen leiten sollte. Darüber war sie vor zwei Jahren hinweggekommen, nachdem ihr klargeworden war, dass ihre Sommersprossen weniger wichtig waren als die Professionalität, die sie an den Tag legte. Solange sie einen Plan hatte, war alles in Ordnung. Und heute hatte sie ganz sicher einen. Trotzdem war sie verdammt nervös. Wenn sie um ihren Job kämpfte, brauchte sie die Unterstützung ihres Lehrkörpers. Alle Blicke waren auf sie gerichtet, als sie begann.
»Danke, dass Sie so früh gekommen sind. Ich habe mich gestern mit dem Schulausschuss getroffen. Wir fahren fort mit dem Plan, alle Schüler zu erreichen. Sie haben die Mail gelesen, die ich Ihnen am Freitag geschickt habe. Sie sollten auch die bekommen haben, die ich Ihnen gestern Abend geschickt habe und in der die Veränderung im heutigen Stundenplan sowie die Diskussionspunkte enthalten sind.« Für die, die sie nicht ausgedruckt hatten, griff sie nach einem Stapel Papier und ließ ihn herumgehen. »Das Hauptaugenmerk sollte auf Teenagerschwangerschaften und der Gefahr

von Pakten liegen. Ich habe das auf Seite zwei ausgeführt.« Sie lächelte kurz. »Ich wette, es gibt immer noch Fragen. Bitte fragen Sie.«

Es kamen ein paar leichte. »Wann sind die Mädchen so weit?« – »Werden alle drei ihre Babys behalten?« – »Werden sie die Jungen heiraten?« Susan beantwortete alle in knappen Worten.

Sie wartete die folgende kurze Verlegenheitspause ab und lächelte. »Nur los. Seien Sie ruhig aufrichtig. Ich kann es vertragen.«

»Geben wir die Namen der Mädchen raus?«, fragte jemand.

»Nur wenn Sie das Gefühl haben, es ist nötig für die Diskussion«, antwortete Susan. »Die meisten wissen, dass meine Tochter zu den Mädchen gehört. Ich stehe den beiden anderen Familien nahe und möchte, dass Sie sie schützen, aber unsere erste Priorität ist es, die anderen Schülerinnen zu schützen. Wenn sie fragen, antworten Sie.«

»Werden die Mädchen diese Woche in der Schule sein?«

»Ja.«

»Wird das nicht schwer für sie sein?«

»Doch.«

»Was ist mit den Jungen?«

Susan überlegte eine Minute. »Ich würde sie herunterspielen. Manche unserer Schüler werden wissen, welche es sind.«

»Und Sie?«

»Ich kenne einen Namen. Ich bin sicher, Sie kennen alle denselben.«

»Wie fühlen Sie sich deshalb?«
Susan konnte kaum sprechen, als sie die verschiedensten Gefühle durchlebte. »Ich bin erregt«, sagte sie endlich, doch das schien nicht genug zu sein. »Als Mutter und als Direktorin. Das waren keine zufälligen Schwangerschaften. Wir wollen sie nicht glorifizieren. Manche von Ihnen denken vielleicht, dass ich wegen meiner eigenen Vergangenheit eine harte Linie verfolgen sollte. Das glaube ich ehrlich nicht. Ich bestrafe diese Mädchen nicht. Ich will andere nur entmutigen, sie zu kopieren.«
»Was, wenn Schüler nach Ihnen fragen?«
»Ich werde von Klasse zu Klasse gehen, während Sie darüber sprechen. Sie können mich selbst fragen.«

Susan tat in den nächsten beiden Tagen wenig anderes. Sie sprach mit Schülern in den Klassen, in der Kantine, den Fluren, sogar in der Turnhalle, beantwortete ihre Fragen, so aufrichtig sie konnte. Es gab Fragen nach ihren eigenen Erfahrungen, die sich oft darauf bezogen, ob man in der Schule »damals« über Geburtenkontrolle sprach, doch die meisten Fragen konzentrierten sich auf die Mädchen.
Dasselbe mit ihren Kollegen. Wenn sie vor und nach dem Unterricht mit ihnen redete, hatte sie das Gefühl, dass sie mit dem einverstanden waren, was sie tat. Sie bekam nicht mal den leisesten Hauch davon zu spüren, dass sie keine geeignete Direktorin sei, nicht mal von Raymond Dunbar. Und auch die Eltern behaupteten es nicht. Ihre Reaktionen waren überwältigend unterstützend und weit positiver als am Wochenende zuvor. Ihnen gefiel,

was sie tat. Wie sie gehofft hatte, führten offene Diskussionen in der Schule zu Diskussionen zu Hause.
Sie beantwortete jede E-Mail, die sie erhielt, arbeitete jeden Tag bis spät in die Nacht. Und die ganze Zeit fragte sie sich, ob Robbie Boones Eltern es wussten. Früher oder später würden sie es erfahren. Sie würden mailen oder, schlimmer noch, sie belagern, wenn sie am Ende des Tages aus dem Auto stieg.
Am Mittwoch aber hatte sie allmählich das Gefühl, dass sie das Schlimmste überstanden hatte. Die Klassen waren zum Alltag zurückgekehrt, und auch wenn sie weiter erreichbar blieb, interessierten sich die Schüler nun mehr für das Basketballturnier, das Zaganack jedes Jahr veranstaltete, als für Lily, Mary Kate und Jess.
Dann kamen Donnerstag und die *Gazette*. Es gab keinen Artikel. Wie versprochen, hatte Phil angerufen. Doch der Leitartikel war eine andere Sache.

»Es ist Zeit, über Familienwerte zu reden. Zaganack hat immer höchsten Wert auf Moral gelegt. Nennen Sie uns traditionell, aber wir haben die niedrigste Scheidungsrate im Staat, und Gewaltverbrechen sind hier selten. Unsere Kirchen haben eine starke Stimme in der Gemeinde, und wir hören zu.
Und nun erfahren wir von drei Mädchen, die das nicht taten. Drei Mädchen, die schwanger und glücklich darüber sind. Drei Mädchen, die nicht vorhaben zu heiraten.
Sie mögen dies Teil einer nationalen Epidemie nennen, eine Aushöhlung von Familienwerten. Aber die Einwohner von Zaganack haben eine Kultur der Verantwortung, die uns schützen sollte. Warum ist diese gescheitert?

Diese Mädchen behaupten, sie haben alleine gehandelt. Wirklich? Geben wir den Jungen die Schuld, mit denen sie zusammen waren und die selbst noch Teenager sind? Nein. Es gibt Menschen, die diese Mädchen gelehrt haben sollten, richtig von falsch zu unterscheiden. Diese Menschen haben versagt. Sie haben versagt, es ihnen beizubringen. Versagt, aufzupassen. Versagt, ein Beispiel zu setzen.
Diese Menschen haben darin versagt zu verstehen, dass wir Familienwerte nicht neu definieren können, weil es uns passt. Was sollte die Stadt tun? Wir können nicht kontrollieren, was in den einzelnen Familien passiert. Aber wir können kontrollieren, was in unseren Schulen passiert. Wir haben ein Wort mitzureden dabei, wer unsere Kinder in dieser verletzlichen Zeit ihres Lebens führt. Diese Kinder brauchen die bestmöglichen Rollenmodelle.
Eine der Mütter von einem dieser Mädchen hat eine wichtige Stellung in unserer Stadt inne. Das ist beunruhigend. Zaganack muss sich dieses Problems ausführlich und gründlich annehmen.«

»Phil«, hauchte Susan, als sie ihn Minuten, nachdem sie das dritte Mal den Artikel gelesen hatte, erreichte, »haben Sie die *Gazette* gesehen?«
»Gerade eben. Das ist nicht gut.«
»Haben Sie ihn nicht gebeten, es nicht zu tun?«
»Ich habe ihn gebeten, nicht über die Geschichte zu schreiben, und das hat er getan. Es gab keine Schlagzeile auf der ersten Seite. Es gab nicht mal eine Story im Innenteil. Nur diesen Leitartikel.«
»Der völlig einseitig ist. Das ist nicht fair, Phil. Ich habe diese Woche Fortschritte gemacht. Wenn Sie über

höchste Moralvorstellungen reden wollen, so habe ich das getan, was Sie immer wollen – das Ganze in eine Lektion für unsere Schüler umgemünzt. Ihre Eltern stimmen dem in überwältigender Weise zu.«
»Dann ist dieser Leitartikel nur ein kurzzeitiges Phänomen.«
»Ein Phänomen, das jeder Einzelne in der Stadt sehen wird. Nach der Schlagzeile auf der ersten Seite ist dies das, was alle lesen. Haben Sie vom Ausschuss gehört?«
»Zimmerman hat mich gestern angerufen, aber das war vorher.«
»Dies wird den Immobilienwerten nicht schaden«, erklärte Susan, die Thomas Zimmermans Prioritäten nur zu gut kannte.
»Ich hoffe nicht.«
»Wie denn? Wir reden von drei Mädchen in einer Stadt mit achtzehntausend Einwohnern.«
»Mit einer Schuldirektorin, die die Mutter von einem der Mädchen ist. Verstehen Sie, das ist das Vertrackte daran.«
Susan wollte nicht mehr über diesen Punkt streiten.
»Was sollen wir also tun? Die Schule ist meine erste Priorität. Ich muss mich hierauf konzentrieren. Sie sind höher angesiedelt. Können Sie die weitere Gemeinde erreichen?«
Er konnte einen Brief an den Herausgeber schreiben. Er konnte sich bei Leuten wie Carl Morgan oder Duncan Haith für sie verwenden. Als Schulinspektor hatte er das Ohr der Gemeindeführer.
»Ich sage Ihnen was«, meinte er freundlich, »die Führungsmannschaft trifft sich erst nächste Woche wieder.

Ich rufe alle für morgen früh zusammen. Sie können ihre Fragen direkt beantworten.«
Es war nicht ganz das, was Susan im Sinn hatte. Doch sie war nicht in der Lage, mehr zu verlangen.

Sunny war am Telefon in ihrem winzigen Büro im hinteren Teil von PC Haushaltswaren und gab eine Bestellung bei einem Kerzenlieferanten auf, als die Zeitung eintraf. Während der Mann redete, überflog sie den Leitartikel.
Der Lieferant schwatzte weiter, doch sie bekam nichts mit, bis sie ein lauteres »Mrs. Barros? Sind Sie noch da?« hörte.
Sunny räusperte sich. »Ja, Chad, tut mir leid. Etwas ist dazwischengekommen. Können wir das später beenden?« Schnell legte sie auf und las mit klopfendem Herzen noch einmal den Leitartikel. Dann griff sie zum Hörer und rief ihren Mann an. »Hast du die *Gazette* gesehen?«, fragte sie mit zittriger Stimme.
»Nein, Sunny, ich habe jemanden hier.«
»Lies den Leitartikel.«
»Sobald ich kann.«
»Bald. Ruf mich zurück.« Sie legte auf und wartete. Die Digitaluhr auf dem Regal wechselte zur halben Stunde, dann zur Stunde, doch das Telefon läutete nicht. Es klingelte leise, als die Ladentür aufging, doch sie hatte zwei Verkäuferinnen im Laden. Sie konnte niemandem gegenübertreten, der vielleicht die *Gazette* gelesen hatte.
Als eine weitere halbe Stunde vorbei war, holte sie ihr Handy raus. Sie wollte diesen Anruf nicht vom Firmentelefon aus machen.

Ihre Eltern lebten eine Zeitzone weit weg, so dass es dort neun Uhr war, und sogar da klang ihre Mutter müde.

»Wenn ich dich geweckt habe, tut mir das nicht leid«, begann Sunny. »Es ist nicht meine Schuld, wenn Daddy und du die ganze Nacht alte Filme anschaut. Und es ist nicht meine Schuld, dass meine Tochter schwanger ist. Auch wenn die Zeitung das behauptet.«

»Was für eine Zeitung?«

»Die Ortszeitung, die *Gazette*. Welche sonst würde mich kümmern? Diese Zeitung bekommen alle in der Stadt gratis, deshalb kann ich nicht mal kündigen. Es reicht nicht, dass meine eigene Tochter mich verraten und dass meine beste Freundin die ganze Woche meine schmutzige Wäsche in der Schule gewaschen hat, nun steht es auch noch gedruckt da. Ich werde den Chefredakteur deshalb anzeigen.«

»Die Zaganack *Gazette*?« Delilah klang zerstreut.

»Du findest das witzig, Mutter? Ich nicht. Ich hatte vorher einen guten Ruf, aber der ist nun zum Teufel.« Sie las laut vor. »›Diese Mädchen behaupten, sie haben alleine gehandelt. Wirklich? Ihre Mütter haben versagt. Sie haben versagt, es ihnen beizubringen. Versagt, aufzupassen. Versagt ...‹«

»›... ein Beispiel zu setzen‹«, las Delilah mit ihr zusammen. »Entschuldige, Sunny, aber ich lese nichts von Müttern in diesem Pamphlet.«

»Weil ich dir nur einen kleinen Teil vorgelesen habe.«

»Nein, nein. Ich habe im Moment das Ganze auf meinem Bildschirm und sehe das Wort Mutter nur einmal.«

»Menschen ist nur ein Euphemismus für Mütter. Er ist gegen meine Freundinnen und mich gerichtet.«
»Vor allem gegen Susan, aber auch ihren Namen erwähnt er nicht.«
»Als ob nicht jeder in der Stadt es erraten würde! Du scheinst nicht zu begreifen. Ich habe Probleme, meine Tochter anzuschauen, mein Mann hat Probleme, mich anzuschauen, und wo immer ich auch hingehe, starren mich die Leute an. Ich habe immer dafür gekämpft, dass so was nie passiert. Jetzt müssen wir umziehen.«
»Unsinn.«
»Ich bin nicht wie du, Mutter. Du genießt Auseinandersetzungen. Ich finde sie demütigend.«
»Nur weil du schüchtern bist. Du hast eine tolle Tochter, die ihr Kind gut aufziehen wird – und fürs Protokoll, dein Vater und ich haben gestern Abend keine alten Filme angeschaut. Er war lange auf, um Computerhacker aufzuspüren, was er für die Regierung macht, die nicht glaubt, dass wir auch nur annähernd so peinlich sind, wie du uns findest.«
Sunny wusste, dass es sich die Regierung zweimal überlegen würde, wenn ihre Eltern zum jährlichen Ostereiersuchen im Weißen Haus als Hasen verkleidet auftauchen sollten. Doch sie hatte nicht angerufen, um zu streiten.
»Gut«, sagte sie. »Aber bitte, wenn du das nächste Mal mit Jessica redest, ermutige sie nicht. Sie hat das wegen dir getan.«
»Falsch, Sunshine. Sie hat es wegen dir getan. Wann wirst du endlich die Augen aufmachen?«

Kate war in der Scheune, als eine ihrer Assistentinnen die *Gazette* vom Parkplatz mitbrachte. Normalerweise las sie sie nicht hier, doch sie wusste, es könnte ein Artikel über die Mädchen darin stehen, und außerdem gab es eine Pause in der Arbeit. Sie schob die *Gazette* aus ihrer Plastikhülle, schlug sie auf dem Arbeitstisch auf und überflog sie. Sie glaubte schon, dass sie gerade noch mal davongekommen waren, als sie den Leitartikel entdeckte.

Ihr erster Gedanke war, Susan anzurufen. Doch Susan hatte ihr Telefon wohl abgestellt.

Dann dachte sie daran, Sunny anzurufen. Doch Sunny würde die Wände hochgehen.

Als Drittes dachte sie daran, Will anzurufen, doch er wäre frustriert wegen Kates Wut, und sie brauchte ein Angriffsziel.

Also rief sie Pam an. »Hast du die *Gazette* gesehen?«

»Gerade eben. Tanner hat angerufen.«

»Gab es keine Möglichkeit, das zu verhindern? Sein Cousin ist der Verleger, und der Verleger ist George Abbotts Boss.«

»Tanner ist nicht an der Leitung der Zeitung beteiligt«, gab Pam kühl zurück. »Er wusste nichts davon. Außerdem gibt es ein Problem mit der Website, also war er beschäftigt.«

»Ein Problem, das PC Wool betrifft?«, fragte Kate. Das war ihre Lebensgrundlage.

»Nein.«

Wenigstens ein Trost. Da sie mit der Produktion im Hintertreffen waren, war das Letzte, was sie brauchten, ein Problem mit den Verkäufen. »Warum also hat

George Abbott das geschrieben? Glaubst du, er vertritt die öffentliche Meinung?«

»Wie soll ich das wissen, Kate? Ich weiß nur, dass er gut schreibt und dass er die Zeitung mit begrenztem Personal herausbringt. Das Anzeigenaufkommen geht zurück. Er muss selbst mehr tun als früher.«

»Das erklärt es. Er ist überarbeitet, sein Urteilsvermögen ist eingeschränkt. Dir ist doch klar, dass dies ein Totalangriff auf Susan ist. Da versucht sie ihre Glaubwürdigkeit zu retten, und er höhlt sie mit so was aus. Eins bedingt nämlich das andere. Sie ist eine Zielscheibe, weil sie eine öffentliche Persönlichkeit ist, aber weil sie eine öffentliche Persönlichkeit ist – und ja, in einer ›wichtigen Stellung‹ arbeitet –, verdient sie da nicht ein bisschen Respekt?«

»Das ist ein haariges Thema.«

»Pam, du bist doch angeblich ihre Freundin. Respektierst du nicht, was sie mit ihrem Leben angefangen hat?«

»Natürlich tue ich das.«

»Dann mach etwas«, drängte Kate sie. »Sie braucht Menschen wie dich, die für sie das Wort ergreifen. Du bist im Schulausschuss, und dein Name hat Gewicht. Schreib einen Brief an den Herausgeber.«

»Das würde nicht helfen. George ist ein Freund der Familie. Er würde es persönlich nehmen.«

»Wow. Du hast Angst, Georges Gefühle zu verletzen? Welche Freundschaft bedeutet dir mehr – seine oder Susans?«

»Susans, aber so einfach ist das nicht.«

Kate spürte Ärger aufflackern. »Wieso ist es kompliziert? Susan ist nicht nur eine loyale Freundin, sondern sie ist

auch deine Geschäftspartnerin. Apropos, Pam, wir müssen uns am Samstag wirklich treffen. Wir brauchen ein Feedback von dir und Sunny, bevor wir diese Farbmuster beenden. So langsam denke ich, dir ist es egal.«
»Ist es nicht.«
»Ist dir Susan wichtig? Dieser Leitartikel trifft sie schwer. Wie wäre es, ihr ein bisschen Loyalität zu beweisen?«
»He«, schoss Pam zurück, »ihr wusstet alle davon. Keiner hat es *mir* erzählt, bis die Katze aus dem Sack war. Wo ist da die Loyalität?«
»Komm schon, Pam. Weißt du, was wir für eine schreckliche Zeit hatten?«
»Ich habe euren Mädchen nicht gesagt, sie sollen schwanger werden«, entgegnete Pam mit gerade genug Arroganz, um Kate anzustacheln, doch war sie nicht auf Streit aus gewesen?
»Gut. Aber wenn du schon Schuld zuweisen willst, was ist mit Abby? Sie war den ganzen Sommer mit unseren Mädchen zusammen. Sie muss doch gehört haben, wie sie das planten. Das macht sie zur Komplizin.«
»Abby ist nicht schwanger.«
»Noch nicht.«
»Ich kenne meine Tochter.«
»Ich dachte auch, ich kenne meine. Denk daran, Pam. Es könnte sein, dass der einzige Grund, warum du im Moment nicht in George Abbotts Schusslinie bist, nur Glück ist.«

Pam konnte das, was Kate gesagt hatte, nicht einfach so abschütteln, vor allem da Susan vor einigen Wochen genau dasselbe gesagt hatte. »Vielleicht kannst du mit deiner Tochter darüber reden, wie man nicht schwanger wird.« Pam sagte sich, dass es bloß hingeworfene Sätze waren. Doch solche sahen Susan und Kate nicht ähnlich. Sie hatten es nicht mit inhaltslosem Small Talk wie so viele Freunde der Perrys. Sie hatten Substanz.

War es eine Warnung? Sie fragte sich, ob sie etwas wussten, was sie nicht wusste.

Sie beschloss, Abby zu treffen, hinterließ eine Nachricht, dass sie sie nach der Schule abholen würde, und kam früh dorthin. Sie beobachtete die Eingangstür und entdeckte ihre Tochter, sobald sie herauskam – und empfand, kurz abgelenkt, hilflosen Stolz darauf, dass diese hinreißende junge Frau ihre Tochter war. Es waren nicht nur das blonde Haar und die cremeweiße Haut, es war nicht mal die Größe ihres Vaters, auch wenn sie das sicher besonders machte, es war vielmehr die Art, wie sie sich bewegte. Sie ging mit dem Selbstbewusstsein einer Perry.

Pam hatte dies vom allerersten Mal an bewundert, als sie Tanners Familie kennengelernt hatte. Sie schaffte es selbst, wenn sie sich bemühte, doch ihre Tochter musste sich nicht bemühen. Sie war damit geboren worden.

Abby war mit Freundinnen zusammen, als sie die Stufen herunterkam, doch es waren nicht Lily, Mary Kate oder Jess. Das hatte Pam sehen wollen.

Abby entdeckte den Range Rover und schritt über das Gras. Sie lief nicht, ging nur mit dem ruhigen Perry-Gang. Manche nannten es Arroganz, Pam nannte es Klasse.

»Was ist los?«, fragte Abby, als sie ins Auto stieg.

»Kaschmir. Wir überlegen, es für die PC-Wool-Linie einzuführen, aber ich brauche deine Meinung. Du bist meine Zielgruppe.«

»Auf keinen Fall. Schülerinnen in meinem Alter können sich kein Kaschmir leisten.«
»Woher weißt du, was es kostet?«, fragte Pam, während sie losfuhr.
»Weil ich online nachschaue. Weil du Kaschmir liebst und mir welches kaufst, und deshalb liebe ich es jetzt auch. Aber ich weiß, es kostet eine Menge.«
»Würdest du damit stricken, wenn PC Wool es verkaufen würde?«
»Aber hallo.«
»Na also.« Pam fühlte sich bestätigt. »Ich habe eine Frau oben an der Küste gefunden, die Kaschmir spinnt. Ich will die Qualität ihrer Arbeit sehen und brauche deine Meinung.«
Abby schien zufrieden. »Wir haben eine Mission.«
»Genau. Du hattest doch heute Nachmittag nichts anderes vor?«
»Nein.«
»Wie war die Schule?«
»Okay. Hast du die *Gazette* gesehen?«
»Du?«, fragte Pam überrascht.
»Daran kam man nicht vorbei. Alle haben sie rumgereicht. Ich meine, der Leitartikel war gegen unsere Direktorin. Arme Susan. Wie geht es ihr?«
»Gut«, antwortete Pam, obwohl sie die ganze Woche nicht mit ihr geredet hatte. Sie waren sonst immer zusammen zur Gymnastik gegangen, doch auch das war schon eine ganze Weile her. Susan war beschäftigt, und Pam bewegte sich auf schmalem Grat und war sich nicht sicher, welche Haltung sie am schlauesten einnehmen sollte. »Susan ist eine Überlebenskünstlerin. Wie geht es Lily?«

»Gut«, antwortete Abby und war ein Echo von Pams lockerem Ton.
»Hast du mit ihr gesprochen?«
»Nein, aber ich sehe sie dauernd. Also, Mom, ich habe gedacht, ich bewerbe mich vielleicht bei der Theatergruppe.«
»Du willst Theater spielen?« Pam war erstaunt.
»Ich habe an das Bühnenbild gedacht.«
»Kümmern sich nicht die Leute aus dem Schauspielunterricht darum?«
»Sie brauchen Anleitung. Erinnerst du dich an *Dirty Dancing?* Das Bühnenbild war irre. Unsere Produktionen kommen dem in nichts nahe.«
Pam lachte. »Das eine ist professionell, das andere nicht. Die einen können Millionen ausgeben, die anderen nichts.«
»Für Kreativität muss man keinen Banküberfall begehen. Sagt Dad das nicht immer? Ich bin kreativ. Ich habe auch mehr echtes Theater gesehen als die anderen. Ich könnte eine Verbindung zwischen den Klassen und der Theatergruppe sein – wie du mit PC Wool.« Sie sah Pam von der Seite an. »Das machst du doch noch, oder?«
»Ich *bin* PC Wool – na ja, ein Viertel davon. Warum fragst du?«
»Du warst Samstag nicht da.« Sie klang vorsichtig. »Ist es schwer für dich nach dem, was ich getan habe?«
»Nein, nein. Ich hatte nur anderes zu tun. Aber diesen Samstag gehe ich hin. Wir machen die Frühlingskollektion fertig.« Ihre Tochter sah zum Fenster hinaus. »Was ist mit dir? Ist es für dich schwer in der Schule?«

»Aber nein«, antwortete Abby ein wenig zu schnell. »Ich habe andere Freundinnen.«
»Aber du warst doch so eng mit ihnen.« Sie fuhr auf die Auffahrt zur Autobahn. »Dauernd muss ich daran denken, Abby. Du warst letzten Sommer mit ihnen zusammen, als sie die Idee aushecken. Du musst sie doch darüber reden gehört haben.«
»Nein. Sie haben wohl abends miteinander geredet.«
»Und sie haben es dir gegenüber nicht einmal erwähnt? Nicht mal als Hypothese?«
»Ich habe es dir doch gesagt.« Abby wurde sauer. »Ich bin nicht in ihrem inneren Kreis.«
»Du bist ziemlich nahe gewesen.«
»Und?«
»Nichts.« Pam wollte nicht streiten. »Ich habe mich nur gewundert. Wünschst du dir, dass du auch schwanger wärst?«
»Machst du Witze? Sie sind Ausgestoßene. Sie sitzen in der Kantine ganz alleine.«
»Vielleicht solltest du hingehen und das Eis brechen.«
»O ja, und schau, was das letzte Mal passiert ist, als ich das tat. Jess hat mich angebrüllt, weil ich Lily geoutet habe, und nun habe ich Mary Kate und Jess geoutet. Das wollte ich nicht. Es ist einfach passiert. Ich war aufgebracht.«
»Weil sie dich nicht in ihre Pläne mit einbezogen haben?« Abby machte den Mund auf, um zu antworten, und funkelte Pam dann an. »Du glaubst, ich wusste es.«
Pam ruderte zurück. »Nein, ich bin nur neugierig wie alle anderen. Haben sie im letzten Sommer über Jungs geredet?«

»Wir reden alle über Jungs.«
»Und über wen hat Lily geredet?« Als Abby ihr einen vernichtenden Blick zuwarf, drängte sie nicht. »Nun, zumindest nimmst du die Pille.«
Abby sagte nichts darauf.
»Mary Kate hat die Pille genommen, aber dann damit aufgehört«, fuhr Pam fort.
Abby sah sie an. »Mom, ich bin nicht schwanger. Ich versuche nicht, es zu werden. Soviel ich weiß, würde ich es nicht mal werden, wenn ich es versuchen würde.«
»Warum sagst du das?«
»Schau doch dich an.«
»Ich hatte keine Probleme, schwanger zu werden.«
»Aber du warst – wie oft? – sechsmal schwanger und hattest nur Fehlgeburten außer bei mir. Ich meine, glaubst du nicht, dass ich weiß, dass solche Dinge genetisch bedingt sind – und außerdem sind deine Fragen echt nervig. Ich hab dir doch gesagt, dass ich es nicht wusste. Reicht das nicht?«
Pam ruderte zurück. »Ich versuche eine gute Mutter zu sein.«
»Indem du mich nervst?«
»Indem ich rede.« Sie waren jetzt auf der Autobahn und fuhren mit Höchstgeschwindigkeit. Es erforderte zwar einige Aufmerksamkeit, aber Pam konnte sich dennoch darauf konzentrieren, was sie sagen sollte oder nicht. Je älter Abby wurde, desto komplizierter wurde das. »Mütter reden, wenn sie wissen wollen, was im Leben ihrer Töchter los ist. Wenn die anderen Mütter das getan hätten, wäre das vielleicht nicht passiert.«

»Sie reden.«
»Nicht genug, nehme ich an. Aber wer bin ich, dass ich sie kritisiere? Wenn du dich entschieden hättest, schwanger zu werden, hätte ich es auch nicht gewusst.«
Abby schwieg. Schließlich sagte sie traurig: »Nun, ich glaube, Susan ist eine gute Mutter. Du solltest sie anrufen. Sie ist die beste Freundin, die du hast.«
Dasselbe könnte ich über dich und Lily sagen, hätte Pam entgegnen können, wenn die Traurigkeit nicht ansteckend gewesen wäre. Sie vermisste Susan. Susan war vernünftig und praktisch veranlagt. Wenn sie sich etwas in den Kopf gesetzt hatte, tat sie es. Und so war es auch bei den anderen. Jede von ihnen hatte es mit Herausforderungen zu tun – Susan, die Lily alleine großzog, Kate mit fünf Kindern und Sunny, die mit Dan lebte.
Und hier war Pam Perry, die fernsah, während die anderen arbeiten gingen. Sie tätigte vielleicht ein oder zwei Anrufe, die mit dem Schulausschuss zu tun hatten, zog sich an und schlenderte in Tanners Büro und machte von dort noch ein oder zwei.
Würde jemand ihre Stimme vermissen, wenn sie nicht anriefe? Würde sich jemand fragen, wo sie war, wenn sie den Tag über im Bett bliebe?
Sicher nicht Susan, Sunny oder Kate, solange Pam ihren Teil bei PC Wool übernahm. Sie wünschte nur, sie wüsste, wie die Schwangerschaften die Stadt spalten würden. Sie wollte nicht auf der falschen Seite der öffentlichen Meinung enden.

15

Susan konnte der Gazette nicht entkommen. Sie lag im Aufenthaltsraum des Lehrkörpers, und der Leitartikel war aufgeschlagen, so dass alle ihn sehen konnten. Sie lag in der Kantine, und Schüler drängten sich darum. Als sie später in der Scheune vorbeiging, lag sie im Müll. Doch als sie nach Hause kam, war sie wieder da. Lily hatte sie aufgeschlagen und war fuchsteufelswild.
»Er greift dich an!«, schrie sie, kaum hatte Susan die Tür zugemacht. »Darum geht es. ›Aushöhlung der Familienwerte?‹ Er ist wütend, weil du nicht verheiratet und die Direktorin und zwanzig Jahre jünger als er bist. Er ist wütend, weil du seiner Tochter keine Eins gegeben hast.«
Susan konnte das nicht leugnen. George Abbott hatte drei Töchter, und die Jüngste hatte sie vor einigen Jahren unterrichtet, bevor sie zur Direktorin ernannt worden war. Das Mädchen war eine mittelmäßige Schülerin. George hatte mehr als einmal mit Susan über Noten gesprochen, von denen er meinte, sie sollten besser sein. Verständlicherweise glaubte er in seiner Eigenschaft als Chefredakteur der *Gazette*, dass seine Tochter gut schreiben sollte – und das glaubte Susan auch. Das Problem des Mädchens lag in seiner Haltung. Und wenn diese Haltung eine Drei produzierte, was konnte Susan

dann tun? George hatte seinen Unmut nicht geäußert, als Susan zur Direktorin ernannt wurde. Aber er hatte einen Leitartikel geschrieben, in dem den anderen Kandidaten ungewöhnlich viel Raum geschenkt wurde. Er schloss mit: »Die Zeiten haben sich geändert, und unsere Schulen müssen Schritt halten. Es ist möglich, dass die Beförderung von Mrs. Tate uns wieder an die vorderste Front bringt. Aber sie ist jung und unerfahren. Es bleibt abzuwarten, ob sie der Aufgabe gewachsen ist.«

»Und wie kann er es wagen zu behaupten, dass wir die Familie nicht wertschätzen?«, fuhr Lily fort. »Gerade deshalb will ich doch ein Baby.«

Susan ließ Mantel und Tasche fallen. Leise sagte sie: »Nun, du tust genau das, wessen er dich beschuldigt – die Familienwerte so definieren, wie es dir passt.« Sie schlug im Vorübergehen die Zeitung zu, da sie es nicht ertrug, sie offen in ihrem Haus zu haben, und ging in ihr Arbeitszimmer.

Lily folgte ihr. »Aber wer sagt denn, dass seine Definition richtig ist? Vielleicht gibt es mehr als eine Definition?«

»Vielleicht.« Susan ließ sich aufs Sofa sinken und lehnte sich zurück.

»Mom? Bist du nicht sauer?«

»Im Moment bin ich erschöpft. Es war diese Woche.«

Lily sah kurz betroffen aus. »Es tut mir leid. Ich wusste nicht, dass das passieren würde.«

»Hätte es etwas geändert, wenn du es gewusst hättest?«

»Ich hätte es mir noch mal überlegt. Ich würde dir nicht wissentlich diese ... diese ...«

»Öffentliche Demütigung?«

Lily schwieg einen Moment, dann wurde sie leidenschaftlich. »Du musst etwas tun. Du musst dagegen kämpfen.«
»Was schlägst du vor?«
»Erst einmal mit Dr. Correlli reden. Ich dachte, er sei mit George Abbott befreundet.«
»Nur fürs Protokoll, Lily, und damit du es weißt, ich habe mit Dr. Correlli geredet. Er hat letztes Wochenende mit George Abbott gesprochen und ihn gebeten, keinen Bericht über das alles zu schreiben – und das hat er ja auch nicht getan. Er hat stattdessen einen einseitigen Leitartikel geschrieben. Doch es gibt viele in der Stadt, die ihm zustimmen.«
»Ich wette, es gibt mehr, die es nicht tun. Du musst widersprechen.«
»Keine gute Idee. Ich bin zu stark beteiligt.«
»Aber er greift doch jede alleinerziehende Mutter an – jede Frau, die arbeitet –, jede Frau, deren Kind etwas tut, das ihm vielleicht nicht passt!«
»Dann müssen sich diese Frauen melden. Deshalb gibt es ja die Briefe an den Herausgeber.«
»Ich werde schreiben. Ich werde sagen, dass du absolut nichts damit zu tun hattest.«
Susan schüttelte den Kopf. »Dir entgeht das Wesentliche. Er glaubt, dass dir, wenn ich eine richtige Mutter gewesen wäre, gar nicht der Gedanke gekommen wäre, schwanger zu werden.«
»Du meinst, eine richtige Mutter zieht eine Langweilerin groß?«
»Oder einen Klon. Das wollte er für seine eigenen Töchter.«
»Die niemals hierher zurückgekehrt sind. Ist dir das

klar, Mom? Sie gehen aufs College und kommen nicht zurück. Ich frag mich, warum.«
Sie wussten es beide, doch das half Susan nicht. Wieder einmal hatte sie das Gefühl, dass die Leute beobachteten, redeten, verurteilten. Sie fühlte sich gebrandmarkt wie Hester Prynne in *Der scharlachrote Buchstabe*.
Sie sah Lily an. »Fühlst du dich auch so – gebrandmarkt?«, fragte sie und merkte dann, dass sie ihren Gedanken nicht ausgesprochen hatte. »Fühlst du dich, als ob du in der Mitte der Stadt am Pranger stehst mit einem roten Buchstaben auf der Brust und einem Baby in den Armen?«
Lily lachte. »Nein, Mom.« Ihre Augen wurden groß. »O mein Gott, was, wenn du immer noch dieses Buch unterrichten würdest? Wäre das schrecklich!«
»Eigentlich nicht. Wenn ich noch Lehrerin wäre, gäbe es nicht so einen Aufruhr. Weil ich die Direktorin bin, regt sich George so auf. Wir haben ein Wort dabei mitzureden, wer unsere Kinder leitet – sie müssen das bestmögliche Rollenmodell bekommen. Dass ich Direktorin bin, ist für ihn das Problem.«
Lily war ernüchtert. »Es tut mir echt leid. Ich hatte keine Ahnung, dass meine Schwangerschaft dir Ärger bereiten würde. Du bist die beste Mutter.«
Susan legte erneut ihren Kopf nach hinten. »Erzähl mir mehr.«
»Du bist ein Rollenmodell. Ich wäre nicht die, die ich heute bin, wenn es dich nicht gäbe.«
»Sagt George nicht genau das? Schau doch, wo du stehst. Siebzehn, schwanger, ledig.« Sie blickte ihre Tochter an. »Was sagt Robbie zu alldem?«

»Nichts.«

»Ist er immer noch misstrauisch?«

Lily hob eine Schulter. »Er fragt. Ich sage ihm, dass er sich irrt, aber ich denke, er glaubt mir nicht. Er ist wie alle anderen und fragt sich, wer der Vater ist, und niemand sonst hat sich gemeldet. Ist kein Ruhmesblatt für Typen, die mit mir zusammen sein wollen, oder?«

Susan war erschrocken. »Bist du etwa enttäuscht?«

»Enttäuscht nicht, nur ... Na ja, wer möchte nicht, dass sich die Typen um einen reißen?«

»Lily, das ist verrückt. Hier geht es nicht um eine Verabredung zum Abschlussball.«

»Egal«, fuhr Lily fort, »da es keine weiteren Verdächtigen gibt, glaubt Robbie, er ist es. Das Dumme ist, sonst verdächtigt ihn keiner. Ich meine, er und ich sind schon so lange befreundet, dass die Leute sich nichts dabei denken, wenn sie uns miteinander reden sehen.«

»Hast du vor, es ihm zu sagen?«

»Irgendwann.«

»Bevor das Baby da ist?«

»Vielleicht.« Ihr Gesicht leuchtete auf. Sie setzte sich neben Susan und nahm ihre Hand. »Weißt du, was das Baby jetzt macht? Sie ist so groß wie ein Baseball und kann Arme und Beine bewegen. Sie kann sogar am Daumen lutschen. Ist das nicht irre?« Irre ist ein Wort dafür, dachte Susan. Sie versuchte sich ein anderes Wort einfallen zu lassen, als Lily leise sagte: »Ich will dieses Baby wirklich, Mom, und nicht, weil ich etwas mit meinen beiden besten Freundinnen gemeinsam haben will, nicht mal, damit wir eine größere Familie haben. Dieses Baby bin ich. Sie hat meine Gene. Was ich tue,

hat Einfluss auf sie. Wenn ich eine Cola trinke, bekommt sie eine Zuckerüberdosis und zuckt andauernd.«
»Spürst du schon Bewegungen?«, fragte Susan überrascht.
»Noch nicht, aber ich weiß, es ist so, und ich weiß, sie sieht mehr wie ein Mensch aus. Ich kann es nicht erwarten, sie zu sehen. Der Ultraschall ist übernächste Woche. Glaubst du, sie sieht aus wie ich? Oder wie du? Was, wenn sie blinzelt? Was, wenn sie am Daumen lutscht?«
»Was, wenn sie einen Penis hat?«, fragte Susan.
»Das wird sie nicht«, antwortete Lily mit dem Selbstbewusstsein einer Siebzehnjährigen. »Sie wird perfekt sein.«

Susan dachte Stunden später über Perfektion nach und fragte sich, ob man sie jemals erreichen konnte, da die Menschen sie so unterschiedlich definierten. Da hörte sie ein Geräusch aus Lilys Zimmer. Sie lauschte eine Minute und fragte sich, ob etwas nicht in Ordnung war. Dann stieg sie aus dem Bett und ging über den Flur.
Die Schmetterlingsnachtlampe warf ihr Licht auf zwei Körper – und einen Augenblick geriet Susan in Panik. Sie wollte auf keinen Fall Robbie Boone hier vorfinden. Doch die Köpfe, die sich hoben, hatten lange Haare.
»Jess?«, flüsterte sie, als sie zum Bett kam.
»Ich musste weg«, sagte Jessica leise. »Mom und Dad haben sich wieder gestritten. Dies war der einzige Ort, an den ich kommen konnte.«
»Weiß deine Mutter, dass du hier bist?«

»Es wird ihr egal sein. Sie kann meinen Anblick nicht ertragen.«

»Das stimmt absolut nicht. Sie ist erregt und weiß nicht, wie sie damit umgehen soll.«

Jessica gab ein Geräusch von sich. »Nur weil Martha Stewart nicht wegen familiärer Krisen weint.«

Susan setzte sich auf den winzigen Streifen Bett, der frei war. »Das ist unfair, Jess. Sie versucht dich zu verstehen, und du musst versuchen sie zu verstehen.«

»Wir sind so verschieden.«

»Das seid ihr eigentlich nicht. Ich kenne euch beide zu gut. Ihr habt dieselben Ziele. Ihr nehmt nur unterschiedliche Wege, um dorthin zu gelangen.«

»Völlig. Also ist das, was ich tue, gut.«

»Entschuldigung«, warnte Susan, um kein Missverständnis aufkommen zu lassen. »Eine Schwangerschaft mit siebzehn ist kein gemeinsames Ziel. Aber Glück oder Erfolg.«

»Doch ihr könnt zumindest über solche Dinge reden. Meine Mutter nicht.«

»Es ist ein Schock gewesen.«

»Für dich auch, aber du sitzt hier bei uns. Kann ich einziehen? Nur bis mein Baby geboren ist?« Sie meinte es ernst. Susan ging es genauso, wenn sie an ihre Erfahrung dachte. »Nein. Du musst zu Hause sein.«

»Meine Eltern lassen sich vielleicht meinetwegen scheiden.«

»Das werden sie nicht. Sie müssen das nur durchstehen.« Susan musste mit Sunny reden. »Bleib heute Nacht hier«, sagte sie und stand auf. »Ich benachrichtige deine Mom. Aber morgen bist du wieder zu Hause. In Ordnung?«

Sunny war kleinlaut. »Sie ist hier rausgerannt. Ich habe Dan gesagt, dass sie zu dir gehen würde, aber er traut dem nicht, was ich sage. Ich weiß nicht, was ich tun soll, Susan. Uns geht es gut, bis sie das Zimmer betritt.«
»Steht er auf ihrer Seite?«
»Nein. Er ist genauso sauer wie ich, weil sie schwanger ist. Aber er findet es falsch, wie ich damit umgehe. So langsam denke ich, dass er an den Schlechte-Mutter-Quatsch glaubt.«
»Nein, Sunny.« Susan kannte Dan. »Wenn er dich so hart anpackt, dann nur, weil er sich hilflos fühlt.«
»Und ich etwa nicht? Willst du meine Tochter für die nächsten Monate aufnehmen?«, wiederholte sie Jessicas Bitte.
»Nein, nein. Ich habe genug mit meiner zu tun. Und Jess muss bei euch sein. Bitte, Sunny«, flehte sie, »mach nicht denselben Fehler wie meine Eltern.«

Susan gab nicht ihren Eltern die Schuld an ihrer Schwangerschaft, sondern dass sie es ihr schwerer machten als nötig. Sie hätte sich vielleicht gesorgt, dass sie dasselbe bei Lily tat, wenn der Morgen nicht so schnell gekommen wäre.
Das Führungsteam schloss den Schulinspektor und die sechs Direktoren der Stadt ein und traf sich monatlich, um die Themen zu diskutieren, die anstanden. Es gab immer ein paar. Susan hatte ihre Kollegen stets einsichtig und fair gefunden. Doch sie war auch noch nie zuvor der Gegenstand ihrer Diskussion gewesen.
Das Treffen war für elf Uhr angesetzt. Phil schickte im Voraus Kopien der Mails, die Susan an ihren Lehrkörper

und die Eltern gesendet hatte, zusammen mit einer Nachricht, in der er erklärte, dass er wissen wolle, was sie im Fahrwasser des Leitartikels in der *Gazette* hörten.

Normalerweise gingen Diskussionen in dieser Gruppe zügig voran. Einer der Mittelschuldirektoren schoss immer aus der Hüfte, diesmal jedoch nicht. Eine Grundschuldirektorin ergriff schließlich zögernd das Wort.

»Ich hatte viele Fragen. Viele meiner Eltern hatten nichts davon gewusst, bis die Zeitung erschien. Ich sage ihnen, dass Susan eine tolle Direktorin ist.« Sie warf Susan einen entschuldigenden Blick zu. »Sie wollen mehr erfahren.«

Susan sagte nichts. Das hier war Phils Veranstaltung.

»Was mehr?«, fragte er.

»Sie wollen wissen, wie die drei Mädchen das tun konnten.«

»Also wollen sie mehr über den Pakt wissen«, stellte Phil fest. »Das ist nur fair. Wir können ihnen Informationen darüber geben. Susan wird sie weiterleiten.«

Keiner sprach. Das Unbehagen war greifbar.

Schließlich sagte eine andere Grundschuldirektorin: »Es ist mehr als der Pakt. Es geht darum, dass Susans Tochter eines der Mädchen ist. Meinen Eltern gefällt das nicht.«

Die Nachdenklichere der Mittelschuldirektorinnen griff ein. »Meine sind auch erregt. Ihre eigenen Kinder kommen gerade in die Pubertät. Manche sind schon lange drüber hinaus und kommen nächstes Jahr auf die Highschool. Sie wollen nicht, dass sich ihre Kinder

Ideen in den Kopf setzen.« Sie sah Susan hilflos an. »Es tut mir leid. Das willst du sicher nicht hören.«
Nein. Aber sie war nicht überrascht.
Phil wandte sich an den anderen Mittelschuldirektor. »Sie sind so still, Paul. Keine Anrufe aus Ihren Reihen?«
Paul zuckte mit den Schultern. »Ich kann einige ignorieren, zum Beispiel den von dem Vater, der wegen Ladendiebstahls auf Bewährung ist, oder von dem, dessen Kinder fast jeden Tag in ein leeres Haus kommen. Aber es gibt Anrufe von Eltern, die ich bewundere. Sie reden über Moral.«
»Sie lesen die *Gazette*«, bemerkte Phil.
»Nicht nur das. Sie wissen, wie Susan ist und dass sie alleinstehend ist. Sie können rechnen.«
Auch das hatte Susan erwartet. Sie wappnete sich gegen weitere Fragen dazu, doch es kamen keine.
»Also ist die Reaktion überwältigend negativ«, schloss Phil. »Okay. Wie gehen wir damit um?«
Keiner antwortete.
»Es geht nur um Information«, fuhr er fort und sprach darüber, was Susan getan hatte, um die Diskussion an der Highschool zu eröffnen, und was seiner Meinung nach in den unteren Klassen angemessen war. Er fragte Susan nicht um Rat, was er früher vielleicht getan hätte. Und die anderen Direktoren unterbrachen ihn nicht. Susan hörte ruhig zu und versuchte ihre Würde zu wahren, auch wenn sie innerlich starb.
Als die Versammlung zu Ende war und die anderen gingen, blieb sie, wo sie war. Phil lehnte sich zurück, einen Ellbogen auf der Armlehne, die Faust am Kinn. Er brütete und starrte erst zum Pult und dann sie an.

Schließlich ließ er die Hand fallen. »Ich weiß nicht, was ich sagen soll.«

»Ich auch nicht. Ich habe das hier erwartet. Aber ich muss Ihnen sagen, wenn ich zurücktrete und mir die Lage so anschaue, bin ich verblüfft. Drei Mädchen sind schwanger, aber es wird zu einem Referendum über Mütter.«

»Nicht Mütter im Plural. Eine Mutter.«

Genau, dachte sie – weil es alles zu dem zurückführt, was vor siebzehn Jahren geschehen war. »Aber ich hatte es im Griff, Phil. Alle in der Schule haben so gut auf das, was wir getan haben, reagiert. Ich hatte den guten Willen auf meiner Seite. Wie kann eine Meinungsäußerung die Dinge so schnell ändern?«

»Sie gab den Leuten die Erlaubnis, alles in Frage zu stellen.«

»Gut. Stellt mich als Mutter in Frage. Aber ich bin eine gute Direktorin. Ist das nichts wert?«

»Sie können beides nicht trennen.«

»Sicher kann man das. Kommen Sie, Phil. Wenn ich eine Perry wäre, würde ich nicht so kritisiert werden.«

»Wenn Sie eine Perry wären, hätten Sie einen Mann, und Ihre Kinder wären kleiner als Lily. Wenn eine Perry mit siebzehn schwanger wird, treibt sie ab, bevor jemand es erfährt.«

Etwas an der Art, wie er das sagte, ließ Susan innehalten. »Was?«

Phil schien zu merken, dass er eine unpassende Äußerung gemacht hatte. Er wedelte mit der Hand. »Ach, eine der Töchter vor einer Weile. Aber Tatsache ist, dass Sie Lily mit siebzehn bekommen haben. Wie ist Ihr Vater damit umgegangen?«

»Mein Vater hat die Stadt über mich gestellt. Ich wurde verbannt. Ende der Geschichte.«

Das Schweigen, das folgte, war mehr als unheilvoll. Phil brütete erneut und weigerte sich nun, sie anzuschauen. Plötzlich war sie wieder beim Treffen des Schulausschusses und spürte, dass ihre Karriere auf dem Spiel stand.

»Nein, Phil«, sagte sie leise, »schlagen Sie es nicht vor.«

Er seufzte und hob den Blick. »Nicht mal eine Beurlaubung?«

»Ich kann nicht. Dieser Job bedeutet mir alles.«

»Nur bis sich der Rauch verzogen hat?«

»Das wäre ein Schuldeingeständnis, wo ich doch nichts falsch gemacht habe.« Sie wartete, doch Phil schwieg. »Warum sollte ich mich beurlauben lassen?«

»Weil gewisse Mitglieder des Ausschusses darum gebeten haben. Ich habe seit der Versammlung Anrufe bekommen.«

»Wie viele?« Es gab sieben Mitglieder. Bei vier wäre es eine Mehrheitsentscheidung.

»Drei. Sie wissen nicht, wohin das führen soll, und haben das Gefühl, dass die Stadt besser ihre Verluste abbuchen sollte.«

»Verluste?«, rief Susan aus. »Entschuldigung, aber was haben sie verloren?« Als er ausweichen wollte, sagte sie: »Ihre Unschuld? Ihren Weltruf? Ihre Selbstachtung?«

»Machen Sie sich lustig, wenn Sie wollen, aber das hier ist eine traditionelle Stadt.«

»Ja«, sagte sie und umschrieb dann den Leitartikel, »mit der niedrigsten Scheidungsquote im Staat und keinen Gewaltverbrechen. Aber wir haben MaryAnne und Laura, die ihre Zwillingstöchter drüben in der Oak Street aufziehen, und wir haben einen Bürgerversammlungsleiter, der jeden Abend Treffen der Anonymen Alkoholiker besucht.«

»Sie erzeugen keine Öffentlichkeit.«

Das stimmte. Susan saß in der Klemme. »Wollen Sie mir sagen, dass ich mich beurlauben lassen soll?« Wenn er es ihr befahl, sie tatsächlich suspendierte, hätte sie keine andere Wahl.

Er setzte sich aufrechter hin. »Nein. Ich schlage nur vor, dass Sie es sich vielleicht überlegen.«

»Das habe ich. Ich will bleiben. Es gibt zu viel zu tun.«

Er hob eine Hand, was besagte: Gut, Ihre Entscheidung. Sie bleiben.

Doch das war kein Sieg für Susan. Auf dem Rückweg zur Schule fragte sie sich, ob sie das Unvermeidliche nur aufgeschoben hatte.

16

Susan kam am Samstagmorgen als Letzte in der Scheune an. Sie hatte nach einer unruhigen Nacht verschlafen und hätte vielleicht noch weitergeschlafen, wenn Kate nicht angerufen hätte.
»Es tut mir so leid«, sagte sie, als sie nach hinten eilte. Die anderen drei tranken Kaffee. Sie waren das erste Mal seit über einem Monat wieder richtig zusammen. Der Anblick tat ihrem Herzen gut. Für eine ganz kurze Zeit war das Leben wieder normal.
Sie nahm den Stuhl neben Pam und drückte ihr die Hand. »Ich habe uns vermisst. O wow!«, rief sie aus und stand wieder auf, um drei Farbmuster zu betrachten, die sie und Kate sich ausgedacht hatten. »Die sehen ja irre aus, Kate. Was meint ihr?«
In gemessenem Ton, von dem Susan annahm, dass er mehr mit ihrem gegenwärtigen Leben als mit der Wolle zu tun hatte, sagte Sunny: »Mir gefallen sie. Frühlingsflut und Frühlingsdunkel sind beruhigend und ein schöner Kontrast zu Märzwahnsinn.«
»Der nicht so beruhigend ist.« Susan hatte ihn seit seinem Beginn auf ihrem Speicher verschönert, hatte die Temperatur des Gelbs und Grüns erhöht, das zwischen Grau und Weiß lag. Ihre eigene Stimmung hatte eindeutig mitgespielt, starke Farbstriche vor einem ruhigen Feld. »Zu viel?«

Sunny betrachtete das Muster. »Ich glaube nicht.«
Susan wiederholte die Frage mit einem Blick zu Pam, die sagte: »Sie sind gut. Wann wirst du die letzten beiden machen?«
»Heute. Kate braucht Zeit, um genug Garn für die Deadline des Katalogs zu färben. Sollten wir nicht den Fotografen buchen?«
»Ich glaube«, meinte Pam, »wir sollten dieses Jahr fertige Stücke fotografieren und keine ungestrickten Stränge.«
Kate sah erschrocken aus. »Aber das haben wir noch nie gemacht.«
»Andere Strickkataloge machen das.«
Das stimmte – ermutigend für Susan. »Will Cliff das?«, fragte sie. Clifton Perry war Pams Schwager, und der Katalog war seine Domäne. Er war eine entschiedene Stimme für die Würde von Perry & Cass und ein unerwarteter Verbündeter angesichts Susans berüchtigten Zustands.
»Nun, er hat nicht genau das gesagt«, wich Pam aus. »Aber er weiß, dass ich ein Gefühl fürs Marketing habe, also hört er auf mich. Sobald er das Layout sieht, wird er es nicht ablehnen.«
»Weiß er überhaupt schon davon?«, fragte Susan leise.
»Nein. Ich lehne mich für euch aus dem Fenster«, sagte sie mit einem Hauch von Ärger. »Es ist doch ein guter Schritt, oder nicht?«
Susan gefiel das mit dem aus dem Fenster lehnen nicht, doch zumindest war es ein positiver Plan, und sie nickte. »Eindeutig.« Sie wandte sich an Kate. »Können wir rechtzeitig Strickmuster haben?«
Kate bezweifelte es. »Es wird eine Herausforderung

werden, da Weihnachten naht und ich jede Minute damit verbringen muss, Wolle zu färben. Ich würde meine Mädchen kleine Dinge machen lassen wie Socken oder eine Mütze, aber es ist für sie eine schlechte Zeit in der Schule.«

Susan wusste, dass es für Lily genauso war. Außerdem arbeitete Lily an etwas anderem, was wahrscheinlich Vorrang hätte. Susan wollte nicht an dieses Projekt denken und es noch weniger gegenüber den anderen erwähnen. »Ich hätte Zeit, um einen Schal zu stricken, aber das ist es auch schon. Könntest du einen Umhang stricken, Pam?«

»Vielleicht, aber Kate hat recht, Weihnachten ist nahe. Was ist mit unseren Freiberuflern?« PC Wool hatte einen Stall von Frauen, die für Ausstellungen und Magazine strickten.

»Das könnte klappen«, meinte Kate. »Ich habe genug, und sie werden Geld für die Feiertage brauchen, aber ich werde so schnell wie möglich Muster aussuchen müssen. Ich wollte unseren Designer im Januar treffen. Ich könnte das beschleunigen. Wie viele Teile willst du?«

»Eines für jedes Farbmuster«, antwortete Pam. »Am liebsten mit verschiedenem Gewicht.«

»Das wäre eine Menge Arbeit umsonst, falls Cliff für das Altbewährte stimmt.«

»Eine Menge Arbeit umsonst, falls Cliff PC Wool ganz ablehnt«, murmelte Sunny.

Doch Susan musste hoffnungsvoll sein. »Vielleicht will Pam sagen, dass Cliff, wenn er ein beeindruckenderes fertiges Produkt sieht, vergessen wird, was hier los ist.«

»Apropos«, warf Pam ein, »ich habe mit George

geredet. Wir haben gestern mit ihm zu Abend gegessen. Ich habe gesagt, du seist eine wunderbare Direktorin und dass er unrecht hatte, etwas anderes zu behaupten.«

»Wird er einen Widerruf drucken?«, fragte Susan, obwohl sie die Antwort schon kannte.

Ebenso wie Pam. »Er ist empfindlich, und man kann nicht gut mit ihm vernünftig reden.«

»Dann passt sein Job zu ihm«, befand Sunny. »Er kann in seinem Büro sitzen und unfaire Dinge schreiben, ohne sie vorher jemand anderem zu zeigen.« Zu Susan gewandt, fügte sie hinzu: »Du hast Lily nicht gesagt, sie soll schwanger werden.«

»Aber ich habe es nicht verhindert, also habe ich vielleicht Schuld«, sagte Susan. Sie versuchte immer noch die öffentliche Kehrtwende zu begreifen und fragte sich, ob sie es nur war, die es nicht kapierte. »Lily ist mein Kind. In welchem Alter wird ein Kind verantwortlich für das, was es tut?«

»Dem Gesetz nach im Staate Maine mit achtzehn«, schoss Sunny zurück und gab damit wieder, was wohl von Dan kam.

»Dann bin ich verantwortlich.« Dies anzuerkennen, brachte Susan auf das Thema, das sie eigentlich mit den Freundinnen besprechen wollte. »Bin ich also eine schlechte Mutter?«

»Wenn du eine bist, dann sind wir es alle«, gab Kate zurück. »Was macht einen zu einer guten?«

Genau das hatte Susan gedacht, als sie letzte Nacht wach gelegen hatte. Es gab nicht nur eine Antwort, doch für den gegenwärtigen Zweck stach eine hervor.

»Wachsamkeit. Eine gute Mutter beobachtet ihre Kinder genau.«
»Das tun wir.«
»Offenbar nicht genau genug«, fuhr Susan fort und imitierte ihre Gegner. »Um diese Schwangerschaften zu verhindern, müsste eine Mutter die Gespräche ihrer Tochter belauschen, ihre SMS überwachen und sich in Facebook einhacken.«
»Das macht eine neurotische Mutter«, entgegnete Kate. »Ich weigere mich. Eine gute Mutter hat Vertrauen.«
»Nachdem sie beigebracht hat, was richtig und was falsch ist«, fügte Susan hinzu, denn Beibringen war ihre Sache. »Aber es ist wie Fahrradfahren. Irgendwann muss ein Elternteil loslassen, selbst wenn das Kind dadurch hinfällt.«
»Stützräder«, warf Sunny ein. »Sie helfen, wenn die Mutter nicht da sein kann, um sich an ihr festzuhalten.«
»Man kann nicht ewig Stützräder behalten«, sagte Pam spöttisch.
»Das weiß ich, Pam. Wir reden ja nur in Bildern. Ich habe Stützräder ins Leben meiner Kinder eingebaut. Unser Heim hat eine Struktur. Sie wissen, wo die Snacks sind, wenn sie aus der Schule kommen. Neben dem Küchentelefon gibt es eine Tafel für Nachrichten. Wir essen um sieben zu Abend, und wir fangen mit dem Dankgebet an. Das sind alles tröstliche Dinge, auf die man sich verlassen kann. Ich bin für sie da.«
»Du bist nicht da«, widersprach Pam. »Du arbeitest.«
»Gleich die Straße runter, eine Fahrt von zwei Minuten,

ein Anruf entfernt. Und was ist mit dir? Du sitzt auch nicht den ganzen Tag im Haus herum. Weiß Abby, wo du in jeder Sekunde bist?«

»Nein, doch sie kann mich immer erreichen.«

»Aber du arbeitest nicht. Findest du, dass das gut für Abby ist? Ich meine, was, wenn sie jemanden heiratet, der nicht so reich ist wie Tanner? Was, wenn sie arbeiten *muss*? Sie wird kein Rollenmodell haben.«

Pam lächelte ein wenig höhnisch. »Aber sie hat euch alle gesehen. Außerdem bin ich im Schulausschuss. Und ich bringe Geld für wohltätige Zwecke auf. Gemeinsinn zu haben ist auch wichtig.«

Sunnys Gesicht rötete sich. »Du stimmst George Abbott zu. Du glaubst, Frauen, die arbeiten, sind nicht so gute Mütter wie Frauen, die es nicht tun.«

»Das habe ich nie gesagt.«

»Kommt schon«, schaltete sich Susan ein, »streitet nicht.«

»Das ist kein Streit«, erwiderte Pam. »Es ist eine Diskussion. Ich mag vielleicht keinen Beruf wie ihr alle haben, und man macht mir deshalb dauernd Schuldgefühle, aber ich bin jeden Tag da, wenn mein Kind aus der Schule kommt.«

»Und das macht dich zu einer guten Mutter?«, fragte Sunny abfällig. »Du stimmst George sehr wohl zu.«

»Sunny«, flüsterte Susan frustriert.

Doch Pam legte ihr eine Hand auf den Arm. »Ist schon okay. Wenn sie mich angreifen will, soll sie. Tief in ihrem Herzen weiß sie es.« Sie sammelte ihre Sachen zusammen.

»Weiß was?«, schrie Sunny.

»Dass Stützräder starr sind«, antwortete sie, während

sie aufstand und nach ihrem Mantel griff. »Kinder rebellieren gegen Starrheit. Ich halte gut Haus, Sunny. Ich kümmere mich um meine Tochter. Vielleicht essen wir an einem Abend um sechs und am nächsten um sieben, und vielleicht bin ich in Portland, wenn Abby einen Asthmaanfall hat, aber in einer Stunde bin ich wieder da. Verwechsle ein Gerüst nicht mit Liebe.« Sie hatte ihren Mantel angezogen.
»Geh nicht«, rief Susan.
»Willst du sagen, dass ich meine Kinder nicht liebe?«, fragte Sunny.
»Ich bin keine Hilfe«, sagte Pam zu Susan. »Ihr drei habt mehr zu besprechen als ich.«
»Ach ja?«, schrie Sunny.
»Aber du bist ein Teil davon«, beschwor Kate Pam.
»Ja? Ich ruf dich an, Susan«, sagte sie und ging fort.
Mit einem erschrockenen Blick zu den anderen lief Susan ihr hinterher. »Warte, Pam. Es tut mir leid, wenn Sunny dich beleidigt hat. Wir sind im Moment alle übersensibel.«
»Und ich nicht?«, fragte Pam, ohne stehen zu bleiben. »Für mich steht hier einiges auf dem Spiel. Mein Ruf ist in Gefahr. Ich habe mir in der Familie mit PC Wool einen Namen gemacht, und jetzt schmeißt mich mein Schwager vielleicht aus dem Katalog.«
»Waren seine Kinder perfekt?« Alle drei waren erwachsen, doch es gab immer noch Geschichten über sie. »Seine Tochter ließ sich elf Monate nach einer großen weißen Hochzeit scheiden. Gibt er sich oder seiner Frau jemals die Schuld daran?«
»Natürlich nicht. Corey war schon immer schwierig.«

Susan kam plötzlich ein Gedanke. »Ist sie es, die abgetrieben hat?«

Pam blieb mit einer Hand an der Tür stehen. »Wo hast du das gehört?«

»Das ist egal. Aber wenn es stimmt, sollte Cliff da nicht ein bisschen mehr Mitgefühl haben?«

»Cliff ist ein Perry«, entgegnete Pam seufzend. »Ich muss los.«

Susan ließ sie gehen. Erst nachdem der Range Rover den Parkplatz verlassen hatte, begab sie sich wieder zu den anderen.

»Sie ist unmöglich«, rief Sunny aus, sobald sie in Hörweite war.

»Du auch«, gab Susan zurück. »Schalte mal runter, Sunny. Das hier ist für uns alle schwer, aber wenn wir nicht versuchen zu verstehen, was die andere empfindet, sind wir verloren.«

»Sie hat im Grund gesagt, dass ich meine Kinder nicht liebe.«

»Nein. Sie hat nur gesagt, dass sie ihre liebt. Sie hat sich verteidigt.«

»Das sollte sie auch. Habe ich ihr erzählt, wie sehr ihre eigene Tochter wirklich verstrickt war? Das wäre ehrlich gewesen, aber ich habe den Mund gehalten. Hat mich Mühe gekostet.«

»Sie wird das über Abby herausfinden«, meinte Susan und schenkte sich Kaffee ein. »Abby wird es ihr erzählen.«

»Wann? In fünf Jahren? Und was soll das dann bringen? Pam Perry muss jetzt an ihren Platz verwiesen werden. Sie muss dafür sorgen, dass PC Wool am Leben bleibt.«

Susan kehrte an den Tisch zurück. »Genau, und deshalb hilft Streiten nicht. Pam hat das Herz am rechten Fleck. Genau deshalb hat sie unseren Anteil im Katalog erhöhen wollen. Sie will, dass es klappt.«
»Und ich etwa nicht?«, klagte Sunny. »PC Wool ist ein wachsender Teil der Abteilung, die ich leite. Wenn etwas damit passiert, hat meine Abteilung einen Verlust.« Kate wedelte mit der Hand. »Das hier ist mein ganzer Lebensunterhalt! Wenn etwas mit PC Wool passiert, habe ich keine Arbeit mehr. Du musst runterschalten, Sunny. Wir müssen Pam auf unserer Seite haben.«
Sunny starrte sie an, stand auf und griff nach ihrem Mantel. »Pam hat recht. Ihr braucht mich hier nicht.«
»Sunny ...«
»O bitte ...«
»Nein, nein«, beharrte Sunny und schob die Arme in die Ärmel. »Ich gehe besser nach Hause und erlege meiner Familie strenge Regeln auf. Sie hätte so was nicht gesagt, wenn sie so aufgewachsen wäre wie ich. Wir waren allein – gar keine Regeln –, die Eltern waren total dagegen. Ich glaube an Strukturen. Kinder müssen wissen, was ihre Eltern erwarten. Und doch brechen sie manchmal die Regeln. Ich versuche damit fertigzuwerden.«
»Du musst *zuhören*«, sagte Susan. »Meine Eltern wollten das nicht. Das habe ich Donnerstagabend zu sagen versucht. Meine Art oder keine – das war das Credo von meinem Dad, und schau, wohin uns das geführt hat.«
Doch Sunny hörte nicht zu. »Meine Tochter und ich reden nicht mehr, mein Mann und ich reden nicht mehr,

und ich versuche alles zusammenzuhalten. Ich tue nur mein Bestes. Macht eine gute Mutter das nicht?«

»Doch«, schrie Susan, aber Sunny ging fort, und Susan folgte ihr diesmal nicht. Sie war entmutigt. Sie wandte sich zu Kate um und wartete nur, bis die Tür sich schloss, dann wiederholte sie Sunnys Worte. »Ich tue nur mein Bestes. Tun wir das nicht alle?«

War ihr Bestes gut genug? Susan hatte das immer geglaubt – glaubte, dass sie bei Lily den besten Job gemacht hatte. Nun, da sie von allen Seiten kritisiert wurde, zweifelte sie im Nachhinein.

Sie hielt sich für eine gute Direktorin. Ihrer Meinung nach war Offenheit die richtige Voraussetzung. Aber vielleicht hätte sie bei ihrer Herangehensweise mehr an Strafen denken sollen.

Sie hielt sich für eine gute Freundin, doch sie hatte erst Pam und dann Sunny ziehen lassen. Vielleicht hätte sie mehr darauf bestehen sollen, dass sie blieben und alles ausdiskutierten.

Zur Hölle, sie wusste nicht mal, ob die beiden letzten Farben, die sie und Kate gefunden hatten, gut waren – und nun, da Pam und Sunny sauer waren, war das Thema Katalog ungeklärt, und das Überleben von PC Wool selbst stand in Frage.

Und schließlich war da Lily, die jeden Samstagabend um sechs Uhr zu Haus war und zu Susan ins Arbeitszimmer kam und über Sodbrennen klagte – eine perfekte Gelegenheit für Susan, ihre Tochter zu verwöhnen, die vielleicht nicht mit dem gerechnet hatte, was sie am Ende bekommen hatte. Doch das Beste, was

Susan tun konnte, war, ihr anzubieten, die Pizza aufzuwärmen, die vom Essen Anfang der Woche übrig war. Lilys Seufzen sagte alles. Trostlos sah sie zum Fenster hinaus – und duckte sich und krächzte: »O mein Gott. Robbie und seine Eltern. O mein Gott.«
Susan erstarrte. »Hier? Jetzt?«
»Kommen auf unsere Tür zu«, flüsterte Lily, während es läutete. »Geh nicht hin. Geh nicht hin.«
Susan wollte nicht. Sie war genauso wenig bereit für eine Konfrontation wie Lily, doch was hatte sie für eine Wahl? »Sie müssen gewartet haben, bis du nach Hause kommst. Sie wissen, dass wir hier sind. Das Auto steht in der Einfahrt, und die Lichter sind an.« Außerdem würde es das Unvermeidliche nur hinauszögern, wenn sie sich versteckten. Robbie hatte wohl etwas zu seinen Eltern gesagt.
Susan wappnete sich gegen noch mehr Geißelung und öffnete die Tür. Bill und Annette Boone standen da, und Robbie verbarg sich hinter ihnen. Der Junge wirkte nervös, und seine Eltern schienen verlegen, vielleicht sogar schuldbewusst. Ihr kam in den Sinn, dass sie nicht wussten, wer wen verführt hatte.
»Ich glaube, wir müssen reden«, sagte Bill.
Susan trat zurück und bat sie ins Haus. Lily lehnte in der Tür zum Arbeitszimmer, die Hände in den Taschen und die Arme an sich gepresst, als müsste sie Schmerz unterdrücken. Robbies Eltern sahen sie kaum an, als Susan sie zur Couch geleitete. Robbie imitierte Lilys Haltung und lehnte sich an die andere Seite der Tür.
»Möchtet ihr etwas trinken?«, fragte Susan seine Eltern.

»Ich würde einen doppelten Scotch trinken, wenn ich glauben würde, dass das hilft«, antwortete Bill.
Seine Frau sah ihn an. »Ist das lustig?« Dann zu Robbie: »Ist irgendwas hier lustig?«
Bill räusperte sich und wandte sich an Susan. »Unser Sohn hat uns gesagt, dass er der Vater von Lilys Baby ist. Ich nehme an, du hast erraten, dass wir deshalb hier sind, also muss sie es dir erzählt haben, aber wir wollen es von ihr hören.«
Alle Blicke ruhten auf Lily, die bedrängt wirkte.
Sag es, befahl ihr Susan in Gedanken. Sie haben ein Recht, es zu hören. Du kannst nicht lügen.
Nach einer scheinbaren Ewigkeit nickte Lily.
»Wie können wir es sicher wissen?«, fragte Annette.
»Das könnt ihr nicht«, erwiderte Lily leise.
»Doch«, widersprach Susan. Annettes Ton gefiel ihr nicht, doch Lilys war auch nicht viel besser. »Als ich dieselbe Frage gestellt habe«, sagte sie zu den Boones, »war meine Tochter beleidigt. Sie erklärte mir, dass sie es wissen müsse, weil sie in ihrem Leben nur mit einem Jungen zusammen war. Ich glaube ihr.«
»Wenn sie meine Tochter wäre, würde ich ihr auch glauben. Das heißt nicht, dass es so ist.«
»Mom, es ist so«, warf Robbie ein.
Sein Vater hob die Hand und sagte sanft: »Bitte, Annette. Wir waren uns doch einig, dass wir das hier machen würden. Ich weiß, du willst Beweise, aber wir können erst einen Vaterschaftstest machen lassen, wenn das Baby geboren ist, und in der Zwischenzeit besteht die Chance, dass dieses junge Mädchen unseren Enkel austrägt.« Er sah wieder Susan an. »Wir sind bereit zu helfen.«

Hatte ihr Vater nicht auch so etwas gesagt? Und er war dort nicht stehengeblieben. »Wir sind bereit, dir zu helfen, aber du wirst es nicht hier tun.« Susan wollte ihre Tochter dem nicht aussetzen.
»Wir brauchen keine Hilfe«, sagte Susan.
»Babys sind teuer.«
»Wir werden es schaffen.«
»Ich werde Lily mit Freuden heiraten«, bot Robbie an.
»Robbie!«, protestierte seine Mutter.
»Ich werde es«, beharrte er mit einer Naivität, die Susan reizend gefunden hätte, wenn sie das hier nicht selbst schon erlebt hätte.
»Lilys Vater hat dasselbe zu mir gesagt.« Susan sah Lily an. »Willst du heiraten?«
»Auf keinen Fall. Mit siebzehn zu heiraten ist dumm!«
Genauso wie mit siebzehn Mutter zu werden, dachte Susan, als Annette meinte: »Es würde eine schlimme Situation noch zehnmal schlimmer machen.«
Das traf Susan auf dem falschen Fuß. »Fürs Protokoll«, sagte sie, »Robbie könnte es viel schlechter treffen. Lily wird eine tolle Mutter sein. Ich will nur nicht, dass sie überstürzt heiratet.«
»Gut zu wissen«, bemerkte Annette. »Und wenn wir schon ehrlich sind, würde ich es vorziehen, wenn du der Schule keine Aktualisierung über das hier schicken würdest.«
Auch das war für Susans Ohr der falsche Ton. »Bei allem gebührenden Respekt, Robbie ist im Moment nicht meine größte Sorge. Keiner wird seinen Namen von mir erfahren. Lily?«
Lily stieß die Luft aus und hob die Hand. Nein.

»Ich schäme mich nicht«, sagte Robbie zu seinen Eltern mit einer Stimme, die kühner war als sein Gesichtsausdruck. »Lily ist der coolste Mensch in der Schule. Wenn die Leute mich fragen, sage ich es.«
»Tu das nicht, Robbie«, befahl Lily, deren Hand nun um ihre Mitte lag.
»Warum nicht? Schämst du dich denn?«
»Nein, aber hier geht es nicht um dich. Es ist mein Baby.«
»Es ist zur Hälfte meins«, widersprach Robbie.
Susan erhob sich schnell. »Entschuldigung«, sagte sie mit bebender Stimme, »ich kann im Augenblick nicht mit einem Sorgerechtskampf umgehen. Diesen Streit heben wir uns besser auf, bis das Baby geboren ist. Ich vermute mal, deine Eltern stimmen dem zu.«
»Vollkommen«, sagte Annette, die auch aufgestanden war.
Susan ging zur Tür, das Treffen war vorbei. Sie wollte diese Leute aus ihrem Haus haben. »Danke, Robbie. Es war nett von dir zu kommen.« Sie öffnete die Tür.
Annette ging ohne ein Wort. Nach einem schnellen Blick zu Lily folgte ihr Robbie. Nur Bill blieb stehen und sagte ruhig: »Das Hilfsangebot gilt noch immer.«
»Danke, Bill, aber wir kommen zurecht.« In dem Moment, als er ihre Schwelle überschritt, schloss Susan die Tür und sah mit einem Gefühl des Wahnsinns, das von einem Trauma zu viel stammte, zu Lily. »Ein Alptraum! Robbie will die Vaterschaft beanspruchen. Als ob er einen Job hätte und für das Kind sorgen könnte! Als ob er etwas dabei zu sagen hätte. Und Annette ist wütend – und ich etwa nicht? Kapiert sie

nicht, dass mein Job in Gefahr ist?« Sie umfasste ihren Schädel. »Ich bin ... ich bin ...« Sie wusste nicht, was sie sagen sollte.

»Es tut mir leid«, sagte Lily beschämt. »Ich habe mir nie vorgestellt, dass es solche weitreichenden Folgen haben würde. Ich hätte nie gedacht, dass es deinen Job betreffen könnte.«

Susan war den Tränen nahe. Du bist ein schlaues Mädchen, wie hast du nicht daran denken können? Doch da klingelte das Telefon. »Geh nicht ran. Ich kann nicht reden.«

Aber Lily war ins Arbeitszimmer gegangen, um nach der Anruferkennung zu sehen. »Es ist Dad.«

Susans Panik verschwand. Sie streckte die Hand nach dem Telefon aus. Lily brachte es ihr.

»Hallo«, sagte Susan mit einem Seufzer.

»Hallo«, antwortete Rick, doch ohne seine übliche Energie. »Was machst du gerade?«

»Lehne an der Haustür in leichter Panik, weil die Eltern des berühmten Jungen gerade da waren. Was ist los?«

Etwas war los. Sie konnte es an seiner Stimme erkennen.

»Ist Lily bei dir?«

Dass er nicht nach dem Jungen fragte, erschreckte sie noch mehr. »Was ist los, Rick?«

»Schlechte Nachrichten, Susan. Dein Vater ist gestorben.«

Für Susan war das wie ein Hieb in den Magen. Es dauerte eine Minute, bevor sie fragen konnte: »Wann?«

»Heute Morgen. Mein Vater hat mich gerade angerufen. Es war ein schwerer Herzinfarkt.«

Mit zitternden Knien sank sie zu Boden.
»Mom?«, fragte Lily erschrocken.
»Dad«, gelang es Susan zu sagen, und dann flüsterte sie: »O mein Gott.«
»Sie halten die Totenwache im Haus. Die Beerdigung ist am Donnerstag.«
»O mein Gott«, flüsterte Susan wieder. Die Details gingen über ihren Kopf hinweg. Betroffen sah sie das größere Bild – ihr Vater tot, kein Abschluss, nie mehr eine Versöhnung –, und obwohl ihr nicht klar gewesen war, dass sie eine wollte, zerrte die Traurigkeit an ihrem Herzen.
Sie ließ das Telefon fallen, bedeckte ihr Gesicht und fing an zu weinen.

Sie musste natürlich fahren. Das wusste sie, sobald die Tränen getrocknet waren. Sie wusste nicht, welchen Empfang man ihr bereiten würde, doch es war ihr egal. Sie musste sich von ihrem Vater verabschieden.
Innerhalb einer Stunde nach Ricks Anruf buchte sie zwei Tickets nach Hause. Lily starrte, erschreckt von Susans Tränen, auf den Bildschirm. »Zwei? Du willst, dass ich mitkomme?«
»Ja.« Auch das wusste sie nun. Ihre Beziehung zu ihrem Vater war verloren. All die »Was wäre gewesen, wenn?« – was, wenn sie die Hand ausgestreckt, ihn öfter angerufen hätte, sogar nach Haus gefahren wäre – waren nun sinnlos. Es gab kein Zurück. Aber vorwärtsgehen? Sie wollte denselben Fehler nicht zweimal machen.
»Du bist ein Teil von mir. Er muss dich kennenlernen.«
»Aber er ist tot, und ich bin schwanger.«

Susan sah sie an. »Na und?«
»Und ich habe deine Mutter nie kennengelernt.«
Susan empfand eine seltsame Ruhe und lächelte. »Die Kinder meines Bruders nennen sie Nana. So kannst du sie auch nennen.«
»Aber ich kenne sie nicht«, rief Lily aus. In ihren Augen stand Entsetzen – doch es waren immer noch dieselben haselnussbraunen Augen, die Susans Vater und ihr Bruder hatten. »Ich kenne Jackson nicht und seine Frau und seine Kinder«, schrie sie. »Und ich bin schwanger.«
Susan nahm ihre Hand. Diese Tatsache war in keiner Weise so verstörend wie die, dass ihr Vater tot war. Vielleicht gewöhnte sie sich einfach daran. Oder vielleicht würde auch nichts, was ihre Familie zu Hause austeilen konnte, im Vergleich so schlimm sein wie die letzte Woche. Der Gedanke, Zaganack für ein paar Tage zu verlassen, hatte seinen Reiz. Es würde heißen, dass sie ein Stück verpasste, das die Theatergruppe aufführte – doch der Gedanke an die Schule brachte sie auf eine Idee.
»Du hast doch diesen wunderbaren Rock, den du für die Zaganotes gekauft hast, und einen schwarzen Pullover, der alle Sünden verbirgt. Keiner wird es erfahren.«
»Was, wenn jemand dort die *Gazette* gesehen hat?«
»Wer sollte dort die *Gazette* lesen?«
»Was, wenn jemand fragt?«
»Warum sollte jemand fragen?«
Lily entzog ihr die Hand und steckte beide Hände unter die Arme. Sie schien entsetzt zu sein. »Freust du dich darauf?«

»Nicht auf die Beerdigung meines Vaters«, entgegnete Susan, der wieder die Tränen kamen. »Aber auf den Kampf ja. Warst du es nicht, die kämpfen wollte – gegen die Zaganotes, weil sie gegen dich gestimmt haben, gegen den Leitartikel? Vielleicht muss ich damit anfangen, indem ich nach Hause fahre.«
Sie dachte an das, was Kate gesagt hatte. »Sie lieben dich noch immer. Sie sind nur nie über ihre Wut hinweggekommen. Als sie dich weggeschickt haben, haben sie die Uhr angehalten.« Vielleicht war es Zeit, neu anzufangen.
»Ich habe meine Mutter seit meiner Schwangerschaft nicht mehr gesehen«, sagte Susan entschlossen. »Ich will, dass sie mein Kind kennenlernt.«

17

Kates Herz litt um Susan. Es war unfair, dass ihr so viel gleichzeitig passierte. »Es tut mir so leid«, sagte sie. »Du hast etwas gespürt, als du mit deiner Mom geredet hast. Aber das Timing könnte nicht schlechter sein.«
»Eigentlich ist es okay. Du hattest recht, die Uhr wurde angehalten. Ich muss zurückgehen. Vielleicht laufe ich vor dem weg, was hier passiert, aber auch das fühlt sich wie unerledigt an. Wenn alles dort besser ist, toll. Wenn nicht, nun, Lily wird verstehen, worüber ich all die Jahre geredet habe. Es wird eine Lernerfahrung für sie sein.«
»Wie es eine war, im letzten Sommer als Mutterhelferin zu arbeiten?«, fragte Kate trocken.
Susan gab ein leises Geräusch von sich. »Das ist nach hinten losgegangen.«
»Etwas.«
»Das hier könnte es auch.« Susan seufzte. »Wenn schon nichts anderes, so wird Lily einen anderen Teil des Landes sehen.«
Plötzlich hatte Kate die beste Idee. »Warum komme ich nicht mit? Ich könnte dir moralische Unterstützung geben. Du wärst nicht so in der Minderzahl.«
»Du bist süß, Kate. Aber nein. Ich muss damit umgehen. Außerdem kannst du deine Familie nicht im Stich lassen.«

»Und du meinst, ich würde nicht gern mit dir abhauen? He, ich könnte Mary Kate die Verantwortung überlassen. Dann bekommt sie mal einen Vorgeschmack darauf, was sie erwartet.«

Als Kate Sunny anrief, schmerzte diese immer noch das Fiasko in der Scheune, weil sie fand, dass Susan und Kate mehr Partei für sie hätten ergreifen müssen. Als sie jedoch die Neuigkeiten hörte, vergaß sie all das.
»O mein Gott, arme Susan.«
»Sie nimmt Lily mit«, erzählte Kate. »Ich habe ihr angeboten, mitzufahren, aber sie wollte nichts davon hören.«
»Ich fahre«, erklärte Sunny spontan. »Ich würde gerne die Stadt verlassen.«
»Das habe ich auch gesagt. Traurig, dass dies der Grund wäre.«
Der Tod von Susans Vater, PC Wool, Jessica, Dan – nichts von allem machte Sunny froh. Dann dachte sie an ihren eigenen Vater und fühlte sich noch schlechter. Sie bewunderte Susan für ihren Mut, sich dem Feind zu stellen. Von wegen besuchen, Sunny weigerte sich, ihre Eltern auch nur anzurufen, so gedemütigt fühlte sie sich von der Zurechtweisung durch ihre Mutter. Und Susan fuhr nach Hause, nachdem man nichts mehr mit ihr zu tun hatte wollen. Es war ein ernüchternder Gedanke.
»Können wir irgendwas tun, während sie weg ist?«, fragte sie Kate.
»PC Wool am Laufen halten. Das heißt, dass ich weiter färbe, während du dich um die Promotion für die Frühjahrskollektion kümmerst.«
»Wie zum Beispiel?«

»Indem du fertige Teile zu deiner bisherigen Darstellung hinzufügst.«
»Ich habe schon ein paar.«
»Nimm noch mehr. Fotografiere sie. Wenn Pam Cliff dazu bringt, sich zu einer größeren Darstellung im Katalog zu entschließen, gib ihm einen Vorgeschmack davon, was er kriegen wird.«
»Was nützt das, wenn Pam uns hängenlässt und es gar keine Werbung gibt?«
»Pam wird sich beruhigen. Ich rufe sie an. Ich muss ihr sowieso von Susans Vater erzählen.«
Sunny war froh, dass Kate Pam anrief. Sie verspürte kein Bedürfnis, sich erneut mit Pam anzulegen. Außerdem war Dan unten und sah sich alte Folgen von *Law and Order* an, Darcy schaute oben einen Harry-Potter-Film, und Jessica war irgendwo sonst, so dass sie sich selbst leidtat. Und wenn sie sich selbst leidtat, griff sie zu Eiscreme.

Pam hatte an diesem Samstagabend das Essen für acht Uhr vorbereitet, doch wie so oft, wenn die Celtics spielten, nahm sie Bestellungen fürs Dessert auf und fuhr mit denen, die nicht fernsahen, zu PC Scoops, um es zu holen. An diesem Abend hatte sie zwei andere Ehefrauen bei sich. Wenn das nicht gewesen wäre, wäre sie aus dem Laden geflohen, als sie Sunny erblickte. Doch sie saß fest und öffnete die Tür, bevor ihr etwas einfiel, und stand innerhalb von Sekunden ihrer Freundin gegenüber, die auch nicht allzu glücklich aussah, ihr zu begegnen.
»Hat Kate dich angerufen?«, fragte Sunny verlegen.

Pam schüttelte den Kopf.

»Susans Vater ist heute Morgen gestorben. Sie fährt nach Hause.«

»O nein.« Noch schlimmer als der Tod war das Nach-Hause-Fahren. Susan war, seit sie mit Lily schwanger war, nicht mehr daheim gewesen. »Sie ist so ein guter Mensch«, meinte Pam und glaubte es in diesem Moment auch trotz allem, was man in Zaganack dachte. Dann erinnerte sie sich an ihre Manieren. »Sunny, du kennst Joanne Farmer und Annie McHale, oder?«

Nach leisen Begrüßungen ging Sunny. Pam bestellte von ihrer Liste, doch ihre Gedanken waren bei Susan. Sobald sie zu Hause war und die verschiedenen Süßspeisen verteilt hatte, entschuldigte sie sich und begab sich nach oben. Als Susan ans Telefon ging, sagte sie: »Sunny hat mir von deinem Vater erzählt. Es tut mir leid, Susan. Du musst wie betäubt sein.«

»Zuerst ja, jetzt bin ich nur noch traurig. Die Chance, es wieder richtigzustellen, ist für immer verloren. Deshalb bitte, Pam, lass mit uns nicht dasselbe geschehen. Die Szene von heute Morgen hat mich wirklich beunruhigt.«

Pam hatte nicht angerufen, um darüber zu reden, doch da Susan das Thema angesprochen hatte, konnte sie nicht widerstehen. »Sunny kann eine Zicke sein.«

»Du auch.«

»Sie hat überreagiert.«

»Sie fühlt sich verletzt. Wir stellen alle in Frage, wie wir unsere Kinder erzogen haben.«

»Und ich etwa nicht? Meine Tochter hat ihre Freundinnen verraten. Das beunruhigt mich.« Eine Menge an Abby beunruhigte sie zurzeit. An der Geschichte war mehr, als sie ihr erzählte. Wenn Pam Susan, Kate und Sunny anlastete, nicht zu wissen, was ihre Töchter taten, wie sollte sie es sich dann nicht auch selbst anlasten? Schon wegen des Verrats empfand Pam unglaubliche Schuldgefühle.

»Aber Abby ist nicht schwanger und Jess schon«, entgegnete Susan. »Und ich würde Sunnys Haushalt sicher nicht starr nennen, nur organisiert. Du weißt doch, woher das kommt.«

Das stimmte, aber Pam war immer noch verärgert. »Sie muss sich entspannen.«

»Das müssen wir alle. Freunde sind meine Familie, Pam. Ich brauche euch.«

Pam wollte das auch. In der Abgeschiedenheit ihres Schlafzimmers konnte sie das zugeben. Unten? Das war schwerer. Während des Essens hatte man über Susan gesprochen, und es war nicht schmeichelhaft gewesen.

»Sunny sagt, du fährst nach Hause. Dafür bewundere ich dich.« Pam hatte sich ihrer Familie nicht entfremdet, sie redete oft mit ihrer Mutter. Doch ihre Familie konnte mit den Perrys nicht mithalten. Sie lebten nach ihren eigenen Regeln in einem bescheidenen Haus in einer bescheidenen Gegend in einem anderen Staat. Die Hochzeit hatte hier in Zaganack stattgefunden, im Garten des Wohnsitzes von Tanners Eltern, und Pam hatte stundenlang ihre Familie präsentabel gemacht. In den Jahren seitdem hatte sie sie auf Armlänge von sich gehalten. Sie war ein Snob, wenn auch nicht ohne Schuldgefühle. »Kommt Lily mit dir?«, fragte sie Susan.

»Nicht voller Freude. Sie hat Schiss. Aber ich kann sie nicht hierlassen.«

»Sie könnte bei mir bleiben«, bot Pam an und fing sich dann selbst. »Doch das würde sie wahrscheinlich nicht wollen nach dem, was Abby getan hat, aber ich vermisse ihr Zusammensein. Ich wünschte, sie könnten noch Freundinnen sein.«

»Wäre Tanner einverstanden?«

»Nein.« Er würde sich schämen, sollte Lily auf ihrer Schwelle stehen, wenn Susan weg war. Selbst Abby mochte nicht bereit dazu sein – nicht, dass es nicht eine gute Lektion wäre. Abgesehen von dem idiotischen Freundschaftspakt, hätte Abby ihre Freundinnen nicht verraten dürfen. Sie behauptete, sie habe im letzten Sommer nichts davon gewusst, doch Pam war nicht überzeugt – und sie konnte ihre Zweifel mit Tanner nicht teilen. Die Stimmung in der Stadt war zu stark gegen die Tates.

Sie hatte wohl ein bisschen lange mit der Antwort gebraucht, denn Susan sagte leise: »Es ist gut. Lily muss sowieso bei mir sein. Ihr Großvater ist gestorben. Sie muss ihm ihren Respekt erweisen.«

Pam nickte verlegen. »Kann ich irgendwas tun, während du weg bist?«

»Ich glaube, es ist alles in Ordnung. Evan Brewer wird mich in der Schule ersetzen.«

»Du solltest einen Vertreter haben.«

»Sag das mal dem Ausschuss. Er war es, der diese Position abgeschafft hat.«

»Es war eine Budgetentscheidung«, wandte Pam ein. »Es war an allen Schulen so. Außerdem war Evan

Direktor an einer Privatschule, bevor er herkam. Er hat Verwaltungserfahrung.«
»Wie praktisch das ist«, bemerkte Susan.
Es dauerte eine Minute, bevor Pam folgen konnte. »Das habe ich nicht gemeint. Keiner zieht in dein Büro, während du zu Hause deinen Vater beerdigst. Hast du mit Phil gesprochen?«
»Hm. Er hat gesagt, es sei eine schlechte Zeit, wegzufahren.«
»Das stimmt.« Alle Versicherungen der Welt waren wertlos, wenn Phil beschloss, dass Evan einen fabelhaften Job gemacht hatte, selbst in den paar Tagen, die Susan fort war. Wenn es so weit kam, was konnte Pam dann tun?
»Ich habe das nicht geplant«, sagte Susan.
»Ich weiß. Es gibt keinen guten Zeitpunkt für den Tod.«
»Wirst du dem Ausschuss das sagen?«

Lily schlief, als das Telefon klingelte, und als sie danach griff, war sie zu benommen, um vorsichtig zu sein. »Hallo?«
Es herrschte Schweigen, und dann ertönte Robbies tiefe Stimme. »Dein Licht ist noch an. Ich dachte, du bist noch wach.«
Sie war auf dem Rücken eingeschlafen. Wieder. Nun rollte sie sich auf die linke Seite, von der in den Büchern stand, sie sei die beste Seite für die Durchblutung des Babys, und rieb sich die Stelle, an der ihr Pferdeschwanz sich in ihren Nacken gegraben hatte. »Ich habe gestrickt und nicht gemerkt, dass ich eingeschlafen bin.«
»Geht es dir gut?«
Nein. Während sie sich wieder an die Einzelheiten des

Abends erinnerte, wurde ihr das klar. »Mein Großvater ist tot.«

Es entstand eine Pause, dann fragte er erschrocken: »Der Großvater, den du nie kennengelernt hast?«

»Ja. Mom und ich fliegen morgen nach Oklahoma.«

»Das ist krass. Du hättest etwas sagen sollen, als wir da waren.«

»Wir haben den Anruf erst bekommen, als ihr weg wart, und außerdem wird man ganz taub, nachdem so vieles schiefgegangen ist.« Sie zögerte. »Das war nicht lustig heute Abend. Deine Mom hat mich nicht einmal angesehen.«

»Sei dankbar. Nicht anschauen ist besser als wütend starren, was sie jedes Mal tut, wenn sie mich sieht.«

»Das Baby war nicht dein Werk.«

»Du hast gesagt, schon.«

»Du hättest es ihnen gar nicht erzählen sollen.« Dieses Baby sollte Lily und ihrer Mutter gehören. So schlimm es war, dass es die ganze Stadt wusste, dass die Boones es wussten, machte es noch schlimmer. Sie verlor die Kontrolle. Damit hatte sie nicht gerechnet.

»Ich habe gemeint, was ich sagte«, fuhr Robbie fort. »Ich werde dich heiraten.«

»Ich werde nicht heiraten.«

»Dann lass uns wenigstens miteinander gehen.«

»Damit es jeder in der Schule errät? Robbie, bei diesem Baby geht es nicht um den Vater. Das habe ich schon gesagt, als du das erste Mal angerufen hast.«

»Aber du hast mich ausgesucht. Du hättest mit jedem Typen in der Schule zusammen sein können.«

»Nein«, widersprach sie und hätte es näher erklärt,

wenn sie nicht wieder emotional geworden wäre. Das war auch beim letzten Mal passiert, als sie mit Robbie gesprochen hatte. Da hatte sie es auf die Hormone geschoben. Diesmal schob sie es auf die Aussicht, morgen nach Oklahoma zu fliegen und die Familie aus der Hölle zu treffen.

»Vielleicht sollte ich mit dir kommen«, sagte er. »Er war der Urgroßvater meines Babys.«

Lily war außer sich. »Robbie, hör zu. Es ist nicht dein Baby, es ist meines.«

»Du hast zugegeben, dass ich der Vater bin.«

»Biologisch ja, aber das wäre es dann auch. Wenn du es irgendjemandem in der Schule erzählst, werde ich es abstreiten.«

Nach einer kurzen Pause kam ein verletztes: »Stimmt etwas nicht mit mir?«

»Nein! Es geht um mich, Robbie. Mein Baby.«

»Du wirst Hilfe brauchen.«

»Ich habe meine Mutter.«

»Ich habe Geld.«

»Hast du nicht.«

»Doch. Der Vater meiner Mutter hat jedem von uns was hinterlassen.«

»Sie würde dich es nie für mich verwenden lassen.«

»Nicht für dich. Für mein Baby.«

»O mein Gott, ich kann es mir so richtig vorstellen. Dann würde mir deine Mutter nie verzeihen.« Es war unfair, erkannte Lily. Annette Boone war früher immer warm und herzlich gewesen.

Robbie hatte wohl denselben Gedanken, denn er sagte: »So ist sie nicht. Sie hat nur nicht an so was gedacht.

Wenn sie wütend auf dich ist, dann nur, weil sie enttäuscht von mir ist. Das hat sie nicht geplant.«
Wie Susan, dachte Lily. »Warum«, rief sie aus, »muss unser Leben den Plänen unserer Eltern folgen? Warum muss ich durch das halbe Land reisen, um eine Seite meiner Familie kennenzulernen, die nichts mit mir zu tun haben wollte, weil meine Mutter nicht ihren Plänen folgte?«
Robbie schwieg und ließ die Frage wirken, dann wollte er wissen: »Wie lange wirst du weg sein?«
»Könnte ein Tag sein, wenn sie uns rausschmeißen, oder drei, wenn sie es nicht tun.«
»Bist du nervös?«
»Ich habe Schiss. Ich meine, sie werden mich anschauen, als ob ich der Teufel wäre – und sie wissen noch nicht mal, dass ich schwanger bin.«
»Wirst du es ihnen sagen?«
»Vielleicht. Dann hätten sie wirklich was zu reden.« Doch sie hoffte, dass es nicht so weit kommen würde. Ihre Mutter wäre am Boden zerstört, und Susan trug schon die Hauptlast ihrer Schwangerschaft. Lily bedauerte das.
»Kann ich dich anrufen, wenn du da bist?«
»Klar.« Es würde eine interessante Reise werden.
»Was, wenn jemand mich direkt fragt, ob das Baby von mir ist?«
Lily schloss die Augen. »Denk an deine Mom. Sie will nicht, dass es rauskommt. Und denk an mich.« Sie seufzte. »Ich wollte doch nur ein Baby. Wie ist das alles nur so chaotisch geworden?«

18

Es war eine lange Reise. Nachdem sie nach Portland gefahren waren, flogen sie nach Philadelphia, dann nach Chicago, dann nach Tulsa, wo Susan ein Auto mietete und eine Stunde fuhr. Es gab einen winzigen Gasthof im Stadtzentrum, der auch nach all diesen Jahren noch geöffnet hatte, doch wenn sie dort gewohnt hätten, hätte sich die Nachricht über ihre Ankunft überall verbreitet, bevor Susan es nach Hause geschafft hätte. Ihr Alptraumszenario war, dass man sie am Betreten des Hauses hinderte.

Sie wollte sicher sein und buchte ein Zimmer im Comfort Inn zwei Städte weiter. Als sie eingecheckt hatte, war es elf Uhr abends. Lily hatte auf der Reise teilweise gedöst, eingerollt auf ihrem Sitz im Flugzeug, mit ihrem Geschichtsbuch auf dem Schoß und dem Kopf an Susans Schulter, so kindlich, dass man sich nur mit Mühe daran erinnerte, dass sie schwanger war. Susan drehte die Uhr sechs Monate zurück und tröstete sich mit der Nähe ihrer Tochter in diesen Momenten, wenn sie sich nicht quälte über Veränderungen im Schulhandbuch, deren Entwurf auf ihrem Schoß ruhte, über den Gedanken an Evan zu Hause, über die Reaktion ihrer Mutter, wenn sie sie sähe.

Susan war zu aufgedreht, um schlafen zu können, und strickte, um herunterzukommen. Sie hatte ein Knäuel von der Wolle mitgenommen, die Kate gerade gefärbt hatte, und machte eine Kapuze für den Katalog. Das Muster sah komplex aus, war es aber nicht, was gut für sie jetzt und später für die Kunden war.

Es gab keine E-Mail, obwohl ihr BlackBerry guten Empfang hatte. Evan Brewer hatte sie ein-, zweimal vertreten, als sie auf einer Konferenz gewesen war. Aus politischen Gründen hätte sie niemand anderen fragen können. Er hatte das richtige Alter und die Erfahrung.

Aber er war ehrgeizig. Nichts von ihm zu hören machte sie nervös. Schließlich war sie müde genug, um auch davon zu lassen.

Sie schliefen tief und fest, ließen sich Zeit mit dem Anziehen und lasen beim Frühstück Zeitung in einem Coffee-Shop. Susan weigerte sich, an ihre Mutter oder an Evan zu denken, und fuhr langsam und betrachtete die Landschaft, die sie so lange nicht gesehen hatte. Der Tag war hell und leicht bewölkt; sie trug eine Sonnenbrille.

»Sehr flach«, bemerkte Lily. »Nicht so grün wie zu Hause.«

Viel davon war jahreszeitlich bedingt, wie Susan wusste. »Wir sind verwöhnt vom immer Grünen. Hier draußen gibt es mehr Eichen. Sobald der Frühling kommt und sie Blätter haben, ist es schön. Weiter östlich gibt es Hickorybäume und im Süden Kiefern. Dort drüben am Fluss sind Pappeln.« Auch sie waren nackt und wiegten sich im Wind. »Ich hatte den Wind ganz vergessen. Im Winter ist es eine Grasebene.« Tatsächlich stieß der Wind beim Fahren in den Wagen. Sie zeigte auf ein hübsches Schild, das die Stadtgrenze bezeichnete. »Das ist neu.« Eine Minute später kamen sie an Bauernhäusern vorbei. »Die sind schon ewig hier. Die Bauern haben sich früher auf Rinder und Weizen konzentriert, aber sie haben diversifiziert. Nun ist die Geflügelzucht riesig.«

Ein paar Meilen weiter standen die Häuser dichter beieinander. Sie waren klein und einstöckig, volkstümlich, aber mit Anbauten hinten oder an der Seite. Als sie sich dem Zentrum der Stadt näherten, änderte sich der Stil nicht, nur das Ausmaß der Erweiterungen. Hier gab es Steinfassaden und Garagen für zwei Autos.

Susan bog ab und fuhr in eine Seitenstraße, um Lily ihre Highschool zu zeigen. Und das Haus, wo eine Freundin gewohnt hatte. Und Ricks Haus.

Zurück im Stadtzentrum, deutete sie auf den Drugstore, den Lebensmittelhändler und den Kleiderladen, der einer Freundin ihrer Mutter gehörte. Die Auslage im Fenster war erstaunlich chic. Ein neuer Besitzer?

Sie fuhr langsamer, um zu bewundern, was aussah wie eine neu erbaute Bibliothek, als Lily leise sagte: »Mom, wir wollten doch früh da sein. Jetzt ist es nach zehn.«

Ja. Sie hatten sich auf früh geeinigt. Die Totenwache ging von elf bis sechs, und angesichts der Prominenz von Susans Vater würde es voll werden. Sie wollte vor all den anderen da sein.

Susan fuhr die paar Blocks zur Straße ihrer Eltern schneller und kam mit wachsender Sorge an noch mehr einstöckigen Häusern, nun aus Ziegeln, vorbei, bis sie das eine mit dem Giebel vorne erreichten, in dem sie aufgewachsen war.

Sie parkte und schaltete den Motor ab. Es standen schon vier Autos in der Einfahrt, von denen sie keine Ahnung hatte, wem sie gehörten. Ihre Eltern hatten stets Chevys geliebt, aber wer wusste siebzehn Jahre später schon, was sie fuhren?
»Die Veranda ist neu«, teilte sie Lily mit. »Und der Basketballkorb. Der muss für Jacks Sohn sein.«
»Thomas«, leierte Lily, »zehn Jahre alt, großer Bruder von Emily, die acht ist, und Ava, fünf Jahre alt. Die Mutter ist Lauren, die nie Dankeskarten schickt.«
Das Letzte, was Susan jetzt brauchte, war Pampigkeit – und du meine Güte, das war ein Ausdruck aus der Vergangenheit. Ich will keine Pampigkeit, pflegte ihr Vater zu sagen, vor allem zu Jack.
»Tante Lauren und Onkel Jackson«, verbesserte Susan.
»Das ist wirklich irr.«
Susan kommentierte das nicht, sah nur zu, wie ein weiteres Auto vor ihr vorfuhr und parkte. »LeRoy und Martha Barnes. LeRoy hat Poker mit deinem Großvater gespielt. Martha backt gerne.« Und schon tauchten mit Folie bedeckte Teller auf dem Rücksitz auf. Martha streckte sich, um ihre Last gerade zu richten, und entdeckte Susan. Sie starrte sie einen Moment zu lange an.
»Vereitelt«, flüsterte Lily dramatisch.
»Das ist nicht lustig.«
»Ich weiß, Mom, aber das sind doch nur Menschen, und sie haben sehr wenig mit dem zu tun, wer du bist. Du hast ein Leben. Du besitzt ein Haus, das schöner ist als dieses hier. Du hast tolle Freunde und einen tollen Job. Lass die Frau doch gucken.«

Natürlich hatte Lily recht. Als Susan Lily anerkennend die Hand gedrückt hatte, schritt Martha Barnes mit ihrem Mann im Schlepptau ins Haus.
Susan holte tief Luft. »Lass uns gehen.« Mit hämmerndem Herzen stieg sie aus dem Auto, steckte die Schlüssel ein, nahm Lilys Hand und ging die Einfahrt entlang. Im Haus hörte sie Stimmen aus der Küche, doch ihr Blick wanderte schnell zum Wohnzimmer. Sie sah niemanden, nur einen großen Sarg. Er war offen, wie sie vorher gewusst hatte. John Tate war für diese Stadt so etwas wie ein König. Seine Untertanen würden ihn noch ein letztes Mal sehen wollen. Genauso wie sie, weshalb sie schließlich den weiten Weg gekommen war. »Ich weiß nicht, ob ich das kann«, flüsterte sie schwach.
Lily verschränkte fest ihre beiden Arme. »Du kannst«, flüsterte sie zurück. »Du bist eine Überlebenskünstlerin, Mom. Das hier ist ein Klacks, verglichen mit manchem anderen, was du geschafft hast.«
Das stimmte nicht, aber Lily dabeizuhaben war ihr eine Hilfe.
Susan nahm ihre Sonnenbrille ab und ging zum Sarg. Ihr Vater sah erstaunlich gut aus – dunkles Haar, das dünner war, als es gewesen war, als sie ging, doch die Haut war von attraktiver Bräune. Er war ein gutaussehender Mann.
Was sollte sie zu ihm sagen? Susan fiel nichts ein. Sie legte den Arm um Lilys Taille und zog sie näher zum Sarg. Er würde wissen, wer das Mädchen war.
»Hat er so ausgesehen?«, flüsterte Lily.
»Ja. Immer im Anzug. Er hat gesagt, das würde dem

Beruf des Bürgermeisters mehr Würde verleihen. Er war sehr stolz darauf.«

Lily streckte die Hand aus, doch kurz bevor sie seine Hand berührte, zog sie sie zurück. Susan vollendete die Geste selbst. Ihr Vater hatte nie die rauhe Haut eines Viehbauern gehabt, doch seine Hände waren stark. Selbst jetzt, da seine Finger leblos über seiner Mitte verschränkt waren, besaßen sie etwas Herrisches.

Nicht einmal jedoch hatte er die Hand gegen Susan erhoben. Es hatte viele schöne Zeiten zwischen Vater und Tochter gegeben, doch die waren vergessen, als Susan weggeschickt wurde. Als sie sich nun daran erinnerte, empfand sie einen glühenden Schmerz. So viel war verloren.

Ihre Augen füllten sich mit Tränen, weshalb sie eine Bewegung in der Nähe erst bemerkte, als Lily sie fester packte. Am Fuße des Sargs stand Ellen Tate. Sie sah kleiner aus als in Susans Erinnerung, wenn auch nicht, was die Körpergröße anging, sondern eher von einer merkwürdigen inneren Art. In ihren Augen standen Erschöpfung und Trauer, aber keine Überraschung – nein, das nicht. Sie umklammerte den Rand des Sargs, scheinbar, um sich abzustützen, doch Susan sah etwas Besitzergreifendes darin und ließ die Hand ihres Vaters los, als hätte man sie bei einem Übergriff erwischt.

»Mom«, sagte sie leise.

Ellen starrte sie nur an.

»Ich musste einfach heimkommen«, erklärte Susan. »Er war mein Vater.«

Ellen sagte nichts.

»Ich wollte, dass Lily ihn sieht. Das ist die einzige Möglichkeit, die sie dazu haben wird.«

Ellens Augen glitten zu Lily – widerstrebend, ja, sogar unwillkürlich, dachte Susan. Natürlich hatte Ellen Bilder von Lily gesehen. Susan hatte im Lauf der Jahre viele geschickt, und obwohl sie niemals gewürdigt worden waren, musste sie glauben, dass ihre Eltern sie angesehen hatten.

»Lily, das ist deine Großmutter.«

»Hi«, sagte Lily leise. Es gab kein »Nana«, doch Susan konnte Lily das nicht verübeln. Nichts an Ellen war im Moment warm und flauschig – oder auch nur willkommen heißend.

Susan wäre vielleicht wütend geworden, wenn sie nicht mit so vielen anderen Gefühlen zu kämpfen gehabt hätte. Sie hatte Zeitungsausschnitte von ihren Eltern bei Anlässen hier in der Stadt gesehen, doch das war nicht dasselbe wie das wirkliche Leben.

»Du siehst gut aus, Mom.« Abgesehen von der Erschöpfung und der Trauer stimmte das auch. Ihr Haar, Susans sandfarbenes Haar, das von Silber durchzogen war, war in Kinnlänge gestylt geschnitten. Sie trug einen schwarzen Pullover und Hosen, die nicht so viel anders waren als die, die Susan trug, und obwohl sie ein bisschen zu dünn war, hielt sie sich gut. Sie war erst neunundfünfzig. Wäre ihr Gesicht nicht abgespannt gewesen, hätte sie jünger ausgesehen.

Ellen reagierte immer noch nicht.

Vom Türbogen aber kam ein grelles: »Was, zum Teufel?« Es war Jackson, vier Jahre älter als Susan, einen Kopf größer, der düster dreinblickte. »Was machst du denn hier?«, fragte er und stellte sich neben Ellen, ihr Beschützer nun, da John nicht mehr war. Wie vorherbestimmt, hatte er das Amt des Bürgermeisters übernommen, als sein Vater beschlossen hatte, nicht mehr zu kandidieren. Susan hatte auch das in der Zeitung verfolgt.

Nun war sie wütend. Dass ihre Mutter sie nicht willkommen hieß, war eine Sache. Aber Jack? Er hatte in der Liebe seines Vaters gebadet. Es hätte ihm nicht weh getan, Susan ein wenig Mitgefühl zu zeigen, der das nicht vergönnt war.

Nun, sie waren sich nie nahe gewesen. Jack war immer der angestammte Erbe und viel zu arrogant für Susans Geschmack gewesen. In den letzten traumatischen Wochen hier hatte er kein Wort der Unterstützung angeboten, obwohl er in seinen einundzwanzig Jahren selbst jede Regel gebrochen hatte, außer ein Mädchen zu schwängern. Und nun war er der Herr des Hauses? Wie armselig war das denn?

Sie hob das Kinn. »Ich bin zu Dads Beerdigung gekommen.«

»Er würde dich hier nicht wollen.«

»Woher willst du das wissen? Hast du gefragt?«

»Das musste ich nicht«, gab er selbstgefällig zurück. »Ich war hier. Ich habe gesehen, was er tat, als er am Leben war. Er hat nicht mal nach dir gefragt, als es ihm gesundheitlich schlechter ging.«

Ellen warf ihm einen Blick zu, doch wenn er eine Warnung enthielt, so ließ sie es dabei und sah Susan wieder an.

Susan war alleine und ließ sich nicht einschüchtern.

»Danke, dass du mir das sagst, Jack, sonst hätte ich es vielleicht nicht gewusst.«

»Ich bin Lily«, ertönte eine erstaunlich kräftige Stimme an ihrer Seite.

Jack würdigte das Mädchen nur eines kurzen Blicks, bevor er wieder zu Susan zurückkehrte. »Ich will, dass du gehst.«

Lily antwortete, bevor Susan es konnte. »Wir sind gerade erst angekommen, und wir mussten dafür den ganzen Tag gestern reisen. Mom hat die Stadt zu einem Zeitpunkt verlassen, der sehr, sehr ungünstig für sie war, weil sie so gerne hier sein wollte. Und ich bin noch nie in Oklahoma gewesen.«

Sie war doch nicht ganz alleine, erkannte Susan mit einem Hauch von Stolz.

Jack starrte Lily an. »Dann tut es mir leid, dass die Reise nur so kurz sein wird. Du gehst sowieso besser wieder in die Schule.«

»Das werde ich nicht«, sagte Lily, und Susan tat nichts, um sie davon abzuhalten. »Ich habe meine Bücher mitgebracht und kann mir meine Aufgaben online holen. Das war eines der ersten Dinge, die Mom gemacht hat, als sie Direktorin wurde. Du weißt doch, dass das ihr Job ist, oder?« Jack antwortete nicht. »Sie ist die Jüngste überhaupt, die jemals diese Stellung hatte, und sie ist die Beste. Ich meine, alle lieben sie – die Schüler, die Eltern.«

»Dann wird es ja nicht schwer für sie sein, wieder dorthin zurückzugehen«, entgegnete Jack.

»Nein«, widersprach Lily ruhig. »Du verstehst nicht. Sie ist gut in dem, was sie tut, weil es ihr wichtig ist, und deshalb ist sie auch hier. Du bist verheiratet mit Lauren, mein Cousin und meine Cousinen sind Thomas, Emily und Ava, und ihr lebt in dem großen gelben Haus in der Stadt, das den Farrows gehörte, als meine Mom noch hier lebte. Siehst du, selbst ohne dass einer von euch sie auch nur ein bisschen dazu aufgefordert hat, hat sie mir beigebracht, mich zu kümmern.«

»Aber sie hat dir nicht beigebracht, keine Widerworte zu geben.«

»Ich gebe keine Widerworte. Wir führen eine Diskussion.«

»Was ist mit Respekt vor den Älteren?«

»Wenn sie ihn verdienen«, erwiderte Lily.

Susan hätte beinahe applaudiert. Wären nicht der Sarg und Ellen gewesen, hätte sie es genossen. Jack hatte jemanden gefunden, der ihm ebenbürtig war.

Also wandte er sich an Susan. »Du glaubst, sie ist süß, aber warte es ab. Diese Art von Pampigkeit bringt nur Ärger. Sie muss diesen Eigensinn von dir geerbt haben.«

»Das oder die Vernunft«, sagte Susan. »Und fürs Protokoll, ich würde das, was sie gesagt hat, nicht süß nennen, sondern wahr.«

Er seufzte. »Okay. Schau, wir hatten hier ein paar anstrengende Tage, lass es uns also abkürzen. Du willst Geld.«

Das überraschte Susan. »Bitte?«

»Aber warum sollte er dir welches hinterlassen? Du warst nicht Teil seines Lebens.«

»Entschuldigung.« Susan war empört. »Ich bin seine Tochter – doch das Geld ist mir nie in den Sinn

gekommen. Er hat mich bezahlt, damit ich die Stadt verlasse, und seitdem habe ich um keinen Penny mehr gebeten, und glaube mir, es gab Zeiten, da hätte ich es gut brauchen können. Aber ich habe jetzt selbst genug Geld. Ich habe eine wundervolle Tochter. Ich habe Freunde. Es ist nicht viel, was ich will, nur vielleicht eine Art von Abschluss mit meiner Mutter. Ich frage mich, was sie sagen würde, wenn sie nicht Wache hielte.«
Jack wandte sich an Ellen, die murmelte: »Ich bin in der Küche«, und ging.
Erfreut sah er erneut Susan an. »Da ist, glaube ich, deine Antwort.« Bevor sie noch etwas sagen konnte, folgte er seiner Mutter.

Susan weigerte sich zu gehen, wenn auch nur, um Jack zu ärgern. Sie stellte sich den Leuten vor, die sie vielleicht vergessen hatten, und stellte Lily einigen vor, die sie beide vergessen wollten. Und als das Thema Geld wieder aufkam, diesmal von Jacks Frau Lauren, blieb Susan cool. »Es geht nicht ums Geld.«
»Jack hat gemeint, du könntest Anspruch darauf erheben«, widersprach Lauren, und ihre nasale Stimme klang wie ein permanentes Jammern. »Aber wenn es das nicht ist, warum bist du dann wieder da? Du bist noch nie gekommen.«
»Ich habe mich nie willkommen gefühlt.« Und das tat sie auch jetzt nicht. Als sie in die Küche ging, um einen Teller mit Keksen neu aufzufüllen, hörte man zu reden auf. Alte Freunde der Familie beobachteten jede Bewegung von ihr, und keiner fragte nach Zaganack oder nach Susans Arbeit.

»Weißt du«, fuhr Lauren in vertraulichem Ton fort, »ich sollte es wahrscheinlich nicht sagen, doch es gibt eigentlich nicht viel Geld. Na ja, vielleicht ein kleines Erbe, aber das meiste, was übrig ist, wird an Ellen gehen.« Sie schien aufzuwachen. »Deshalb bist du hier? Um dich mit Ellen gutzustellen?«
Susan empfand keine Zuneigung für Lauren. Wegen all der Geschenke, die nicht anerkannt worden waren, sagte sie: »Die Einzigen, die besessen sind vom Geld, sind du und Jack. Das bringt mich zu der Frage, ob ihr das Erbe bereits ausgegeben und Angst habt, ihr könntet etwas davon an mich verlieren.«
»Aber! Nein!«
Susan nahm ihren Arm. »Bitte, Lauren, hör mir zu. Ich will von keinem hier Geld. Wenn jemand es mir anböte, würde ich es der Kirche spenden.«
Lauren riss sich nur los und zog beleidigt von dannen.

Und so ging es weiter und wurde kein glücklicher Tag. Trotz Lilys flehender Blicke blieb Susan. Sie hatte sich einmal vertreiben lassen. Wenn sie diesmal ging, würde es ihre Entscheidung sein.
Sie beschloss, um acht zu fahren, nach Abendessen und Dessert, nachdem die Kaffeemaschine ausgewaschen und für den nächsten Tag aufgestellt war und Jack und seine Familie endlich weg waren. Nur ein paar von Ellens Freunden blieben noch, als Susan Lily schließlich zum Auto drängte. Lily schwieg, bis sie vom Haus wegfuhren, und dann kam alles, was sie geschluckt hatte, hoch.
»Okay, Mom. Ich verstehe, dass meine Cousinen und mein Cousin mich nie kennengelernt haben, doch wenn

eine Fünfjährige sich nicht für mich erwärmt, zeugt das von ernsthafter Gehirnwäsche. Jedes Mal, wenn ich versucht habe mit ihnen zu reden, rannten sie weg. Ich habe versucht, *nicht* mit meinem Onkel Jackson zu reden, und er nicht mit mir, wahrscheinlich, weil er zu sehr damit beschäftigt war, für deine Mutter zu sprechen. Er tut so, als hätte sie kein Hirn. Warum lässt sie das zu?«
Susan konnte nur nach Vernunftgründen suchen. »So war sie schon immer. Mein Vater hat alle Entscheidungen getroffen.«
»Das ist traurig.«
»Bei manchen Frauen klappt das.«
»Ich könnte so nicht leben.« Lilys Profil wirkte angespannt, als sie durch die Lichter im Stadtzentrum fuhren.
»Ich auch nicht. Doch das heißt nicht, dass es falsch ist.«
»Aber sie ist deine Mutter. Ist ihr nicht klar, was es dich gekostet hat, herzukommen? Hat sie denn keine Gefühle?«
»Sie ist im Moment müde, wahrscheinlich betäubt.«
Lily war hartnäckig. »Aber bist du denn nicht verletzt?«
Wenn Susan auf den Tag zurückblickte, versuchte sie herauszufinden, wie sie sich fühlte. Von dem Moment an, da sie beschlossen hatte, heimzufahren, hatte sie sich vor der Konfrontation gefürchtet, doch es hätte schlimmer kommen können. Schweigen war besser als Beschimpfungen. »Verletzt? Nach all den Jahren bin ich immun. Aber ich hatte gehofft, dass es etwas freundlicher werden würde. Deshalb bin ich enttäuscht.«

»Enttäuscht, dass deine Mutter nicht mit dir reden wollte? Ich wäre wütend.«
»Meine Mutter hat nie viel geredet.«
»Aber du bist ihre Tochter, die sie jahrelang nicht gesehen hat!«
»Sie hat gerade ihren Mann verloren.«
»Gut, aber so benimmt eine gute Mutter sich nicht – und genau das meine ich, Mom. Ich mag erst siebzehn sein, aber das weiß ich. Eine gute Mutter ist sensibel für das, was ihr Kind empfindet.«
Susan fiel etwas ein. Mit schamerfüllter Stimme erwiderte sie: »Nach diesem Maßstab habe ich versagt.«
»Machst du Witze? Du hast mir das beigebracht. Du hast völlig verstanden, was ich gefühlt habe, als die Zaganotes gegen mich stimmten. Und was war, als Robbies Eltern da waren? Da wusstest du es auch. Wir waren absolut auf derselben Wellenlänge.«
»Nicht wegen des Babys.«
Lily holte schnell Luft, sagte aber nichts.
Susan versuchte zu erklären. »Es ist manchmal schwer. Ich verstehe, was du empfindest, aber meine eigenen Gefühle stehen mir im Weg.«
Sie schwiegen. Sie waren nun am Stadtrand angelangt, und das Auto glitt durch die Dunkelheit, nur die Scheinwerfer wiesen ihnen den Weg.
»Zumindest sagst du es mir«, meinte Lily schließlich. Ihre Stimme senkte sich. »Willst du das Baby immer noch nicht?«
»Ich will das Baby.«
»Du klingst nicht überzeugt.«
»Ich arbeite daran.«

Zurück im Hotel, ertönte Susans BlackBerry mit einer E-Mail, die während des Tages gesendet worden war, jetzt aber erst ankam. Es musste in ihrem Elternhaus ein Verbindungsproblem gegeben haben – wie ironisch war das wohl?

Sie las Beileidsnachrichten von Kate und Sunny und eine kurze E-Mail von Pam, dass sie sich mit dem Schulausschuss in Verbindung gesetzt habe. Dringender waren die Nachrichten von Evan Brewer. Drei Disziplinprobleme waren aufgetaucht, davon eines wegen eines Jungen, den man beschuldigte zu schummeln. Susan sank das Herz, als sie das las. Michael Murray hatte immer wieder Probleme; sie hatte eng mit seiner Familie zusammengearbeitet. Evan beklagte sich, dass Susans Assistentin ihm keinen Zugang zu der ganzen Akte des Jungen gewähren wollte. Susan hielt gewisse Berichte unter Verschluss – vor allem solche, die sensible Informationen von Elternabenden enthielten –, und die Murray-Akte gehörte dazu. Ehemann und Frau kämpften um ihre Ehe. Ab und zu kam es zu Hause zu Gewalt.

Sowenig Susan Evan auch Zugang zu dieser Akte geben wollte, hatte sie doch das Gefühl, dass er das Ganze sehen müsse. Also beauftragte sie Rebecca, ihm zu zeigen, was sie hatte, bat Evan jedoch, nichts zu unternehmen. Sie wäre Donnerstagmorgen in der Schule. Es konnte warten.

Nachdem sie die Mail jedoch abgeschickt hatte, war sie beunruhigt. Sie war nicht überzeugt, dass Evan die Akte wirklich brauchte. Sie war immer noch die Direktorin, ihr Wort hätte genug sein müssen. Und ja, sie war hypersensibel, aber es war eben solch ein Tag gewesen.

Susan versuchte sich zu entspannen und begann zu stricken. Das half ihr, ihren Kopf von Zaganack zu befreien, aber nicht von Lily. Diese war eingeschlafen, nachdem sie sich den Pyjama angezogen hatte, und da hatte Susan eindeutig ein Bäuchlein entdeckt. Dieses Bild wurde sie nicht mehr los.

Dann jedoch wurde es von einem anderen Bild verdrängt – das Gesicht ihres Vaters. In diesem Fall tickte die Uhr nicht, sondern wurde zurückgedreht. Gute Erinnerungen kamen wieder – wie sie mit fünf Jahren mit ihrem Vater nach Oklahoma City gefahren war, wie sie mit neun bei der Parade zum Vierten Juli neben ihm in einem offenen Cabrio gesessen hatte, wie sie mit elf umarmt wurde, als sie über Jacks ausgestrecktes Bein fiel und sich den Arm gebrochen hatte.

Nach all diesen Erinnerungen fand sie Johns Tod nur umso tragischer. Es war, als ob sie ihren Vater erneut verlöre.

Die Beerdigung war für Mittag angesetzt, damit die Bewohner der Stadt, die arbeiteten, während ihrer Pause dabei sein konnten. In Wirklichkeit jedoch war der Großteil der Stadt an diesem Tag geschlossen. Was hieß, dass mehr Menschen denn je im Haus waren, als Susan und Lily eintrafen. Manche waren tatsächlich freundlich. Die meisten verließen jedoch das Wohnzimmer, als der Leichenwagen draußen vorfuhr, um John zum Friedhof zu fahren.

Susan wartete und blieb auf Abstand, während ihre Mutter für einen letzten Abschied neben dem Sarg stand, bevor er geschlossen wurde. Sargträger trugen ihn zum Wagen. Ellen und Jackson Tate folgten in einer schwarzen Limousine.
Susan und Lily verloren sich in der langen Reihe aus Autos, und als sie am Friedhof ankamen, stand die Menge dicht an dicht. Susan knöpfte sich den Mantel bis zum Hals zu, wickelte sich den Schal dreimal um und sagte sich, dass es am besten sei, hinten zu stehen. Doch die Menschenmasse milderte in keiner Weise den Wind, der brutal kalt über das nackte Land wehte, und sie konnte das Gefühl nicht abschütteln, dass die Menge sie absichtlich auf Distanz hielt.
Susan lauschte den Liedern, die von der Sopranistin des Kirchenchors gesungen wurden, und musste bei dem Verlustgefühl schlucken. Sie merkte erst, dass sie zitterte, als Lily beide Arme um sie schlang. Und dann war da ein anderer Arm. Durch ihre Tränen blickte sie auf zu Rick. Er küsste sie auf die Stirn.
Da störte sie der Wind nicht mehr so. Mit Ricks Wärme zu ihrer Linken und Lilys zur Rechten lauschte sie den Gebeten und Trauerreden. Als die Sopranistin wieder sang, fühlte Susan sich zumindest geliebt.
Sie sahen ihre Mutter nicht gehen. Ellen würde sowieso von Jack und seiner Familie eingerahmt sein, und Susan konzentrierte sich auf vorne, bahnte sich ihren Weg durch die verlassende Menge hin zum Grab. Sie weigerte sich jetzt, sich an das Schlechte zu erinnern, dachte nur an das Gute und sah zu, wie zwei Totengräber Erde über den Sarg schaufelten, beobachtete genau,

damit sie es auch richtig machten, bis kein Mahagoni mehr zu sehen war.

Schließlich atmete sie bebend ein. Eine Minute lang hielt sie Lily fest, aber als sie sich mit nun klarem Blick zu Rick umwandte, sah sie den Mann, der nicht weit entfernt neben ihm stand.

Sie keuchte auf und streckte, erneut den Tränen nahe, die Hand nach ihm aus. Sie hatte Big Rick im Lauf der Jahre mehrmals gesehen, aber immer an der Westküste. Da sie wusste, dass er das erste Mal seit fast so langer Zeit wie sie hier war, fing sie an zu weinen.

»Danke, dass du da bist«, brachte sie schließlich hervor. Sie hatte das im Haus Dutzende Male gesagt, empfand aber erst jetzt wirklich so.

»Ich war mir nicht sicher, ob ich kommen sollte«, meinte Big Rick, und aus der Nähe war er wirklich groß, größer noch als Rick.

»Ich habe darauf bestanden«, sagte Rick. »Er musste herkommen. Wir haben uns beeilt. Eigentlich wollten wir schon gestern da sein, mussten aber die Nacht in Chicago verbringen. Geht es dir gut?«

Susan nickte. »Lily war toll.«

Big Rick gab Lily einen Kuss. »Es ist zu lange her«, stellte er fest. Wenn er wusste, dass sie schwanger war, so ließ er es nicht erkennen, und sobald sie wieder im Haus waren, wusste Susan auch, warum. Als er Besorgnis wegen seiner Rückkehr ausgedrückt hatte, hatte er keine Witze gemacht. Er war verlegen, weil er diese Menschen wiedersah, und obwohl alte Freunde ihn lächelnd begrüßten, war ihm sichtlich unbehaglich zumute. Susan wollte Rick schon danach fragen, als sie bemerkte, wie Ellen seinen Dad anblickte.

Leise entschuldigte Big Rick sich und bahnte sich einen Weg durch die Menge. Er stand eine Minute vor Ellen, umarmte sie dann sanft, und Ellen, die noch kurz vorher trockene Augen gehabt hatte, bebten nun die Schultern, und ihre Hand umklammerte seinen Pullover. Verwirrt sah Susan Rick an.

Er lächelte schief. »Ich habe es auch nicht geahnt.«

»Was geahnt?«

»Dass es um mehr ging als nur um uns, als er gegangen ist.«

Susan war zu verblüfft, um folgen zu können. »Was denn noch?«

Rick führte sie weg von der Menge. »Ich bin bei ihm, denke, er kommt mit mir her, und er fängt an zu schimpfen. Er sagt, John würde es nicht gefallen. Als ich frage, warum, erklärt er es. Offenbar gab es zwischen ihm und Ellen eine besondere Verbindung.«

»Besondere Verbindung?«

»Waren verliebt ineinander.«

»Hatten eine Affäre?«

»Nein, sie mochten sich nur sehr. Dein Vater glaubte jedoch, dass mehr sei, und während er über mich lästerte, meinte er eigentlich meinen Dad. ›Der Apfel fällt nicht weit vom Stamm. Wenn du die eine nicht haben kannst, nimmt dein Junge eben die andere.‹«

»Das ist ja schrecklich!«

»Was – die Beschuldigung oder die Zuneigung?«

»Die Beschuldigung. Hat deine Mutter geglaubt, es sei was zwischen den beiden?«

»Nein. Sie war davon überzeugt, dass mein Vater sie liebte. Vielleicht war es auf Johns Seite so ein Macho-Ding, denn alle anderen wussten, dass Ellen ihren Mann liebte. Ich habe keine Ahnung, warum er so unsicher war.«
Susan auch nicht. »Dein Vater ist deswegen weggezogen?«
»Zum Teil zumindest.«
Susan blickte auf die andere Seite des Raums. Ellen sprach jetzt mit Big Rick so lebhaft – nicht mehr, nicht weniger –, wie sie es mit anderen Freunden von außerhalb getan hatte. Als mehrere Leute Big Rick erkannten und näher kamen, verschwand sie.
»Wo ist Lily?«, fragte Rick und sah sich um.
»Läuft rum, denke ich. Sie fühlt sich etwas verloren.«
»Weiß es jemand?«
»Nein. Und dein Dad?«
»Nein. Ich nehme an, die Reise war nicht gerade lustig für sie.«
Susan warf ihm einen zerknirschten Blick zu. »Sie hatte gehofft, es würde etwas Gutes passieren.«

Lily war zu vorsichtig gewesen, um am Tag zuvor das Haus zu erforschen. Sie hatte das Gefühl, beobachtet zu werden, und wollte nicht beim Herumschnüffeln erwischt werden.
Heute Nachmittag war das anders. Sie wusste, es gab im Seitenflügel drei Zimmer, und wollte das sehen, das ihrer Mutter gehört hatte. Die erste Tür, die sie öffnete, war die zum Zimmer ihrer Großeltern, beherrscht von einem Himmelbett, auf dem sich Mäntel stapelten. Die nächste Tür ging zu einem großen Bad, größer als das

WC neben der Küche, und die danach führte zu einem Jungenzimmer, das, wie sie an den Trophäen und Postern erriet, sich kaum verändert hatte, seit Jackson hier gewohnt hatte. Das Zimmer am Ende des Flurs musste das von Susan sein.

Doch es war schon jahrelang kein Schlafzimmer mehr gewesen, wenn man nach den abgenutzten Sofakissen, den vollgestopften Bücherregalen und den überquellenden Wollkörben ging. Dies war ein Wohnzimmer, und im Moment war ihre Großmutter hier, vielleicht auf der Flucht vor den Menschenmassen. Sie strickte.

Lily hasste es, wie Ellen ihre Mutter behandelt hatte, und hätte Susan gerne verteidigt, wie sie es gegenüber Jack getan hatte. Doch diese Frau hier war älter. Und sie war ihre Großmutter. Hatte Lily sie nicht immer kennenlernen wollen?

Ellen sah sie zunächst nicht, und Lily wusste nicht genau, was sie tun sollte. Dann blickte Ellen auf, und Lily weigerte sich, wegzulaufen. Dass Ellen verblüfft schien, verlieh ihr Kraft.

Ellen blinzelte zuerst. Ihr Blick fiel auf ihr Strickzeug. Lilys auch. Hier gab es ein Gesprächsthema.

»Was machst du da?«, fragte Lily von der Tür her.
»Eine Socke.«
»Strickst du gerne Socken?«
»Ja.«
»Hast du schon viele gemacht?«
»Ja.«

Lily fühlte sich herausgefordert. Ellen mochte nicht gerne viel reden, aber es musste eine Möglichkeit geben, sie dazu zu bringen, mehr als zwei Worte zu sagen.

»Du verwendest Rundstricknadeln. Warum keine Doppelspitznadeln?«

Ellen wirkte überrascht von der Frage, doch ihre Stimme blieb ruhig. »Ich fühle mich gehemmt von denen. Zwei Rundnadeln kommen mir offener vor.« Sie verstummte und setzte dann wieder an. »Und es gibt viele gefallene Maschen bei den Doppelspitznadeln. Bei runden ist das nicht so.«

»Hast du jemals Magic Loop probiert?«

Ellen griff in ihre Tasche und zog die zweite Socke heraus. Sie war mit einer einzigen, sehr langen Rundnadel gestrickt worden, Magic Loop.

Lily lächelte. Das hatten sie gemeinsam. »Welche magst du lieber?«

»Ich fühle mich besser mit zwei Rundnadeln.« Ellen hielt inne. »Ich nehme an, du strickst auch.«

»Ja. Die Mütter meiner besten Freundinnen sind die Partner meiner Mom. Wir stricken alle. Sind die da für dich?«

Ellen befingerte die Socken und nickte. »Der Winter kommt bald. Die Wärme wird guttun.«

»Sind sie aus Merino?«

»Mit einem Hauch von Alpaka und Seide.«

Aber nicht von PC Wool. Lily erkannte das an der Farbe, die neutral war, vielleicht praktisch, aber langweilig. »Sie sehen weich aus.«

Ellen hielt ihr eine der Socken hin.

Erfreut über die Aufforderung, näherte sich Lily. Sie öffnete die Hand und nahm die Socke, um das Muster zu studieren. Es besaß Spitzenelemente und war komplizierter als alles, was sie je gemacht hatte. Spitze

war in Mode, aber nur für Strickerinnen, die Zeit hatten und dazu fähig waren. »Du strickst schön.«
Ellen nickte dankbar.
»Jetzt verstehe ich, warum meine Mutter so gut ist.«
»Oh, das hat sie nicht von mir. Was immer ich gestrickt habe, als meine Kinder klein waren, war rein praktisch.«
»Wann hast du mit solchen Sachen angefangen?«
»Erst vor kurzem.«
»Nana?« Jacks Tochter, die achtjährige Emily, sah wachsam von Ellen zu Lily. »Daddy sucht nach dir. Er macht sich Sorgen. Geht es dir gut?«
Ellen steckte die beiden Socken in die Tasche. »Ich komme.« Sie hievte sich hoch.
Der Augenblick war vorbei. Lily wusste nicht, wonach sie gesucht hatte, empfand aber kurz Abneigung. Sie war zurückgewichen, sobald ihre Cousine auftauchte, und ging Ellen voraus zur Tür. Emily betrachtete sie mit derselben Abneigung, die sie vorher schon gezeigt hatte, als Lily versucht hatte mit ihr zu reden. »In welcher Klasse bist du?« – »Machst du Sport?« – »Magst du Hannah Montana?« Unausgesprochen, aber eindeutig lag in dem Blick des Mädchens etwas Herausforderndes.
Emily war unhöflich und wenig gastfreundlich zu jemandem, der durch das halbe Land gereist war – und der ihre Cousine ersten Grades war.
Lily schwor sich, dass ihre Tochter niemals so sein würde, stellte sich ganz nahe vor Emily und bückte sich rasch. »Buh!«
Emily fuhr zusammen.

Weiter ging Lilys Befriedigung nicht. Sie traf ihre Großmutter nicht mehr allein an, und sie blieben nicht lange in dem Haus, was auch gut war. Lily hasste Eintöpfe. Sie aßen zu Abend in einem Steak-Restaurant, und auch wenn Lily kein rotes Fleisch aß, so war der grüne Salat doch frisch und die Gesellschaft ihrer Eltern und Big Ricks bei weitem der der Menschen im Haus vorzuziehen.

Wieder im Hotel, schloss Lily die Zimmertür und fragte: »Willst du, dass ich heute Nacht bei Großvater penne?«

Ihre Mutter sah sie erschrocken an. »Was?«

»Dad kann hier schlafen.« Als Susan zurückwich, lächelte Lily. »Ich weiß, dass ihr miteinander schlaft. Deshalb musst du dich doch nicht schämen. Ihr seid erwachsen und verantwortungsbewusst, und wenn du die ganzen Jahre nicht schwanger geworden bist, nehme ich an, dass einer von euch aufpasst.«

»Woher kommt das denn jetzt?«

»Hast du mir nicht gesagt, dass Sex zwischen erwachsenen und verantwortungsbewussten Menschen etwas Schönes ist?«

»Wie kommst du darauf, dass …«

»Türen, Mom. Geschlossen. Du machst deine Tür nicht zu, wenn nur wir zu Hause sind, und ich weiß, du machst deine Tür nicht zu, um ihn draußen zu halten. Außerdem knarzt doch der Boden an einer Stelle, wo du immer sagst, dass du im Voraus weißt, dass ich komme. Nun, ich weiß es auch im Voraus.«

Susan sah erregt aus. »Wie lange weißt du es schon?«

»Seit ein paar Jahren. Es ist in Ordnung. Er ist mein Dad. Wenn du mit jemandem zusammen sein willst,

dann besser mit ihm. Soll ich mein Kissen mit nach nebenan nehmen?«
Susan starrte sie an. Und zum ersten Mal, seit Lily gesagt hatte, dass sie schwanger war, umarmte sie sie spontan. »Auf keinen Fall. Rick schnarcht.«

Lily wusste nicht, ob ihr Baby auf die Umarmung oder die pure Erleichterung reagierte, heimzufahren. Doch als sie im Flugzeug saßen und auf den Start warteten, spürte sie ein Zucken.
»O wow«, flüsterte sie mit der Hand auf der Stelle und den Blick auf ihre Mutter gerichtet. »Etwas hat sich bewegt.«
Susan sah erschrocken aus. »Bewegt?«
»Ich habe es gerade gespürt.« Sie schob ihren Gurt ein wenig tiefer, doch es wiederholte sich nicht.
»Ein Krampf?«
»Das Baby.« Sie schaltete ihr Telefon ein, und bevor Susan widersprechen konnte, sagte sie: »Mary Kate und Jess müssen es erfahren.« Sie schickte ihnen die Nachricht per SMS und schaltete das Handy dann aus. Inzwischen dröhnte das Flugzeug auf seinem Weg zum Start so sehr, dass sie nichts gespürt hätte, wenn sich das Baby noch mal bewegt hätte. Sie landeten spät in Chicago und mussten rennen, um ihren Anschluss zu bekommen, und sie atmete zu schwer, um es spüren zu können. Und sie bemerkte auch nichts, als sie in Philadelphia auf ihren Flug nach Portland warteten.
»Meinst du, etwas stimmt da nicht?«, fragte sie, als sie in ihrem eigenen Auto saßen und das Baby immer noch ruhig war.

»Nein«, beruhigte Susan sie. »Du bist noch nicht mal im fünften Monat. Es ist viel zu früh, um das Baby schon zu spüren.«
»Ich habe es mir nicht eingebildet.«
»Vielleicht war es nicht das Baby, nur dein Körper, der innerlich ein bisschen gezuckt hat.«
Lily dachte allmählich, dass Susan recht hatte, als sie es zu Hause im Bett erneut spürte. Das Gefühl war so schwach, dass sie es vielleicht verpasst hätte, wenn sie nicht gewartet hätte.
Sie lächelte in die Dunkelheit. Diesmal rannte sie nicht los, um es ihrer Mutter zu erzählen, schickte nicht mal eine SMS an Mary Kate oder Jess, die auch beide meinten, es sei zu früh.
Doch Lily wusste, was sie spürte.

19

Susan bezweifelte ernsthaft, dass Lily tatsächlich das Baby gespürt hatte, und außerdem hatte sie dringlichere Sorgen. Evan Brewer war losgegangen und hatte Michael Murray eine dreitägige Suspendierung vom Unterricht aufgebrummt, was hieß, dass der Junge noch mehr Schule versäumen würde, genau das, was Susan nicht wollte. Sie erfuhr von Evans Vorgehen, als sie darauf warteten, Chicago zu verlassen, und obwohl sie ihm mailte, um ihre Missbilligung auszudrücken, und außerdem Mails an Phil und Michaels Eltern schickte, war der Schaden angerichtet.

Das belastete sie.

Genauso wie die Abschiedsworte ihrer Mutter am Vorabend. Sie hatten keine gute Möglichkeit zum Reden gehabt, und plötzlich war es Zeit zu gehen. »Danke, dass du gekommen bist«, hatte Ellen gesagt, als ob Susan niemand anders wäre als ein Dutzend weiterer Gäste.

Doch sie bereute es nicht, hingefahren zu sein. Es war richtig gewesen. Mit Rick und seinem Vater zusammen zu sein hatte sie beschützt; sie vier waren eine kleine Familie, die unabhängig von den Tates war. Und sie fühlte sich Lily näher.

Trotzdem war Zaganack ihre wahre Welt. Sie hatte gehofft, dass sich in ihrer Abwesenheit der Wirbel gelegt

haben würde, den die Schwangerschaften verursacht hatten. Stattdessen war da nun Evan.
Evan Brewer war neunundvierzig. Er war als Leiter einer Privatschule zurückgetreten, als diese gewollt hatte, dass er sich zu einer Bürgermeisterkampagne verpflichtete. Ihm gefalle es nicht, Geld aufzutreiben, erklärte er des Langen und Breiten, als Susan ihn befragte, und sie konnte das nachvollziehen. Sie mochte das Spendensammeln auch nicht; glücklicherweise wurde dies in ihrem Job wenig gefordert.
Man musste Evan zugutehalten, dass er ein hervorragender Lehrer war. Er beherrschte sein Thema und präsentierte es mit einer Autorität, die die Schüler aufhorchen ließ. Doch die Art, wie er sich bei Lehrerkonferenzen verhielt und mit Eltern umging, bereitete ihr Unbehagen. Er war zu sehr von sich überzeugt, fand sie. Und er wollte ihren Job.
Am Donnerstagmorgen kam er fünf Minuten zu spät zu ihrer Verabredung. Sie spürte die Absicht dahinter, denn als er endlich erschien, entschuldigte er sich nicht und drückte auch nicht sein Beileid zum Tod ihres Vaters aus, sondern stürzte sich direkt in eine Verteidigungsrede über sein Handeln wegen des Murray-Jungen.
»Er hat schlicht und ergreifend die Regeln missachtet. Ich weiß nicht, ob er dachte, wegen der Ferien würden die Leute nicht so genau hingucken, aber er ist in diesem Jahr allein dreimal beim Schummeln erwischt worden. Da, wo ich herkomme, heißt es, dreimal, und man ist draußen.«
Susan ging schon hoch, bevor er fertig war. »Hier nicht«, sagte sie. »Er ist im letzten Schuljahr, Evan.

Eine Suspendierung in seinem Zeugnis würde bei denen, die für die College-Zulassung zuständig sind, die Alarmlichter angehen lassen. Er ist ein intelligenter Junge, der sich bemüht, mit noch intelligenteren älteren Geschwistern und Eltern mitzuhalten, denen er verzweifelt zu gefallen sucht.«
Even zog eine Augenbraue hoch. »Indem er schummelt?«
»Er schreibt ab, wenn er glaubt, dass er versagt«, erklärte Susan, obwohl sie das bei einem Mann mit Evans Erfahrung nicht hätte tun müssen, »aber wir arbeiten mit ihm. Er und seine Eltern sind in Beratung. Das haben Sie doch sicher in seiner Akte gelesen.«
»Das habe ich, aber das hier war einfach kein Fall für Nachsicht. Ich musste eine Entscheidung treffen.«
»Ich habe Sie darum gebeten, es nicht zu tun. Sie wussten, dass ich heute wieder da sein würde.«
»Wenn ein Kind ein anderes Kind verprügelt, wird es jetzt gesperrt, nicht erst morgen oder nächste Woche.«
»Hier geht es nicht um Schikane«, widersprach Susan. »Wenn Michael schummelt, schadet er sich allein selbst.«
»Er schadet der Moral der Schule.«
»Die niemals höher war. Disziplinprobleme sind weniger geworden, seit ich übernommen habe, und zwar, weil wir über den Verstoß hinausschauen. Das ist meine Politik, Evan. Wenn Sie damit nicht einverstanden sind, ist dies vielleicht nicht die richtige Schule für Sie.«
Er hatte ihre Abwesenheit ausgenützt. Anders konnte sie es nicht sehen.
Evan blickte auf seine Uhr und behauptete, er habe eine Schülerbesprechung. Doch noch nachdem er weg

war, schäumte Susan. Sie wusste, dass Michael Murray überleben würde, aber sie missbilligte Evans Handeln aus Prinzip. Wenn ein Schüler suspendiert wurde, was lernte er daraus, zu Hause zu sitzen? Wenn dagegen seine Strafe beispielsweise daraus bestand, erwachsene Analphabeten zu betreuen, und er dabei seine eigenen Talente erkannte, erwuchs daraus etwas Positiveres.
Zumindest war das ihre Meinung. Und es war ihre Schule.
Und sie gedachte die drei Mädchen nicht zu bestrafen, die einen Pakt geschlossen hatten, schwanger zu werden.

Es war Mitte des Vormittags, als die *Gazette* kam. Diese Woche gab es keinen vernichtenden Leitartikel, nur einen freundlichen über den Feiertagsgeist, den Evan Brewer hätte lesen sollen, bevor er einen Jungen mit einem psychologischen Problem suspendierte. Doch die Seite gegenüber dem Leitartikel war entsetzlich. Auch diese Woche hatte George Abbott sich zurückgehalten, eine Geschichte über den Pakt zu bringen, doch dafür veröffentlichte er negative Briefe zu dem Thema, die praktisch die Seite füllten.
Susan rief Kate an. »Anonym? *Anonym?* Seit wann druckt die *Gazette* anonyme Briefe ab?«
»Seit unsere Töchter schwanger sind und George der Schiedsrichter über Moral wurde«, erwiderte Kate mit zitternder Stimme.
»Aber es gibt keine Glaubwürdigkeit, wenn die Briefe nicht unterzeichnet sind!«
»Die positiven sind unterzeichnet.«

»Nur zwei«, sagte Susan. »Aber zwanzig negative und zwei positive? Wenn das die Gefühle der Stadt wiedergibt, kann ich genauso gut gleich das Handtuch werfen.«
»Wag es bloß nicht! Das Einzige, was diese Seite wiedergibt, ist George Abbotts Versuch, uns anderen seine Sicht aufzuzwingen.«
»Und er hat Erfolg damit.«
»Das wissen wir nicht.«
»Nein.« Rick wüsste es vielleicht; er hatte einen guten Instinkt für so etwas. Doch Susan beschloss, nicht anzurufen. Er war ein Heiliger, weil er zur Beerdigung gekommen war – John Tate war auch zu ihm nicht besonders nett gewesen –, aber er war nun in Ecuador und machte eine Reportage über Ölverschmutzung. Und das hier war ihr Chaos.

Sie hatte gerade die Zeitung hingelegt, als Sunny anrief. »Ich verstehe es nicht«, schrie sie und klang den Tränen nahe. »Sie haben sich auf uns fixiert! Haben wir unseren Mädchen gesagt, sie sollen schwanger werden?« Sie begann zu lesen. »›Nicht alle Mütter sind so. Stellen diese Mütter keine Regeln auf? Was denken diese Mütter sich nur?‹ Ich gebe es auf. Was ich mir denke? Ich versuche zu hören, was du gesagt hast, Susan. Ich versuche, nicht den Fehler zu machen, den deine Eltern gemacht haben. Aber all das macht es schwer.«
»Nicht in allen Briefen geht es um Mütter«, wandte Susan ein. »Zwei erwähnen das Wort gar nicht.«
»Die beiden sprechen vom Zusammenbruch der Werte. Das heißt verschlüsselt schlechte Mütter. Sie spielen auf uns an.«

»Mit dem Gerede darüber, dass die Schulklinik sexuelle Promiskuität fördere? Nein, Sunny, sie spielen auf mich an.«

Susan rief Phil an, der immerhin nach der Beerdigung fragte. »Es tut mir leid, dass Sie bei Ihrer Rückkehr das hier vorfinden«, sagte er mit scheinbar echtem Bedauern. »George muss gewusst haben, warum Sie weg waren.«
»Entweder oder«, entgegnete Susan. »Tut mir leid, wenn ich zynisch bin, aber ich glaube nicht, dass es einen Unterschied gemacht hätte. Dies hier ist zu Georges Kreuzzug geworden.«
»Bah. Die Leute wissen das, was er sagt, mit Vorsicht zu genießen.«
»Nach diesen Briefen nicht. Wenn man die *Gazette* von heute liest, könnte man glauben, dass die ganze Stadt zustimmt. Ehrlich, Phil? Ich habe immer gedacht, Zaganack sei eine verständnisvolle Stadt.«
»Das ist sie. Aber drei Schwangerschaften verschrecken die Leute. Sie fragen sich, ob ihre Tochter die Nächste ist.«
»Und deshalb greifen sie mich an? Macht sie das sicher?«
»Das glauben sie.«
»Weil ich die Mädchen nicht suspendiert habe?«, fragte sie jetzt ruhig. Da Phil über ihre Zukunft bestimmte, musste sie sich an Evan Brewer halten und Autorität ausstrahlen. »Weil ich eine Schulklinik unterstütze, die Kondome an Jungen ausgibt, die sonst ungeschützten Sex hätten? Weil ich an konstruktive Bestrafung

glaube – was uns zu Michael Murray führt. Sie wissen, dass ich mit seiner Familie arbeite. Evan sagt, Sie haben der Suspendierung zugestimmt.«
»Sie waren nicht da. Etwas musste getan werden.«
»Ich war drei Tage weg, und ich habe nicht Golf gespielt. Ich habe so schwer mit diesem Jungen gearbeitet.«
»Vielleicht müssen Sie es anders angehen.«
Susan war sprachlos. Sie brauchte eine Minute, bevor sie fragen konnte: »Dann stimmen Sie ihm zu?«
»Ich weiß es nicht. Ich versuche offen zu sein.«
Offen für wen – Michael Murray? Evan Brewer? Susan Tate? Sie wusste es nicht und schwieg.
Phil seufzte. »Mir wäre es lieber, George hätte diese Briefe nicht abgedruckt, aber er hat es getan. Nun will ich glauben, dass es vorbei ist. Die Neinsager hatten ihr Fest.«
»Dann glauben Sie, es ist nur eine kleine Störung?«
»Ich glaube, dass Sie, da Sie sich immer noch hartnäckig weigern, Urlaub zu nehmen, proaktiv handeln müssen. Rufen Sie Pam Perry an, und bringen Sie sie dazu, zu Ihren Gunsten zu handeln, denn wenn der Schulausschuss darauf besteht, dass ich die Initiative ergreife, werde ich es tun.«

Pam war cool, doch Susan wusste nicht, ob aus Frustration oder um abzulenken. »Ich tue schon, was ich kann. Ich habe mit mehreren der Männer geredet. Ich habe erklärt, warum du weg warst. Ich habe gesagt, der Tod deines Vaters sei unerwartet gekommen. Sie müssen glauben, dass George dich tritt, während du schon am Boden liegst.«

»Würdest du ihnen das sagen?«, fragte Susan, die es nicht dem Zufall überlassen wollte. »Es so klar ausdrücken?«

»Keine gute Idee«, antwortete Pam. »Ich bin das jüngste Ausschussmitglied. Ich bin das neueste Mitglied. Ich kann ihnen nicht sagen, was sie denken sollen. Nein, sie werden es selbst kapieren.«

»Duncan Haith? Carl Morgan? Ich mach mir Sorgen, Pam. Dies ist eine weitere Woche, in der nur eine Seite der Geschichte in der Zeitung steht.«

»Vielleicht könntest du eine Gegendarstellung schreiben.«

»Und George Abbotts Anschuldigungen Glaubhaftigkeit verleihen? Vielleicht könntest du es tun.«

»Nein. Nicht bei meiner Stellung in der Stadt.«

Sie könnte es, wenn sie wollte. Doch sie wollte nicht. Verletzt fragte Susan: »Glaubst du, dass die Briefe die Gefühle der Stadt wiedergeben?«

Pam schwieg einige Sekunden zu lang. »Ich weiß nicht.«

»Stimmst du dem zu, was sie sagen? Bin ich weniger Mutter wegen dem, was Lily getan hat?«

»Nein, aber du kannst öffentliche Gefühle nicht kontrollieren.«

»Was ist mit Tanner? Wenn er redet, hören die Leute zu.«

»Ich kann Tanner da nicht reinziehen.«

»Du weißt, was dieser Job mir bedeutet.«

»He«, meinte Pam locker, »ich kann mir nicht vorstellen, dass wegen der Briefe etwas passieren wird. Du musst einfach ein bisschen länger in der Schwebe

bleiben. Nächsten Mittwoch fangen die Schulferien an. Wenn die vorbei sind, werden es alle vergessen haben.«
Das glaubte Susan nicht. Sie war sich auch nicht sicher, ob Pam es glaubte, aber sie wollte ganz eindeutig nicht mehr tun. Das traf sie auf einer persönlichen Ebene tief. Auf der professionellen machte es Susan sehr, sehr nervös.

Nur mit Mühe brachte sie es über sich, an diesem Nachmittag zum Basketballturnier zu gehen. Sie wäre lieber in ihrer Höhle geblieben und hätte sich die Wunden geleckt. Doch ihre Vorstellung von ihrer Direktorenposition beinhaltete, eine Führerin in guten und in schlechten Zeiten zu sein, was hieß, dass sie auftauchen musste, um die eigene Mannschaft anzufeuern, selbst wenn sie die größte Außenseiterin im Umkreis war.
Im Nachhinein war sie froh darüber. Sportereignisse waren ein guter Ort, um mit Eltern zu reden. Manche sprachen ihr ihr Beileid zum Tod ihres Vaters aus, andere wollten mit ihr über die *Gazette* diskutieren. Die Letzteren waren empört über die Briefe und unterstützten Susans Position.
Dann kam Allison Monroe. Sie berichtete, dass sie Evan Brewer an diesem Morgen im Aufenthaltsraum der Lehrer habe argumentieren hören, warum sein Herangehen an Disziplin das beste sei. Wütend zog Susan ihren BlackBerry heraus und schickte ihm eine Nachricht. »In mein Büro. Um sieben Uhr morgen früh.«

Auch am Freitag kam er fünf Minuten zu spät mit einem Kaffee von Starbucks herein – nur ein Becher, eindeutig für ihn. Nicht, dass Susan Kaffee wollte. Doch wenn sie gespürt hätte, dass sie etwas getan hatte, was ihrem Chef nicht gefiel, hätte sie ein Friedensangebot mitgebracht. Aber nicht Evan Brewer.
Reif und professionell gegenüber Phil aufzutreten war wichtig, doch Evan war nicht Phil. Und Susan war sauer. »Verleumden Sie mich im Aufenthaltsraum?«, fragte sie ohne Umschweife.
Er schenkte ihr ein seltsames Lächeln. »Ob ich was?«
»Mich verleumden. Sie haben Michaels Fall mit anderen Lehrern besprochen?«
»Wer sagt das?«
»Darum geht es nicht. Dass Sie darüber reden, verletzt Michaels Privatsphäre – und ist völlig unprofessionell. Sie haben im Grunde gesagt, dass Ihre Art, Michael zu disziplinieren, besser ist als meine.«
»Nein, Susan. Es war eine philosophische Diskussion.«
»In der Sie die entgegengesetzte Position zu der Ihrer Chefin einnehmen?« Echt sauer sagte sie: »Hätten Sie es zu schätzen gewusst, wenn Ihr Lehrkörper Ihre Entscheidungen angezweifelt hätte, als Sie Schulleiter waren?«
»Ich bin sicher, dass er es getan hat. Ein Leiter kann nicht kontrollieren, was sein Lehrkörper tut. Doch in diesem Fall habe ich nur versucht zu helfen.«
»Wie helfen?«
Er zuckte mit den Schultern. »Dies mag das Letzte sein, was Sie im Moment hören wollen, aber es gab viel Gerede über den Mangel an Disziplin hier. Ich habe

mein Argument so vorgebracht, dass Sie alle Möglichkeiten in Betracht ziehen können. In diesem Sinne bin ich für Sie eingetreten.« Er hob arrogant eine Braue. »Sehen Sie es doch so. Ich bin älter und habe mehr Erfahrung. Dass ich stärker in Erscheinung trete, ist nicht das Schlechteste.«
Susan hätte nicht weniger einverstanden sein können. »Sie sind hier nicht der Direktor, Evan. Nicht mal stellvertretender Direktor ist Ihr Titel. Es ist schlimm genug, dass ich Sie gebeten habe, in Michaels Fall nichts zu tun, und Sie es doch getan haben. Aber jetzt auch noch hinter meinem Rücken über das Thema zu reden?«
Er gab ein abschätziges Geräusch von sich. »Sie haben bereits geredet. Ich habe nichts gesagt, was sie nicht hören wollten.«
»Das glauben Sie? Fürs Protokoll«, sagte sie ruhig, »ich wurde angestellt, weil die Eltern hier eine andere Herangehensweise an die Leitung dieser Schule wollten. Ich hatte keine Probleme mit dem Lehrkörper.« Zu Recht verblüfft, runzelte sie die Stirn. »Ich verstehe nicht, Evan. Ich stelle mein Personal an und entlasse es, was heißt, dass Ihr Job in meinen Händen liegt. Macht Ihnen das keine Sorgen?«
Er stand auf, obwohl sie die Unterredung noch nicht beendet hatte. »He, ich habe nur versucht zu helfen.«
»Bitte tun Sie das nicht.«

Susan juckte es, Luft abzulassen, als sie am Samstagmorgen zur Scheune kam, doch irgendetwas hielt sie davon ab. Vielleicht war es die Kraft dieses Ortes, der seine eigene Ruhe ausstrahlte. Oder dass Sunny und Pam nicht erschienen. Oder die Verlockung, den ganzen Tag mit Wollefärben zu verbringen, was sie und Kate schließlich auch taten. Kate hatte Personal, das half, Wolle in Massen zu produzieren. Doch wie das Stricken selbst hatte Färben eine therapeutische Wirkung.

Sie redeten nicht viel. Susan konnte es nicht ertragen, darüber zu spekulieren, was es für Sunny und Pam bedeutete, dies auszulassen, sie hatte es satt, über die *Gazette* nachzudenken, und als Kate fragte, ob sie mit ihrer Mutter geredet habe, schüttelte sie nur den Kopf. Sie sprachen über Wolle. Das war akzeptabel.

Babys waren es nicht. Doch zwei kleine Enkel waren wohl in ihrem Geiste dabei, denn die Farbmischung, die Susan und Kate zuerst entwickelten, war Robin at Dawn, die Rot, Braun, Pink und Blau enthielt – weit mehr von den letzten beiden, als Susan erwartet hatte, auch wenn ihre Hand das Färbemittel ausgoss. Und selbst als Kate eine Bemerkung machte, dass Montag der große Tag sei, konnte Susan nicht folgen.

»Lilys Ultraschall«, erklärte Kate. »Mary Kate und Jess sind deshalb ganz aus dem Häuschen. Sie wetten immer noch, dass es ein Mädchen wird. Was meinst du?«

»Ich glaube«, setzte Susan an und verstummte dann. Sie hatte so viel im Kopf neben dem Baby. »Ich glaube, ich bin noch nicht bereit. Und du?«

»Nein. Ich bin froh, dass Lily die Erste ist.«

Sie arbeiteten noch ein wenig weiter, bevor Susan kummervoll aufhörte. »Ich hatte immer Phantasien darüber, wie ich meine Eltern zu Lilys Hochzeit einlade.

Sie würde einen tollen Typen heiraten; sie wären ein absolut schönes Paar. Und dann, wenn die Kinder kämen und ich meinen Eltern erzählen könnte, dass sie Urgroßeltern werden – wow, das wäre was gewesen. Und nun ist Dad nicht mehr da, Mom redet nicht mit mir, Lily tut genau das, was sie nicht wollen würden, und mein Job steht auf dem Spiel. Wie schrecklich ist das denn?«

20

Susan startete den Montag mit gemischten Gefühlen. Einerseits freute sie sich nicht auf den Ultraschall. Dadurch wurden Babys real. Sie wollte, dass Lilys noch etwas länger abstrakt blieb, zumindest bis sie den Rest ihres Lebens geklärt hatte.
Aber sie liebte Lily, und da Lily außer sich vor Erregung war, ließ sich Susan auch ein wenig von ihrer Stimmung anstecken. In Lilys Kopf war es wie der erste Tag im Kindergarten oder der Abend vor Weihnachten. Das Krankenhaus, in dem sie ihren Termin hatte, lag mit dem Auto dreißig Minuten von Zaganack entfernt, und sie redete während der ganzen Fahrt.
»Sie machen Aufnahmen während des Ultraschalls, wusstest du das, Mom? Wir können sie mitnehmen – und ich weiß, sie wird wie ein Marsmensch aussehen, aber sie ist jetzt elf Zentimeter groß. Ich werde das Bild einrahmen. Ich meine, ich werde ständig Bilder machen, sobald das Baby geboren ist, aber das werden die allerersten sein. Du hast warten müssen, bevor du das Geschlecht wusstest.«
»Viele Eltern warten immer noch lieber.«
»Ich nicht. Ich will es wissen. Vielleicht aber können sie es mir heute noch gar nicht sagen. Es hängt von der Lage des Babys ab. Gott sei Dank bin ich schon so weit.« Sie krauste die Nase. »Ich würde nicht wollen,

dass man den Ultraschall durch die Vagina macht – ich meine, es wäre schon in Ordnung, aber durch den Bauch ist es doch angenehmer, und ich glaube, sie können so mehr erkennen, weil sie die Sonde mehr bewegen können. Ist das nicht sinnvoll, Mom? Mary Kate wollte mitkommen, aber ich habe ihr gesagt, dass ich das nicht will. Diesmal sind es nur du und ich. So sollte es doch sein, oder?«

Du solltest fünfundzwanzig und verheiratet sein, und dein Mann sollte dich hinfahren, dachte Susan. Doch sie akzeptierte allmählich, dass es nicht so sein würde. Das Baby war etwas anderes. Sie wappnete sich dagegen und spürte ein Flattern in ihrem eigenen Bauch, als der Ultraschall begann. Lily lag auf einem Tisch, und eine kleine Wölbung ihres Unterleibs war nackt. Die Technikerin drückte ein Gel heraus, verteilte es mit dem Schallkopf, und bald tauchten Bilder auf dem Bildschirm auf. Lily griff nach Susans Hand und zog sie nahe ans Kopfende des Tisches, doch die Bilder waren schwer zu deuten. Die Technikerin war geduldig und erklärte, was sie sah, und plötzlich keuchte Lily auf.

»O mein Gott, schau doch, Mom!«

Susan empfand dasselbe Staunen. Selbst in dem körnigen Bild war der Fleck auf dem Schirm ein Baby geworden. Die Technikerin bewegte die Sonde und konnte ihnen das Profil zeigen – Augen, Nase, Mund –, primitiv, aber deutlich, und vertraut, obwohl Susan nur mit Mühe hätte sagen können, welche Züge Lily ähnelten. Die Technikerin machte ein Bild, richtete ihre Ausrüstung ein und zeigte ihnen Arme und Beine.

Susan wusste, dass sie verloren war, als sie den pulsierenden Punkt eines schlagenden Herzens erblickte.
Deshalb hatte sie den Herzschlag nicht hören wollen, bevor ein Herzschlag Leben bedeutete. Sie erinnerte sich an das erste Mal, da sie ihn gehört hatte, als sie mit Lily schwanger war. Es war der Moment gewesen, in dem Susan richtig klarwurde, dass sie Mutter war.
Und nun? Innerhalb eines Augenblicks wandelte sich Susans Perspektive. Es ging nicht mehr darum, dass ihre Teenagertochter schwanger war. Jetzt ging es um das Kind ihrer Tochter – ihr eigener Enkel –, ein echtes menschliches Wesen. Susan empfand wahre Ehrfurcht.
Die Technikerin fummelte an dem Schallkopf herum, bewegte ihn höher und dann nach links. Sie gab ein verblüfftes Geräusch von sich, und Lily fragte besorgt: »Können Sie das Geschlecht nicht erkennen?«
Die Frau suchte eine neue Lage für das Gerät. Susan hielt den Blick auf den Monitor gerichtet, sah aber nichts Erkennbares.
»Bist du sicher, dass du es wissen willst?«, fragte die Technikerin, und als Lily aufgeregt bejahte, sagte sie: »Siehst du das?« Sie zeigte auf den Schirm. Susan blinzelte. »Wenn ich raten müsste, würde ich sagen, du hast hier einen kleinen Jungen.«
Ein kleiner Junge. Nicht das, was Lily wollte. Susan sah ihre Tochter an, und ja, es standen Tränen in ihren Augen, ein kurzes enttäuschtes »Oh«, dann ein strahlendes Lächeln.
»Ein Junge«, probierte sie das Wort aus. »Das ist okay, das ist okay. Mary Kate wird sterben. Sie wollte einen

Jungen, bis Jess und ich sie so ärgerten, dass sie ihre Meinung änderte. So viel dazu, eine weitere Generation Mädchen zu haben.«

Wenn die Bemerkungen bei der Technikerin ankamen, so gab sie keinen Kommentar ab. Sie bewegte den Schallkopf wieder, erst in eine Richtung, drückte ein wenig, dann in die andere, und die ganze Zeit waren ihre Augen auf den Schirm gerichtet. Sie suchte nach etwas.

»Was sehen Sie?«, fragte Susan schließlich.

»Ich bin mir nicht sicher.«

Lily nahm Susans Sorge wahr. »Stimmt etwas nicht?«

»Ich versuche nur einen anderen Blickwinkel zu bekommen«, sagte die Technikerin, doch ihre Stimme klang zögerlich.

»Sie sind nicht sicher, ob es ein Junge ist?«

Susan glaubte nicht, dass es das war. Ihr Bauch sagte ihr, dass die Technikerin etwas anderes erkannte. »Was ist?«, fragte sie.

Die Frau legte den Schallkopf beiseite und lächelte ihnen schnell zu. »Das bin wahrscheinlich nur ich. Mein Auge ist nicht trainiert genug. Lassen Sie mich den Radiologen holen. Er wird es wissen.«

Sobald sie weg war, blickte Lily mit großen Augen Susan an. »Sie macht sich Sorgen, aber wie kann etwas nicht stimmen? Ich meine, ich bin jung, ich bin gesund, ich fühle mich super.«

Susan hielt ihre Hand. »Wahrscheinlich ist alles gut, aber der Grund, weshalb sie diesen Ultraschall machen, ist ja auch, dass sie das Kleinste entdecken wollen.«

»Zum Beispiel?«

»Du würdest es besser wissen als ich, Süße. Du bist diejenige, die diese ganze Recherche gemacht hat.«
»Down-Syndrom. Aber dazu braucht man ernsthafte Berechnungen, und die hat sie nicht angestellt. Vielleicht hat sie ja etwas Strukturelles gesehen, aber alles, was da sein soll, war doch da, oder?«
»Auf jeden Fall. Ich bin sicher, es ist nichts.«
»Was, wenn doch?«
»Dann schaffen wir das auch.«
Die Technikerin kam mit dem Radiologen wieder, der sich vorstellte und dann ruhig sagte: »Lassen Sie uns mal sehen«, bevor er den Schallkopf nahm. Susan betrachtete den Monitor und versuchte etwas zu erkennen, doch das Einzige, was sie sah, war das kleine Herz, das ihrer Meinung nach in einem völlig normalen Rhythmus schlug.
Schließlich zeigte der Radiologe auf den Schirm. »Das ist die Brust des Babys. Ich sehe die Gedärme.« Er bewegte die Spitze des Schallkopfs. »Und da sind die Nieren, aber sie scheinen außerhalb des Bauchraums zu sein.«
Lilys Hand begann zu zittern. Susan hielt sie fester und fragte: »Was heißt das?«
Wieder bewegte er den Schallkopf, doch Susan erblickte auch diesmal nichts. Als er aufhörte, sah er nicht erleichtert aus. »Das ist nicht unüblich. Es passiert einmal bei ungefähr zweitausendfünfhundert Geburten. Wir nennen es eine angeborene Zwerchfellhernie.«
»Bitte erklären Sie es«, bat Susan, die wusste, dass Lily dies sagen würde, wenn sie hätte sprechen können.
»Das Zwerchfell ist ein Muskel zwischen der Bauchhöhle und der Brust. Es bildet sich mit acht Wochen,

doch ab und zu hat es ein Loch. Wenn das passiert, sind Organe, die normalerweise in der Bauchhöhle wären, nicht dort.«

»Seine Organe sind außerhalb seines Körpers?«, jammerte Lily.

»Nein, sie sind innen. Sie sind nur in der Brusthöhle, nicht im Bauch.«

»Was heißt das denn?«

»Das heißt, dass weniger Platz ist, damit sich Lungen ausbilden können, so dass eine oder auch beide sich nicht ganz entwickeln.«

»Mein Baby wird sterben?«

»Nein. Es gibt unterschiedliche Schweregrade von CDH, und selbst beim schwersten wird die Überlebensquote stetig größer. Aber ich weiß noch nicht ganz sicher, ob es sich um CDH handelt. In ein paar Wochen wissen wir mehr.«

»Wochen?« Wenn es ein Problem gab, wollte Susan jetzt handeln.

Der Arzt blieb ruhig. »Das Baby befindet sich nicht in unmittelbarer Gefahr. Im Moment atmet es durch die Plazenta. Normalerweise beobachten wir den Fötus, um seinen Zustand zu bestätigen und zu sehen, ob es schlimmer wird.«

Lily fing an zu weinen.

Susan hielt sie im Arm und sagte: »Wir müssen mehr wissen. Wenn das Baby das hat, wie wird es behandelt?«

»Operation nach der Geburt. Je nach der Schwere beim Wachsen des Fötus ist sogar eine pränatale Operation eine Option.« Er sprach jetzt an Lily gewandt. »Wie ich schon sagte, dein Baby ist nicht in unmittelbarer Gefahr. Wir schicken den Ultraschall an deine Gynäkologin.« Er sah in ihrer Akte nach. »Sie wird dann übernehmen.«

Sobald sie beim Auto waren, rief Susan Dr. Brant an, die vorschlug, sie sollten auf dem Heimweg bei ihr vorbeikommen. Lily schwieg, sie war blass und verängstigt. Das Beste, was Susan während der Fahrt tun konnte, war, sie zu beruhigen.
»Nimm nicht gleich das Schlimmste an, Liebes. Die Gefahr bei frühen Tests ist, dass sie falsch sein können. Vielleicht ist ja nichts.«
Doch Dr. Brant war besorgt genug, nachdem sie mit dem Radiologen gesprochen hatte, um Lily zu einem Gynäkologen für Risikoschwangerschaften zu schicken. Der erste Termin, den sie bekommen konnten, war am nächsten Morgen, was eine lange sorgenvolle Nacht bedeutete. Mary Kate und Jess schliefen bei ihnen, und Lily hatte genug anderen Freundinnen von dem Ultraschall erzählt, so dass das Telefon nicht lange stillstand. Als Lily es nicht länger ertragen konnte, darüber zu reden, halfen die beiden Freundinnen. »Lily schläft. Alles ist in Ordnung. Es ist ein Junge.«
Lange nachdem die Mädchen das Licht ausgemacht hatten, googelte Susan »angeborene Zwerchfellhernie«, las verschiedene Berichte und war abwechselnd ermutigt und entmutigt. Es war ein Fall, in dem wenig Information gefährlich war, vor allem sobald ihre Phantasie einsetzte. Und sie wusste ja noch gar nicht, ob das Baby es überhaupt hatte.

Deshalb rief sie auch Rick nicht an. Sie hatte nie angerufen, wenn Lily als Baby einen Ausschlag hatte, erst wenn der Arzt wusste, was es war. Wenn es sich als Hitzeausschlag herausstellte, rief sie ihn nicht an. Und sie wollte, dass es sich bei diesem Schrecken genau darum handelte – etwas wie ein Hitzeausschlag, der am Morgen wieder weg war.

Jane LaBreia, die neue Ärztin, war jünger als Eileen Brant und im Mass General ausgebildet worden. Sie war eine kleine Frau mit kurzem blondem Haar und hatte eine ruhige Art und ging wunderbar mit Lily um, wofür Susan sie liebte. Sie verstanden sich sofort.
Nachdem sie Lily untersucht und den Ultraschall studiert hatte, sagte sie: »Ich stimme der Diagnose zu. Was ich auf diesen Bildern sehe, stimmt mit CDH überein, aber im Moment können wir nicht viel tun. In der zwanzigsten Woche werden wir einen neuen Ultraschall machen, eine gründlichere Version dessen, was du gestern hattest. Wenn die Diagnose bleibt, wird er uns zeigen, ob der Zustand des Babys sich verschlechtert. Wenn wir ein noch besseres Bild brauchen, werden wir ein Kernspin machen.« Sie wandte sich an Lily und erklärte: »Wenn ein Fötus CDH hat, besteht zuerst die Sorge, dass die Lungen zu klein sind, um die Atmung zu unterstützen, und dann erst wegen des Herzens. Im Moment klingt das Herz deines Babys stark und vollkommen normal. So wollen wir es beibehalten.«
»Und wie machen wir das?«, fragte Lily mit schwacher Stimme.

»Indem wir es überwachen. Wenn wir Stress hören und sehen, dass die CDH schlimmer wird, haben wir mehrere Möglichkeiten.«

»Welche?«

»Wir können nichts tun und der Natur ihren Lauf lassen. Oder wir können operieren.«

Der Natur ihren Lauf lassen. Susan wusste, dass das bedeutete, das Baby bei der Geburt sterben zu lassen, doch natürlich gab es noch eine andere Option. Man konnte die Schwangerschaft jetzt beenden.

Glücklicherweise hatte Lily sich auf die letzte Option der Ärztin gestürzt. »Sie würden operieren, bevor das Baby geboren ist?«

»Ja. Es gibt neue, minimalinvasive Verfahren. Die Ergebnisse waren erstaunlich.«

»Aber es besteht ein Risiko.«

»Jede Operation birgt ein Risiko in sich, aber dafür sind Kinderspezialisten da.«

»Mein Baby könnte trotzdem sterben.«

»Diese Gefahr ist heute weniger wahrscheinlich als noch vor fünf Jahren. Du solltest ein kräftiges, gesundes Baby bekommen.«

Lily sah aus, als wollte sie ihr glauben, dass es ihr aber nicht ganz gelang.

»Wirklich«, beharrte die Ärztin freundlich und fuhr fort: »Ich empfehle eine Fruchtwasseruntersuchung. Je mehr Informationen wir haben, desto besser. Wenn wir jedes andere mögliche Problem ausschließen, können wir uns auf die CDH konzentrieren. Fruchtwasseruntersuchungen bringen jedoch ein kleines Risiko mit sich, so dass Sie beide vielleicht darüber nachdenken wollen.«

Susan wusste, dass die Bitte der Ärztin nicht von ungefähr kam. Mehr als einer der Artikel, die sie gelesen hatte, erwähnte, dass ein Fötus mit CDH oft noch andere Anomalitäten aufwies.
Lily war verwirrt und schwieg, weshalb Susan sagte: »Wie schnell kann sie gemacht werden?«

Lily war zutiefst betroffen. Der Plan war gewesen, schwanger zu werden, die neun Monate lässig hinter sich zu bringen, wie sie die Bio-Abschlussprüfung hinter sich gebracht hatte, und ein gesundes Baby zu kriegen. Andere Leute hatten körperliche Probleme, aber sie nicht, weil ihre Mutter auch keine hatte. Waren solche Dinge nicht vererbt?
Doch die Ärztin berichtete ihnen, dass sie abwarten mussten, dass ihr Baby operiert werden müsste oder auch nicht, normal sein konnte oder auch nicht, leben könnte oder auch nicht – und ihre Mutter war losgezogen und hatte einen Termin für einen Test vereinbart, den Lily nicht wollte.
Sie ließ Susan ihre Hand halten, bis sie das Gebäude verlassen hatten, doch ihr Groll wuchs. Auf halbem Weg zum Parkplatz blieb sie stehen, riss sich los und stürzte sich auf Susan. »Wie konntest du dem zustimmen, Mom? Eine Fruchtwasseruntersuchung kann zu einer Fehlgeburt führen, was für dich ja gut wäre, du willst das Baby ja nicht, ich aber schon, und ich will keine Fruchtwasseruntersuchung.« Als Susan die Hand nach ihr ausstreckte, wich sie zurück. »Das ist *mein* Baby. Das habe ich dir doch gesagt. *Ich* treffe die Entscheidungen.«

»Es gibt einen Grund, weshalb die Ärztin es will, Lily.«
»Um andere Probleme auszuschließen, aber welche anderen Probleme könnte es geben? Ist das eine nicht schlimm genug?« Innere Organe am falschen Platz? Es ließ sie ausflippen. »Ich will keine Fruchtwasseruntersuchung. Wie konntest du sie vereinbaren, ohne mich zu fragen? Ich saß doch da!«
»Lily, ich habe dich angeschaut. Du hattest die Möglichkeit zu reden, hast es aber nicht getan.«
»Ich konnte nicht. Ich war zu erregt. Meinst du nicht, dass das ein Schock ist, Mom?«
»Aber ja.« Susan blieb ruhig und zog sie zur Seite, damit eine andere Familie vorbeigehen konnte. »Doch du bist immer noch mein Kind, und ich habe die beste Entscheidung getroffen, die ich treffen konnte. Eine Fruchtwasseruntersuchung wird uns etwas mitteilen.«
Genau das ängstigte Lily. Ihre Stimme bebte. »Was, wenn sie uns sagt, dass mein Baby richtig krank ist?« Ihre Augen füllten sich mit Tränen. »Ich habe auch online gelesen, Mom. Was, wenn noch andere wirklich schreckliche Dinge da sind? Was soll ich dann machen?« Sie schluchzte plötzlich und ließ sich von Susan festhalten. Sie hatte entsetzliche Angst.
Auch als sie aufhörte zu weinen, ließ ihre Mutter sie nicht los. Mit jener ruhigen Stimme, die Lily hasste, aber nun unbedingt hören musste, sagte Susan: »Wir schaffen das, Liebes. Wir schaffen das.«
Lily wollte ihr glauben. Doch sie war kein Kind mehr, sie *bekam* ein Kind. Sie musste realistisch sein. »Was, wenn es so schrecklich ist, dass mein Baby nicht lebensfähig ist?«

Susan lächelte sanft und wischte ihr die Tränen von den Wangen. »Lass uns einen Schritt nach dem anderen machen. Wenn du die Untersuchung nicht willst, sagen wir sie ab.«

Das legte die Last auf ihre Schultern. Genau das wollte Lily. Nur dass ihre Mutter wirklich ein sehr gutes Urteilsvermögen besaß. »Du findest, wir sollten sie machen.«

»Ja. Das Risiko ist in deinem Alter weniger hoch. Es wird sogar noch geringer sein, wenn wir zu jemandem gehen, der solche Untersuchungen dauernd macht. Gute Nachrichten werden das Warten eindeutig leichter machen.«

»Was, wenn es schlechte Nachrichten sind?«

»Wir schaffen es.«

»Das sagst du dauernd, aber es könnte alles bedeuten«, erwiderte Lily erneut unter Tränen. »Nicht in einer Million Jahre könnte ich diese Schwangerschaft beenden. Es ist mein Kind. Mir ist egal, was mit ihm nicht stimmt. Wunder passieren doch, oder?«

»Ja, aber warum erwartest du das Schlimmste? Wir sind doch nie pessimistisch gewesen.«

»Wir haben es auch noch nie mit so was zu tun gehabt. Warum ist es passiert? Was habe ich falsch gemacht? War es, weil ich beschlossen habe, ein Kind zu bekommen, ohne es dem Vater zu sagen? Ohne es dir zu sagen? Ich meine, Leute meines Alters bekommen andauernd Babys, und sie sind gesund. War es der Sport? Ich habe Hockey gespielt, als sich das Zwerchfell gebildet hat. Vielleicht bin ich zu schnell gerannt oder hingefallen, und durch den Aufprall ist was gerissen.«

Noch bevor sie zu Ende gesprochen hatte, schüttelte Susan den Kopf. »Ich glaube nicht, dass das der Grund war.«
»Was dann?« Lily brauchte eine Erklärung.
»Es war eine Laune der Natur.«
»Überleben der Stärksten? Aber warum gehört mein Baby nicht dazu?«
»Vielleicht ja doch.«
»Mein Baby sollte perfekt sein!«
»Dein Baby ist es.«

Eine Mutter musste um ihres Kindes willen stark sein, weshalb Susan immer noch nicht Rick anrief. Sie wusste, wenn sie seine Stimme hörte, würde sie zusammenbrechen.
Aber sie musste etwas tun, und in die Schule zurückkehren gehörte nicht dazu. Stattdessen fuhr sie auf die Autobahn nach Portland, und entschlossen, Lilys Stimmung zu heben, entführte sie sie in ihr Lieblingsrestaurant Old Port. Lily behauptete, nicht hungrig zu sein, doch als Susan sie daran erinnerte, dass ihr Baby mehr denn je Nahrung brauchte, schlang sie Suppe und ein Hühnchensandwich hinunter. Danach gingen sie einkaufen, und Lily wurde vorsichtig.
»Wir wissen nicht, was passieren wird«, sagte sie und sah auf das Preisschild der Jeans, die Susan in der Hand hielt.
»Doch«, erwiderte Susan voller Selbstvertrauen und führte sie in eine Ankleidekabine. Zwei Stunden, drei Läden und ein Vermögen später verfügte Lily über eine Umstandsgarderobe, wie sie dem glücklichsten

schwangeren Teenager gebührte. Susan wusste, dass Kleider keine Lösung waren, doch sie halfen. Lilys Laune war besser – auch wenn sie immer noch nicht bei Mary Kate und Jess anrief. Diese Entwicklung distanzierte sie von den beiden. Ihr Handy blieb abgeschaltet in ihrer Tasche. Erschöpft schlief sie auf der Heimfahrt.

Da sie die halbe Nacht mit ihr auf gewesen war, war Susan auch erschöpft. Doch sie musste während der Fahrt ein paar Anrufe nachholen. Dies war der zweite Tag hintereinander, an dem sie die Schule versäumte. Das Timing hätte nicht schlechter sein können.

Susan tat, was sie vom Auto aus konnte, um Termine zu verlegen, die sie verpasst hatte, und zu Hause machte sie es wie Lily und achtete nicht aufs Telefon. Zusammen schafften sie im Schrank Platz für Lilys neue Kleider, und als Lily nach dem Pullover griff, den sie für eine Tochter gemacht hatte, sprachen sie vom Stricken.

Als Lily fragte, was sie für einen Jungen stricken sollte, sagte Susan, dass auch Jungen Pullover brauchten, und als Lily die Nase über Muster mit Zügen oder Traktoren rümpfte, schlug Susan Taue vor. Sie suchten eine Weile online nach Mustern.

Verschlossen sie die Augen vor der Realität? Absolut. Doch die Alternative war noch schlimmer.

Nach dem Essen schickte Susan Lily zum Lernen. »Das Leben hört nicht auf. Du hast im Januar Prüfungen. Ja, es ist wichtig, selbst wenn du auf die Percy State gehst. Du kannst deine Noten nicht schleifenlassen.«

Lily ging nach oben, und Susan dachte übers College nach, das man vielleicht verschieben musste, sollte das

Baby krank sein. PC KidsCare konnte kein krankes Kind aufnehmen, und außerdem würde Lily ihr Kind dort nicht lassen, wenn es besondere Bedürfnisse hatte. Der Gedanke an besondere Bedürfnisse setzte eine weitere Runde Sorgen in Gang. Susans Krankenversicherung war gut, aber war sie gut genug? Die Sonderpädagogik in Zaganack war gut, aber noch mal, war sie gut genug? Und was wusste sie über Jane LaBreia, außer dass an ihrer Wand eine beeindruckende Anzahl von Diplomen hing? Und die Krankenhäuser? Das am Ort hatte keine Neonatalintensivstation, wie sie bei CDH-Babys nötig war. Die meisten konnten bei der Geburt operieren – und Lily selbst würde einen Kaiserschnitt brauchen, was eine längere Rekonvaleszenz bedeutete.

Als Susan schließlich zum Weihnachtskonzert zurück in die Schule fuhr, hatte sie sich in eine Panik hineingesteigert. Wären nicht solche Leute wie Evan Brewer, George Abbott und Duncan Haith gewesen, wäre sie vielleicht zu Hause geblieben, doch ein öffentlicher Auftritt schien ihr entscheidend zu sein. Sie plauderte, sie lächelte, sie bewegte sich in der Menge und schaffte drei Viertel des Programms, bevor sie sich davonschlich. Während sie in der Kälte darauf wartete, dass sich ihr Auto aufwärmte, kehrte die Panik zurück.

Da rief sie Rick an, und wenn sie gedacht hatte, sie würde die Beherrschung verlieren, so hatte sie sich geirrt, denn er war es. »Warum hast du mich nicht gestern angerufen? Ich bin ihr Vater! Behandle mich nicht so beiläufig, Susan. Es ist ein ernstes Problem.« Der folgende Schwall aus Fragen war so detailliert, dass sie

ihn nicht beantworten konnte, und sie wurde noch erregter – und Rick ruhiger. »Keine Aufregung, Liebes«, sagte er schließlich. »Ich hole mir die Antworten. Das ist meine Spezialität.«
Sie hörte zu. Sie glaubte ihm. Sie fühlte sich tatsächlich besser, als sie nach Hause kam, und rief Kate an.

21

Kate kämpfte immer noch mit der Vorstellung, dass Mary Kate in der Percy State stecken würde, dass Autositze und Windeln wieder auftauchen würden, dass es ein weiteres Maul zu stopfen galt, wo doch ihre Söhne noch alles aßen, was ihnen zwischen die Zähne kam. Das Haus sollte sich doch größer anfühlen, wenn die Kinder auszogen. Sie und Will sollten endlich Zeit für sich haben.
Doch ihr Selbstmitleid endete mit Susans Anruf. Mit wachsendem Entsetzen lauschte sie, bevor sie schließlich sagte: »Ich war mir so sicher, dass es falscher Alarm wäre.« Als Susan ihr von der Fruchtwasseruntersuchung erzählte, stimmte sie sofort zu. »Du machst das Richtige. Je mehr Informationen ihr habt, desto besser. Wie kann ich helfen?«
»Rufst du Sunny und Pam an? Sie müssen es erfahren, aber mir ist nicht danach, sie anzurufen.«
Kate war sich nicht sicher, ob ihr danach war, doch sie antwortete: »Schon passiert.«

Sunny lag im Bett und las. Einrichtungszeitschriften waren bei ihrer Arbeit ein Muss. Sie verschafften ihr Ideen, entschieden oft mit, was sie für den Laden bestellte. Doch es gab auch persönliche Gründe. Sie liebte es, einen Raum mit einem einzigen Gegenstand zu

verändern, liebte es, sich auszudenken, ihr eigenes Heim wie den Schauplatz höchstwichtiger Events aussehen zu lassen. Im Moment war das Haus geschmückt für Weihnachten, doch das würde sich bald ändern. Es gab nichts Schlimmeres als eine Balsamtanne, deren Zeit vorbei war.
Doch dann verbesserte sie sich – eines war noch schlimmer. Kinderzimmer. Immer wenn sie eine Seite umblätterte und Pläne für ein Kinderzimmer sah, blätterte sie erneut um. Sie weigerte sich, im Haus ein Kinderzimmer einzurichten. Sie würde das Gästezimmer nicht aufgeben, in dem Dans Eltern ab und zu wohnten, oder das Arbeitszimmer, wo sie ihre Fernsehsendungen anschauen konnte. Wenn Jessica ein Baby wollte, konnte sie es bei sich in ihrem Zimmer behalten. Punkt.
Tatsächlich dachte Sunny daran, Jessica in eine Wohnung in der Stadt zu verfrachten. Sie musste nicht groß sein und nicht viel kosten. Es wäre sicher nicht die Art von Exil, die Susans Eltern ihrer Tochter aufgezwungen hatten. Sie würden sich sehen. Nur nicht die ganze Zeit.
Das Telefon klingelte. Sie ließ die Zeitschrift fallen und nahm ab. Kate teilte ihr die Neuigkeiten von Lily mit.
»Arme Susan«, jammerte sie. »Zu alldem nun auch noch das. Ein Alptraum. Besteht die Möglichkeit, dass Lily das Baby verliert?«
»Viel hängt davon ab, wie schlimm die CDH wird.«
»Und was sich bei der Fruchtwasseruntersuchung herausstellt«, erkannte Sunny mit wachsendem Entsetzen. »Kannst du dir vorstellen, all das durchzumachen, und dann stirbt das Baby?« Und Sunny machte sich Sorgen darüber, dass es *peinlich* werden könnte? Plötzlich kam

sie sich seicht, ichbezogen, kleinlich vor. »Wie kann ich helfen?«
»Ruf Pam an.«
Kleinlich war eine Sache, masochistisch eine andere. »Alles andere, nur das nicht. Pam hat mich nicht angerufen, und außerdem habe ich eine bessere Idee. Ich werde kochen. Susan sollte nicht ans Abendessen denken müssen, während sie das durchmacht. Ich werde eine Gruppe von Leuten organisieren, und wir wechseln uns ab. Meine Backleute würden gerne helfen.«
»Zu früh«, riet Kate ab, »aber vergiss die Idee nicht. Lass uns sehen, was wird.«

Pam war auf dem Schlafzimmersofa eingeschlafen, wachte aber schnell auf, als das Telefon klingelte. Sie griff danach und eilte damit hinaus in den Flur, damit sie Tanner nicht störte, und sprach selbst da mit gedämpfter Stimme.
»Susan?«
»Ich bin's, Kate. Ich habe Susan gesagt, ich würde anrufen. Sie ist ganz zerschlagen.«
Pam hatte gehofft, dass Susan selbst anrufen würde; es ging darum zu wissen, ob sie noch Freundinnen waren. Sie wollte sich von den drei Schwangerschaften distanzieren, nicht von Susan, doch das war ein Seiltanz. Sie hatte Angst zu fallen.
Als Kate ihr die Neuigkeiten mitteilte, konnte sie jedoch verstehen, warum Susan nicht angerufen hatte. »Wie furchtbar«, sagte sie. »Sie können also nur warten?«

»So ungefähr. Sie werden am Montag die Fruchtwasseruntersuchung durchführen lassen und Druck machen, um die Ergebnisse schnell zu bekommen, doch so kurz vor den Feiertagen wird es vielleicht dauern.«
»Das wird ein Weihnachtsfest für Lily und Susan! Sie verbringen es mit dir, oder?«
»Ich habe damit gerechnet, aber Susan redet davon, zu Hause zu bleiben.«
»Nur sie beide? Keine gute Idee. Sie werden die ganze Zeit vor sich hin brüten. Wir haben unser Weihnachtsessen bei meiner Schwiegermutter, sonst würde ich sie zu uns einladen. Nicht dass Susan das wollte«, fügte sie hinzu. »Es könnte peinlich werden.«
»Peinlich für dich oder für sie?«, fragte Kate.
»Ich werde vergessen, dass du das gesagt hast.«
»Nein, Pam. Es geht um Folgendes: Im Moment braucht Susan Unterstützung. Du bist entweder an ihrer Seite oder nicht.«
»O Kate«, versuchte Pam zu erklären, »es geht nicht um mich. Es geht darum, dass ich eine Perry bin. Es gibt Erwartungen.«
»Ändere sie. Tanner hat keinen Hohlkopf geheiratet. Er hat eine Frau geheiratet, die Ideen und vielleicht ein paar eigene Loyalitäten hat. Tritt für sie ein.«
»Das tue ich doch. Manche Themen sind einfach nur sensibler.«
»He, ich weiß, du hasst es, dass unsere Mädchen schwanger sind, aber hast du nie daran gedacht, dass es vielleicht letzten Sommer eine Zeit gab, in der Abby es auch sein wollte? Wenn das geschehen wäre, würdest du anders klingen.«

»Ich klinge gar nicht«, gab Pam schnell zurück, die Angst hatte, dass Kate recht haben könnte. »Ich bin genauso wenig glücklich über das, was passiert ist, wie ihr. Mir gefällt es nicht, dass der Schulausschuss sich gegen Susan wendet. Mir gefällt es nicht, dass ihr Job in Gefahr ist. Mir gefällt es nicht, dass die Leute sie als Mutter kritisieren, denn wenn sie eine schlechte ist, bin ich es auch. Ich bringe Abby nicht zum Reden, aber ich weiß, sie ist unglücklich. Sie vermisst es, mit euren Töchtern zusammen zu sein, ich vermisse es, mit euch zusammen zu sein, aber durch euch stehe ich genau in der Mitte.«
»Nein«, gab Kate zurück, »das hast du selbst getan. Du siehst diese große Kluft, die existiert, zwischen dem Status einer Perry und mit uns zusammen sein, aber warum musst du dich entscheiden? Warum kannst du Tanner nicht sagen, wie du dich fühlst? Warum kannst du Abby nicht sagen, was du fühlst? Ich meine, du bist im Schulausschuss, Pam. Das verschafft dir Macht.«
»Mein Name hat mich dorthin gebracht.« Sie hasste den Gedanken, aber es war die Wahrheit.
»Gut«, schrie Kate, »aber du bist dort, also kannst du sagen, was du willst. Stimmst du den alten Männern im Ausschuss zu?«
»Nein.«
»Sag es ihnen.«
Pam seufzte. Leise erwiderte sie: »Vielleicht, aber was kann ich jetzt für Susan tun?«
»Komm hinter der Barrikade hervor!«
Geh weg vom Telefon, sagte sich Pam stattdessen. »Okay, Kate. Wir hören voneinander. Danke für den Anruf. Ich rede selbst mit Susan. Tschüs.«

Sie legte auf, bevor Kate noch ein Wort sagen konnte, doch die Stille verspottete sie. Sie musste sie brechen und ging hinunter in Abbys Flügel. Ein schmaler Lichtstrahl unter der Tür sagte ihr, dass sie noch auf war. Sie klopfte leise und drückte die Klinke.

Das Erste, was sie sah, war ein blonder Pferdeschwanz. Er schwang hin und her, als Abby vom Schreibtisch aufblickte.

Pam beugte sich über ihre Schulter. »Spanischarbeit?«

»Nach den Ferien. Ich habe mich gelangweilt. Schien mir eine gute Idee zu sein, es jetzt zu machen.«

Pam konnte das nachempfinden. Wie oft strickte sie, weil sie nichts Besseres zu tun hatte?

»Hast du was gehört?«, fragte Abby vorsichtig.

»Kate hat gerade angerufen.« Pam teilte ihr die Neuigkeiten mit.

Abby erblasste. »Sind sie sicher?«

»Sie wird noch mehr Tests machen müssen, um das Ausmaß der Krankheit zu kennen.«

»Wie kann so etwas passieren?«

»Es passiert einfach.«

»Aber Lily? Sie ist der netteste Mensch auf der Welt.«

Pam steckte ihrer Tochter eine Haarsträhne hinters Ohr. »Du vermisst sie.«

Abby sagte nichts.

»Rede bitte mit mir. Ich mache mir weiter darüber Sorgen, dass du auch gerne mit ihr schwanger geworden wärst.«

»Das wäre nicht schlecht gewesen«, erwiderte Abby und starrte sie herausfordernd an, um zu sehen, ob sie empört war.

Tanners Frau wäre es gewesen, doch in diesem Moment war sie Abbys Mutter und sehr erregt.
Abby sah weg.
»Ruf sie an«, schlug Pam vor. »Ich wette, sie würde gerne von dir hören.«
Abby zuckte mit den Schultern. »Was soll ich sagen?«
»Dass es dir leidtut, das von dem Baby zu erfahren. Dass Ärzte Erstaunliches schaffen. Dass, wenn du irgendwie helfen kannst, sie es dich wissen lassen soll.«
»Wie soll ich denn helfen können?«
Pam suchte nach Ideen. Sie hatte geglaubt, Loyalität wäre für Abby eine Selbstverständlichkeit, bis ihre Tochter ihre Freundinnen verraten hatte. Doch Nächstenliebe war auch eine Tugend. »Biete ihr an, sie zur Schule zu fahren.«
»Sie ist schwanger, und ich bin eine Perry. Du wirst nicht wollen, dass ich sie zur Schule fahre.«
»Dieses Problem mit dem Baby verändert alles. Es verschafft dir eine Ausrede, die Hand auszustrecken.«
»Dad wäre nicht glücklich.«
»Er hätte nichts dagegen.«
»Wie er auch nichts dagegen hat, wenn du den ganzen Samstag in der Scheune verbringst? Sei ehrlich, Mom, er will, dass du dich von Susan distanzierst. Er glaubt, dass es noch schlimmer werden wird.«
Pam konnte nicht widersprechen, doch Kates Worte hallten noch in ihrem Ohr. »Komm hinter der Barrikade hervor!« Dies wäre vielleicht ein umständlicherer Weg. »Denk an Lily. Sie könnte deine Hilfe brauchen.«
»Nun, vielleicht bin ich auch ein bisschen wütend auf

sie. Ich meine, es war so leicht für sie, schwanger zu werden – vielleicht verdient sie das ja.«
»Du hast gerade gesagt, sie sei der netteste Mensch auf der Welt.«
»Das ist sie auch. Aber sie ist schwanger und ich nicht. Was habe ich also mit Lily gemein?«
»Schule. Freundinnen.«
»Ich gehe im August aufs College. Sie bleibt hier.«
»Du kannst keine Mails schicken oder SMS? Du wirst nicht in allen Ferien wieder da sein? Du wirst, Abby. Du wirst zurück sein, eines Tages wirst du auch selber ein Baby haben ...«
»Woher willst du das wissen?«, schrie Abby schrill. »Vielleicht ja nicht. Vielleicht werde ich irgendeine tolle Karriere haben und so beschäftigt sein, dass ich gar keine Zeit dafür habe. Plane nichts für mich, Mom. Wenn du unbedingt ein Enkelkind haben willst, warte nicht drauf.«
Pam war erschrocken über den Ausbruch. »Ich warte ja nicht«, brachte sie kleinlaut heraus.
Abby starrte ihre Mutter noch eine Minute an, bevor sie wieder zu ihrem Buch zurückkehrte und sie ausschloss.

»Ich kann nicht in die Schule«, sagte Lily am nächsten Morgen, als Susan ihr Zimmer betrat, weil sie kein Geräusch gehört hatte.
»Warum nicht?«, fragte Susan, obwohl die Antwort sie absolut nicht erstaunte.
»Ich lasse das Baby ausruhen.«
»Als ob das Baby sich im Unterricht Notizen macht!«

»Komm schon, Mom. Es ist doch sowieso nur ein halber Tag.«
»Das ist doch dann perfekt. Leichter Tag, lockere Übung, kein Stress.« Als Lily sie weiterhin zweifelnd ansah, setzte sich Susan und strich ihr übers Gesicht. »Ich dachte, wir haben die Hockeytheorie gestern ausgeschlossen, aber wenn nicht, hör mir bitte zu, Liebes. Nichts, was du tust ...« Sie betonte die Worte mit Gesten. »... wird dem Baby schaden. Die Ärztin hat gesagt, du sollst tun, was du normalerweise auch tust. Sie hat gesagt, du musst dich bewegen.«
»Ich fühle mich hier sicherer. Und ich kenne mein Baby. Er braucht Ruhe.«
»Du, Lily, du brauchst Ruhe. Und du wirst mittags welche haben. Aber du hast diese Woche schon zwei Schultage versäumt.«
»Genau, was ist da schon noch ein halber?«
»Nenn es Übung. Mütter müssen Dinge tun, nach denen ihnen nicht ist. Du hast Angst, aber du kannst nicht in den nächsten fünf Monaten im Bett liegen.«
»Es wird vielleicht nicht so lange dauern«, meinte Lily ängstlich.
»Munter, Lily, Mütter müssen munter sein.«
»Du meinst, Dinge sagen, von denen sie wissen, dass sie nicht stimmen, nur um ihre Kinder aufzuheitern?«
»Das wäre eine Lüge. Das hier ist keine. Es ist leicht, sich das Schlimmste vorzustellen, aber warum sollen wir das? CDH ist behandelbar, und wir wissen noch nicht mal, ob er sie hat. Wenn du aufstehst und dich bewegst, fühlt sich dein kleiner Junge, als ob er in einer warmen kleinen Schaukel wäre. Das ist doch beruhigend, meinst

du nicht? Außerdem müssen Mary Kate und Jess sehen, dass du okay bist. Sie haben mir gestern Abend eine Mail geschickt und gefragt, wie es dir geht. Ihr habt einen Pakt geschlossen, um das hier zusammen zu machen, Liebes. Du musst ihre SMS beantworten.«

Lily war sich nicht sicher, ob ihre Mutter sarkastisch war. Nachdem sie so sauer wegen des Pakts gewesen war – so sauer wegen Lilys Schwangerschaft selbst –, schien Susan nun beides akzeptiert zu haben. Lily wusste nicht, ob diese Wende andauern würde, doch sie ging zur Schule und nicht nur, um Mary Kate und Jess zu sehen. Sie hatte ein Programm.
Zuerst suchte sie die Volleyballtrainerin auf und trat aus der Mannschaft zurück. »Ich weiß, es wäre okay, noch zu spielen«, sagte sie, »aber wenn dem Baby etwas Schlimmes zustößt, werde ich mir stets Fragen stellen.«
Als Nächstes suchte sie nach Jacob Senter. Sie zog ihn zwischen den Stunden aus der Menge auf den Gang und sagte: »Du wirst Medizin studieren. Ich brauche eine zweite Meinung.« Sie erklärte, was die Tests sagten. »Ich weiß, mein Baby wird Behandlung brauchen, aber wie wird die Behandlung ihn beeinträchtigen? Wird er normal sein? Wird er wie andere Kinder spielen können? Wird dieses Problem andere verursachen, wenn er älter wird?«
Jacob sah erschrocken drein. »Äh ... Himmel, Lily, ich ... ich weiß es nicht. Ich bin noch nicht auf der Uni. Ich bin noch nicht mal auf dem College. Ich stehe auf der Warteliste für die Duke. Hat Mary Kate es dir erzählt?«
Lily keuchte auf. »Nein. Weiß sie es?« Ihr wurde

bewusst, dass das eine vorbelastete Frage war, und sie fuhr eilig fort: »Du wirst im April hingehen. Du bist zu schlau, um es nicht zu schaffen. Und du verstehst medizinische Ausdrücke. Vielleicht könntest du CDH googeln und mir deine Meinung mitteilen?«

»Ich muss in den Weihnachtsferien Collegebewerbungen schreiben.«

»Und ich muss mir über Testergebnisse Sorgen machen. Es geht um Leben und Tod, Jacob.«

Vorsichtig fragte er: »Ist es so ernst?«

»Operation an einem Säugling? Das würde ich schon sagen.«

»Passiert das oft? Ist es bei Müttern deines Alters häufiger?«

»Du meinst, ob Mary Kate gefährdet ist? Nein. Alle Wahrscheinlichkeiten sprechen dagegen.« Lily nahm seinen Arm. »Aber jede Schwangerschaft birgt Risiken. Du musst allmählich mit Mary Kate reden. Es ist eine Belastung für sie ohne dich. Das könnte eurem Baby schaden.«

»Sie hat nicht gefragt, ob ich Vater werden will, Lily. Sie hat mir nicht erzählt, was sie plant. Hat sie gedacht, ich würde einfach mitmachen? Ich meine, das hier verändert alles!«

Lily blieb nüchtern. »Genau. Ich will, dass mein Baby perfekt geboren wird, aber vielleicht wird es das nicht. Also muss ich jetzt Dinge tun, die ich nicht tun will, weil das die Aufgabe einer Mutter ist. Ist es nicht auch die eines Vaters?«

Die Glocke ertönte, bevor Jacob antworten konnte, und sie mussten in entgegengesetzte Richtungen laufen,

um es in ihre Klassen zu schaffen. Doch Lily war kaum wieder im Flur und auf dem Weg zur Staatsbürgerkunde, als Robbie neben ihr auftauchte.
»Was stimmt mit dem Baby nicht?«, fragte er.
Jacob musste geplaudert haben. Doch Lily war sich nicht sicher, wie viel sie sagen sollte. Jacob zu sagen, er solle mit Mary Kate reden, war eine Sache; sie waren schon ewig zusammen. Lily und Robbie nicht.
»Das Baby ist okay«, antwortete sie vorsichtig.
»Sami Phelps hat gesagt, es gäbe ein Problem mit seinen inneren Organen.«
Lily blieb stehen. »Sami?«
»Sie hat gehört, wie du der Volleyballtrainerin gesagt hast, du könntest nicht mehr spielen. Was ist los?«
Lily hätte vielleicht gefragt, was mit Sami los war, dass sie ihren Mund nicht halten konnte, aber es war ihre eigene Schuld. Sie hätte besser aufpassen sollen, als sie mit der Trainerin sprach. Doch wenn sich die Kunde davon nun ausbreiten würde, wäre Robbie wirklich der einzige Mensch, der ein Recht hatte, es zu erfahren. Während sie gingen, erklärte sie es ihm. Er fragte, wer der Arzt und wann der nächste Test geplant sei, doch als er fragte, ob er mitgehen könne, weigerte sie sich. Robbie war der Junge von nebenan, der nur zufällig ihr Kind gezeugt hatte das eine Mal, als sie zusammen gewesen waren. Nun, da sie schwanger war, hatte sie keine Ahnung, wie ihre Beziehung aussehen sollte.

22

Als Susan am Weihnachtsmorgen erwachte, fragte sie sich dasselbe hinsichtlich ihrer Mutter. Sie hatten seit der Beerdigung nicht geredet und da nur wenig. Doch Weihnachten war Weihnachten, und Ellen war allein. Obwohl Susan ein Geschenk geschickt hatte, wollte sie anrufen.

Doch zuerst gab es heißen französischen Toast, das traditionelle Feiertagsfrühstück für Lily und sie, dann ihr eigenes kleines Geschenkeritual – kleine Dinge für sie beide, die sie das ganze Jahr hindurch jeden Monat gesammelt hatten, zusammen mit dem vollständigen Set aus Rosenholzstricknadeln, die sich Lily nicht gerade bescheiden gewünscht hatte, und dem alten Spinnrad aus Eichenholz, nach dem sich Susan gesehnt hatte als Inspiration, um Spinnen zu lernen.

Lily erwähnte das Baby nicht, doch Susan sah, wie sie von Zeit zu Zeit ihren Bauch berührte und mit ihrem Kind auf eine Art kommunizierte, damit es es spürte; dabei sah sie seelenvoll und reif aus. Susan hätte alles getan, um ihr zu Weihnachten ein Stück ihrer Kindheit zurückzugeben. Doch sie konnte nur versuchen sie aufzumuntern.

»Hast du dir schon einen Namen ausgedacht?«, fragte sie.

Lily wirkte überrascht von der Frage, weil sie von Susan kam, die nicht gewollt hatte, dass dieses Baby Realität wurde. »Chloe.«
Susan lächelte. »Versuch es noch mal.«
»Ich habe mir keine Jungennamen überlegt.«
»Du wirst es tun.« Und sanft fügte sie hinzu: »Nächstes Jahr wird er hier bei uns sein. Wird das nicht eine Sache?«
Es würde wirklich eine Sache sein, erkannte sie. Ihr erstes Weihnachten weg von zu Hause war einsam gewesen. Dasselbe beim zweiten und dritten. Und Lily wuchs heran, und Susan schloss Freundschaften und feierte Weihnachten bei Kate. Und trotzdem träumte Susan noch von dem Tag, an dem sie und Lily mehr haben würden.
Vielleicht nächstes Jahr.

»Hi, Mom, hier ist Susan. Frohe Weihnachten.«
»Auch dir frohe Weihnachten«, sagte Ellen mit ihrer üblichen Zurückhaltung.
»Wie geht es dir?«
»Mir geht es gut. Ich war gestern Abend in der Kirche.«
»Wirklich?« Früher waren ihre Eltern immer am Nachmittag in der Kirche gewesen. »Das ist gut. Gehst du später zu Jack?«
»Ja. Zum Mittagessen. Um eins, glaube ich.«
»Das wird sicher schön.«
»Und du?«
Wäre die Frage gezielt gewesen, hätte Susan vielleicht etwas von dem, was gerade passierte, mitgeteilt. Doch Ellen wollte keine Einzelheiten. Ihre Stimme klang eher höflich als interessiert.

Also antwortete Susan: »Wir werden bei meiner Freundin Kate sein. Ich habe dir doch von Kate erzählt. Sie ist unsere Hauptfärberin. Übrigens, hast du das Päckchen bekommen, das ich geschickt habe?« Es enthielt Wolle, verpackt in Tüten, die groß in Mode waren, auch wenn Susan darauf geachtet hatte, nur solche in gedämpften Farben auszuwählen. Kein Fuchsienherz für Ellen. Grelles Pink würde nicht passen.
»Ja«, gab ihre Mutter zurück. »Danke. Ich muss aber das beenden, an dem ich gerade arbeite, bevor ich mit was Neuem anfange.«
»Ich weiß. Ich dachte nur, dass du gerne unsere neueste Wolle sehen möchtest. Die Knäuel werden erst in ein paar Monaten auf dem Markt sein.«
»Das stand auf deiner Karte. Sie sind sehr hübsch.«
Sehr hübsch. Susan nahm das Kompliment als das Beste, was Ellen geben konnte. »Wir wollen Muster für die Fotos für den Katalog haben. Du bist die beste Strickerin, die ich kenne. Magst du einen Schal stricken?«
»Nun ja, ich bin noch nicht ganz fertig mit dem anderen.«
»Okay. Vielleicht ein anderes Mal.« Susan verstummte, doch es kamen keine Fragen zu Lily, Susans Arbeit oder Urlaubsplänen, was alles vielleicht eine Gelegenheit geboten hätte, die Neuigkeiten mitzuteilen. Schließlich sagte Susan nur: »Dann lass ich dich mal, Mom. Viel Spaß bei Jack.«
»Danke, Susan. Tschüs.«

Trotz jahrelanger unbefriedigender Kommunikation hoffte Susan stets auf mehr. Diesmal hatte sie gehofft, dass es eine Veränderung geben könnte, da niemand im Hintergrund lauerte, der Ellen überwachte – hatte gehofft, dass es, wenn Ellen tief in ihrem Inneren ihre Tochter liebte, doch ein winziges Interesse an Susan oder Lily geben mochte. Schließlich war Ellen allein, vielleicht einsam und sicher mehr auf Sterblichkeit eingestellt als früher.

Und Susan war so bedürftig wie nie. Sie hätte gerne das, was mit Lily passierte, geteilt, damit ihre Mutter für sie ein fröhliches Gesicht aufsetzte. Tatsächlich war der einzige Mensch, dessen Zustimmung die Ablehnung der Stadt vielleicht aufwiegen könnte, Ellen Tate. Ein Wort der Ermutigung von Ellen würde viel helfen.

Dabei fühlte sich Susan tatsächlich ermutigt. Die Weihnachtsausgabe der *Gazette* war dünn und enthielt nur eine Handvoll Briefe an den Herausgeber und keinen über den Pakt. Die Einwohner von Zaganack waren Gott sei Dank in Feiertagslaune.

Sie und Lily hatten ihr Weihnachtsessen mit Kates Familie, und alle bemühten sich glänzend, die bevorstehende Fruchtwasseruntersuchung zu ignorieren, und am Samstag nahm Susan Lily zur Ablenkung mit zur Scheune.

Kate war nicht da. Sie und ihre Familie waren zu einer in letzter Minute geplanten Fahrt nach New York aufgebrochen, und obwohl Kate sie einlud, mitzukommen, lehnte Susan ab. Sie war nicht in der Stimmung, ein Hotelzimmer mit vielen Menschen zu teilen, und außerdem hatte es angefangen zu schneien.

Was ein Glück war für Sunny und Dan, die mit den Kindern zum Skilaufen gefahren waren.
Und ein Glück für Pam und Tanner, die mit ihren in Hilton Head waren.
Doch bei Nordostwind nach New York zu fahren, mit einer Tochter, deren Schwangerschaft vielleicht Probleme machte, entsprach nicht Susans Vorstellung von Spaß. Außerdem hatte sie Lily eine Ruhepause versprochen, die sie tatsächlich auch selbst brauchte.
Also hatten sie die Scheune für sich – zumindest war das der Plan. Sie achteten nicht auf das Heulen des Windes und färbten aus Spaß an der Freude Wolle, spielten mit wilden Farbkombinationen und testeten einen Garnwickler, den ein Verkäufer geschickt hatte. Sie wollten gerade aufräumen und zum Mittagessen gehen, als sich die Scheunentür öffnete und Rick auftauchte.
Susan war nicht völlig überrascht. Er kam meistens unangekündigt, da er nie genau wusste, wann heiße Nachrichten seine Pläne durchkreuzten. Seine Ankunft heute jedoch war ein Geschenk, da so viel über ihren Köpfen hing.
Es war tatsächlich das erste von mehreren. Er brachte Mittagessen, das sie in der Scheune verzehrten, und danach folgte er ihnen auf der langsamen Heimfahrt im Schnee. Sobald sie im Haus waren, stellte er den DVD-Player auf, den er ihnen zusammen mit einer Kiste voller Filme geschenkt hatte, sowie die Popcornmaschine und eine Tüte voller Nüsse.
Als Ablenkung war er eine Riesenhilfe.

Am Montagmorgen bestand Rick darauf zu fahren. Da er seine Hausaufgaben gemacht hatte, stimmte er Susans Entscheidung zu, die Fruchtwasseruntersuchung machen zu lassen. Da er außerdem über den Test selbst genauso viel wusste wie der Arzt, konnte er etliche von Lilys Fragen beantworten.

Susan hätte es auch ohne ihn geschafft – eine gute Mutter zeigte sich allen Situationen gewachsen –, doch geteiltes Leid ist halbes Leid.

Aber sie war trotzdem diejenige, die Lilys Hand während der Untersuchung hielt. Sie hätte es nicht anders haben wollen.

Als sie danach wieder zu Hause waren, ließ sich Lily auf dem Sofa nieder. Zwei Stunden Ruhe hatte der Arzt empfohlen, doch da draußen der Schnee meterhoch lag, im Haus ein Stapel guter Filme war und Rick sich rührend um seine beiden Frauen bemühte, gab es sowieso wenig für Lily zu tun. Sie sahen sich Filme an, sie spielten Scrabble, sie hielten ein Auge auf Krämpfe, Wehen oder Fieber, doch Lily überstand die Untersuchung gut. Am nächsten Morgen war diese Angst fort.

Man musste noch die Ergebnisse abwarten, ebenso natürlich wie Susans Schicksal, aber da die Schule geschlossen und die Straßen verlassen waren, konnte sie sich fast vorstellen, dass die Angriffe auf sie überstanden waren – dass der Schnee die Luft gereinigt hatte wie bei einer Grippewelle. Sie arbeitete eine Zeitlang an dem Jahresmitteebericht, den sie im Januar dem Ausschuss vorlegen musste, und weigerte sich, daran zu denken, dass es dann nicht mehr ihr Job sein könnte, und Rick arbeitete neben ihr, eine ganz neue Ablenkung.

Als sie ihren Laptop schloss, schloss er auch seinen und schlug vor, nach Boston zu fahren. Da er selten länger als zwei, drei Tage blieb, war es für Susan ein Geschenk, das sie nicht ablehnen konnte. Schnell buchte er eine Suite, bestellte Tische für mehrere Abendessen vor und kaufte, da er wusste, dass Susan und Lily Ballett liebten, Karten für den *Nussknacker*. Sobald sie in Boston waren, gab es noch so viel anderes zu tun, dass sie bis Neujahr blieben. Sie waren gerade am Packen, als Susan ihre Mutter wieder anrief.

»Hier ist Susan. Ein glückliches neues Jahr, Mom.«

Es kam ein herzliches: »Und dir auch.«

»Wie geht es dir?«

»Gut. Ich war gestern Abend bei den Cummings zum Essen.«

»Wirklich?« Es war das jährliche Neujahrsereignis, doch Susan war sich nicht sicher gewesen, ob Ellen so bald nach Johns Tod hingehen würde. »Ich freue mich. Waren viele da?«

»Dieses Jahr nicht, sonst wäre ich nicht gegangen. Ich mag nicht viele Menschen.«

»Aber es sind alles Freunde.«

»Zu viele Leute«, sagte Ellen und schwieg einen Moment, bevor sie abrupt fragte: »Ist Rick bei dir?«

»Ja. Warum fragst du?«

»Big Rick hat angerufen. Er hat gesagt, Rick sei bei ihm gewesen und wieder gefahren. Er habe Lily besuchen wollen.«

Susan fing Ricks Blick auf. Weiß dein Vater von Lily?, formte sie mit dem Mund. Rick schüttelte den Kopf. »Er ist seit Samstag da«, erzählte sie Ellen und hätte bequem

Lilys Neuigkeiten einfließen lassen können, nur dass an diesen nichts Bequemes war. Es Ellen zu erzählen hieße, eine Beziehung auszutesten, die im besten Fall wacklig war. Sie hatte keine Ahnung, wie ihre Mutter reagieren würde. Also sagte sie nur: »Wir hatten eine tolle Zeit.«
»Das ist nett.«
»Es war süß von Big Rick, dich anzurufen.«
»Es war ein kurzer Anruf. Er fühlt sich schlecht, weil er deinen Vater vor seinem Tod nicht mehr gesehen hat. Er hat gefragt, was ich mit seiner Angelausrüstung anfangen will. Er möchte sie kaufen.«
»Hast du andere Pläne damit?«
»Nein. Aber ich kann mir nicht vorstellen, Dinge wegzugeben. Es ist zu früh.«
»Das verstehe ich. Du vermisst Dad sicher.«
»Er war ein guter Ehemann.«
Susan wollte hinzufügen, dass er auch ein guter Vater war, doch sie brachte die Worte nicht heraus. Er hatte sie einst geliebt, doch nicht, als es wirklich zählte. Und selbst in den besten Zeiten hatten sie sich nie etwas anvertraut.
War es so anders, ein guter Vater zu sein als eine gute Mutter? Die Welt würde ja sagen, was hieß, dass die Latte für Mütter höher hing. Das schien nicht fair zu sein.
»Nun«, sagte Susan, »ich nehme an, das waren die Feiertage. Wenn du jemals das Gefühl hast, dass du wegmusst, wir haben ein Gästezimmer. Ich hätte dich gerne bei uns.«
Es gab eine Pause und dann ein scharfes: »Weil dein Vater nicht mehr kann?«

Susan biss nicht an. »Nein, Mom. Ich habe euch beide eingeladen, bald nachdem ich das Haus gekauft habe, aber du hast gesagt, Dad würde nicht nach Osten fliegen. Ich habe die Einladung mehrmals erneuert. Das hier ist nur ein weiteres Mal.«
»Nun«, entgegnete Ellen, diesmal in gemäßigterem Ton, »ich bin noch nicht bereit, ans Reisen zu denken. Aber danke. Ich behalte die Einladung im Kopf. Tschüs, Susan.«

Als sie später nach Hause fuhren, hatte Susan ein leeres Gefühl. Sie gab erst ihrer Mutter die Schuld daran – wäre es so schwer für sie gewesen zu sagen, dass sie kommen würde? –, aber als sie zur Grenze nach New Hampshire kamen, war aus der Leere ein Knoten geworden. Nach Zaganack zurückzukehren hieß, zu allem zurückzukehren, was sie zu vergessen versucht hatte. Nun kam alles wieder. Sie hatten noch das Wochenende, doch sie konnte den Gedanken nicht abschütteln, dass dies die Ruhe vor dem Sturm war. Am Montag wäre die Stadt wieder am Laufen und Susan wieder in der Schule, Rick wäre fort, Lily würde auf die Testergebnisse warten. Diese kleine Pause wäre vorbei.

Susan schlich in dieser Nacht den Flur entlang, mied sorgfältig die knarzenden Bodenbretter, doch sie wollte bei Rick liegen. Sie waren brav gewesen – nichts, bevor sie nach Boston gefahren waren, und im Hotel hatte er die Ausziehcouch im Wohnzimmer benutzt, während Susan mit Lily das Schlafzimmer geteilt hatte. Doch wenn er ginge, wollte sie das hier zuerst.

Er las gerade. Sie legte den Finger an die Lippen, schloss leise die Tür, ging auf Zehenspitzen zum Bett und zog ihr Nachthemd über den Kopf. Nackt kniete sie sich über ihn, ließ aber das Licht an. Zu oft hatten sie sich im Dunkeln geliebt. Diesmal wollte sie sehen, wie sein sandfarbenes Haar zerzaust wurde, wie seine Wangen sich unter seiner Bräune röteten. Sie wollte seine Hände auf ihrer Haut sehen, wollte sein Gesicht sehen, wenn er kam.

Danach lag sie in seinen Armen. Das Licht war nun aus, andere Sinne erhitzt. Mit Rick nackt zu sein war ihre Schokolade nach einer Gemüsediät. Sie genoss jeden Bissen.

Der Gedanke ließ sie lächeln.

»Was ist?«, fragte er.

»Du bist meine Orgie.«

»Gut. Ich dachte, ich bleib noch ein paar Tage.«

Erschrocken stützte sie sich auf den Ellbogen, um in sein Gesicht zu sehen. »Das tust du sonst nie.«

»Ich habe sonst auch kein Kind in einer Krise.«

»Es gibt eigentlich nichts zu tun. Wir warten nur.«

»Ich kann auch warten.« Nüchtern fügte er hinzu: »Was machen wir, wenn sich andere Anomalitäten ergeben?«

»Sie will nichts von einer Abtreibung hören.«

»Was, wenn das Baby nicht die geringste Lebenschance hat?«

Sie legte die Wange an seine Brust und flüsterte: »Ich weiß nicht.«

»Es auszutragen und dann kurz nach der Geburt zu verlieren wäre entsetzlich.«

»Ich weiß.«
»Sie wird unseren Rat brauchen. Was würden wir sagen?«
Susan wollte sagen, dass sie nicht daran denken konnte. Doch sie hatte es seit dem ersten Ultraschall, ohne es zu wollen, getan. »Ich habe den Herzschlag gesehen.«
»Dann bist du dir mit ihr einig.«
»Ich weiß nicht.« Wie sollte sie ihre Gefühle erklären, wenn diese so komplex waren? »Jetzt schwanger zu werden ist nicht das, was ich für Lily wollte. Ich hätte nichts dagegen gehabt, wenn sie eine Fehlgeburt gehabt hätte. Wenn ich deshalb eine furchtbare Mutter bin, dann bin ich das eben, aber mein erster Gedanke galt dem Wohlergehen meines eigenen Kindes. Den Herzschlag zu sehen? Das ist etwas anderes. Wenn es der Anfang der Schwangerschaft wäre, würde ich vielleicht sagen, man solle sie beenden. Ich weiß nicht, ob ich ihr das sagen könnte. Ich weiß nicht, ob es das Beste für sie wäre. Sie ist so weit gekommen. Sie ist verbunden mit dem Kind. Vielleicht muss sie es durchstehen, und wenn sie mit Kummer umgehen muss, wird sie das tun.«
Rick schwieg.
»Was würdest du ihr sagen?«, fragte Susan.
Er holte Luft. »Ich weiß nicht. Ich habe den Herzschlag nicht gesehen.«
»Bleib da, und du wirst ihn sehen«, warnte Susan und fügte dann hinzu: »Aber wieso kannst du bleiben? Der Sender ruft dich doch andauernd.«
»Sie sind verwöhnt. Vielleicht muss ich sie entwöhnen.«
»Was steht in deinem Vertrag?«

»Dass ich in zwei Monaten ein freier Mensch bin. Sie haben mir noch kein Angebot gemacht. Geld ist ein Thema. Ich verdiene mehr als die meisten. Sie können zwei Junge einstellen für das, was sie mir zahlen.«
»Aber du hast Anhänger. Sie werden nicht wollen, dass du gehst. Sie werden deinen Vertrag verlängern.«
»Vielleicht werden sie die Bedingungen ändern. Bin ich bereit, weniger Geld für mehr Arbeit zu akzeptieren? Mit einem Kind, das aufs College geht.«
Susan war wehmütig. »Da hat sie es dir leichtgemacht. Die Percy State kostet weniger als eine Elite-Uni. Aber wenn du ihnen absagst, wohin würdest du gehen? Ein anderer Sender?«
»Das könnte ich. Ich könnte auch schreiben. Das hast du selbst gesagt. Ich habe Anhänger. Ich war in den letzten Jahren an Orten, über die man tolle Bücher schreiben könnte.«
»Aber du liebst das Reisen.«
»Ich würde reisen, nur nicht so viel.« Er bewegte die Beine. »Deine Füße sind kalt.«
Sie hätte vielleicht gelacht und gesagt, dass sie sonst mit Socken schlafe, murmelte aber nur: »Du kannst nicht in Zaganack bleiben. Ich würde mich daran gewöhnen, mich an dich zu lehnen, und das wäre schlecht, weil du früher oder später wieder gehen wirst. Es liegt dir im Blut.«
»Woher weißt du das?«
»Schau dir dein Leben an, Rick.«
»Das tue ich. Ich denke, ich habe einen Haufen Vielfliegerbonusmeilen und keinen Ort, an den ich gehen kann. Susie, warum willst du streiten?«

»Ich bin nur realistisch.«
»Ich könnte mir irgendwo in der Stadt was mieten, wenn du nicht willst, dass ich hier wohne. Ich könnte sogar ein eigenes kleines Haus kaufen.«
»In Zaganack? Wenn ich du wäre, würde ich das nicht tun. Wenn mein Job wegfällt, werde ich vielleicht gehen müssen.«
Er schwieg kurz. »Du willst mich nicht hier haben.«
»Doch. Das ist ja das Problem. Ich versuche mich zu schützen. Und was ist mit Lily? Wenn sie sich daran gewöhnt, dich hier zu haben, und du dann gehst, wird sie am Boden zerstört sein.«
Wieder schwieg er. Dann: »Ich werde Großvater.«
Susan hörte die Ehrfurcht in seiner Stimme und ging darauf ein. »Wie willst du genannt werden? Gramps? Papa Rick? Dein Dad ist Gramps, also geht das nicht.«
»Warum nicht? Er wird Groß-Gramps sein. Ich frag mich, was er dazu zu sagen hat.«
»Wann wirst du es ihm erzählen?«
»Wenn wir mehr wissen.«
Susan schlich sich bald danach wieder zurück. Sie sagte, sie wolle in ihrem Zimmer sein, falls Lily sie brauche, aber es ging alles nur um ihre Unabhängigkeit. Sie könnte sich daran gewöhnen, bei Rick zu schlafen. Selbst jetzt fühlte sich ihr Bett kalt an.
Sie griff nach ihren Socken. Sie hatte sie vor zwei Jahren aus einer PC-Wolle gestrickt, in Farbnuancen aus Grau, Weiß und Gold. An PC Wool zu denken ließ sie an die Katalogaufnahmen denken, die überfällig waren, was sie wiederum an Pam denken ließ und schließlich an

den Schulausschuss – nicht die schönsten Gedanken, die jedoch verblassten im Vergleich zu der Aussicht, dass ein Baby krank auf die Welt kam.

Ricks Gegenwart räumte die Sorge nicht aus, doch er bot eine Ablenkung für Lily, was half. Susan rief zweimal am Tag beim Arzt an, selbst am Wochenende, doch es gab nichts.
Und es gab auch am Montagmorgen keine Nachrichten. Tatsächlich schien allgemein Ruhe an dem Tag angesagt zu sein, als die Schule wieder losging. Sie begrüßte Schülerinnen, von denen keine Lily, den Pakt oder die *Gazette* erwähnte. Sie kam mit ihrem Bericht voran und auch mit den Personalbewertungen, die sie machen musste, bevor sie für den Herbst neu einstellte. Für eine kurze Zeit fühlte sie sich als gute Direktorin, gute Mutter und sogar als gute Freundin, denn als Montagmittag die Nachricht eintraf, dass der älteste lebende Cass gestorben war, rief sie als Erstes Pam an. Sie redeten nicht lange. Pam war abgelenkt von etwas, was wie eine Redaktion klang. Doch Susan stellte sich vor, dass sie den Anruf zu schätzen wusste.

23

Der Tod eines Cass hatte Auswirkungen weit über die Grenzen von Zaganack hinaus. Die Story wurde online und in den Abendnachrichten und in den landesweiten Zeitungen gebracht. Es wurde eine große Beerdigung geplant, damit sowohl die Einwohner von Zaganack als auch Geschäftsleute des ganzen Landes anwesend sein konnten, die Henry Cass gekannt und bewundert hatten. Der Gouverneur und einer der Senatoren von Maine hatten vor zu kommen.

Es war ein trauriger Anlass. Doch Susan bedauerte es nicht, dass die Stadt nun damit beschäftigt war. So kurz nach der Feiertagspause war dies ein Ereignis, das erneut die Aufmerksamkeit von Susans Problemen mit dem Ausschuss ablenkte.

Da alles in der Stadt am Mittwoch wegen der Beerdigung geschlossen war, war auch keine Schule, weshalb Susan zu Hause war, als die Ergebnisse der Fruchtwasseruntersuchung da waren. Sie war alleine nach oben gegangen, um den Arzt anzurufen, da sie Lily einen weiteren Achterbahnmoment ersparen wollte. Als sie fertig war, drückte sie das Telefon an ihre Brust, schloss die Augen zu einem kurzen Gebet und lief die Treppe hinunter.

Lily war im Arbeitszimmer. Ein Chemiebuch lag aufgeschlagen auf ihrem Schoß, doch sie strickte. Als sie

Susan erblickte, wandelte sich die Ruhe in ihrem Gesicht zu Angst.
Susan begann zu lächeln. »Das Baby ist in Ordnung!« Sie nahm Lilys Gesicht in ihre Hände. »Keine genetische Störung, keine Abnormität der Chromosomen, keine Nervenschäden. Er ist perfekt.«
Lily schloss die Augen und stieß einen langen dankbaren Seufzer aus.
Susan hörte ein leiseres Seufzen und sah zu Rick, der im Türbogen stand und erleichtert aussah.
»Aber er hat immer noch CDH?«, fragte Lily.
Susan hätte alles gegeben, wenn sie es hätte leugnen können, doch das würde es nicht leichter machen. »Ja. Der Ultraschall nächste Woche wird uns mehr sagen, doch das hier ist super, Süße. Dass andere Dinge ausgeschlossen sind, macht das, mit dem wir es zu tun haben, lösbar.«
Susan küsste sie auf die Stirn. »Das ist eine Riesenerleichterung. Eindeutig Grund zur Hoffnung.«

Ebenso wie die *Gazette* von Donnerstag, die von vorne bis hinten ein Nachruf auf Henry Cass war. Es gab Geschichten über seine Rolle im Geschäft, lange Geschichten aus seinem Leben, ganzseitige Anzeigen von Perry-&-Cass-Abteilungen und anderen Unternehmen im Umkreis. Es gab drei ganze Seiten mit Briefen an den Herausgeber, und jeder war ein Tribut an den Mann.
Susan las nicht jeden detailliert. Sie war bei der Beerdigung gewesen und hatte die Lobreden gehört, und auch wenn diese Briefe schön waren, freute sie sich einfach, dass sie selbst aus dem Blickfeld verschwunden war.

Das änderte sich Freitagabend. Da Rick im Haus war, arbeitete Susan lange in der Schule. Sie war gerade zu Hause angekommen und hängte ihren Mantel auf, als es an der Tür läutete. Sie warf Rick und Lily, die am Herd standen, einen verblüfften Blick zu und ging aufmachen. Der Mann draußen war in den Dreißigern und trug einen Parka und Jeans. »Susan?«, fragte er recht freundlich, und sein Atem war weiß in der eisigen Luft.
Sie lächelte ihn neugierig an. »Kenne ich Sie?«
»Ich bin Jonathan Hicks und arbeite für NBC. Wir waren zur Cass-Beerdigung in der Stadt. Ich habe gehört, Sie sind die Direktorin der Highschool. Meinen Sie, wir können reden?«
Susan empfand Unbehagen. »Ich kann Ihnen nicht viel zu Henry Cass sagen. Ich habe ihn nicht persönlich gekannt.«
»Wir machen eine größere Geschichte über die Stadt. Zaganack ist einzigartig, was die Kombination von Geschäft und Tourismus angeht. Wie lange leben Sie schon hier?«
Sie sah ihm über die Schulter und erblickte einen parkenden Kleinbus. Auf seiner Seite standen die Buchstaben der Portland-Filiale, und auf seinem Dach war eine Satellitenschüssel angebracht. Sie fühlte sich sehr unbehaglich. »Nicht so lange wie die meisten. Wenn Sie etwas über die Stadt schreiben wollen, können andere Ihnen mehr erzählen.«
»Sie haben mich zu Ihnen geschickt«, setzte er an und hörte dann abrupt auf.
Rick war näher gekommen. »Was haben Sie gesagt, wie Sie heißen?«, fragte er den Reporter.

»Jon Hicks.« Er wirkte verblüfft. »Mann, Sie sehen aus wie …« Er fluchte leise. »Verdammt, Sie waren schneller als ich. Aber Sie machen doch keine Lokalnachrichten. Als ich das letzte Mal eine Sendung von Ihnen sah, waren Sie in … Botswana.«
»In der Nähe«, bestätigte Rick seine Identität. »Hinter was sind Sie her?«
»Dasselbe wie Sie.«
Rick lächelte. »Das bezweifle ich. Wer hat Sie hergeschickt?«
»Neal Lombard. Er hat gesagt, Susan sei ein gutes Beispiel der Generation X und habe eine interessante Geschichte zu erzählen.«
Susan wettete, dass der Chef der Handelskammer noch viel mehr gesagt hatte. Neal Lombard war das Schulausschussmitglied, das ihren Rücktritt vorgeschlagen hatte.
»Was für eine Geschichte?«
»Ein Schwangerschaftspakt.«
Da sie nicht wusste, was sie sagen, und noch weniger, wie sie reagieren sollte, war sie erleichtert, als Rick übernahm. »Es gibt keine Geschichte.«
»Warum sind Sie dann hier?«
»Susan gehört zur Familie.«
»*Ihre* Familie? Das hat der Typ mir nicht gesagt.«
»Nein. Nun wissen Sie also, wer ich bin, aber ich kenne Sie nicht. Sind Sie aus Portland?«
»New York. Produktionsassistent.«
»Aha. Ein Bluthund, der Storys auf der Spur ist. Haben Sie eine Karte?« Er betrachtete diese genau. »Nun, Jon Hicks, Sie sind an der falschen Adresse. Erstens geht es

in dieser Stadt um Perry & Cass. Zweitens kenne ich Ihren Boss, und wenn er Wind davon bekommt, dass Sie meine Familie belästigen, wird er nicht erfreut sein.«

Der Produktionsassistent trat einen Schritt zurück. »He, Mann, ich belästige doch keinen.«

»Gut«, erwiderte Rick lächelnd. »Das soll auch so bleiben. Mein Mädchen und ich haben gerade das Abendessen zubereitet. Ich würde Sie ja einladen, aber wir haben nicht genug. Wir reden ein anderes Mal übers Geschäft, okay?« Er legte die Hand hoch auf den Türrahmen und sah zu, wie Jonathan ging. Erst als der Wagen fortfuhr, schob er Susan hinein.

Erst da wurde es ihr bewusst. »Die Landespresse?«, rief sie aus. »Was kommt als Nächstes?«

»Es war unvermeidlich.«

»Ich dachte, die *Gazette* sei schon schlimm, aber wenn das im Fernsehen kommt, haben wir ein Problem. Ein Schwangerschaftspakt ist eine heiße Sache. Wenn er die Story bringt, wird Zaganack von Medien aus dem ganzen Land überschwemmt werden. Ich werde meinen Job verlieren – ich meine, ich werde zurücktreten müssen, sonst haben die Schüler darunter zu leiden. Die ganze Stadt wird zu leiden haben.«

»Wer ist Neal Lombard?«, fragte Rick ruhig.

Susan verschränkte die Arme. »Er kam kurz vor Pam in den Schulausschuss. Er hat vier schwierige Söhne, und er verschleiert sein eigenes Unfähigkeitsgefühl, indem er mit dem Finger auf Leute wie mich zeigt. Es muss ihn geärgert haben, dass die *Gazette* mich diese Woche in Ruhe gelassen hat. Wir hatten die Medien in der

Stadt, und er konnte nicht widerstehen, es ihnen zu stecken. Er schlägt zwei Fliegen mit einer Klappe – macht mich fertig und schafft Öffentlichkeit für die Stadt. Die Kammer will, dass Reisebusse herkommen. Neal ist es egal, weshalb.«
»Es ist okay, Susie. Ich kann Fäden ziehen. Wenn Jon Hicks etwas über diese Stadt bringt, wird er dich nicht erwähnen.«
»Vielleicht wird er dich erwähnen. Du hast ihm gesagt, du gehörst zur Familie.« Das wussten nicht viele in der Stadt. Susan hatte die Information immer für sich behalten. Lily auch. Rick war ihrer beider Geheimnis.
Er kratzte sich am Hinterkopf. »Okay. Nun, ich hatte die Wahl. Entweder hatte ich einen triftigen persönlichen Grund, um hier zu sein, oder er hätte geglaubt, er sei einer richtig großen Story auf der Spur, und in dem Fall hätte er Verstärkung angefordert und das Haus überwacht.«
»Was, wenn Neal Lombard jemand anderen ruft?«
»Rede mit Pam. Schau, was sie tun kann.«

Pam war nicht erfreut, als sie sie um Hilfe bat. »Ich kenne Neal nicht sehr gut.«
»Aber Tanner. Ein Wort von ihm würde die Presse zum Schweigen bringen können.«
»O Susan, die Beerdigung und alles ...«
»Die Beerdigung ist vorbei«, entgegnete Susan. Wenn Pam ihre Freundin war, würde sie es tun. »Henry hatte sich seit langem vom operativen Geschäft bei Perry & Cass zurückgezogen, so dass es keinen Führungswechsel

geben wird. Das Unternehmen hat in den letzten Tagen eine gute Presse gehabt. Das hier wäre schlechte Presse. Will Tanner das?«
»Nein. Okay. Lass mich mit ihm reden.«

Aber entweder tat sie es nicht, oder Tanner entschied sich, nicht zu handeln, oder es war einfach zu spät, denn als Susan am Montagmorgen von einem Besuch im Spanischunterricht zurückkam, vertrat ihr eine junge Frau den Weg. »Mrs. Tate? Ich bin Melissa Randolph von *People*. Können wir reden?«
In Susan starb etwas. »Worüber?«
»Teenagerschwangerschaften.« Die Frau war Anfang zwanzig. Sie trug dunkle Strumpfhosen, einen schmalen Rock und hohe Hacken, die sie staksig wirken ließen, und sie war nicht so einschüchternd wie Jonathan Hicks mit seinem Satellitenwagen. Das machte es Susan leichter, ruhig zu bleiben.
»Sicher. Folgen Sie mir.« Sie ging weiter zu ihrem Büro und dachte die ganze Zeit darüber nach, was Rick wohl tun würde. Als sie saßen, fragte sie: »Melissa Randolph? Stimmt das? Was machen Sie bei der Zeitschrift?«
»Ich bin Reporterin«, antwortete die Frau, und als ob sie es beweisen wollte, zog sie ein eselsohriges Notizbuch hervor.
»Waren Sie wegen des Cass-Begräbnisses hier?«, fragte Susan.
»Nein, ich bin gerade angekommen.«
»Nur um eine Geschichte über Teenagerschwangerschaften zu machen?«

»Nun, eigentlich geht es um Mütter – die Frage, wessen Schuld es ist. Wir bringen in der Ausgabe diese Woche eine Story, aber wir haben gerade von Ihrer Lage gehört und wollten Sie mit einbeziehen. Wir konzentrieren uns vor allem auf Mittelklassemütter. Wir haben eine in Chicago, deren Sohn Identitäten klaut, und eine in Tucson, deren Tochter im Suff eine Freundin getötet hat. Beide Mütter werden hart angegangen, obwohl sie schwer arbeiten und angesehen sind. Sie sitzen im selben Boot.«

»Ach ja?«, fragte Susan leicht verärgert. Sie betrachtete ihre Tochter, Mary Kate oder Jess nicht als in einer Liga mit einem Dieb oder einer Betrunkenen. »Wo haben Sie das gehört?«

»In der Lokalzeitung.«

Susan runzelte die Stirn. »Lesen Ihre Leute die *Gazette* aus Zaganack?«

»Wir haben einen Hinweis bekommen.«

»Aha. Sollte das zufällig die ansässige Handelskammer sein, die versucht ein bisschen mehr Aufmerksamkeit für die Stadt zu erregen? Und Sie sind darauf reingefallen?«

Die Reporterin wand sich. »Wir haben mit Lehrern und Schülern gesprochen. Wir wissen, dass drei Mädchen schwanger sind. Von den beteiligten Müttern sind Sie am sichtbarsten.«

»Es hat im ganzen Land einen Anstieg an Teenagerschwangerschaften gegeben. Ich würde annehmen, dass wir am Ende des Spektrums stehen.«

»Aber die drei fraglichen haben einen Pakt geschlossen. Und Sie waren selbst mit siebzehn schwanger.«

Susan biss nicht an. »Ich bin Schuldirektorin. Ich mache mir Sorgen um Paktverhalten, da es andere Schüler beeinträchtigt. Wenn ein Pakt zu Gewalt führt, ist das problematisch.«
»Sie betrachten einen Schwangerschaftspakt nicht als problematisch?«
Susan lehnte sich zurück. »Jede Teenagerschwangerschaft ist problematisch.«
»Vor allem, wenn Ihre eigene Tochter betroffen ist, würde ich meinen.«
»Es tut mir leid, aber ich rede nicht über spezielle Fälle.«
»Ich verstehe, dass Sie das als Direktorin sagen müssen. Aber ich will eigentlich mit Ihnen als Mutter reden. Würden Sie sich wohler fühlen, wenn wir bei Ihnen zu Hause sprächen?«
Susan lächelte sie gewinnend an. »Das hier ist eine Privatsache. Meine vorrangigen Prioritäten sind meine Tochter und meine Schule. Ich habe nicht vor, landesweit bekannt zu werden.«
Es gab eine Pause. »Das heißt also kein Kommentar?«
»Oh, es ist ein Kommentar.« Susan war plötzlich wütend. »Mein Kommentar ist, dass meine vorrangigen Prioritäten meiner Tochter und meiner Schule gelten. Ich habe nicht vor, landesweit bekannt zu werden.« Sie sah auf die Uhr und stand auf. »Ich muss unterrichten. Ich brauche Zeit, um meine Notizen durchzusehen.«
Die Reporterin sah skeptisch drein und stand auch auf. »Seit wann unterrichtet eine Direktorin?«
»Seit Budgetkürzungen einen davon abhalten, Aushilfen einzustellen, wenn ein Lehrer krank wird.« Sie

öffnete die Tür. »Tut mir leid, dass ich Ihnen nicht helfen kann. Ich bin sicher, Ihr Artikel wird auch gut, wenn er sich auf die beiden anderen Frauen konzentriert.« Sie wartete, bis die Reporterin weg war, dann schloss sie die Tür und griff zum Telefon. Rick arbeitete zu Hause. Ihre Hand bebte, als sie die Nummer wählte. »*People*«, sagte sie. »Gerade hier gewesen. Neal muss sie auch angerufen haben. Wie erschreckend ist das denn?«
»Was hast du gesagt?«, fragte Rick ruhig.
»Dass ich nicht reden werde. Aber sie hat gesagt, sie habe bereits mit Lehrern und Schülern gesprochen. Hat sie geblufft? Es gibt Lehrer – wie Evan Brewer –, die mich mit Freuden niedermachen würden, und Schüler, die ich diszipliniert habe, die ihr Herz ausschütten. Sie könnte ihre Story schreiben, ohne mich auch nur zu zitieren, und der Artikel wird völlig schief sein wie der Leitartikel in der *Gazette*. Ich könnte mit ihr reden und alles geraderücken. Aber dann würde Phil mich in die Zange nehmen, weil ich mit ihr geredet habe, und der Schulausschuss würde sagen, dass ich der Stadt schade.«
»Hatte sie einen Fotografen dabei?«
»Ich habe keinen gesehen, aber ich habe nicht hingeschaut. Jetzt muss ich unterrichten. Kann ich wagen, mein Büro zu verlassen?«
»Du musst es. Du hast einen Job. Mach es, während ich ein paar Anrufe tätige.«

Rick verbrachte den größten Teil des Tages damit, das Leck zu stopfen, doch es hatte sich schon zu weit verbreitet. Die Medien waren hungrig auf Schlagzeilen, je saftiger, desto besser. Das hieß, dass die Zaganack-Story immer mehr verzerrt wurde. Der Pakt wuchs auf zwölf an, die Mädchen waren die Anführerinnen einer Abschlussklasse, Susan predigte Teenagerschwangerschaften.

Am Ende des Tages hatte sie Anrufe von zwei weiteren Zeitschriften und von *Inside Edition* erhalten, ganz zu schweigen von den zahlreichen Nachrichten von Sunny und Kate.

»Rede nicht«, riet sie Kate, die erschöpft wirkte.

»Sie haben mich in der Scheune und noch mal zu Hause angerufen. Sie sind besessen von unserer Freundschaft und der Idee, dass unsere Töchter einen Pakt schließen. Woher wissen sie, wie ich lebe? Das ist so eine Verletzung.«

Sunny war wütend. »Dan hat mit dem Letzten geredet und gedroht, ihn wegen Belästigung anzuzeigen. Natürlich hat er nichts in der Hand, weil es nur ein Anruf ist, aber wie ist das rausgekommen, Susan, wer hat diesen Leuten gesagt, sie sollen anrufen?«

Susan nahm an, dass Neal Lombard das Zündholz angesteckt hatte, doch die anderen fachten die Flammen an. Sie hoffte weiter, dass sich nichts aus den Anrufen ergeben würde, doch an diesem Abend brachte *Inside Edition* etwas über Pakte an Highschools, und der Reporter stand auf der Schwelle von Susans Schule und zitierte die drei Mädchen aus Zaganack als jüngstes Beispiel.

Die Recherchen der Medien dauerten bis Dienstag und Mittwoch, doch irgendwann blendete Susan sie aus. Zusätzlich zu ihrer normalen Arbeit war sie Gastgeberin bei einem Kaffeetrinken für Eltern, musste einen

Stipendienantrag bearbeiten und sich mit zwei betrunkenen Schülern und einer Schikane auseinandersetzen – was nicht hieß, dass sie sich nicht der Gerüchte in der Schule bewusst war. Die Leute redeten über Lily, über Susan, über die Presse.
Phil war ausgesprochen unglücklich.
Die Gerüchte hätten aber genauso gut in ihrem Kopf sein können. Es war gut und schön zu versuchen, einen Skandal einzudämmen, voller Angst im Netz zu surfen und den Schaden abzuschätzen. Doch Lilys nächster Ultraschall kam so schnell und brachte Sorgen mit, die alle anderen aus ihrem Kopf vertrieben.

Susan war glücklich, dass Rick da war. Er setzte Himmel und Hölle in Bewegung, um das Krankenhaus mit dem modernsten Apparat zu entdecken, und er buchte den am meisten empfohlenen und erfahrensten Radiologen für den Ultraschall.
Am Donnerstagmorgen in der Frühe fuhren sie wieder nach Boston. Lily durfte nicht pinkeln und fühlte sich unwohl, doch sie beklagte sich nicht. Sie tat, was getan werden musste, auch wenn sie ängstlich und ganz wie siebzehn aussah. Susan erinnerte sie dauernd daran, dass die Fruchtwasseruntersuchung Komplikationen ausgeschlossen hatte und die CDH zu einem einfachen Problem machte. Doch der Apparat hier war ausgeklügelter und die Ärztin nüchtern. Susan war eingeschüchtert, dabei war sie fünfunddreißig. Sie konnte sich vorstellen, wie sich Lily fühlte.
Rick blieb bei ihnen und bat die Ärztin, dieses zu erklären und jenes zu wiederholen, und das mit einer

Eindringlichkeit, die Susan vielleicht nicht gehabt hätte, da sie zwischen Faszination, die die Züge des Babys auf sie ausübten, und Bestürzung über das Ausmaß des Problems schwankte.

Eine Stunde später wurde Lily zu einem Kernspin geschoben und wieder eine Stunde später zu einer Sprechstunde mit einem Chirurgen, den Rick vor der Fahrt kontaktiert hatte. Auch dieser Chirurg war sehr empfohlen worden. Er war ein Spezialist in der Behandlung von angeborener Zwerchfellhernie.

Er hatte mit der Radiologin gesprochen, die den Ultraschall gemacht hatte, und konnte die Bilder von heute mit denen von vor drei Wochen vergleichen. Er saß neben Lily und Susan und zeigte ihnen die Veränderungen.

»Bei den leichtesten CDH-Fällen bleibt der Zustand stabil«, erklärte er freundlich. »Aber Sie können den Unterschied sehen, den drei Wochen ausgemacht haben. Wir benutzen mathematische Formeln, um den Grad der Hernie zu beschreiben, aber ich möchte lieber laienhaft reden. Schauen Sie auf die beiden Bilder. Schauen Sie auf die Lunge. Sehen Sie, wie auf dem neuesten Bild die links kleiner ist als rechts?«

»Sie ist winzig!«, rief Lily bestürzt.

»Eindeutig kleiner, weil hier die Eingeweide, die Leber, die Niere sie nun verdrängen. Diese Art von nachteiliger Entwicklung innerhalb von drei Wochen deutet einen Impuls an, der die Entwicklung der Lungen behindert und schließlich das Herz beeinträchtigen wird. Selbst wenn dieses Kind bis zum Schluss ausgetragen wird, wird es nicht die Möglichkeit haben, außerhalb der Gebärmutter zu überleben. Manche Eltern glauben, dass es, wenn es so ist, so sein sollte.« Er sah über Lily zu Susan und Rick.

Susan wusste, es war der Augenblick der Wahrheit. Wenn sie dieses Baby nicht wollten, war jetzt der Moment, es auszusprechen. Doch das Einzige, das sie empfand, war, dass dieses Kind Teil ihres Kindes war, dass es ihr schon vertraut war und dass, wenn sie jemals für etwas in ihrem Leben gekämpft hatte, es dafür war.

In diesem Augenblick war sie voll engagiert. »Wir wollen, dass dieses Baby lebt.«

Er lächelte und sah zu Lily, die zustimmend nickte. »Dann operieren wir. So ein Fall begeistert mich, weil wir früh dran sind. Die Anomalität jetzt zu korrigieren vergrößert die Chancen des Babys.«

Susan legte ermutigend den Arm um Lily, die jetzt sehr reif klang, als sie nach Details zur Operation fragte.

Der Arzt erklärte es mit klaren Worten. »Wir machen zwei winzige Einschnitte, einen in deinem Bauch und einen in deinem Uterus, und wir schieben ein winziges Teleskop in den Mund deines Babys.« Als Lily ein Geräusch von sich gab, drückte er ihr die Hand. »Gar nicht schlimm für das Baby.« Vergiss nicht, er braucht den Mund im Moment noch nicht sehr. Wir schieben das Teleskop in seine Luftröhre und lassen einen winzigen Ballon dort, der gerade genug aufgeblasen wird, um diese zu blockieren.«

»Blockieren?«, fragte Lily erschrocken.

Der Arzt lächelte. »Das Baby braucht die Luftröhre erst in dem Augenblick, wenn es geboren ist, doch es passiert etwas Komisches, wenn wir sie blockieren. Die Lunge fängt an zu wachsen«, fuhr er fort. »Während die Lunge wächst, schiebt sie die inneren Organe wieder hinaus aus der Brusthöhle und weg vom Herzen.« Wieder sah er zu Susan und Rick. »Es ist wirklich bemerkenswert.«

»Wie bekommen Sie den Ballon aus der Luftröhre heraus?«, fragte Lily jetzt ruhiger.

»Ganz einfach. Wir fangen mit einem Kaiserschnitt an, heben den Kopf des Babys aus dem Uterus, während die Nabelschnur noch an der Plazenta hängt, und atmen für das Baby. Dann greifen wir in seinen Mund und ziehen den Ballon heraus. Wir schneiden die Schnur durch, und dein Sohn ist geboren.«

Lily war kurz hingerissen. »Und er wird okay sein? Das bringt das Problem in Ordnung?«

»Eine Garantie gibt es nie. Aber wir hatten bemerkenswerten Erfolg. Sobald wir die Luftröhre blockiert haben, wachsen die Organe normal. Eine kleinere Operation kurz nach der Geburt schließt das Loch im Zwerchfell.«

»Was heißt kleinere Operation?«

»Geringes Risiko.«

»Wird er eine Narbe zurückbehalten?«

»Eine kleine, aber sie wird kleiner aussehen, je größer er wird. Babys wachsen, Narben nicht.«

Susan kümmerten die Narben nicht, wenn das Ergebnis Überleben hieß. »Wird Lily bis zum Ende austragen können?«

»Ich hatte ein paar Fälle, in denen wir das Baby in der achtunddreißigsten Woche geholt haben, was

als normale Schwangerschaftsdauer angesehen wird. Wahrscheinlicher ist, dass wir ihn ein wenig früher holen. Um zu wissen, wann, werden wir ihn nach der Operation genau überwachen. Wir werden mit einem wöchentlichen Ultraschall anfangen; wenn dann alles gut läuft, werden wir es in größeren Abständen machen. Wir wollen zusehen, wie die kleine Lunge wächst.«
»Werden alle meine Babys das haben?«, fragte Lily.
»Dein Junge hat nur CDH. Wenn es andere Anomalitäten gäbe, wäre ich vorsichtiger, aber bei nur CDH? Die Chancen, dass es sich wiederholt, sind sehr gering.«

Lily war wie betäubt, als sie nach Hause fuhren. Während sie auf der Autobahn die Staatengrenze überschritten, strickte sie auf dem Rücksitz. Es war das Einzige, was ihr Trost brachte. Der letzte Sommer schien eine Ewigkeit weit weg zu sein und der Mensch, der sie damals gewesen war, jämmerlich naiv.
Zumindest glaubte sie nun, dass ihr Baby eine Chance hatte. Sie hatte die Radiologin nicht gemocht, doch der Chirurg war nett, und wenn Rick sagte, dass er gut sei, war er auch gut. Sie war nicht mal so erschrocken von den Bildern. Als sie am Morgen hingefahren war, hatte sie Schlimmeres erwartet – sogar, dass ihr Baby tot wäre. Erst als sie vorhin auf dem Bildschirm sein Herz kräftig schlagen sah, glaubte sie wirklich, dass er noch lebte.
Sie war die Mom, was hieß, dass sie das letzte Wort dabei hatte, was man für ihr Baby tat. Doch ihre Eltern dabei zu haben bedeutete viel. Ihre Mutter hatte gesagt, sie würden damit fertigwerden, und so war es auch.

Lily akzeptierte, dass ihr kleiner Junge dieses Problem hatte und dass sie es richten könnten. Die Operation war angesetzt zusammen mit Tests, um den Fötus in den nächsten zwei Wochen zu überwachen. Was die wöchentlichen Fahrten nach Boston anging, so war das nicht schlimm. Sie konnte stricken.

Die Schule zu versäumen bereitete ihr ein wenig Sorgen. Nun, da andere Freundinnen Nachrichten von Colleges bekamen, dachte sie manchmal an Wesleyan und Williams, die sie beide gemocht hatte. Sie hatte kurz daran gedacht, sich zu bewerben, obwohl sie schwanger war. Ihre Noten waren gut genug. Die Schulen hätten sehr gerne eine Studentin gehabt, die anders war.

Doch es wäre zu schwierig, zu weit weg von zu Hause, zu weit entfernt von Mary Kate und Jess. Vor allem jetzt.

Die Percy State war eindeutig die richtige Wahl. Doch selbst dort würde sie vielleicht absagen müssen, wenn sie in diesem Frühling zu viel Schule versäumte. Nicht, dass sie im Moment gerne zur Schule ging. Ständig gab es Geflüster – meistens Spekulationen über den Job ihrer Mutter, was natürlich nicht so wäre, wenn Lily nicht schwanger wäre.

»Woran denkst du?«, fragte Susan und sah sich nach ihr um.

Lily dachte kurz daran zu lügen, doch ihre Mutter erriet es immer. Sie legte ihr Strickzeug hin. »Ich denke daran, dass ich dein Leben verpatzt habe. Was, wenn *People* einen schrecklichen Artikel schreibt?«

Susan überlegte. »Dann werde ich einfach die andere Wange hinhalten müssen.«

Lily musste das auch lernen. Aber es fiel ihr schwer, wenn sie im Gang an den Zaganotes vorbeikam oder Abby sah. Und Robbie? Sie glaubte nicht, dass es bei ihm klappen würde, die andere Wange hinzuhalten, doch sie kannte auch keine andere Lösung.

»Ich kann Robbie nicht erzählen, was heute war«, sagte sie.

»Warum nicht? Er weiß schon, dass es ein Problem gibt.«

»Aber er braucht nicht zu wissen, dass operiert werden muss. Hat der Arzt nicht gesagt, dass es dem Baby gutgehen wird?«

»Robbie kann mit der Wahrheit umgehen.«

»Ich sorge mich nicht um Robbie. Ich sorge mich um mich. Er wird Fragen stellen, woher das alles kommt, und okay, vielleicht war es nicht wegen Hockey. Aber es ist in meinem Körper passiert.«

»He«, rief Rick, »du hast das nicht verursacht.«

»Hör auf deinen Vater. Was passiert ist, ist nicht deine Schuld.«

»Gut.« Lily wollte nicht darüber streiten, wessen Schuld es war. »Aber da ist noch was, Mom. Je mehr ich Robbie erzähle, desto mehr will er dabei sein. Er nimmt das alles sehr ernst.«

»Das sollte er auch«, warf Rick ein.

»Aber je mehr er beteiligt ist, desto mehr will er auch beteiligt werden. Ich mag Robbies Gene, aber ich werde ihn nicht heiraten.«

»Wie willst du das jetzt wissen?«, fragte Rick.

»Weil sie schlau ist«, meinte Susan. »Weil sie auch so schon zu viel am Hals hat.«

»Aber vielleicht ist er der Richtige. Ich sage ja nicht, dass sie jetzt heiraten sollten, aber warum ihn ausschließen, weil sie siebzehn sind? Highschool-Paare heiraten doch andauernd.«
»Wenn sie alt genug sind, um zu wissen, dass es die richtige Beziehung ist.«
»Wie können sie das wissen, wenn sie der Beziehung keine Chance geben?«
Susan sah wieder zu Lily. »Es gibt solche Beziehungen, und es gibt solche. Ich spreche über die biologische. Robbie ist der Vater des Babys. Du musst ihn auf dem Laufenden halten.«
»Aber wenn sie eine Bindung eingehen, wird er niemals gehen.«
»Natürlich wird er das. Er ist ein sicherer Kandidat für die Aufnahme auf der Brown. Seine Eltern werden dafür sorgen, dass er geht.«
Lily war sich da nicht so sicher. »Er hat sich gerade auf der Bates beworben, und seine Eltern wissen noch nicht mal davon. Die Bates ist eine Stunde entfernt. Er könnte ständig in Zaganack sein.«
»Das wäre gut«, bemerkte Rick.
»Das wäre schrecklich«, gab Lily zurück. »Er stünde dauernd im Weg.«
»Im Weg von was?«
»Meinem Leben. Meiner Familie. Meinen Freundinnen.«
Susan fing ihren Blick im Rückspiegel auf. »Und es gibt keinen Platz für ihn? Du hast ihn genug gemocht, um ihn als Vater deines Babys zu wollen. Und jetzt willst du, dass er die Stadt verlässt?«

»Bei euch hat es doch auch geklappt.«
Mit dieser Bemerkung hatte sie ihn erwischt. Es herrschte kurz Schweigen.
»Es hat nicht ...«, setzte Rick an, doch Susan unterbrach ihn.
»Unsere Situation war eine andere. Rick war fünf Jahre älter als ich. Er hatte die Stadt bereits verlassen.«
»Aber du hast ihn nicht zurückgeschleppt oder bist ihm ans Ende der Welt gefolgt«, wandte Lily ein. »Ich meine, ihr seid in den letzten Wochen mehr zusammen gewesen als sonst. Habe ich recht?«
Wieder Stille.
Susan sah zu Rick und dann wieder zu Lily. »Wie lässt sich das auf dich und Robbie übertragen?«
»Es gibt Parallelen«, beharrte Lily. »Ihr streitet euch nicht. Ich habe zum Beispiel nie gehört, dass ihr euch uneinig seid. Ihr habt euer eigenes Leben, und es gibt eine eindeutige Arbeitsteilung, wenn es um mich geht. Ihr rückt euch nicht auf den Leib, und das ist gut.«
»Vielleicht auch nicht«, bemerkte Rick.
»Nein, Dad. Ich habe viel darüber nachgedacht.« Ihr Ausbruch vor Thanksgiving war ihr immer noch peinlich. »Es gab Zeiten, da wollte ich dich hier haben, aber vielleicht wäre das nicht das Beste gewesen. Vielleicht ist der Grund, weshalb du so eine tolle Beziehung mit Mom hast, ja der, dass ihr nicht zusammenlebt.«
»Ist es so schwer, mit mir zu leben?«, fragte Susan.
»Vielleicht ist es schwer mit Dad, darum geht es nicht. Was, wenn ich Robbie in alles einbeziehe, nur um zu sehen, wohin die Beziehung führt, und dann funktioniert

es nicht? Unser Sohn wird leiden. Es ist schwer, wenn er gleich nebenan wohnt. Wir werden uns ständig sehen. Ich glaube wirklich«, schloss sie, »dass es am besten ist, von Anfang an Grenzen zu setzen. Es wird weniger Spannungen geben.«
»Und weniger Hilfe«, warf Rick ein. »Weniger Unterstützung.«
»Ich habe doch euch. Ich habe meine Freunde.«
»Das ist nicht dasselbe, wie den Dad des Babys zu haben.«
»Keiner verlangt von dir, dass du ihn heiratest«, meinte Susan.
»Aber du könntest«, sagte Rick. »Irgendwann.«
»Ich muss nicht heiraten. Mom hat es auch nicht getan.«
»Aber was, wenn du es willst?«, fragte er.
»Sie ist erst siebzehn«, rief Susan aus.
Wieder Schweigen.
Dann warnte Rick: »Du vermittelst ihr die falsche Botschaft, Susie.«
»Ich? Wieso?«
»Eine Ehe ist nicht immer schlecht. Meine Eltern waren mehr als vierzig Jahre verheiratet. Und deine auch.«
»Sie haben erst geheiratet und bekamen dann Kinder. Wenn die Kinder zuerst kommen und einen zu einer Ehe zwingen, kann das schlecht sein.«
»Niemand redet von Zwang. Ich sage nur, dass die Tatsache, dass sie zusammen ein Kind haben, geeignet ist, der Beziehung eine Chance zu geben. Wenn es klappt, super.«
Okay, dachte Lily, lass uns von was anderem reden.

»Aber sie hat recht«, beharrte Susan. »Wir haben es nicht getan.«
»Und wessen Schuld war das? Ich wollte heiraten.«
»Wolltest du nicht. Du wolltest nur tun, was du für das Richtige gehalten hast.«
Genug, hätte Lily geschrien, wenn ihr jemand zugehört hätte. Doch Rick war vollkommen auf Susan konzentriert.
»Woher weißt du das?«, fragte er. »Woher weißt du, dass ich nicht total in dich verliebt war?«
»Du hast diese Worte niemals ausgesprochen.«
»Weil du mir klargemacht hast, dass du sie nicht hören wolltest. Du hast mich weggeschickt.«
»Du hattest einen Job ...«
»Stopp!«, schrie Lily. »Es tut mir leid, dass ich das Thema aufgebracht habe, es ist doch nichts. Robbie ist ein guter Kerl. Ich weiß nicht, warum ich das Thema angesprochen habe, nur dass ich nicht weiß, wie ich mit ihm umgehen soll und dass ich noch nie eine Operation hatte und mein Leben außer Kontrolle ist und es nicht so sein sollte!«

Susan konnte das nachvollziehen. Noch Stunden später war sie erschüttert. Sie hatte sich noch nie zuvor mit Rick gestritten, und auch wenn sie wütend sein wollte – wütend, weil er ihr vor Lily widersprochen hatte –, konnte sie es nicht. Weil sie sich nicht sicher war, dass er unrecht hatte.

24

Die *People* landete am Freitag in den Briefkästen. Die Story wurde von drei Journalisten geschrieben, nicht nur von Melissa Randolph, und auch wenn Susan nicht zitiert wurde, hatten andere in der Stadt genug Informationen beigesteuert, um eine ganze Seite zu füllen. Die gute Nachricht war, dass die Story am Ende der Ausgabe stand. Die schlechte war, dass das Wort »Pakt« den Leser zuerst fesselte, so dass es schwer war, den Artikel nicht zu Ende zu lesen. Außerdem bildete sie zumindest in Susans Augen das Schlusslicht nach den Müttern der Betrunkenen und der Diebin und kam weniger als eine bedrängte Unschuld rüber als vielmehr als eine Frau, die verdammt schuldig war – und zu allem Überfluss noch als eine lausige Mutter.
Und obendrein noch als eine lausige Direktorin. So ließ Phil durchblicken. Er gab ihr die Schuld, Reportern den Zugang zur Schule zu gestatten, und behauptete, er sei angerufen worden, habe sich jedoch geweigert zu sprechen. Als er andeutete, ihre Fähigkeit, ihren Job zu machen, sei gefährdet, listete sie alles auf, was sie in dieser Woche getan hatte. Und als er erneut die Idee vorbrachte, Urlaub zu nehmen, wiederholte sie das Argument, das sie im November vorgebracht hatte, als Gerüchte über Lilys Schwangerschaft das erste Mal

ruchbar wurden – dass es der beste Weg sei, gleich mit den Schülern und Eltern zu verhandeln.
Sie hielt an diesem Nachmittag eine Notsitzung mit der Lehrerschaft ab, die sie einmütig unterstützte.
Evan Brewer hatte eine andere Verpflichtung und war nicht dabei.
Susan ging an dem Abend früh zu Bett. Sie lag in der Dunkelheit wach, als Rick hereinschlich und sich neben sie setzte. Er war vollständig angezogen.
»Das Ganze hat einen Tribut gefordert«, sagte er sanft.
»Es wird immer mehr. Ich fühle mich schwach.«
»Wütend.«
»Das auch. Ich kann *People* nicht anzeigen, weil sie nichts Falsches oder Diffamierendes gedruckt haben. Ich kann diese drei Mädchen nicht erwürgen, weil ich sie zu sehr liebe. Ich kann Phil nicht feuern, weil er mein Boss ist.« Sie verstummte und nahm seine Hand. »Und ich kann dir keinen Vorwurf machen für das, was du gesagt hast. Vielleicht hast du ja recht. Vielleicht vermittle ich Lily ja die falsche Botschaft. Vielleicht habe ich das die ganze Zeit über getan. Ich dachte, ich hätte ihr beigebracht, stark und eigenständig zu sein. Ich dachte, ich hätte sie Verantwortung gelehrt – dass sie die Verantwortung für ihr eigenes Leben trägt.«
»Das hast du. Du hast eine unglaublich starke, unabhängige und verantwortungsbewusste junge Frau hervorgebracht.«
»Die Angst hat, verletzt zu werden, genauso wie ich«, gab Susan zu und wartete auf seine Reaktion.
Er schwieg eine Weile und betrachtete ihre Hände. »Du hattest einen Grund. Wir verlassen uns darauf, dass

uns unsere Eltern bedingungslose Liebe entgegenbringen. Deine nahmen ihre zurück. Also hast du eine Mauer gebaut. Ich habe das Gleiche getan.«
»Das macht es nicht richtig. Mauern isolieren. Aber wir haben hier so gute Freunde, dass wir uns nicht isoliert fühlen.«
»Vielleicht braucht man ja nur das«, entgegnete er. Bevor sie reagieren konnte, streckte er sich auf der Decke aus, die Stirn an ihrer Wange und seine Hand auf ihrem Herzen.
Es gab so viel zu sagen, dass sie nicht wusste, wo sie anfangen sollte, und sie war plötzlich so erfüllt von Gefühlen, dass sie nicht sprechen konnte. Also schlief sie ein.

Kate wachte um zwei auf. Sie hatte vielleicht einen der Jungen von einer Verabredung nach Hause kommen hören, doch es waren keine Schritte auf der Treppe zu vernehmen. Sie stieg aus dem Bett und ging zum Fenster. Die Einfahrt war voller geparkter Autos, alle waren zu Hause.
Die Arme um die Mitte geschlungen, starrte sie hinaus in die Dunkelheit. Als ihr kalt wurde, dachte sie daran, zu Will zurückzugehen. Doch andere Gedanken – neue Gedanken – waren ihr in den Sinn gekommen.
Sie nahm ihren Bademantel vom Haken hinter der Tür, ging hinunter in die Küche und machte sich einen Tee. Nachdem sie die Tasse auf dem Tisch abgestellt hatte, setzte sie sich seitlich auf die Bank und zog die Füße unter den Bademantel.
Fünf Minuten vergingen – oder waren es zehn? Die

Uhr an der Mikrowelle hatte vor sechs Monaten ihren Geist aufgegeben. Doch sie hörte Schritte in dem Zimmer über sich und wusste, dass Will kam.
»Hallo«, flüsterte er kurz darauf. Er war ein großer, sanfter Typ mit einem ausgefransten T-Shirt und Boxershorts. »Bist du okay?«
»Geht so.«
Will setzte sich sonst nicht auf die Bank, sondern zog einen Stuhl vor. Doch nun ließ er sich mit überraschender Anmut dort nieder und steckte Kates Füße unter seine Schenkel. »Warum glaube ich, dass du nicht über *People* nachdenkst?«
Das Kinn auf die Knie gestützt, lächelte sie. »Ich wünschte, ich täte es. Die *People* ist unwichtig. Sie besteht eine Woche und wird dann weggeworfen. Das Wichtige aber bleibt.«
»Zum Beispiel Babys.«
»Zum Beispiel Mütter und die Dinge, die sie sagen. Ich habe Dinge gesagt, die ich am liebsten zurücknehmen würde. Ich war nicht gerade die beste Mutter der Welt.«
Er gab ein abfälliges Geräusch von sich. »Du bist zu hart zu dir.«
»Vielleicht. Aber so fühle ich nun mal. Ich bin nicht glücklich darüber, dass Mary Kate schwanger ist, aber ich werde das Baby nicht weggeben. Ich weiß, wie man die Dinge nimmt, wie sie kommen. Und Mary Kates Baby ist gesund. Wir haben großes Glück.« Größeres als Susan. Lilys Lage hatte sie aufgerüttelt. Sie rückte alles in ein neues Licht. »Lilys kleiner Kerl ist in einem schlechten Zustand.«

»Sie werden ihn wieder gesund machen.«
»Das hoffen wir.«
»Hallo? Waren wir nicht immer positiv, als du schwanger warst? Alex war eine Steißgeburt, und seine Entbindung ist gut verlaufen. Und die Zwillinge sind einen Monat zu früh gekommen.«
»Das ist etwas anderes«, gab Kate zurück. »Google mal CDH, und was du da erfährst, ist ernst. Wenn sie sich zu einer Operation entschlossen haben, muss es dem Baby ziemlich schlechtgehen. Die Prognose mag gut sein, aber es ist schrecklich. Was, wenn es Mary Kates Baby wäre? Ich wär krank vor Angst.« Sie sah sich in ihrer Küche um. »Wir brauchen eine neue Mikrowelle. Der Herd lässt sich nur mit Mühe einschalten, und der Kühlschrank pfeift auf dem letzten Loch. Alles kleinlich. Wie ich. Und dann stürzen sie sich auf *Susan*, weil sie angeblich eine schlechte Mom ist?«
Eine Bewegung an der Tür lenkte sie ab. Mary Kate wirkte wie ein Elf, wie sie da in ihrem Nachthemd stand. Auch wenn Kate alle ihre Kinder liebte, war diese hier doch immer noch ihr Baby.
Sie klopfte auf die Bank, und Sekunden später saß das Baby da. »Haben wir dich geweckt?«
Mary Kate schüttelte schnell den Kopf. »Ich muss dauernd daran denken, dass alles schiefgelaufen ist. Ich weiß nicht, was passiert ist, Mom. Letzten Sommer klang alles so leicht, und jetzt das alles?«
»Kein Tag am Strand.«
»Wenn ich mir nur die Hälfte davon hätte vorstellen können, hätte ich vielleicht nicht mitgemacht.«

Es war eine Lektion fürs Leben, erkannte Kate, aber in was? Kate handelte oft impulsiv, ohne gründlich nachzudenken. War Mary Kate da so anders?
Während sie dachte, dass ihr Haar, das sie für die Nacht gelöst hatte, genauso wild war wie das ihrer Tochter, berührte sie die kleine Wölbung von Mary Kates Bauch.
»Trotzdem ist das da drin mein Enkel.« Sie hatten gerade erfahren, dass es ein Junge war.
Mary Kate legte die Hand auf ihre. »Ein kleiner Jacob.« Tränen traten ihr in die Augen. Kate nahm an, dass sie Jacob schrecklich vermisste – auch das eine traurige Lektion des Lebens. »Was, wenn mein Baby Probleme hat?«
»Dein Ultraschall war perfekt. Sie haben ihn sich sehr genau angeschaut.«
»Gut, aber wenn es ein schwieriges Baby wird?«
»Dann müssen wir dafür sorgen, dass er es nicht wird.«
»Wie denn?«
»Indem wir ihm Fürsorge und Verständnis zeigen. Indem wir seine Onkel mit ihm im Garten Ball spielen lassen. Indem wir ihm Liebe schenken.«
»Liebe reicht nicht, wenn es ein körperliches Problem gibt.«
»Wenn du nichts anderes hast, reicht sie.« Wills Hand war warm auf ihrem Bein.
Mary Kate betrachtete sie beide. Schließlich fragte sie mit hoffnungsvoller Unschuld: »Und für euch ist es wirklich okay?«
Kate kam zu dem Schluss, dass es so war. Im Leben ging es nicht um volle Küchen oder Schlafzimmer, die mit Betten vollstanden. Indem sie ihr eigenes Baby

glücklich machte, empfand Kate die Art von Zufriedenheit, wie sie sie nicht mehr gespürt hatte, seit Mary Kate die Neuigkeit mitgeteilt hatte. Sie zog ihre Tochter an sich und hielt sie fest.

Sunny hatte seit Wochen nicht mehr gut geschlafen, doch die letzten beiden Nächte waren am schlimmsten gewesen. Sie wollte den Medien die Schuld daran geben. Wie war das mit öffentlicher Beleidigung? Es war eine harte Strafe für ihre Sünden.
Nicht so hart jedoch wie das, was mit Lilys Baby passierte. Als sie jetzt in der Dunkelheit erwachte, dachte sie darüber nach. Geburtsfehler waren stets ernüchternd, doch wenn sie jemandem zustießen, den man kannte? Sie war sich nicht sicher, wer ihr am meisten leidtat – Susan, Lily oder das Baby.
Während sie sich ruhelos hin und her wälzte, schwebten ihre Gedanken wieder zu ihrer Tochter. Jessica war erschüttert und nicht mehr so selbstgefällig, wie sie es gewesen war, als sie stolz ihre Schwangerschaft verkündet hatte. Sie redete weniger, und wenn, dann nicht so schlagfertig, und vor allem kritisierte sie Sunny weniger. Sie näherte sich dem Ende des vierten Monats und hatte nächste Woche den Ultraschall. Plötzlich brütete sie über einer Liste möglicher Probleme, die sie vorher nicht beachtet hatte.
Nur eine Strafe, weil sie fröhlich schwanger geworden war? Das hatte Sunny eine Zeitlang geglaubt. Doch sie sorgte sich zunehmend um ihre Tochter. In letzter Zeit sah Jessica blass und angespannt aus. Und Sunny fühlte sich schlecht.

Kurz vor der Dämmerung gab sie es auf, einschlafen zu wollen, und ging hinunter in die Küche. Sie beschloss, dass ein besonderes Frühstück das Richtige wäre, und begann Teig für belgische Waffeln zu rühren. Beide Mädchen liebten sie. Sunny hob sie meistens für die Ferien auf, doch Jessica musste aufgepäppelt werden.

Sie zog das Waffeleisen aus ihrem Behälter für kleine Geräte und wollte gerade zum Kühlschrank gehen, um Erdbeeren herauszuholen, als es an der Tür klopfte. Da stand zu ihrem Schrecken, die Nase an das Glas über dem kurzen Vorhang gedrückt, ihr Vater.

»O mein Gott«, flüsterte sie. »Nicht die, nicht jetzt.«

Doch natürlich konnte sie das Gesicht nicht ignorieren – oder den Flaum eines Hutes zu seiner Rechten, der den Kopf ihrer Mutter andeutete. Als sie nicht rasch genug reagierte, läutete einer von ihnen. Zweimal. Blitzschnell öffnete Sunny die Tür. »Wisst ihr, wie spät es ist? Es ist kaum sieben, und es ist Samstagmorgen. Meine Familie schläft noch. Und außerdem, wo kommt ihr um diese Zeit her?« Sie wohnten mit dem Auto zwölf Stunden entfernt. Normalerweise hielt Sunny das für weit genug weg, doch nicht diesmal.

»Wir sind die ganze Nacht gefahren«, sagte Samson und küsste sie auf die Wange.

Delilah folgte mit einem Kuss auf beide Wangen. »Hallo, Sunshine. Ich kann dir nicht sagen, wie sehr wir uns gefreut haben, als wir sahen, dass bei dir die Lichter an sind. Deine französische Maschine macht den besten Kaffee.« Sie blickte sich um.

Doch Sunny war noch nicht beim Kaffee. »Wenn ihr

angerufen hättet, um mir mitzuteilen, dass ihr kommt, hätte ich sie angestellt.«

Ihre Mutter tat dies mit einem abfälligen Geräusch ab. »Wenn wir vorher angerufen hätten, hättest du gesagt, dass ihr übers Wochenende wegfahrt. Ich bin tatsächlich überrascht, dass ihr es nicht seid. Nach dem Artikel in *People* hätte ich geglaubt, du hättest dich irgendwo versteckt.«

»Ach ja«, sagte Sunny und erinnerte sich an ihr letztes Gespräch, »ich bin ja die Furchtsame.« Sie hob das Kinn. »Nein, Mutter, du irrst dich. Wir sind hier.«

Delilah lächelte und ließ den Mantel auf einen Stuhl fallen. »Nun, und wir auch.« Sie rieb sich die Hände und erblickte das Eisen. »Ich liebe Waffeln.«

»Das war ja ein Artikel, Sunshine«, bemerkte Samson, der eine Banane aus dem Korb genommen hatte und sie schälte. »Du hättest uns warnen sollen.« Er warf die Schale ins Spülbecken und kümmerte sich nicht darum, dass sie den Abfluss verstopfte. »Wir wälzten uns in Unwissenheit, bevor die Anrufe begannen.«

»Was für Anrufe?« Sunny fürchtete einen Augenblick, dass *People* einen weiteren Artikel brachte, der Samson und Delilah beinhaltete; in diesem Fall hätte sich Sunny definitiv irgendwo versteckt.

»Freunde«, antwortete Delilah mit einem tadelnden Blick, schaute dann zur Tür zum Flur und begann zu lächeln. »Hallo, Darcy. Haben wir dich geweckt? Komm und umarm uns.« Sie breitete die Arme aus.

Darcy, die nie so begeistert von ihren Großeltern gewesen war wie Jessica, folgte zurückhaltend, als Jessica erschien.

»Hallo«, grüßte diese von der Tür her, »ich wusste nicht, dass ihr kommt.«
Delilahs Augen leuchteten auf. »Bis gestern Abend wir auch nicht, aber nach all der Tinte, die ihr hier erzeugt habt, wussten wir, dass wir helfen müssen.«
»Helfen?«, fragte Sunny. »Wie?«
Ihre Mutter sah plötzlich selbstgefällig aus und so sehr wie Jessica, dass Sunny zusammenfuhr.
»Wir finden, Jessica sollte bei uns wohnen«, verkündete Delilah, »zumindest bis das Baby geboren ist. So wird sie aus dem Rampenlicht sein, das deine Freundin Susan erzeugt.«
Vor noch nicht so langer Zeit hätte Sunny das Angebot angenommen. Jetzt war sie nur amüsiert. »Warum sollte ich meine Tochter bei euch wohnen lassen?«
»Es wäre leichter.«
»Leichter?«
»Nun ja, du willst sie doch eindeutig nicht hier haben.«
»Wer hat das gesagt?«
»Sunshine, bitte. Wir wissen alle, dass diese Schwangerschaft dich aus dem Konzept bringt.«
Genauso wie eine körperliche Anomalität, dachte Sunny, doch Susan bat Lily nicht, das Baby abzutreiben. »Weißt du, Mutter, ich bin wirklich nicht so ein Kleingeist, wie du annimmst. Ich kann damit umgehen.«
Samson verließ die Küche und überließ Delilah ihrer Skepsis. »Aber eine Schwangerschaft? Denk darüber nach, Sunshine. All die Leute, die dich anstarren? Hinter deinem Rücken reden? Wäre es da nicht besser, wenn wir Jessica mit zu uns nähmen?«

Sunny entging der Spott nicht und hätte verletzt sein sollen. Doch ein anderes Gefühl war in ihr aufgestiegen. Die Welt konnte ihr einen Vorwurf machen, weil sie wütend genug war, um ihre Tochter aus dem Haus verbannen zu wollen. Doch Lilys Probleme und Susans bemerkenswert verantwortungsvolle Reaktion hatten Sunny aufgeweckt. Wenn sie nun an Jessica dachte, wollte sie sie beschützen. Beschützend und besitzend – so eine Mutter wollte sie sein.
Jessica war nicht auf ihre Großmutter zugegangen. Daraus schöpfte Sunny Mut. »Wäre es nicht besser, wenn wir Jessica zu uns nähmen?«, hatte Delilah gefragt. »Nein«, antwortete Sunny. »Ich will meine Tochter bei mir haben.«
»Warum besprichst du das nicht mit Dan?«
Doch nun kam es zu einer weiteren emotionalen Verschiebung. Fast zwanzig Jahre lang hatte Sunnys Mann sie für eine Mutter wie Delilah verantwortlich gehalten. Doch er musste sich ändern, und sie musste ihn antreiben. »Das muss ich nicht mit Dan besprechen«, gab sie zurück und war sich noch nie einer Sache so sicher gewesen.
Delilah wirkte verletzt. »Hasst du uns so sehr?«
»Nein, Mutter«, entgegnete Sunny und empfand eine seltsame Zuneigung. »Ich habe dich nie gehasst. Das hier hat nichts damit zu tun, wer du bist, sondern wer ich bin.« Sie näherte sich ihrer Tochter. »Ich will meine Tochter hier haben.«
»Sie bringt dich nicht in Verlegenheit?«
Sie rückte noch näher und sagte: »Nein, ich brauche sie bei mir. Sie hat Freundinnen, die sie auch hier brauchen.«

Jessica lehnte sich gerade genug an sie, um ihr zu bedeuten, dass sie zustimmte.
»Aber wir sind den ganzen Weg gefahren, um sie zu holen«, klagte Delilah und sah sich um. »Samson? Samson? Wo bist du?«
Samson lag schlafend auf dem Wohnzimmersofa. Er hatte seinen Mantel noch an, aber seine Stiefel ausgezogen. Nicht dass das Sunny in dem Moment störte. Es gab andere Dinge, die wichtig waren. Außerdem hatte sie den Rolls-Royce unter den Staubsaugern in ihrer Besenkammer stehen.

Am Samstagabend war Susans Haus voll. Kate und Will waren da mit Mary Kate und einem der Zwillinge, Sunny und Dan waren mit Jess und Darcy gekommen. Sunny kochte wie eine Irre in der Küche, und wenn sie ab und zu sauer war, weil sie etwas nicht fand, was sie brauchte – »Keine Zitronenpresse? Jede Küche muss eine Zitronenpresse haben!« –, vergab Susan ihr.
Genauso wie das Chaos im Bad, in dem Kate und fünf Mädchen mit Kool-Aid spielten. Es ging darum, Wollknäuel so zu färben, dass sie für Jungen passten, und wenn Jess erfahren würde, dass sie ein Mädchen bekäme, würden sie das Ganze mit Pink wiederholen.
Die Badewanne war eine Schweinerei, was Sunny gestört hätte, wenn sie nicht wohlweislich ferngeblieben wäre. Für Susan war es ein Vertrauensbeweis dafür, dass die Freundinnen damit sagten, Lilys Baby würde gesund sein.
Aufgemuntert kehrte sie in die Küche zurück, als das Telefon klingelte. »Ich stehe unter Druck«, sagte Phil

und klang angespannt. »Sie müssen mir hier helfen. Der Schulausschuss will Sie Mittwochabend um sechs Uhr sehen. Geht das?«
»Natürlich.« Was hatte sie schließlich für eine Wahl?

Tatsächlich gab es eine. Sie dachte während des Abendessens in ihrem vollen Haus lange und gründlich darüber nach, doch erst als sie im Wohnzimmer Kaffee tranken und den Nachtisch aßen und die Kinder auf dem Boden saßen, weil alle Sitzplätze besetzt waren, sagte Rick leise: »Du bist nicht ganz bei uns. Woran denkst du?«
Sie begegnete seinem Blick. »Vielleicht sollte ich zurücktreten.«
»Das meinst du nicht im Ernst.«
»Der Ausschuss wird mich darum bitten. Phil hätte es vielleicht getan, wenn er sich nicht wegen des Babys so mies gefühlt hätte, aber wenn der Ausschuss es zuerst tut, ist er vom Haken. Vielleicht sollte ich mir meine Würde bewahren und freiwillig gehen.«
Im Zimmer war es immer stiller geworden.
»Habe ich mich gerade verhört?«, fragte Kate und hielt, die Ellbogen in der Höhe, in der Bewegung inne, mit der sie gerade eine Handvoll Locken nach hinten hatte schieben wollen.
Susan leugnete es nicht. »Es gibt Zeiten, da habe ich das Gefühl, gegen den Strom zu schwimmen.«
Kate schob die Nadel in ihr Haar. »Nein. Auf keinen Fall. Tritt nicht zurück.«
»Ich bin müde«, gab Susan zu. »Ein Teil von mir würde gerne wieder unterrichten. Der Englisch-Fachbereich

hat im Herbst eine offene Stelle. Ich könnte mich einstellen, bevor ich zurücktrete.«
»Und das Feld Evan Brewer überlassen? Nein.«
Auch darüber hatte Susan nachgedacht. »Evan ist zu offensichtlich. Phil weiß, er würde meinen Job als Trittleiter für seinen nutzen. Außerdem ist genug Zeit, um außerhalb nach einem Ersatz zu suchen.«
»Nein.« Das kam von Sunny.
»Der Schüler wegen«, meinte Susan. »Dieser Medienkram ist nicht gut für sie.«
»Machst du Witze? Sie lieben es.«
»Wir lieben es«, ertönte Darcy, deren Unschuld Susan, wenn auch traurig, lächeln ließ.
»Es ist eine Ablenkung. Ich nötige meine eigenen Probleme den Schülern auf. Das macht mich nicht gerade zu einer tollen Direktorin.«
»Falsch«, widersprach Lily und wurde von Jess unterstützt.
Doch Susan war sich da nicht so sicher. »Ich habe mich für eine gute Direktorin gehalten. Ich habe mich für eine gute Mutter gehalten ...«
»Das bist du auch.«
»Vielleicht gut, aber nicht gut genug. Wenn ich gefeuert werde, sollte ich jetzt zurücktreten und uns den ganzen Schmerz ersparen.« Sie wandte sich an Rick.
Mit zusammengepressten Lippen schüttelte er den Kopf. »Keine gute Botschaft«, flüsterte er.
»Über Würde? Was für eine Botschaft sollte ich aussenden?«
»Dass du für das kämpfst, was du willst.«
»Dass du an dich glaubst«, führte Kate weiter aus.

»Dass es mehr als eine Möglichkeit zu handeln gibt«, steuerte Sunny bei und wandte sich zu ihrem Mann um. »Können sie sie deshalb feuern? Ach, antworte nicht. Sie kann nicht zurücktreten.«
Falls Dan eine Antwort hatte, so entschied er sich, sie für sich zu behalten. Das Gleiche galt für Will.
»Wenn du jetzt zurücktrittst«, meinte Kate, »werden sie jede Mutter in der Stadt fallenlassen. Du würdest die Schuld auf dich nehmen, obwohl du nichts falsch gemacht hast. Kennst du den Ausdruck: ›Wer mit dem Feuer spielt, wird sich verbrennen.‹? Das werden sie sagen. Du wirst die Frauenbewegung um Jahre zurückwerfen.«
»Total«, erklärte Mary Kate, doch Lilys Worte trafen den Nagel auf den Kopf.
»Ich erinnere mich daran, als du in der Schule warst, Mom. Ich war vielleicht drei, vier Jahre alt, aber wenn ich nachts aufwachte, hast du gelernt. Wenn ich krank war, hast du in meinem Zimmer gearbeitet. Du musstest mir nicht sagen, wie viel es dir bedeutete, einen guten Job zu finden. Ich konnte es sehen. Und nun werde ich dasselbe tun, was du getan hast, nur wird es wegen dir für mich leichter sein. Die Leute werden mich wegen dir leichter akzeptieren. Es ist meine Zukunft, und du hast mir den Weg geebnet. Wenn du jetzt zurückschreckst, ist es, als ob man die Wolle am Zipfel eines Pullovers herausziehen würde, so dass sich das Ganze aufribbelt. Dafür hast du zu hart gearbeitet. Tu es nicht! Bitte!«

25

Die Kampagne endete nicht Samstagabend. Kate und Sunny riefen ständig an, um Susan bei der Stange zu halten, und obwohl der einzige Anruf, den sie sich wünschte, der von Pam war, musste sie sich mit Dan zufriedengeben, der am Sonntag nochmals zu Besuch kam, um ihren Vertrag zu studieren.
Seine Meinung als Anwalt? »Sie können dich nicht entlassen. Du hast keine Klausel in deinem Vertrag verletzt, und dieser Vertrag gilt für ein weiteres Jahr. Correlli mag dann beschließen, ihn nicht zu verlängern, aber wenn sie versuchen, dich jetzt zu feuern, kannst du sie verklagen.«
Susan würde nicht klagen. Gerichtsverfahren waren oft unschön, teuer und öffentlich. Es wäre schlecht für sie und schlecht für die Stadt. Sie glaubte immer noch, ein Rücktritt könnte vielleicht die sanftere Alternative sein.
Rick widersprach ihr. Sobald die Schulwoche begann, schickte er Mails von zu Hause. »Eine gute Direktorin liebt ihre Schüler. Sie führt zu Ende, was sie begonnen hat. Eine gute Direktorin lässt sich durch Kräfte von außen nicht ihr Werk aushöhlen.« Und Lily schloss sich ihrem Dad an. »Eine gute Mutter kämpft. Eine gute Mutter will, dass ihre Tochter eine Wahl hat.«

Wie fair war das denn? Gar nicht fair, aber als die Sitzung des Schulausschusses näher kam, erinnerte sich Susan an die Worte.

Sie weigerte sich, Schwarz zu tragen. Schwarz mochte zwar professionell wirken, doch es war die Farbe des Todes. Ihr Vater war gestorben, ihr Enkel würde vielleicht sterben, ihre beruflichen Träume würden vielleicht zu Staub zerfallen. Doch sie war ein Farbmensch, und auch wenn Mäßigung angesagt war, konnte sie doch ihre Persönlichkeit nicht unterdrücken. In diesem Punkt hatten Rick und sie eine Strategie ausgearbeitet. Sie würde nicht auf Konfrontation gehen; ruhige Würde wäre besser. Wenn Ausschussmitglieder Luft ablassen wollten, würde sie ihnen zuhören, doch sie würde nicht zulassen, dass man sie mit Füßen trat.
Sie entschied sich für Blau – marineblaue Hose mit einem helleren, kühneren Pullover und Schal. Sie überdeckte ihre Sommersprossen mit Make-up und tauschte ihre Kreolen gegen Ohrstecker. Zwar waren die Stecker hellrot, doch sie waren klein – ein Geschenk von Lily zu ihrem letzten Geburtstag und deshalb kostbar.
Alle sieben Mitglieder waren schon da, als sie im Rathaus eintraf. Sie waren Gewohnheitstiere und saßen an ihren angestammten Plätzen. Pam hatte einmal darüber gelacht, obwohl auch sie nun ihren üblichen Platz eingenommen hatte. Genauso saß Phil auf einem Stuhl an der Wand.
Obwohl es ruhig im Raum war, machte die Spannung deutlich, dass sie schon geredet hatten. Blicke trafen sie

nur kurz. Susan fing Pams auf – bitte hilf mir –, bevor diese sich an die Vorsitzende wandte.
»Sie wissen, warum wir Sie gebeten haben zu kommen«, begann Hillary.
»Ich bin mir nicht ganz sicher«, gestand Susan. »Ich weiß, Sie sind erregt wegen der Medien ...«
»Erregt ist eine Untertreibung«, sagte einer der Männer. »Wir sind entsetzt.«
»Das mag sein, Mr. Morgan«, schalt Hillary, die müde klang, »aber wir leben im 21. Jahrhundert. Mir gefällt es auch nicht, dass die Medien hier sind, aber so läuft es eben heutzutage.«
»Wollen Sie damit sagen, dass ich alt bin?«, fragte Carl mit seiner rauhen Stimme. »Wenn das so ist, dann ist alt gut. Wir hatten solche Krisen nicht, als meine Kinder zur Schule gingen.«
»Wir hätten früher handeln sollen«, sagte jemand anders.
»Dr. Correlli hätte früher handeln sollen«, verbesserte Duncan Haith.
Das war, kurz gesagt, Susans Problem. Phils Zögern, sie hinauszuwerfen, hatte diese Versammlung wahrscheinlich veranlasst. Wenn eine Mehrheit des Ausschusses Duncans Frustration teilte, hätte Phil keine andere Wahl, als sie zu feuern. Wenn er sie den Ärger des Ausschusses mit eigenen Ohren anhören ließ, würde ihn das von Schuld freisprechen.
Man musste Phil zugutehalten, dass er sagte: »Wir haben gehandelt. Innerhalb der Schule ist alles unter Kontrolle. Wir waren es nicht, die die Presse eingeladen haben.«

Carl hob seine buschigen Augenbrauen. »Nein?«
»Die Presse kam wegen Henrys Beerdigung«, erklärte Pam. »Danach sollte sie wieder abreisen.«
»Jemand hat ihnen einen Tipp gegeben.«
»Wer?«
Als mehrere Mitglieder Susan anstarrten, schrak sie auf. »Ich bin die Letzte, die Reporter in der Nähe haben will.«
»Wer denn dann?«, fragte Carl.
Das hier war die erste Herausforderung für sie. »Man hat mir gesagt, es sei der Vorsitzende der Handelskammer gewesen.«
»Wer sagt das?«, fragte Neal Lombard, und sein Mondgesicht wirkte harmlos.
»Der Produktionsassistent von NBC, der vor meiner Tür auftauchte. Wir konnten die Story im Keim ersticken, aber jemand muss andere Medien angerufen haben.«
»Dieser Produktionsassistent hat gelogen«, stellte Neal ruhig fest.
Die Mitglieder wandten sich wieder Susan zu, die klug genug war, Neal keinen Lügner zu nennen.
Duncan nutzte die unentschiedene Situation, um zu sagen: »Nun, Sie haben es geschafft, die NBC-Story abzubiegen. Hat der Typ, mit dem Sie zusammenleben, sich darum gekümmert?«
Susan lächelte. Das war die zweite Herausforderung. »Dieser Typ ist der Vater meiner Tochter. Wir hatten einen medizinischen Notfall bei Lily und ihrem Baby. Er ist hier, um zu helfen.«
»Und lebt mit Ihnen.«

Hillary seufzte. »Dass er hier ist, ergibt einen Sinn. Wir befinden uns nicht im Mittelalter.«

»Nun«, gab dieser zurück, »das ist genau die Haltung, die uns in Schwierigkeiten bringt. Ich glaube an die Ehe …« Er hielt seine knorrige Hand hoch. »… aber gut, das tut nicht jeder. Susan Tate könnte für mich mit einem Gorilla zusammenleben, wenn sie nicht die Direktorin unserer Highschool wäre.«

Alle Blicke wandten sich Susan zu, die sich an Dans Anwaltsmeinung erinnerte. »Bitte erklären Sie mir Ihre Sorge. Mache ich meinen Job nicht gut?« Sie richtete ihre Bitte an Pam, die in der einzigartigen Position war, ein Kind in der Highschool zu haben. Sag es ihnen, bettelte sie.

Doch Carl Morgan kam ihr zuvor. »Das Thema ist die Moral. Es kam zu einem Verstoß nach dem anderen.«

Susan konnte nicht schweigen. In ihrem Vertrag gab es keine Moralklauseln. »Ich sehe keine Verstöße. Ich mache erfolgreich den Job, für den ich eingestellt wurde.«

»Sie waren nicht hier, als ein Problemschüler zum dritten Mal betrogen hat«, brachte Neal vor. Dass er von Michael Murray wusste, sagte etwas über Evan Brewers lockeres Mundwerk.

»Mein Vater ist gestorben«, erklärte sie. »Mein Vertrag erlaubt fünf freie Tage im Todesfall. Ich habe drei genommen.«

»Aber nun gibt es da ein Problem mit dem Baby Ihrer Tochter«, meinte Duncan freundlich. »Wären Sie nicht besser dran, wenn Sie zu Hause blieben und sich um sie kümmern würden? Würde eine gute Mutter nicht genau das tun?«

Susan war ihm einen Schritt voraus. »Ich habe auch daran gedacht, aber der Arzt meiner Tochter ist dagegen. Er will, dass Lily zur Schule geht, und sagt, dass es kontraproduktiv wäre, wenn ich ständig um sie herum wäre. Er will, dass sie normal lebt. Sie hat Prüfungen. Er will, dass sie sie macht.«

»Wenn Sie sich freinehmen wollen, könnte Evan Brewer Sie ersetzen«, bot Neal an, der sich ganz eindeutig dafür rächte, dass Susan ihn als Spitzel bezeichnet hatte. »Er hat Erfahrung als Schulleiter.«

»Sie und Evan sind alte Freunde«, verkündete Pam.

»Wie Sie und Susan«, gab Neal mit einem Lächeln zurück.

»Deshalb habe ich nichts gesagt.«

Neal verstand entweder die Botschaft nicht oder beachtete sie nicht. »Aber das wäre doch eine praktikable Lösung. Evan ist schon vor Ort.«

Als sich die Ausschussmitglieder Susan zuwandten, sah sie zu Phil. Einen Nachfolger zu ernennen, ob zeitweise oder für immer, war seine Aufgabe.

»Evan teilt nicht unsere Philosophie«, sagte er. Er klang widerwillig, doch Susan war das egal. Zumindest hatte er die Wahrheit gesagt.

»Er hat eine Schule geleitet«, betonte Neal.

Phil tat Evan mit einer Handbewegung ab. »Wenn er nicht zurückgetreten wäre, hätte man ihn gefeuert. Meine Sorge gilt nicht Evan, sondern unseren Schülern.«

»Genau«, sagte jemand.

Und jemand anders: »Es ist eine ernste Sorge.«

»Deshalb ist Mrs. Tate hier«, stimmte ein Dritter ein.

Susan wartete auf mehr. Als nichts kam, flüsterte sie: »Also ist das Ziel dieser Versammlung ...?«
»... uns davon zu überzeugen, dass Sie bleiben sollten«, ergänzte Hillary. »Vielleicht könnten Sie uns Ihre neuesten Gedanken darüber mitteilen, wie man unseren Schülern jetzt am besten hilft.«
»Meine Gedanken kommen aus dem Lehrkörper«, erwiderte Susan. »Der sagt, dass das, was wir bereits getan haben, funktioniert. Unsere Schüler diskutieren die Themen. Sie verstehen sie und machen weiter.«
»So empfindet die Stadt es nicht«, meinte Duncan.
»Haben Sie nicht die *Gazette* gelesen?«
»Ich wette, Sie haben geglaubt, Sie hätten mehr Freunde«, sagte Neal hämisch.
Susan reagierte nicht. Sie war dankbar, als Pam einwarf: »Die meisten Briefe waren nicht unterschrieben.«
»Aber sie haben Susan nicht unterstützt«, bemerkte Thomas Zimmerman.
Harold LaPierre, der Direktor der Bibliothek, hatte ruhig und mit gefalteten Händen dagesessen. Die Beleuchtung spiegelte sich auf seinem kahlen Kopf, als er sprach: »Nach unserem Wissensstand könnten sie alle von einer einzigen Person geschrieben worden sein.«
»Das ist eine zynische Ansicht.«
»Aber man kann sie nicht ausschließen«, meinte Harold.
Duncan brummte. »Nun, wir müssen etwas tun. Sie wissen es alle, doch da keiner es sagen will, tue ich es. Es gibt zwei Möglichkeiten. Mrs. Tate kann Urlaub nehmen, oder sie kann entlassen werden.«

Susan hatte befürchtet, dass es so weit kommen würde.
»Bitte sagen Sie mir die Begründung.«
Einen Moment herrschte Schweigen. Sie nahm an, das Wort »Begründung« hatte sie getroffen. Schließlich sagte der Makler, während er seine Brille hochschob: »Würden Sie uns verklagen, wenn wir Ihren Rücktritt forderten?«
»So weit habe ich nicht gedacht, Mr. Zimmerman. Ich liebe meinen Job, und ich mache ihn gut. Ich will nicht zurücktreten.«
»Was, wenn wir Ihnen ein volles Gehalt zahlen, damit Sie bis zum Ende des Schuljahrs Urlaub nehmen?«, knurrte Carl Morgan.
»Es geht nicht ums Geld«, gab sie zurück. »Es geht um die Schüler.«
»Was ist mit den Gefühlen der Stadt? Unsere Bürger wollen, dass Sie gehen.«
»Wirklich?«, fragte sie respektvoll. »Ich stimme Mr. LaPierre zu. Ich bin nicht überzeugt, dass das, was wir in der *Gazette* lesen, eine gerechte Wiedergabe der Gefühle der Stadt darstellt.«
Pam sprach mit plötzlicher Begeisterung. »Das Problem kann man leicht lösen. Was, wenn wir eine öffentliche Ausschusssitzung abhielten? Dann könnten die Eltern uns direkt sagen, was sie denken.«

»Eine öffentliche Versammlung ist die perfekte Lösung«, erzählte Pam Tanner und Abby beim Essen. »Wir waren in einer Pattsituation. Sobald ich den Vorschlag machte, sind alle darauf angesprungen. Ich meine, ich habe mich furchtbar gefühlt, weil ich nicht wusste, was ich sagen sollte. Ich konnte spüren, wie Susan mich ansah. Wollte, dass ich zu ihr halte, und das wollte ich auch wirklich, aber wie konnte ich das? Ich meine, diese ganze Sache sieht so schlimm aus!«

»Das entscheidet es manchmal«, murmelte Tanner mit einem Stück Steak im Mund.

»Entscheidet was?«, fragte Abby. Sie schmollte und hatte ihr Essen nicht angerührt.

Tanner kaute zu Ende. »Das Ergebnis. Wenn die Stadt etwas schlecht findet, ist es schlecht.«

»Susan sieht das nicht so«, klagte Pam und tat noch mehr Kartoffelbrei auf den Teller ihres Mannes, da sie wusste, dass er das und noch mehr essen konnte, ohne ein Pfund zuzunehmen. »Sie war höflich, aber sie gab keinen Zoll nach. Sie sagte dauernd, dass sie ihren Job macht.«

»Tut sie das?«, fragte Abby nun aufmerksam.

»Technisch gesehen, ja. Aber was hier passiert ist, geht über ihren Job hinaus.«

»Das sollte es nicht«, meinte Abby.

»So ist es nun mal. Du isst ja nichts. Ist das Fleisch zu sehr durchgebraten?«

»Es ist gut. Ich rege mich nur auf.«

Pam jedoch war erleichtert. »Eine öffentliche Sitzung wird für Susan besser sein.« Zu Tanner gewandt, sagte sie: »Wir brauchen wirklich frisches Blut im Ausschuss. Wie kann sich jemand wie ich zu Wort melden, wenn ich von Männern, die doppelt so alt sind wie ich, überstimmt werde? Sie haben keine Ahnung, was in den Schulen los ist.«

»Sie haben der Stadt viel gegeben«, entgegnete Tanner.

»Du kannst dich nicht einfach umdrehen und sie rausschmeißen.«
»Das verstehe ich ja. Aber wenn sie Widerstand zu spüren bekämen, würden sie sich vielleicht zum Rücktritt entschließen. Der Schlüssel dazu ist, die Eltern zur Kandidatur zu bewegen. Es gibt einige, die gut wären. Ich rede mit ihnen.«
»Über Susan?«, fragte Abby.
»Über die Kandidatur für den Schulausschuss. Diese Männer von etwas Neuem zu überzeugen ist, als würde man gegen eine Mauer anrennen.«
»Hast du es versucht? Susan ist deine Freundin. Du solltest sie verteidigen.«
»Ich muss unparteiisch sein.«
»Nein, musst du nicht«, widersprach Abby scharf. »Du musst loyal sein. Sie ist deine Freundin und Geschäftspartnerin, und sie hat nichts falsch gemacht.«
»So einfach ist es nicht«, wandte Tanner ein, aber Abby war noch nicht fertig mit Pam. Sie schien in Fahrt zu kommen.
»Hast du diesen Männern gesagt, dass sie sich irren, Mom? Hast du ihnen gesagt, dass Susan nicht verantwortlich ist für Sachen, die sie nicht getan hat?«
»Aber sie ist verantwortlich«, meinte Tanner. »Das bedeutet es, eine Schlüsselposition innezuhaben.«
Pam glaubte nicht, dass Abby ihren Vater hörte, denn ihr Blick war zu entflammt. »Sie ist deine Freundin, Mom. Du hast mir gesagt, ich solle die Hand nach Lily ausstrecken, aber du streckst deine Hand nicht nach Susan aus. Wenn du vielleicht öffentlich erklärst, dass du auf Susans Seite stehst, wäre das nicht so schlecht.

Du bist eine Perry. Bringt dich das nicht auch in eine Position der Autorität?«
»Ist das meine Schuld?«, fragte Pam empört.
»Nein, ist es nicht«, ertönte Tanners ruhige Stimme. »Es ist die Schuld der drei Mädchen, die wirklich eine blöde Entscheidung getroffen haben.«
Abby war plötzlich elend. »Es war nicht nur ihre Schuld.«
»Was meinst du damit?«, fragte ihr Vater.
Der bekümmerte Gesichtsausdruck ihrer Tochter ließ Pam das Herz sinken. Sie kannte die Antwort. Es hatte zu viele Andeutungen von Susan, Sunny und Kate gegeben und zu viele Zweifel ihrerseits.
»Es war meine Idee«, gestand Abby.
»Was war deine Idee?«, fragte Tanner.
»Schwanger zu werden«, antwortete Pam kummervoll. »O Abby, wie oft habe ich dich gefragt? Du hast es immer wieder abgestritten.«
Abby standen Tränen in den Augen. »Ich habe nicht geglaubt, dass es so weit kommen würde. Aber nun hat Lily ein krankes Baby, und ihr sagt alle, dass Susan eine schlechte Mutter ist. Sie hatte nichts damit zu tun, dass Lily schwanger geworden ist. Es war meine Idee.«
Pam versuchte Tanners Reaktion zu erkennen, doch sein Blick war auf Abby gerichtet. »Wovon redest du?«
»Ich war schwanger«, jammerte sie. »Es war von Michael, und es war ein Unfall.«
»Du warst schwanger?« Er sah zu Pam. »Hast du das gewusst?«
Verblüfft konnte sie nur den Kopf schütteln.

»Keiner hat es gewusst, Dad. Ich habe es nicht mal Lily, Mary Kate und Jess erzählt, so eine lausige Freundin war ich. Ich habe nur gesagt, dass es total irre wäre, wenn wir alle zusammen Babys bekämen, und sie haben es mir abgekauft. Nur dass sie schwanger wurden und ich eine Fehlgeburt hatte ...«
»Wann? Hast du das gewusst, Pam? Welcher Arzt hat es uns nicht gesagt?«
»Kein Arzt!«, rief Abby aus. »Ich hatte nach sechs Wochen einen positiven Test, dann kam diese echt ekelhafte Phase, und die Tests danach waren negativ.«
Pam kannte diese ekelhaften Phasen. Sie erinnerte sich an einen Schmerz, der mehr als nur körperlich war, sie empfand ihn noch jetzt.
Doch Abby sprach eilig weiter. »Ich habe es immer wieder versucht, aber ich bin nicht schwanger. Mit mir stimmt was nicht!«
Tanner blickte verwirrt drein. »Du hast es weiter versucht? Das macht doch keinen Sinn.«
»Für dich nicht. Du musst dir keine Sorgen um Freunde machen. Ich schon.«
»Musst du nicht. Du bist eine Perry.«
»Als ob das Glück garantiert!«, entgegnete Abby, schob den Tisch zurück und richtete sich zu ihrer ganzen Perry-Größe auf. »Garantiert mir das, dass ich mit drei Freundinnen alt werde, die ich liebe? Garantiert es mir, dass ich jemals ein Baby bekommen kann? Du begreifst nicht. Diese Dinge sind wichtig!« Sie lief aus dem Zimmer.
Tanner blickte ihr nach, bevor er sich zu Pam umwandte. Er sah wie betäubt aus. »Ich verstehe es nicht. Ich habe dich gebeten, mit ihr zu reden.«

Pam stand mit verschränkten Armen da. Innerlich war sie zerrissen, hörte nur: »Mit mir stimmt was nicht!«, und wollte Abby nachlaufen, doch zuerst musste sie Tanner beruhigen. »Ich habe sie gefragt. Sie hat es geleugnet. Was sollte ich sonst tun?«

»Du hättest es wissen müssen.«

Pam hörte wieder, wie Tanner zu Abby sagte, sie sei eine Perry, doch nun fragte sie sich, wer sie selbst war. Möglicherweise hatte sie mehr mit Susan, Sunny und Kate gemeinsam als mit ihrer eigenen Familie. Wenn sie in der Scheune war, war sie nicht nur eine Perry, sie war jemand, der einen Beitrag leistete.

Diese Freundinnen machten sie zu einem besseren Menschen. Sie fragte sich, ob sie sie deshalb so anzogen.

Wenn ja, hatte sie sie im Stich gelassen. »Sie haben jedes Recht, mich zu hassen.«

»Wer?«

»Susan, Sunny und Kate. Sie wussten, dass Abby beteiligt war. Doch sie waren zu loyal, etwas zu sagen.«

»Loyal oder feige?«

»Loyal, Tanner«, antwortete Pam verletzt. »Loyal mir gegenüber, loyal Abby gegenüber – und nun muss ich für Susan da sein, wenn sie Hilfe braucht.«

Er machte einen Rückzieher. »Gut. Aber selbst wenn Abby den Pakt den anderen vorgeschlagen hat, hat sie ihnen doch keine Waffe an den Kopf gehalten.«

»Aber sie war ein Teil davon. Wenn alles wie geplant verlaufen wäre, hätte der Pakt vier Mädchen einbezogen, und die Presse stünde vor unserer Tür. Haben wir weniger Schuld als Susan?«

»Susan ist die Direktorin der Highschool.«
»Und du bist der Vorstandsvorsitzende von Perry & Cass.«
»Das ist etwas anderes. Du bist die Mutter. Du hättest es wissen müssen.«
Er irrte sich. Das dachte sie nicht oft. Aber im Moment irrte er sich gewaltig und war durch und durch ein Perry.
Sie nicht. Plötzlich schien das nicht so schlimm zu sein.
»Ich hätte es wissen sollen?«, fragte sie leise. »Wie Susan hätte wissen sollen, was Lily plante? So funktioniert das nicht.«
»Abby ist ein braves Mädchen.«
»Genau wie Lily, Mary Kate und Jess. Und Susan ist die beste Mutter, die ich kenne.«
»Sie ist immer noch die Direktorin.«
»Und du bist immer noch ein Perry«, gab Pam gereizt zurück. »Das bedeutet größere Verantwortung, und im Moment bedeutet es, jemandem zu helfen, der bezahlen soll für … die Hochnäsigkeit dieser Stadt.«
Tanner schwieg und fragte dann neugierig: »Findest du das wirklich?«
»Ja«, antwortete sie und erkannte, dass es stimmte. »Susan wird zum Sündenbock gemacht. Und das ist falsch. Du musst sie unterstützen.«
»Das kann ich nicht.«
»Warum nicht? Weil Perrys sich die Hände nicht schmutzig machen? Weil es nur um den Schein geht? Was ist damit, sich für eine Freundin aus dem Fenster zu lehnen, wenn du weißt, es ist das Richtige?« Sein Schweigen feuerte sie an. »Denk darüber nach, Tanner.«

Tanner hatte sich erhoben. Er rieb sich den Nacken und sagte dann: »Ich kann der Welt nicht verkünden, dass meine Tochter dieses Fiasko verursacht hat. Es ist schlimm genug, dass ich davon weiß.«
Pam nickte wütend. »Es ist nicht das erste Mal, dass eine Perry angebumst wurde.« Er zuckte bei dem Ausdruck zusammen, doch das war ihr egal. »Du solltest dankbar sein. In Abbys Fall hat sich das Problem von selbst gelöst, so dass wir aus dem Schneider sind. Dein Job steht nicht auf dem Spiel, aber Susans. Du musst helfen.«
Er schüttelte den Kopf. »Nicht meine Sache.«
Pam war anderer Meinung. »Es ist absolut deine Sache. Wenn dies nicht ein Fall ist, der nach Verantwortung schreit, dann weiß ich es auch nicht. Wenn du nicht dafür stehst, wofür dann?«, schrie sie empört und ging nach oben zu Abby.

Abby war groß, doch ihr Zimmer noch viel größer, so dass es sie klein und verletzlich erscheinen ließ, wie sie da im Schneidersitz am Fenster saß. Ihre Augen waren tränennass.
Pam setzte sich neben sie und nahm ihre Hand. »Rede mit mir, Abby.«
»Ich bin ein schrecklicher Mensch.«
»Ich auch. Also rede mit mir.«
In Abby musste das Bedürfnis nach einer Katharsis übergroß geworden sein, denn die Worte stürzten nur so aus ihr heraus. »Ich habe nicht geplant, schwanger zu werden, das schwöre ich. Ich wusste, es wäre das Schlimmste für eine Perry, weil man von uns mehr

erwartet und ihr mich beide deshalb gehasst hättet. Ich habe an eine Abtreibung gedacht, doch ich wusste nicht, wo ich suchen sollte, und mir war klar, wenn das herauskäme, wäre es noch schlimmer. Deshalb habe ich gedacht, es wäre nicht so schlimm, wenn es einen guten Grund gäbe, dass ich schwanger bin. Also schlug ich den anderen den Pakt vor, und sie haben es mir abgekauft, und eine Zeitlang war es wirklich toll. Ich meine, ich könnte eine gute Mutter werden. Ich würde mich so gerne auf das Baby konzentrieren. Aber es war so schlimm, Mom. Schau, was mit Susan passiert. Und mit Lilys Baby? Wer hätte sich das vorstellen können? Wenn ich es wiedergutmachen könnte, würde ich keinen Pakt vorschlagen – und ich hätte niemals meine Freundinnen verraten. Aber jetzt bin ich die Angeschmierte. Was, wenn ich nie ein Baby haben kann?«

Pam sagte das Einzige, was ihr einfiel. »Ich habe dich bekommen, oder?« Dann: »Du wirst dein Baby bekommen.« Dann: »Vielleicht ist es einfach noch nicht der richtige Zeitpunkt.«

»Aber ich wollte es mit ihnen machen.«

»Das ist kein Grund, in diesem Alter ein Kind zu bekommen. Im Moment kannst du ihnen deine Unterstützung geben.«

»Und du auch?«

»Ja.« Pam hatte es noch nicht durchdacht, doch schließlich ging es nicht um Raketenwissenschaft. Tanner konnte machen, was er wollte, sie aber auch. »Ich werde Lobbyarbeit für Susan betreiben. Ich werde alle, die sie mögen, zu der Sitzung bringen. Du könntest

dasselbe bei den Schülern machen. Sie sollen mit ihren Eltern reden.«
»Meinst du, dass mein Wort zählt? Alle wissen, dass wir uns zerstritten haben.«
»Sag ihnen, dass Susan die beste Direktorin ist, die sie jemals hatten. Sag ihnen, es soll auch so bleiben.« Pam hielt mit wehem Herzen inne. Seit sie von Abbys Beteiligung wusste, fühlte sie mehr Verantwortung. »Du könntest auch Lily sagen, dass du mit ihrem Baby mitfieberst.«
»Sie würde mir nicht zuhören«, murmelte Abby und zog die Knie hoch. Sie sah immer noch elend aus, doch zumindest weinte sie nicht mehr. »Sie hassen mich jetzt.«
Pam dachte an Susan, Sunny und Kate. »Wahrscheinlich hassen sie mich auch.«
»Ich war so gerne mit ihnen zusammen.«
»Ich auch.« Das Bedürfnis, sich zugehörig zu fühlen – die Basis von Paktverhalten –, war in diesem Fall falsch, doch Pam verstand seine Macht.
»Warum gehören wir nicht dazu?«, fragte Abby.
»Vielleicht, weil wir nicht ... wichtig waren«, sagte Pam. »Wir müssen uns wichtig machen.« Sie hatte eine Idee. »Wie beim Stricken. Ich werde Fäden ziehen, um eine irre Katalogwerbung zu bekommen, und wenn dein Onkel Cliff mault, werde ich damit drohen, PC Wool zu schließen.«
Abby blickte auf. »Du würdest es nicht schließen.«
»Nein, aber ich könnte damit drohen, wenn er mir nicht den Platz gibt, den ich will, und wir beide wissen, wie profitabel PC Wool ist. Wir müssen dafür sorgen,

dass wir genug fertige Muster haben. Kate wird mir sagen, was schon fertig ist, aber du und ich können mehr stricken. Susan hat vorgeschlagen, dass ich einen Schal mache. Du kannst Handschuhe stricken. Handschuhe sind in.«
»Ich kann keine Handschuhe stricken. Ich habe noch nie Handschuhe gestrickt.«
»Du hast Socken gestrickt.«
»Keiner sieht bei Socken Fehler. Bei Handschuhen sieht man jeden kleinsten.«
»Dann wirst du dafür sorgen, dass es keine gibt.« Pam hatte noch eine Idee. »Kaschmir«, hauchte sie ehrfurchtsvoll. »Die Frau, die wir besucht haben, war gut, und sie hat Vorräte. Was, wenn Kate ganz schnell einen Stapel färben könnte? Würdest du dann ein Paar Handschuhe machen?«
Abby sah aus, als ob sie in Versuchung geriete. »Kaschmir? Ich könnte es probieren.«
»Probieren reicht nicht. Wir müssen es beide tun. Wir beide könnten einen Pakt schließen. Kein Versuchen mehr. Nur noch Tun. Was meinst du?«

26

Pam hatte Tanner stets als einen Führer angesehen, doch nun fragte sie sich, ob seine Führungsqualitäten sich nur auf Perry & Cass beschränkten. Sie wusste, er mochte Susan, doch er vermied es, ihr zu helfen. Desillusioniert weigerte sich Pam, weiter darüber zu sprechen, was hieß, dass sie gar nicht mehr redeten, was wiederum hieß, dass sie mehr Energie hatte, um mit Freunden zu reden.

Herausfordernd? O ja. Zum ersten Mal in ihrem Leben trat sie der Flut entgegen. Das machte einen Erfolg für sie so wichtig.

Sie machte sich gleich am Donnerstagmorgen ans Werk, und es war wie eine Erweckung. Alle, die sie anrief, fanden, dass Susan eine gute Direktorin sei, doch der Leitartikel in der *Gazette* hatte viele in die Defensive gedrängt. »Ich rede mit meinen Kindern. Ich beobachte sie. Ich weiß, was sie tun.« Das implizierte, dass Susan dies nicht tat und dass sich auf ihre Seite zu schlagen hieße, sich auf die Seite einer schlechten Mutter zu schlagen.

Also verfeinerte Pam ihr Vorgehen und entdeckte dabei ihre eigene Stärke. Als die müßige Dame, als die manche sie vorwurfsvoll bezeichneten, trank sie oft Kaffee oder aß zu Mittag mit anderen Eltern und kannte sie deshalb besser als vielleicht Sunny oder Kate. Dies erlaubte ihr, ihre Anrufe gezielter zu machen.

»Okay, Lisa, erinnerst du dich an die schwere Zeit, die du mit Trevor durchgemacht hast? Du hast geglaubt, er nehme Drogen. Er hat es andauernd abgestritten, aber du warst dir nicht sicher, ob du ihm glauben solltest. Er hat es hinter sich, aber im Nachhinein, was meinst du? Hat er damit experimentiert? Du hast die richtigen Fragen gestellt. Susan auch. Ist sie in irgendeiner Hinsicht anders als wir anderen Mütter?«

»He, Debbie, du hast eine Tochter. Sie wollte nicht aussehen wie eine Streberin, also hat sie sich geweigert zu lernen. Wer hat mit ihr geredet? Schuldest du Susan dafür nicht etwas?«

Die Einwohner von Zaganack waren selbstgefällig. Es lag an ihr, sie aufzustacheln.

Kate hatte keinen akademischen Abschluss, doch sie besaß gesunden Menschenverstand. Da PC Wool ihren Lebensunterhalt darstellte, hatte sie eine Kundenliste. Sie hatte sie noch nie zuvor für etwas Persönliches genutzt und fühlte sich einen Moment lang unbehaglich. Sie war schließlich eine der schlechten Mütter der Stadt. Doch war sie schlimmer als andere, deren Kinder nicht immer die Regeln befolgt hatten? War ihre Tochter ein weniger guter Mensch, weil die Regel, die sie gebrochen hatte, ein Leben geschaffen hatte? Wer außer Mary Kate und ihrer Familie würde davon betroffen sein? Kein Mitglied der Familie Mello bat um Almosen. Sie würden sich um sich selbst kümmern.

Kate war sauer auf die, die sich ein Urteil erlaubten, und geriet in Rage, dann mailte sie jeden in Zaganack an, der jemals eine Bestellung bei PC Wool aufgegeben

hatte. Sie formulierte es wie eine Partyeinladung. »Strickerinnen lieben Strickerinnen. Kommen Sie und unterstützen unsere Susan Tate, indem Sie sich am Mittwochabend in der Aula der Highschool um sie versammeln. Beginn um sieben Uhr. Bis bald.«
An der Nachricht war nichts Subtiles. Sie nahm an, dass, wenn ihre Bosse von Perry & Cass wüssten, dass sie diese Liste benutzte, sie nicht glücklich wären. Doch sie war auch nicht glücklich über Tanner Perry.
Außerdem – würde er es je erfahren? Sie bezweifelte es ernsthaft. Er trug die Nase zu hoch, um zu sehen, was die Stadt wollte. Selbst Pam trotzte ihm jetzt. Das allein war für Kate ein Grund, mitzumachen.

Sich selbst überlassen, wäre Sunny vielleicht unter dem Radarschirm geblieben. Ihre eigene Tochter war schwanger, und auch wenn sie und Jessica nun im selben Boot saßen, war der Zustand des Mädchens nichts, mit dem Sunny gerne protzte.
Dann erhielt sie Kates E-Mail, und kurz darauf erwähnte ein Kunde, dass er mit Pam gesprochen habe. Wenn Kate kein Blatt vor den Mund nehmen konnte, konnte sie das auch. Und Pam? Pam verkörperte Ehrbarkeit mit einem ganz großen E.
Der Gedanke, für Susan einzustehen, wurde immer verdienstvoller. War er nicht nur einen Schritt davon entfernt, für sich einzustehen? Sie hatte ihrer Mutter mit erstaunlichem Erfolg Paroli geboten. Keiner hatte jemals behauptet, dass Ehrbarkeit Unsichtbarkeit erfordere.
Also begann sie mit Kunden zu reden, die entweder Susan kannten oder Kinder in der Schule hatten. »Sie

sind Mutter wie Susan. Waren Ihre Kinder nie ungehorsam Ihnen gegenüber? Macht Sie das zu einer weniger guten Mutter?« Und dann, noch schamloser: »Sie werden sicher helfen wollen. Es ist eine harte Zeit für Susan. Sie wissen doch von dem Baby, oder?«
Je mehr sie redete, desto mutiger wurde sie – weil die Leute tatsächlich zuhörten. Anstatt eine Belastung darzustellen, schien die Schwangerschaft ihrer eigenen Tochter ihr Legitimität zu verleihen. *Ich weiß, wovon ich rede* hieß die Botschaft.
Es verlieh ihr eindeutig Macht.

Susan war nicht so beherzt. Sie machte sich Sorgen um Lily, Sorgen um das Baby, Sorgen um ihren Job. So dankbar und sogar gerührt sie war, als sie erfuhr, was Pam, Kate und Sunny taten, war sie doch immer noch frustriert. Sie hatte stets am besten für sich selbst gekämpft. Nun befand sie sich in einer peinlichen Lage.
Sie entschied, dass eine E-Mail an die Eltern das Richtige wäre. Doch sie anzuflehen, ein Loblied auf sie zu singen, war nicht ihr Stil.
»Vielleicht sollte es das aber sein«, meinte Rick an diesem Abend. »Wenn du dich nicht selbst beweihräucherst, wer wird es sonst tun?«
»Meine Freunde. Lilys Freunde. Sie sind alle dabei. Und eine E-Mail von mir ist etwas anderes, ganz zu schweigen davon, dass ich die Typen im Schulausschuss direkt schon höre. ›Sie nutzt ihre Position aus, um Eltern dazu zu bringen, sie zu unterstützen. Sie werden kommen, weil sie befürchten, dass sie, wenn sie es nicht

tun, es an ihren Kindern auslassen wird.‹ Ich würde meine Position ausnutzen, um mir zu helfen.«
»Das passiert doch andauernd.«
»Nicht bei mir.«
»Dann lass uns nach Worten suchen, mit denen du leben kannst«, schlug er vor, und zusammen setzten sie eine Nachricht auf, die Eltern auf die bevorstehende Versammlung aufmerksam machen sollte. »Meine vorige E-Mail hat Sie auf dem Laufenden darüber gehalten, was wir in der Schule tun, um unseren Schülern zu helfen, mit der gegenwärtigen Krise umzugehen. Im Lichte der kürzlichen Medienberichterstattung hat der Schulausschuss beschlossen, eine offene Versammlung abzuhalten, um Ihnen die Möglichkeit zu geben, zu der Debatte beizutragen. Wenn Sie uns berichten wollen, wie es Ihrem Kind geht, und uns erzählen möchten, ob Sie zufrieden sind mit den Schritten, die wir unternommen haben, bitte nehmen Sie daran teil.«
Sie setzte Datum, Ort und Uhrzeit ein und schickte die Mail am Donnerstagabend raus; sie wusste, dass sie ein Risiko einging. Wenn sie sich irrte und die Briefe in der *Gazette* repräsentativ für die Gefühle der Stadt waren, war sie erledigt.

Susan hatte Phil die E-Mail nicht gezeigt. Als er am Freitagmorgen mit einem Blick, als hätte er seinen besten Freund verloren, in ihrem Büro aufkreuzte, fragte sie sich, ob das ein taktischer Fehler gewesen war. Er sank auf einen Stuhl und spreizte die Beine. Für den Bruchteil einer Sekunde hatte sie Angst, dass *er* seinen Job verloren hatte.

Das war nicht so abwegig. »Sie müssen mir helfen, Susan«, begann er und klang dabei so schwach, wie er aussah. »Ich stehe unter Druck. Der Schulausschuss will Sie raushaben.«
»Der ganze Ausschuss?«, fragte Susan erschrocken. Sicher nicht Pam. Oder Hillary oder Henry.
»Nein. Aber eine Mehrheit. Sie kennen diejenigen.«
»*Vor* der Versammlung nächste Woche?«
»Sie wollen diese Versammlung nicht. Sie glauben nicht, dass die Eltern entscheiden sollten. Sie meinen, was in unseren Schulen passiert, sollte von den Verantwortlichen entschieden werden.«
Susan war erzürnt. »Wie George Abbott und die *Gazette?* Wie die anonymen Bürger, deren Briefe er abgedruckt hat?«
»Ich verstehe Ihre Bitterkeit, Susan. Sie sind nicht fair behandelt worden. Ich glaube, dass Sie einen tollen Job gemacht haben.«
»Sagen Sie ihnen das, Phil. Kämpfen Sie für mich.«
Er seufzte niedergeschlagen. »Neal Lombard hat angerufen. Ihre E-Mail ist nicht gut angekommen. Einer der Eltern hat es Evan erzählt, der es wiederum Neal gesagt hat, der es Tom, Duncan und Carl erzählte. Das sind schon vier, die wollen, dass Sie gefeuert werden, und sie wollen, dass ich es mache. Wenn ich nein sage, sind das vier, die dafür stimmen werden, dass *ich* gefeuert werde. Ich bin achtundfünfzig, Susan. Ich kann jetzt nicht anfangen, mir einen neuen Job zu suchen. Also kann ich Sie feuern, und Sie können mich wegen unrechtmäßiger Entlassung anklagen, und in diesem Fall ist meine Karriere sowieso beschädigt. Oder Sie können zurücktreten.«

»Weil meine Tochter schwanger ist«, sagte Susan ungläubig. »Wenn diese Männer meine E-Mail bedrohlich fanden, müssen sie Angst vor den Massen haben, die sie anziehen wird.«
Wieder seufzte er. »Es ist egal. Ich will nur, dass Sie zurücktreten.«
Er tat ihr tatsächlich leid. Er war ein Freund, er hatte ihrer Karriere einen wichtigen Schub gegeben. Aber wurden sie nicht beide vorzeitig verurteilt? »Das kann ich nicht, Phil.«
»Sicher können Sie«, drängte er. »Sie sind jung. Es gibt eine Menge Gemeinden, die nach einem guten Highschool-Direktor suchen. Sie werden einen neuen Job finden.«
»Darum geht es nicht.« Sie dachte nun an Lily – »Es ist meine Zukunft, Mom. Du bereitest den Weg.« – und fuhr fort: »Ich kann nicht zurücktreten. Nicht vor der Versammlung. Wenn es sich herausstellt, dass die Eltern mich und den Job, den ich gemacht habe, nicht schätzen, haben Sie meine Rücktrittserklärung nach dem Abend. Das ist das Beste, was ich tun kann.«

Es war nicht gut genug für die Ausschussmitglieder, die sie auf die Probe gestellt hatte. Sie feuerten Phil nicht, noch nicht. Sie gingen einfach zu Plan B über, der hieß, die offene Versammlung des Ausschusses von Mittwoch auf Donnerstag zu verlegen.
Pam war wütend. Nachdem sie ihre Loyalität Susan gegenüber erklärt hatte, stritt sie am Freitagnachmittag bei einer Telefonkonferenz heftig mit dem Ausschuss.

»Donnerstagabend ist unmöglich«, sagte sie. »Susan wird wegen Lilys Operation in Boston sein.«

»Mrs. Tate muss nicht dabei sein«, wandte einer der Männer ein.

»Natürlich muss sie das. Bei dem Referendum geht es um sie.«

»Dann muss sie ihre Pläne ändern.«

»Wollen Sie, dass sie eine schwierige Operation verschiebt – Sie alle, die davon besessen sind, dass sie eine gute Mutter zu sein hat? Warum kann man die Versammlung nicht in der übernächsten Woche abhalten?«

»Sie muss nächste Woche stattfinden. Wir haben schon zu lange gewartet. Außer Sie wollen, dass Correlli zuerst gefeuert wird.«

Das wollte Pam nicht. Sobald sie Phil gefeuert hätten, würden sie Susan feuern, und wenn es nach Neal Lombard ginge, würden sie Evan Brewer befördern. Selbst wenn Hillary und Harold auf Pams Seite stünden, würde die Opposition siegen.

»Hillary, das ist Erpressung«, klagte sie.

»Ja«, stimmte Hillary zu. »Drohungen sind kontraproduktiv, Mr. Morgan. Was ist damit, die Versammlung am Dienstagabend abzuhalten?«

Pam konnte damit leben. Sie könnte einen telefonischen Rundruf starten, um allen von der Verschiebung zu berichten.

»Schlechter Abend«, meinte Tom Zimmerman. »Da ist die Versammlung des Rotary Clubs.«

»Donnerstag ist schlimmer«, gab Pam zurück. »Perry & Cass haben da ihre zweijährliche Personalversammlung,

was heißt, dass die Hälfte unserer Eltern dort sein werden. Außerdem sind sie schon in der Aula.«
»Warum können wir unsere Versammlung nicht dort abhalten, wo wir immer sind?«, fragte Tom.
»Im Rathaus? Das ist viel zu klein.«
»Wir haben schon früher offene Versammlungen abgehalten.«
»Diese hier betrifft zu viele Leute. Es muss einen besseren Ort geben.« Doch die Mittelschulen hatten keine eigenen Aulen, die Grundschulen hatten nur Turnhallen, und die Kirchen waren alle klein und eng.
»Wir könnten das Lagerhaus von Perry & Cass nutzen«, schlug Duncan Haith mit einem trockenen Kichern vor. Pam beachtete ihn nicht. »Ich sag Ihnen was, ich stimme dem Rathaus zu, solange wir dort Mikros und Lautsprecher in jedem Raum haben. So groß wird nämlich die Menge sein, die für Susan Tate kommen wird.«
»Ist *das* keine Drohung?«, fragte Neal Lombard.
»Nein, Sir«, erwiderte Pam. »Das ist ein Versprechen. Sie alle spielen ein Spiel, das nicht im besten Interesse unserer Kinder ist. Ich habe ein Kind in der Schule. Dasselbe gilt für die meisten Eltern, die bei der Versammlung dabei sein werden. Entweder Sie lassen sie jetzt mitreden, oder sie werden dies tun, wenn nächstes Jahr Ihre Verträge auslaufen.«

Susan zuckte kaum zusammen, als Pam anrief, um ihr zu sagen, dass die Versammlung am Donnerstagabend abgehalten würde. Es war nur ein Schlag mehr. Und es gab nichts zu überlegen.
»Lily muss am Freitagmorgen um sechs im Krankenhaus

sein, und sie muss Donnerstagnacht schlafen. Das heißt, dass wir um neun Uhr im Hotel einchecken müssen, so dass ich die Versammlung verpasse. Du wirst mich vertreten müssen, Pam.«

Als sie den Hörer auflegte, löste sich der letzte Rest ihrer Selbstgefälligkeit auf. Sie musste die Eltern von der Verschiebung informieren, und sie war wütend genug, um offen zu sein. »Wichtige Korrektur«, schrieb sie in die Betreffzeile ihrer E-Mail, und im Text: »Die offene Versammlung des Schulausschusses nächste Woche wird am Donnerstag im Rathaus stattfinden. Ich werde nicht dabei sein, sondern in Boston bei der Operation meiner Tochter. Für die unter Ihnen, die es nicht wissen: Lilys Baby hat eine angeborene Krankheit, die behoben werden muss, wenn das Baby leben soll. Da ich diese wichtige Versammlung nicht besuchen kann, zähle ich darauf, dass Sie alle an meiner Stelle dort sein werden.«

Da eine gemeinsame Sache sie einte, waren Susan, Kate, Sunny und Pam alle am Samstagmorgen in der Scheune. Wenn noch Uneinigkeit übrig geblieben war, so war sie schwer zu entdecken. Nicht, dass laut gelacht wurde, wie es sonst in Susans Garage der Fall war. Ihr Ziel war absolut nicht lustig.

Sie überlegten sich Möglichkeiten, Nicht-Eltern über die bevorstehende Versammlung zu unterrichten. Sie schufen ein Thema für die PC-Wool-Werbung. Sie sprachen über Lilys Operation, Mary Kates Sodbrennen und das Mädchen, das Jessica bekommen würde, wie sie gerade erfahren hatte. Sie redeten über Abby.

Dann strickten sie.

Auch Lily strickte. Sie hatte lange geschlafen und war mit Rick zum Frühstücken gegangen, da Susan in der Scheune war. Auf dem Heimweg machten sie Besorgungen – der Müllplatz der Stadt, Drogerie, Supermarkt – und gingen kurz am Pier vorbei, doch der Januarwind blies zu kalt vom Wasser her. Sie überließen es den Möwen, die Boote zu bewachen, kehrten nach Hause zurück und setzten sich im Arbeitszimmer vor das Feuer.

Als es an der Tür klopfte, legte Lily ihr Strickzeug nieder. Die meisten Leute klingelten. Nur Freunde klopften.

Vor der Tür stand Robbie. Er war ohne Mantel über die Straße gelaufen und schlüpfte schnell herein. »He«, sagte er lächelnd, »wie fühlst du dich?«

»Mir geht es gut.«

»Ich mag dein Shirt.« Es war ein die Figur betonendes Strickteil aus dem Portland-Vorrat. »Du siehst nicht sehr schwanger aus.«

»Ich bin auch nicht sehr schwanger«, erwiderte Lily und fuhr sich mit der Hand über den Bauch. Die Wölbung war noch klein. »Aber bald werde ich es sein.«

»Hm, deshalb bin ich hier«, sagte er sachlich. »Ich will nächsten Freitag mit ins Krankenhaus, und sag mir nicht, dass ich nicht kommen soll, denn ich werde es trotzdem tun. Ich habe meinen Anteil daran. Es ist auch mein Baby.«

Lily dachte schnell nach. »Was, wenn ich meine Mom anrufen lasse, sobald die Operation vorbei ist? Das wird dir die Fahrt ersparen.«

»Ich will da sein.«
»Nur um rumzustehen und zu warten?«
»Es ist auch mein Baby.«
Lily erinnerte ihn nicht daran, dass er kein Wort bei seiner Zeugung mitzureden gehabt hatte. Es war Zeit für Veränderung. »Die Sache ist die«, sagte sie, »ich werde schrecklich aussehen.«
»Mir ist es egal, wie du aussiehst.«
»Ich meine, es wird peinlich sein, wenn mich alle ganz verschwitzt und blass sehen.«
»Du wirst keine Wehen haben.«
»Ich weiß. Aber es wird mich stressen, jemand anderen als meine Eltern um mich zu haben.«
»Ich werde unsichtbar sein. Ich will nur da sein. Mein Dad sagt, er fährt mich hin.«
»Warum fährst du nicht mit uns?«, schlug Rick hinter Lily vor.
»Dad ...«
»Wir haben Platz im Auto.«
»Aber was, wenn ich mich hinlegen will?«, fragte Lily.
»Du kannst deine Beine auf meinen Schoß legen«, schlug Robbie vor und klang nun mutiger.
»Was, wenn ich dich einfach nicht dabeihaben will?«
»Sag mir einen guten Grund dafür, und ich werde nicht kommen.«
Sie versuchte einen zu finden, doch ihr fiel nur ein, wie ihre Eltern darüber stritten, dass Susan Rick auf Armeslänge von sich weghielt, und sie selbst sagte, sie hätte ihn gerne in ihrer Nähe gehabt. Nun bekam sie einen Jungen, der, wenn er diese OP überstand, Jungensachen machen würde, für die ein Dad gut wäre.

»Ich kann nicht«, jammerte sie leise.
Robbie lächelte. »Das dachte ich mir.« Er klatschte Rick ab, öffnete die Tür und lief hinaus – nur um sich geschickt um die Achse zu drehen und Abby auszuweichen, die gerade ihre Hand gehoben hatte, um zu klopfen.
Abby war der letzte Mensch, den Lily erwartet hätte. Sie zog sie am Ärmel ihres Parkas herein, schloss die Tür und drehte sich zu Rick um. »Dieses Abklatschen war zu vertraut. Habt ihr das geplant?«
»Ich schwöre, das haben wir nicht«, antwortete Rick. »Ich war genauso überrascht wie du, ihn zu sehen – nicht, dass ich enttäuscht wäre. Er sollte dabei sein.«
»Das ist meine Entscheidung.«
»Du hast sie getroffen.«
Das glaubte sie auch. In gewisser Weise. Sie fühlte sich in die Ecke getrieben und wandte sich Abby zu, die so untypisch unsicher aussah, dass Lily es nicht ertragen konnte zu fragen, warum sie gekommen sei – zumindest nicht, wenn Rick da stand. O ja, sie wollte ihn dabeihaben, nur nicht die ganze Zeit. Väter mussten nicht alles wissen.
Sie hielt Abby immer noch am Ärmel fest, als sie sie hinauf in ihr Zimmer führte und die Tür zumachte. »So. Er kann nichts hören.«
»Es ist okay, wenn er es tut«, gab Abby zurück. »Ich meine, jeder, der ein Hirn hat, weiß, dass ich erschossen werden sollte.«
Lily wollte sagen, dass das nicht stimmte – obwohl es so war.
Niedergeschlagen fuhr Abby fort: »Wenn ich letzten Sommer nicht schwanger gewesen wäre, hätte ich den

Pakt wahrscheinlich nicht vorgeschlagen, und wenn ich das nicht getan hätte, wärst du nicht schwanger. Wenn du nicht schwanger wärst, würde deine Mom nicht in Schwierigkeiten stecken, dein Baby hätte keine Probleme, und unsere Freundschaft wäre nicht kaputt. Das mit dem Baby tut mir leid, Lily. Meinst du, er wird es schaffen?«
Lily berührte die Stelle, wo das Baby war. »Der Arzt sagt ja.«
»Du bist noch nie operiert worden. Hast du Angst?«
»Vor allem um das Baby.«
Abby sah betrübt drein und vergrub die Hände in den Taschen. »Ich würde so gerne sagen, dass ich das weiß. Aber das tue ich nicht. Ich wünschte, ich wäre auch schwanger, Lily. Es wäre so schön gewesen, so etwas Wichtiges zu haben. Meine Mutter meint, es wird einen besseren Zeitpunkt geben. Sie kämpft übrigens echt für deine Mom. Ich habe sie noch nie so entschlossen gesehen. Tatsächlich«, fügte sie hinzu, »habe ich sie noch nie wütend auf meinen Dad gesehen.«
»Es tut mir leid.«
»Nicht deine Schuld, absolut nicht deine Schuld. Außerdem muss jemand den Schulausschuss in Angriff nehmen. Du solltest sie mal am Telefon mit diesen Typen hören. Ich meine, sie ist irre.«
Lily lächelte. »Das wette ich.«
»Ich habe mit allen gesprochen, die ich kenne. Sie gehen alle zu der Versammlung.« Ihre Stimme brach. »Es tut mir wirklich leid, dass all das passiert ist. Wenn ich es ändern könnte, würde ich es tun. Kann ich irgendetwas tun? Brauchst du was?«

Nicht von dir, hätte Lily vielleicht gesagt, wenn sie ein anderer Mensch gewesen wäre. Doch sie hatte Abby immer gemocht und wollte eigentlich nicht, dass ihre Freundschaft kaputtging. Wenn sie Robbie eine Chance gab, sollte sie dann Abby nicht auch eine geben?
Plötzlich hatte sie eine glänzende Idee. Sie war wirklich perfekt. »Ich brauche moralische Unterstützung. Willst du nächste Woche mit uns nach Boston fahren?«

27

Die Dämmerung hatte sich schon vor Stunden herabgesenkt, doch Susan musste nicht auf die Uhr schauen, um die Uhrzeit zu kennen. Wenn es nicht zu spät für Lily gewesen wäre, hätte sie gewartet und Zaganack erst nach der Versammlung verlassen. Obwohl nur ein Teil ihrer Zukunft dort entschieden würde, war es doch ein wichtiger Teil – und in Wahrheit hatte sie keine Ahnung, ob der Ausgang positiv oder negativ sein würde. Die Kampagne konnte nach hinten losgehen, wenn die Adressaten das Gefühl hätten, sie würden unter Druck gesetzt, denn wie auch immer man es betrachtete, die Themen waren heikel – Schwangerschaftspakt, Tochter der Direktorin, schlechte Mutter.
Die Leute mochten Susan. Das glaubte sie tatsächlich. Doch es war nicht nur eine Sache von mögen oder nicht mögen. Der Streit ging auch um Erziehungsstile, Politik, sogar um berufliche Überlegungen, wenn Verbündete nicht zu der Versammlung bei Perry & Cass am anderen Ende der Stadt gingen.
»Brechend voll«, bemerkte Abby, die eine SMS las. Sie saß zu Lilys Linken, und ihr Gesicht wurde vom Leuchten ihres Handys angestrahlt. »Der Sitzungssaal, der Flur, Dr. Correllis Büro, die Treppe.«
»Gutes Ergebnis, was?«, meinte Rick, dessen Blick die

Autobahn nur verließ, um Susan ermutigend anzuschauen.
Sie antwortete nicht. Brechend voll hieß nichts, wenn die Leute glaubten, sie sei eine Schande.
Von hinten fragte Lily: »Wie entscheiden sie, wer im Sitzungssaal sitzen darf?«
»Wer zuerst kommt, mahlt zuerst«, erklärte Abby. »Aber sie haben Monitore für die Leute in den anderen Räumen. Darauf hat Mom bestanden.«
»Sie ist eine Kämpferin«, meinte Susan. »Dass sie die Versammlung bei Perry & Cass sausenlässt, war eine Ansage. Normalerweise sind die Familien dabei.«
»Ist dein Dad sauer, weil sie sich fürs Rathaus entschieden hat?«, fragte Lily Abby.
»Dad nicht. Sein Cousin Rodney, der die *Gazette* herausgibt. Er ist wütend auf Mom, weil sie Susan unterstützt. *Sein* Typ hat sich auf die andere Seite gestellt, deshalb fühlt er sich persönlich beleidigt.«
»Wie fühlt sich dein Vater?«
»Ich weiß es nicht.« Abbys Augen blieben auf ihrem Handy. »Die hier ist von Stephie, die im Sitzungssaal ist. Mrs. Dunn sagt, dass es bei der Versammlung um Führung geht. Sie sagt, sie sind zerstritten darüber, wer die Highschool leiten soll.«
»Dann ist es das Referendum über dich, Mom«, warf Lily ein.
»Das wussten wir«, meinte Susan und sah sich um. Lily kaute an ihrem Nagel. Sie war nervös wegen der OP, doch es schien ihr zu gefallen, Abby hier zu haben. Dasselbe galt auch für Robbie, der hinter Susan saß, um mehr Beinfreiheit zu haben. Susan hatte gemischte

Gefühle, was sein Kommen anging, doch es gefiel ihr, wie Lily unterstützt wurde.

»Und los geht es«, verkündete Abby. »Die erste Rednerin ist Sue Meader.«

Rick sah fragend zu Susan. »Freundin«, erklärte sie. »Wir haben zusammen an Projekten gearbeitet. Sie hat fünf Kinder. Sie ist wohlwollend.«

»Sie nennt dich meisterhaft«, berichtete Abby, als der Text aufblinkte.

»Und mein Dad auch«, warf Robbie ein. »Er sagt, du hast bei der ganzen Sache einen tollen Job gemacht.«

»Stimmt deine Mutter ihm zu?«, fragte Lily.

»Noch nicht«, antwortete er in einem Ton, der besagte, dass sie es schließlich tun würde.

Susan hoffte es. Alles würde peinlich werden, wenn das Baby geboren und Annette Boone immer noch wütend auf Lily wäre.

»John Hendricks«, verkündete Abby und dann leise: »Enttäuscht.«

»Enttäuscht von was?«, rief Lily. »Dass seine Kinder nie Schlagzeilen gemacht haben? Ich meine, das sind doch echte Loser.«

»Er hat ein Recht auf seine Meinung«, mahnte Susan.

»Er ist parteiisch.«

»Genau das sagt auch Mary Webber«, berichtete Abby.

»Und wie werden sie es entscheiden?«, fragte Lily.

»Abstimmen? Die Hände heben am Ende des Abends? Daumen hoch oder Daumen runter für Susan Tate?«

Susan lächelte schief. »Idealerweise wird es so viele Jas geben, dass die Neinsager den Mund halten und weggehen.«

»Anne Williams«, rief Abby. »Sie lobt dich, Susan. Und Mom sagt, ich soll dir sagen, dass doppelt so viel Frauen wie Männer da sind.«
Das ist gut, dachte Susan. »Frauen können eine andere Frau vielleicht besser unterstützen.« Sie hielt inne. »Außer es sind lausige Mütter, die gut dastehen wollen, indem sie mich schlechter aussehen lassen. Oder außer die vorherrschende Stimmung ist gegen mich, und sie springen in dem Fall auf den fahrenden Zug auf.«
»Ist das nicht Paktverhalten?«, fragte Lily.
»Eher Packverhalten«, rief Rick nach hinten. »Sie folgen einfach dem Anführer und heulen mit den Wölfen.«
»Wie unterscheidet sich das von einem Pakt?«
»Ein Pakt ist etwas Geplantes. Die Gruppe stimmt dem zu, und es betrifft meistens etwas, das gesellschaftlich, moralisch oder vom Gesetz verboten ist. Die Gruppe gibt den einzelnen Mitgliedern den Mut zu handeln.«
»Absolut«, pflichtete Abby ihm bei. »Die Leute kommen zusammen, um jemanden zu unterstützen, den sie alleine niemals unterstützen würden. Nimm nur Lilys Singgruppe. Ihre Abstimmung war geplant. Sie haben darüber vorher geredet. Sie haben einander Mut gemacht zu handeln. Das war ein Pakt. Leute, die wir kennen, schließen jeden Tag Pakte.«
Susan dachte, dass sie etwas auf der Spur waren, als Lily fragte: »Warum ist es denn für sie okay, das zu tun, und nicht für uns?«
»Weil es unsere Schwangerschaften betraf und ihr minderjährig seid. Das ist hier nicht akzeptabel.«
»Oh, oh«, warnte Abby mit einer Stimme, die sagte: Zurück zur Versammlung. »Emily Pettee. Schlecht.«

Keine Überraschung, dachte Susan.
»Warum drehen die Leute so durch wegen Muttersein?«, fragte Lily.
»Weil es der natürlichste Job auf der Welt ist.«
»Ich werde eine gute Mutter sein.«
»Das weiß ich, Liebes.«
»Caroline Moony«, las Abby ab. »Sie schwärmt.«
Und so ging es weiter. Abby gab einen laufenden Kommentar darüber ab, wer was sagte, und sie brauchten keinen Stift, um mitzuzählen. Für jede Stimme, die sagte, Susans E-Mail habe einen Dialog eröffnet, gab es eine andere, die sagte, der Dialog sei eine Ablenkung. Für jede Stimme, die erklärte, Susan sei die Art Mutter, die die Schule brauchte, gab es eine kritische. Es war zu knapp, um den Ausgang vorauszusagen, absolut kein Erdrutsch.
Susan befürchtete, dass sie sich verrechnet hatte. Sie dachte, dass sie, wenn es so viele negative Gefühle hier gab, zurücktreten musste, doch da sagte Lily: »Sie wendet sich an die falschen Leute. Ich meine, wenn die Frauen in der Mehrheit sind, sollten doch auch mehr Frauen sprechen, oder? Und was ist mit allen bei Perry & Cass? Deine Fans müssen da sein. War die Versammlung Pflicht?«, fragte sie Abby, doch Abby sah auf ihr Handy.
»Hört euch das an«, rief sie. »J.C. ist draußen im Flur. Sie sagt, die Leute da sind sauer. Es sind alles Susans Leute. Ich sage es Mom. Jemand hat das Spiel gefälscht. Sie müssen die Neinsager dafür bezahlt haben, früh zu kommen, um den Saal zu füllen.«
»Würden sie so was tun?«, fragte Lily.

»Absolut. Mom sagt, diese Männer sind gnadenlos.«
Susan wusste, es war ihr letztes Hurra. Sie hatten sie von Anfang an nicht als Direktorin gewollt.
»Mr. Lombard«, kündigte Abby an. »Er wurde gerade vom Vorsitzenden erkannt. Wer ist er?«
»Handelskammer«, antwortete Susan besorgt. »Was sagt er?«
Erregtes Simsen. »Er will etwas von einem Mitglied des Lehrkörpers hören.«
Susan erriet, von welchem. Sie zog ihr eigenes Handy hervor und gab es Lily. »Wer ist sonst noch im Publikum?«
»Taylor.«
»Simse ihr. Sag ihr, sie soll meine Nummer anrufen. Ich will das hören.«
Eine Minute später hatten sie Evan Brewer im Lautsprecher. Seine Stimme klang dünn, und Lily stellte lauter. Die Qualität war nicht toll, doch sie konnten die Worte hören.
»... ist meine Vorgesetzte«, sagte er. »Ich respektiere, was sie zu tun versucht.«
Neals Stimme ertönte. »Haben Sie das getan, als Sie Schulleiter waren?«
»Nein, sie hat einen anderen Stil als ich.«
»Als Verwalterin.«
»Und als Eltern. Ich stelle Regeln auf. Meine Schüler kannten die Strafe, sollten sie sie brechen. Ob ich dasselbe getan hätte wie Mrs. Tate? Ich weiß es nicht. Meine Schüler haben nie einen Pakt geschlossen.«
»Tiefschlag«, murmelte Rick.
»Lüge«, sagte Susan. »Man hat in seiner Schule einen

Drogenring aufgedeckt. Wenn das kein Pakt ist, weiß ich auch nicht.«
»Mom ist wütend«, berichtete Abby. »Sie ruft Dad an.«
Doch Evan fuhr fort: »Mrs. Tate steht nicht alleine da. Die Eltern heute sind lascher. Mütter müssen eine Menge jonglieren. Da ist es unvermeidlich, dass etwas runterfällt.«
»Tiefschlag«, murmelte Rick wieder.
»Nehmt diesem Mann das Mikro weg«, schrie Susan.
»Dads Telefon ist abgeschaltet«, berichtete Abby im selben Moment, als sie im Saal einen Tumult hörten. Es dauerte eine Minute, bis sie erkannten, was los war.
»Sie sind hinter Mom her, weil sie SMS schickt?«, fragte Abby ungläubig, während sich eine Stimme über dem Gewirr erhob.
»Das ist eines der Probleme, die wir haben!«
»Duncan Haith.« Susan hatte seine Stimme erkannt.
»Es gibt keinen Respekt, keinen Anstand«, legte er los. »Und wenn Eltern so etwas tun, ist es kein Wunder, dass ihre Kinder sich auch schlecht benehmen. Zu meiner Zeit gab es das nicht.«
»Tatsächlich nicht?«, ertönte eine andere Stimme, die sehr nach Maine und sehr vornehm klang.
»O mein Gott«, sagte Abby, »das ist mein Dad.«
Das Geflüster aus dem Handy zeigte an, dass die anderen im Saal genauso erstaunt waren wie Abby. Und Susan? Sie war nervös. Tanner war alleine von einer wichtigen Versammlung gekommen, aber wollte er ihr schaden oder helfen?
Das Summen im Hintergrund erstarb. Sie stellte sich vor, wie er am Fuße des langen Tisches stand,

hochgewachsen und schlaksig, das Gesicht faltenlos, sein Selbstvertrauen deutlich.
»Was macht er da?«, fragte Abby.
»Ich bin verwirrt«, begann Tanner und klang tatsächlich zögerlich. »Diese ganze Situation wirft Fragen auf.« Er verstummte.
»Was will er?«, flüsterte Abby.
»Ich kann sie nicht beantworten, und das beunruhigt mich. Ich mag Antworten. Aber die Fragen, die wir hier stellen, lassen mich über manche Dinge nachdenken, die ich mir nicht überlegt habe.«
»Was sagt er da?«, rief Abby.
Susan brachte sie sanft zum Schweigen.
»Ich habe immer angenommen, dass ich ein guter Vater bin«, fuhr Tanner fort. »Wer von uns tut das nicht? Wir tun das Beste, was wir können, und manchmal klappt es, und manchmal nicht.« Als er innehielt, um Luft zu holen, blieb der Saal still. »Wenn es nicht klappt, werden wir dann plötzlich zu schlechten Eltern?«
»Bei allem Respekt, Mr. Perry«, ertönte Carl Morgans rauhe Stimme, »wir sind nicht die Direktorin der Highschool.«
»Nein. Wir sind Geschäftsführer von Unternehmen, ehemalige Geschäftsführer und der Vorsitzende der Handelskammer. Wir sind Mitglieder im Schulausschuss. Wir treffen Entscheidungen, die eine ganze Stadt voller Kinder betreffen.«
»Was wollen Sie damit sagen?«
Tanner antwortete nicht gleich, und trotzdem war es im Saal totenstill.

»Ich will gar nichts sagen«, fuhr er schließlich fort. »Das kann ich nicht, weil, wie bereits erwähnt, ich die Antworten nicht kenne. Also frage ich. Ist einer von uns vollkommen? Haben wir nie Fehler gemacht? Haben wir nie die Erfahrung gemacht, dass wir alles richtig gemacht haben und trotzdem etwas schiefgelaufen ist?«
Duncan Haith, dessen Akzent deutlicher war als der von Tanner, meldete sich. »Alles gute allgemeine Fragen, Mr. Perry, aber lassen Sie uns zum Besonderen kommen. Diese Frau kannte die Fallstricke, mit siebzehn ein Baby zu kriegen, und trotzdem hat sie ihre Tochter es machen lassen.«
»Du hast nicht ...«, wollte Lily protestieren, doch Susan hob die Hand.
»Und Sie, Mr. Haith?«, fragte Tanner sanft. »Wenn Sie die Fallstricke einer Scheidung kannten, warum haben Sie es zugelassen, dass Ihre Tochter sich scheiden ließ? Oder Sie, Mr. Lombard? Wenn Sie die Fallstricke von Drogen kannten, wieso endeten dann zwei Ihrer Söhne in einer Entziehungskur? Und Sie, Mr. Morgan? Wenn Sie die Fallstricke der Nachlassplanung kannten, warum wird Ihre Frau immer noch vor Gericht angefochten?«
»Wow!«, rief Abby aus, während der Saal applaudierte.
»Jaaa«, schrie Lily.
Robbie pfiff.
»Das ist ein persönlicher Angriff«, tobte Carl Morgan.
»Ihrer auch«, erwiderte Tanner mit untypischer Leidenschaft. »Wer im Glashaus sitzt, sollte nicht mit Steinen werfen.«

»Ich«, stellte Carl fest, »lebe nicht in einem Glashaus.«
»Dann sind Sie eine Ausnahme, Mr. Morgan. Wir anderen sind nicht so perfekt. Wir sehen manche Dinge und manche nicht. Wir versuchen gute Eltern zu sein, aber wer kann sagen, dass der nächste Pakt nicht ein Kind von uns betrifft?«

Neal Lombard erhob die Stimme. »Sie können nicht objektiv sein. Susan Tate ist eine Freundin Ihrer Familie.«

»Stimmt. Ich kenne Susan, ich kenne alle betroffenen Mütter, und ich kenne die Mädchen. Es sind gute Mädchen, die eine schlechte Entscheidung getroffen haben. Hat das keines Ihrer Kinder je getan? Und ächten wir sie dafür? Oder bieten wir eine Hand zum Helfen. Sie werden dieser Gemeinde keine Schande machen, außer wir lassen die Schande bei uns ein.«

Es herrschte Schweigen, dann kam ein Ausbruch von Carl. »Ihr Vater muss sich im Grab umdrehen. Verantwortung war sein Credo.«

»Meins auch«, stimmte Tanner zu. »Jeder, der mich kennt, weiß das. Aber wenn ich ein verantwortungsbewusster Mensch bin, muss ich auch verantwortungsvoll denken. Und wenn ich das tue, erkenne ich, dass diese Diskussion zu persönlich geworden ist. Der Schulausschuss sollte nicht darüber entscheiden, wer eine gute Mutter ist und wer nicht. Die Diskussion sollte sich darauf beschränken, ob Mrs. Tate eine gute Direktorin ist. Ich glaube das. Danke. Mehr habe ich nicht zu sagen.«

Kurz darauf vertagte sich die Versammlung. Zwischen aufgeregten SMS und Anrufen surrte das Auto so laut wie der Saal, als Tanner mit seiner Rede fertig war.
Pam rief Susan an. »Er hat sich durchgerungen«, sagte sie und klang unendlich erleichtert.
Doch Susan wusste es besser. »Du warst es, die ihn zum Nachdenken gebracht hat, Pam, und du hast die Leute zu der Versammlung gebracht, damit sie ihn hören.«
»Das Beste war Neals Gesichtsausdruck. Ich wünschte, du wärst dabei gewesen und hättest es gesehen.«
Doch sie war nicht dabei gewesen, und der Grund dafür schien ihr gleichzeitig mit ihrer Freundin aufzugehen. »Wir sind da für dich«, sagte Pam leise.

Als sie die Autobahn verließen und in die Stadt fuhren, brauchte Susan alle Hilfe, die sie bekommen konnte. Das Tempo hier war Lichtjahre entfernt von dem Tempo in Zaganack. Sie war einfach kein Stadtmensch, und der Gedanke an den Grund ihres Hierseins? Ernüchternd?
Ihr Hotel lag neben dem Krankenhaus. Sie nahmen zwei Zimmer, eins für die Mädchen, eins für die Jungs. Wenn Robbie nicht mitgekommen wäre, wäre Susan bei Rick geblieben. Sie war nervös, und er war gelassen.
Doch sie musste sich mit einer Umarmung zufriedengeben.

Vor der Morgendämmerung kam der Weckruf. Da die OP für acht Uhr geplant war, musste Lily vor sieben einchecken. Susan hatte erwartet, dass sie alleine mit

ihr hingehen würde, doch keiner der anderen wollte zurückbleiben.
Mehrere Minuten saßen sie im Wartezimmer mit weiteren Patienten und ihren Familien. Ab und zu raschelte eine Zeitung, wenn jemand redete, flüsterte er nur.
Als die Schwester, die für Lily kam, Susan mitgehen ließ, war sie dankbar. Lily hatte Angst, ihr Gesicht war bleich, ihre Augen voller Sorge, als immer wieder jemand anders ihre Kabine betrat. Susan hielt Lilys Hand, flüsterte ermutigende Gedanken, beantwortete Fragen an Lily, wenn diese zu sprachlos zum Reden war.
Der Arzt kam vorbei, ebenso der Anästhesist, der eine Infusion für die Medikamente legte, die Lily während des Eingriffs ruhigstellen sollten. Doch sie war hellwach, als sie sie holten.
Susan beugte sich über sie und steckte eine letzte Strähne unter ihre Haube. »Sie sagen, sobald die Medikamente wirken, wirst du dich nicht mehr an viel erinnern, doch ich will, dass du mir alles erzählst, was dir noch im Gedächtnis ist. Dein Sohn wird die Einzelheiten wissen wollen.« Sie zeichnete ein Herz in die Umrisse von Lilys Gesicht. »Er hat eine unglaublich gute Mutter.«
Lily umarmte sie so fest, dass es ihr innerlich weh tat. Mit enger Kehle sah Susan zu, wie sie weggefahren wurde.
Noch immer bewegt, kehrte sie ins Wartezimmer zurück. Durch die OP von heute, die Versammlung gestern Abend und all die Tage und Nächte voller Sorgen, die vorher gewesen waren, hatte ihre Fassung gelitten.

Das mochte erklären, warum sie sich abwandte, als sie sich Rick näherte und den Mann und die Frau bei ihm erblickte.

Rick war schnell an ihrer Seite und führte sie den Gang entlang, bis sie stehen blieb, ihn anstarrte und schwach fragte: »Was war das?«

»Mein Dad und deine Mom.«

»Wie das?«

»Ich habe es Dad am Mittwoch erzählt. Ich hätte mir nie träumen lassen, dass er auftauchen würde, und dann noch mit Ellen. Ich bin genauso erstaunt wie du.«

»Sie weiß es?«

»Sieht so aus.«

»Wollte sie kommen? Oder hat er sie gezwungen?«

»Vielleicht von beidem etwas. Ich weiß nur, dass sie entsetzt aussah, als sie eben hier reinmarschiert kam.«

Susan war selber entsetzt. »Ich habe seit Jahren kein anständiges Gespräch mehr mit ihr geführt. Was soll ich denn jetzt nur sagen? Ich habe sie letzten Monat gesehen und habe ihr nicht erzählt, dass Lily schwanger ist. Ich habe seitdem mit ihr telefoniert und ihr nichts gesagt. Soll ich mich entschuldigen? Soll ich zu erklären versuchen? Was soll ich mit ihr anfangen?«

»Nichts. Mein Dad hat Ellen mitgebracht, also liegt sie in seiner Verantwortung. Deine einzige Verantwortung gilt Lily.«

Das klang gut und schön, aber Ellen war ihre Mutter. Es gab Zeiten, da wäre Susan für die Hilfe ihrer Mutter gestorben, doch dies war keine solche. Sie wollte nicht, dass Ellen ihr das Gefühl gab, dass sie eine lausige Mutter war, wollte sich nicht eine Sekunde lang fragen müssen, was Ellen von Lilys Schwangerschaft hielt. Und was Ellens Beziehung mit Big Rick anging, so war sie Susan völlig egal.

Rick nahm ihre Hand. »Komm, lass uns Kaffee holen. Sie werden nicht so schnell mit der Operation anfangen. Es wird wohl eine Stunde dauern, bis wir etwas hören.«

Sie gingen ins Café und teilten sich ein Doughnut, wanderten durch die Lobby, erforschten den Geschenkeshop. Als ihnen die Orte ausgingen, brachte Rick sie wieder nach oben.

Susan war diesmal darauf vorbereitet, ihre Mutter zu sehen. Trotzdem empfand sie beim Öffnen der Tür einen Schock, als sie Ellen erblickte. Sie sah gut aus – das Haar silberner, aber stylisch gekämmt, schwarze Hosen, pfirsichfarbener Pullover. Dass sie verängstigt aussah, war ein Trost für Susan, die selbst Angst hatte. Doch schließlich war sie jetzt ein großes Mädchen. Also küsste sie Big Rick auf die Wange und setzte sich auf den Stuhl neben Ellen.

»Danke, dass du gekommen bist«, sagte sie leise. »Lily wird gerührt sein.«

Ellen nickte. Nach einer Minute flüsterte sie: »Ich hatte keine Ahnung.«

Dass Lily schwanger war? Dass das Baby Probleme hatte? Dass Susan fast ihren Job verloren hatte? »Über manche Dinge kann man schwer reden«, sagte Susan. »Bist du mit Big Rick hergeflogen?«

Wieder nickte Ellen. »Ich bin keine große Reisende. Er hat mich mitgeschleppt.«

Also eine widerwillige Begleiterin? Oder einfach nur eine unglückliche Wortwahl? Susan fiel ein, dass auch ihre Mutter vielleicht nicht wusste, was sie sagen sollte.
»Ihr müsst gestern Abend gelandet sein.« Die Bemerkung war unverfänglich, doch kaum war sie ausgesprochen, näherte sich ein Mann in einem OP-Kittel und ging an ihnen vorbei. Nach einem besorgten Blick auf die Uhr sah Susan zu Rick.
»Zu schnell«, sagte er leise.
Sie lehnte sich zurück, umfasste ihre Taille und dachte an Lily und das Baby. Sie versuchte nicht, mit ihrer Mutter zu reden. Rick hatte recht, sie sollte sich auf Lily konzentrieren. Da sie sich entspannen musste, holte sie ihr Strickzeug heraus.
Ein paar Minuten später tat es ihr Ellen nach. Sie arbeitete nicht mit Wolle von PC Wool, sondern mit einem glitzernden neuen Garn.
»Was machst du da?«, fragte Susan.
»Einen Schal für Jacks Emily. Sie hat die Wolle ausgesucht.«
Die Erwähnung des Namens erwischte Susan auf dem falschen Fuß. »Emily. Ach, das Lieblingskind.« Sie bereute es sofort und machte eine Bemerkung zu der Wolle: »Sehr hübsch.«
»Nein, ist sie nicht«, murmelte Ellen. »Sie ist billig und kein Vergnügen zu stricken.«
»Warum machst du es dann?«
»Weil sie darum gebeten hat.«
»Für mich hast du nie einen Schal gemacht.«
»Du hast nie darum gebeten.«
»Vielleicht hatte ich Angst, du könntest ablehnen.«

Susan legte ihr Strickzeug weg und rieb sich die Stirn. Ihre Stimme war ein Flüstern und nur für Ellens Ohren bestimmt. »Das hier ist unwirklich. Meine schwangere Tochter liegt auf dem Operationstisch, während die Ärzte versuchen ihr Baby zu retten, und ich streite mit meiner Mutter, die ich in fast achtzehn Jahren nur einmal gesehen habe. Das haut mich um.«
Ellen strickte weiter mit ihrer billigen Wolle.
Susan sah auf die Uhr, dann zu Rick. »Meinst du, etwas ist nicht in Ordnung?«
»Nein, wir sind nur ungeduldig.«
Oder eher abergläubisch. Susan fragte sich allmählich, ob ihr Job gerettet worden war, um den Schlag abzumildern, wenn das Baby verloren wäre. Oder Lily.
Sie brauchte verzweifelt Trost und kehrte zu ihrem sehr schönen, sehr originellen Schal von PC Wool zurück.
»Das ist sehr hübsch«, sagte ihre Mutter. »Das ist eine der neuen Farben, oder?«
»Ja. Rotkehlchen in der Dämmerung. Wir wollen fertige Teile für den Katalog fotografieren. Ich habe dir davon erzählt.«
»Ja.« Susan hatte eine weitere Reihe gestrickt, bevor ihre Mutter fragte: »Sind das Kurzreihen?«
»Ja.«
»Interessantes Muster.«
Susan reichte ihrer Mutter das Muster, strickte jedoch weiter. Sie konzentrierte sich auf die Maschen, auf den Rhythmus. Als Ellen das Muster zurückgab, steckte Susan es wieder in die Tasche und fuhr fort zu stricken. Stricken war vertraut zu einer Zeit, in der alles um sie herum fremd wirkte.

Nach eineinhalb Stunden fing sie Ricks Blick auf. Er stellte den Laptop zur Seite und fragte die Schwester, kam jedoch kurz darauf ohne Neuigkeiten zurück. »Sie sind noch im OP.«
»Warum so lange?«
»Sie haben vielleicht spät angefangen.«
»Was, wenn sie etwas gefunden haben, das sie nicht erwartet haben?«
Rick legte einen Finger auf ihren Mund. »Das werden sie nicht«, sagte er und setzte sich wieder auf seinen Platz.

Die gute Nachricht war, dass Susan zwischen dem Vorstellen möglicher Komplikationen – o ja, das Internet hatte ihr auch noch die allerkleinste geliefert – und Beten nicht lange bei der unerwarteten Anwesenheit ihrer Mutter verweilen konnte. Die schlechte war, dass es zwei Stunden dauerte, bis der Arzt kam. Inzwischen war sie fast verrückt geworden.
Doch er war ganz locker. »Alles ist in Ordnung«, sagte er zu ihr. »Ihre Tochter hatte Angst, also brauchten wir etwas Zeit, um sie zu beruhigen. Wir haben ihr den OP gezeigt und den Ballon, den wir einsetzen. Sie wird sich an diesen Teil erinnern. Was ihren kleinen Kerl angeht, so schlägt sein Herz prächtig. Ihm wird es gutgehen.«

Etwas später durfte Susan bei Lily warten, bis man sie in ihr Zimmer zurückbringen konnte. Sie würde über Nacht zur Beobachtung im Krankenhaus bleiben, obwohl die Beobachtung des Fötus nur ein Teil war. Sollte man entdecken, dass Fruchtwasser abging, würde Lily den Rest ihrer Schwangerschaft liegen müssen.

Lily schlief sich nach dem Beruhigungsmittel in kleinen Häppchen aus. Susan wartete, bis sie wacher war, bevor sie ihr sagte, dass Big Rick da war.

Ihre Augen leuchteten auf. »Er ist den weiten Weg extra wegen mir gekommen?«

»Genau. Und er ist nicht allein. Er hat deine Großmutter mitgebracht.«

Zuerst reagierte Lily nicht, dann runzelte sie die Stirn. »Deine Mutter?« Als Susan nickte, schrie sie schwach auf. »Sie weiß, dass ich schwanger bin?«

»Ja, Big Rick hat es ihr erzählt.«

»Ist sie wütend?«

»So sieht sie nicht aus. Sie sieht aus, als ob sie sich nicht sicher wäre, ob sie hier willkommen ist.«

»Und ist sie es?«

»Natürlich. Sie ist meine Mutter.«

»Was sage ich nur zu ihr?«

Susan konnte darauf nichts antworten. »Da fragst du die Falsche. Ich wollte nur, dass du es weißt, damit du nicht so schockiert bist wie ich.«

Lily ging souverän mit Ellen um. Doch Ellen war auch nicht ihre Mutter. Mütter-Töchter-Beziehungen waren wohl die komplexesten auf der Welt, während die von Großmüttern und Enkelinnen versöhnlicher waren, fand Susan. So skeptisch Lily gewesen war, was die Anwesenheit ihrer Großmutter in Oklahoma anging, so sehr lächelte sie nun. Erleichterung spielte sicher eine Rolle; nachdem die OP erfolgreich überstanden war, hätte Lily sogar Scrooge umarmt.

Abby, die nicht nachtragend war und geehrt wirkte,

Teil eines historischen Treffens zu sein, behandelte Ellen wie einen besonderen Gast. Susan hätte vielleicht etwas dagegen gehabt, wenn sie nicht so dankbar gewesen wäre, dass ihre Mutter beschäftigt war. Und Verstärkung rückte am späten Nachmittag in Form von Kate, Sunny und Pam an, die spontan hergefahren waren.
Bei alldem schien es weder Lily noch dem Baby schlechter zu gehen.

Susan fragte nicht, wo Ellen übernachten würde, doch da Kate, Sunny und Pam auch über Nacht blieben, war am nächsten Morgen im Coffee Shop eine ganze Menge zum Frühstück versammelt, ebenso wie später in Lilys Krankenzimmer. Lily war wund an den Stellen, wo man sie aufgeschnitten hatte, doch es gab sonst keine weiteren Probleme, und sie wollte unbedingt wieder nach Hause.
Am Nachmittag befanden sie sich auf dem Weg, zwei SUVs voller Leute, Blumen und Ballons. Susan sah dauernd nach hinten zu Lily, die jedes Mal lächelte. Ständig dachte sie an das Baby, das sie heute Morgen wieder auf dem Ultraschall gesehen hatte und das hinreißend war, trotz des Ballons und allem. Sie dachte auch ständig an Rick, der den Bildschirm mit demselben verletzbaren Blick betrachtet hatte wie Lily, dachte ständig an die Tests, die noch folgten, und an die Arzttermine, jetzt jedoch voller Optimismus, dachte an ihre Schule und ihre Schüler.
Und Ellen? Die ließ sie mal beiseite.

Kurz nachdem sie in Maine waren, begann sanft der Schnee zu fallen, und obwohl es nur leicht schneite, während sie die Küste hochfuhren – die Penobscots hatten gewusst, wovon sie sprachen, als sie die Stadt nach ihrem gemäßigten Wetter benannten –, blieb doch genug liegen, um den Januarmatsch zu verdecken. Vor sechs Uhr wurde es dunkel, und sie sahen Lichter, als sie in Zaganack einfuhren. Die Hauptstraße war vor allem hochrot in den Farben von Perry & Cass, die Hafenlichter dagegen eher blau. Mit den Masten der eingefleischten Fischer, der Festbeleuchtung in den Restaurants und den Schwärmen von Möwen, die im Stadthafen übernachteten, war es so malerisch, dass Susan, wenn sie der Stadt nicht schon verziehen hätte, dass sie an ihr gezweifelt hatte, es jetzt getan hätte.

Und das war noch, bevor sie sich ihrem kleinen Haus näherten, das vor Farben leuchtete, die weit über Meergrün und Blaugrün hinausgingen. Ein Regenbogen aus Luftballons war an den Briefkasten gebunden, ein großes Transparent, auf dem »Willkommen zu Hause, Susan und Lily« stand, hing zwischen den Fenstern. Weitere Ballons hingen neben der Tür, ein blau-gelber Strauß für Lily und ein fuchsienroter für Susan, und auf den Stufen lag ein Haufen in Folie eingepackter Pakete, Essen von Freunden, das im Schnee gekühlt werden sollte. Zwei Autos standen vor dem Haus, aus denen eine Traube Mädchen stieg, sobald sie in die Einfahrt einbogen.

Hätte Susan gewollt, dass ihre Mutter sähe, dass sie und Lily ein reiches Leben mit Freunden, die sie liebten, führten, hätte sie sich keine bessere Heimkehr wünschen können.

28

Lily legte sich auf Susans Geheiß ins Wohnzimmer. Als Rick bald darauf verschwand, ging Susan nach oben und traf ihn beim Packen an.
»Was machst du da?«, fragte sie erschrocken.
Er nahm Socken aus der Schublade und legte sie in seine Tasche. »Ich werde im Gasthaus in der Stadt bei meinem Dad übernachten. Du brauchst das Bett.«
»Tue ich nicht«, widersprach Susan. »Ellen kann im Gasthaus übernachten.«
»Sie ist deine Mutter. Sie hat eine lange Reise hinter sich, und sie sollte hier wohnen.« Er öffnete die nächste Schublade.
»Lass mich nicht mit ihr allein.« Er lächelte tadelnd, doch sie meinte es ernst. Er war ein Puffer – zwischen ihr und der Stadt, den Medien und nun Ellen. »Ich will, dass du bleibst. Du kannst in meinem Zimmer schlafen.«
Sein Lächeln wurde sarkastisch. »Das ist ja mal ein interessanter Vorschlag. Wie war das doch noch vor kaum zwei Tagen, als du den moralischen Kugeln ausgewichen bist?« Er ließ Hemden in seine Tasche fallen, lächelte plötzlich nicht mehr und richtete sich auf.
»Wir brauchen ein größeres Haus.«
»Wir?«
»Du und ich. Es ist Zeit, meinst du nicht?«

»Wofür?«
Er stemmte die Hände in die Hüften. »Für uns. Lass uns alles zusammenschmeißen. Ein größeres Haus suchen. Vielleicht sogar heiraten.«
Heiraten? *Heiraten?* »Du willst nicht heiraten.«
»Woher willst du das wissen?«
»Du liebst deine Freiheit.«
Er starrte sie an. »Ich glaube, du liebst deine noch mehr.«
»Das stimmt nicht. Ich will nur nicht verletzt werden.«
»Ich auch nicht, weshalb ich wahrscheinlich noch nie von Heirat gesprochen habe. Aber das hier ist lächerlich.« Seine Augen wurden sanfter. »Himmel, Susie, ich habe dich immer geliebt.«
Ihr Herz setzte aus. Sie hatten auch noch nie von Liebe gesprochen. Oh, sie hatte es im Lauf der Jahre zu Freunden gesagt, wie in »Rick ist ein Lieber« oder »Ich liebe Rick einfach«, aber nie laut und von Angesicht zu Angesicht. »Du hast mich sogar mit zweiundzwanzig geliebt?«, fragte sie skeptisch, weil die Erklärung zu perfekt klang. Ein intimer Sommer, das war es gewesen. Sie waren jung und unverbildet gewesen, ganz sicher anders als die Erwachsenen, die sie heute waren.
»Ich war verknallt«, sagte er, ohne mit der Wimper zu zucken. »Es gab nie einen Zweifel. Liebst du mich nicht?«
Sie musste kaum nachdenken. »Natürlich liebe ich dich.«
»Was ist dann das Problem?«
Susan versuchte eines zu finden. Ja, ihre Liebe war unbestritten, erkannte sie. Sie und Rick kamen zu gut miteinander aus, als dass es keine sein könnte. Ihre

Beziehung zu formalisieren war etwas anderes. Irgendwann um die Zeit, als sie von zu Hause weg und schwanger mit Lily gewesen war, hatte sie eine Heirat von der Liste ihrer Träume gestrichen. Sie hatte ihre Tochter, das war genug.
»Siehst du?«, meinte er. »Du stößt mich immer von dir.«
»Nein. Du gehst immer fort.«
»Und du lässt mich gehen, als ob ich es nicht wert wäre, dass man mich behält.«
»Machst du Witze?«, rief sie aus. »Warum, glaubst du, habe ich nie einen anderen angeschaut? Keiner kam jemals auch nur im Entferntesten an dich ran.«
»Gut«, sagte er und änderte die Stoßrichtung, »dann hast du mich gehen lassen, als ob *du* es nicht wert wärst, dass ich dich behalte. Ist das das Erbe deines Vaters? Dass du nicht gut genug bist, dass man dich zurückhält?«
Susan dachte an die letzten Wochen, als alles, für das sie so hart gearbeitet hatte, in Frage gestellt worden war. Ja, das brachte sie aus der Vergangenheit mit, und es hing ihr immer noch nach. Sie war eine gute Erzieherin. Sie war eine gute Mutter. Aber gut genug?
»Ich bin fehlerhaft.«
Er gab ein frustriertes Geräusch von sich. »Wir sind alle fehlerhaft. Also können wir entweder gemeinsam oder getrennt fehlerhaft sein. Du hast die Wahl.«
»So einfach ist das nicht.«
»Doch. Keiner von uns ist perfekt. Gott weiß, dass ich es nicht bin, sonst hätte ich dieses Thema nämlich schon lange angestoßen.«

Sie betrachtete sein gutaussehendes Gesicht. Er hatte im Winter von New England einiges von seiner Bräune eingebüßt, und sein Haar war länger als sonst, doch seine Augen waren genauso blau, seine Stimme genauso volltönend. Sie konnte sich nicht vorstellen, dass er das nicht mit Menschen überall auf der Welt geteilt hatte. Eine Ehe bedeutete, das alles aufzugeben.
»Das hättest du nicht getan«, gab sie zurück.
»Du hast recht. Weil ich in Eile war, um mich in Kriegsgebiete zu begeben oder neben Lastwagen herzurennen, die Reis zu den hungernden Armen brachten. Mein Rausch war es, erkannt zu werden, umschmeichelt zu werden, was beweist, was ich sage. Ich bin vollkommen fehlerhaft. Wir machen also Fehler. Wir sehen also manchmal etwas zu spät. Spät bedeutet jedoch nicht nie.«
»Aber was, wenn ich keine gute Ehefrau sein kann?«
»Was, wenn ich kein guter Ehemann sein kann? Komm schon, Liebes. Wir werden unser Bestes tun.«
Sie rieb sich die Stirn. »Das ist ein großer Schritt.«
Er näherte sich ihr, nahm ihr Gesicht in beide Hände, seine hypnotischen Augen blieben fest, und er fragte so sanft, dass ihr Herz dahinschmolz: »Was macht dir am meisten Angst?«
»Du«, flüsterte sie. »Ich. Die Veränderung. Ich bin daran gewöhnt, mein Leben zu kontrollieren.«
Er ließ seine Finger durch ihr Haar gleiten, hob ihr Gesicht an und gab ihr einen jener Küsse, die nach Sehnsucht schmeckten, die Art Kuss, die sie den Verstand verlieren ließ, an die sie sich am besten erinnerte, wenn er fort war.

Sie packte seine Hände und wich zurück. »O nein, nein. Das funktioniert nicht. Dies muss ein rationales Gespräch sein.«
»Über Kontrolle«, räumte er ein. »Wäre es so schrecklich, sie zu teilen?«
Schrecklich, dachte sie. Ich würde verletzt werden.
Zugegeben, Rick hatte sie nie verletzt. Was er versprach, hielt er. Aber schließlich hatte sie auch nie um viel gebeten.
Du hast mich gehen lassen, hatte er gesagt, und er hatte recht. Als ob du es nicht wert wärst, dass man dich behält. Wieder richtig. Aber wie wurde man alte Lasten los?
Sie spürte den Verlust seiner Wärme, als er zurücktrat. »Ist eine Menge zum Nachdenken«, sagte er und wandte sich wieder dem Packen zu.

Susan konnte nicht viel nachdenken, da das Haus voller Freunde war, die sich mit Freuden um Lily kümmerten, Essen kochten und Ellen beschäftigten. Sobald Rick fort war, nahm sie Zuflucht in seinem Zimmer. Es roch immer holzig, wenn er da war. Sie atmete tief ein, bevor sie widerstrebend das Bett abzog.
Sie hatte gerade frische Laken ausgebreitet, als ihre Mutter erschien und auf die andere Seite des Bettes ging. Ellen nahm eine passende Ecke und breitete sie über die Matratze. »Es ist nett von dir, dass du mich hier haben willst.« Mit einer Hand glättete sie das Laken.
»Ich würde dich nirgendwo sonst haben wollen.«
»Ich verdränge Rick.«

Der ein größeres Haus wollte. Der eine Ehe wollte. »Ist schon okay.« Susan musste nachdenken. Sie schlug das obere Laken über das Bett. »Wie lange werden du und Big Rick bleiben?«
Ellen steckte das Laken auf ihrer Seite ein. »Ich kann nicht für ihn sprechen. Wir sind nur Freunde, die zufällig dieselbe Enkelin haben.« Susan dachte, dass Ellen sich endlich aus der Fuchtel ihres Mannes befreit hatte und mit jedem Mann tun konnte, was sie wollte, als Ellen hinzufügte: »Er kann mich entweder auf dem Weg zurück nach Westen in Oklahoma absetzen, oder ich kann bleiben. Ich will dir nicht zur Last fallen.«
»Ich habe dich eingeladen.«
»Ich bleibe nur, solange ich helfen kann.«
Helfen? Susan sah sie ausdruckslos an.
Ellen sprach schnell. »Die Ärztin will Lily ein paar Tage los sein, und du musst wieder arbeiten. Und sie wollen das Baby weiter untersuchen, so dass Lily neue Tests machen muss. Und sobald er geboren ist, wird er besonders viel Fürsorge brauchen.«
Das hieß, dass sie vielleicht eine Zeitlang bleiben würde. Rick. Und Ellen? Und ein Baby? Wenn es um Veränderung ging, so war das ein dreifacher Hammer, und das war ganz anders als die Geschichte, die Susan mit ihrer Mutter teilte. Spannung? Missbilligung? Zurückweisung? Wollte sie es? *Brauchte* sie es?
»Ich könnte hin und her fliegen«, schlug Ellen vor und klang defensiv. »Ich habe das Geld.«
»Du hasst fliegen.«
»Ich kann es.«
»Eigentlich willst du es nicht.«

»Woher willst du das wissen?« Sie wurde sanfter. »Nicht, dass du mich hier brauchst. Du hast Rick. Du hast Freundinnen.«
»Ich brauche dich hier«, sagte Susan. Es war eine spontane Reaktion – aber nein. Die einzige Möglichkeit, mit altem Gepäck umzugehen, war, es zu öffnen und zu sortieren. Wie sonst sollte man wissen, was man behalten und was man wegwerfen sollte?
»Da sind verletzte Gefühle.«
»Ich habe immer gewollt, dass wir uns näher sind.«
»Du musst mich hassen wegen dem, was ich getan habe«, beharrte Ellen, die entschlossen schien, das Thema direkt anzusprechen.
»Es ist lange her«, entgegnete Susan, die die Konfrontation nicht gleich wollte, doch ihre Mutter ließ nicht locker.
»Du kannst es nicht vergessen haben.«
»Okay. Ich versuche immer noch den Grund zu begreifen.«
»Aha, du hast also verletzte Gefühle.«
Susan, die nun weit genug getrieben war, schrie: »Wie auch nicht? Du hast mich weggeworfen. Ich war jung und voller Angst, und du hast mich wegen etwas verbannt, von dem ich erst wusste, dass ich es getan habe, als es zu spät war. Glaubst du, ich hätte es geplant, schwanger zu werden? Meine Tochter hat ihre Schwangerschaft geplant, und als ich es herausfand, war ich wütend. Also habe ich getan, was du getan hast. Ich habe sie ausgeschlossen. Wenn ich jetzt verletzte Gefühle dir gegenüber habe, dann, weil du mir ein schlechtes Beispiel abgegeben hast.«

Ellen schien der Ausbruch zu verblüffen.
Susan sagte sich, dass ihre Mutter es nicht anders gewollt hatte, und fragte sie: »Wie fühlst du dich denn in Bezug auf Lilys Schwangerschaft?«
Ellen schluckte. »Nicht so schlimm, wie ich mich gefühlt hätte, wenn dein Vater noch am Leben wäre.«
Das war ein ganz schönes Eingeständnis. Susan versuchte es zu verarbeiten, als ihre Mutter fortfuhr: »Es tut mir leid, dass sie schwanger ist. Mir tut es leid wegen dieses Risikos für das Baby. Es tut mir leid, dass so etwas passiert.«
»Aber so ist es nun mal. Und du musst es akzeptieren. Denn, ehrlich, Mom, sosehr ich mir wünsche, dass du Teil meines Lebens wirst, es wird nicht klappen, wenn du meine Tochter nicht akzeptierst. Ich will nicht, dass sich die Geschichte wiederholt.«
»Das kann es nicht. Ich war keine gute Mutter. Du schon.«
Von allen offenen Wunden war dies die tiefste. Susan, die Ermutigung von der Stimme brauchte, die ihr am wichtigsten war, fragte: »Was bringt dich dazu, das zu sagen?«
»Ich habe dich zu Hause mit Lily erlebt. Ich sehe dich hier mit ihr. Da gibt es eine Verbindung zwischen euch. Ihr mögt euch.«
»Ich liebe sie. Sie ist meine Tochter.«
»Es ist mehr. Ihr seid Freundinnen.«
»Ich habe sie schwanger werden lassen.«
»Wie ich dich habe schwanger werden lassen?« Ellen lächelte traurig. »Ich war eine schlechte Mutter, aber nicht deswegen. Ich bin nicht für mein Kind einge-

standen. Ich habe mich nicht gegen deinen Vater gewehrt.«
»Das war deine Beziehung zu ihm.«
»Es war falsch. Er hatte unrecht.« Ihr Blick hielt Susans fest, forderte sie heraus zu widersprechen.
Susan konnte das nicht und bückte sich, um das Laken einzustecken. »Ich habe überlebt.«
»Ohne meine Hilfe.«
»Ich verzeihe dir.«
»Vielleicht solltest du das nicht. Ich kenne meine eigene Enkelin nicht. Zu was für einem Menschen macht mich das?«
»Das sind die Umstände.«
»Nein, es sind die Entscheidungen. Ich habe schlechte getroffen.« Sie hielt inne. »Lily scheint ein sehr netter Mensch zu sein.«
»Das ist sie. Und ihre Freundinnen auch. Wenn sie schon Teil eines Pakts sein musste, bin ich froh, dass es mit dieser Gruppe war.« Sie bezog das Kissen.
Ellen tat dasselbe auf ihrer Seite. »Ist ein Pakt nicht eine Gruppe Menschen, die sich Gruppendruck beugt?«
Susan erinnerte sich an das Gespräch im Auto am Donnerstagabend und sagte: »Manchmal.«
»Dann haben meine Freunde und ich einen Pakt gegen dich geschlossen.«
Susan richtete sich auf. »Das ist okay für mich, Mom. Wirklich. Lass uns versuchen all das zu vergessen.«
»Zu Hause ist das schwer. All die Erinnerungen.« Ellen runzelte die Stirn. »Ich habe im Flugzeug eine junge Frau kennengelernt. Sie hat mich wegen des Strickens gefragt, und wir sind ins Reden gekommen. Sie hat

gesagt, sie habe nicht die Geduld zum Stricken. Ich habe geantwortet, dass es andersherum sei, dass Stricken mir Geduld gegeben hat. Sie hat erwidert, ihre Großmutter sage dasselbe und dass sie sich vielleicht genauso fühlen würde, wenn sie alt würde.«
»Du bist nicht alt«, widersprach Susan, denn neunundfünfzig war nicht alt, und Ellen sah gut aus. Sie war modisch und fit. Wenn sie Falten im Gesicht hatte, dann nur ganz schwache.
»Nicht, was die Jahre angeht«, entgegnete Ellen. »Im Geiste. Ich höre ständig dieses Wort – alt – und will es nicht sein. Alt heißt steif sein und sich nicht mehr bücken können. Komischerweise bin ich in Ordnung, wenn ich stricke. Wenn ich einen Fehler mache, ribble ich es auf bis zu der Stelle, wo ich es verpatzt habe, selbst wenn es heißt, stundenlange Arbeit aufzuribbeln, um es wieder zu richten. Warum kann ich das nicht im Leben machen?«
»Das ist ein Luxus, den wir nicht oft haben.«
»Ich habe ihn jetzt«, gab Ellen zurück und sah ihr offen ins Gesicht. »Ich will Lily kennenlernen. Und ich will ihr Baby kennenlernen.«
Susan hatte immer noch Angst davor, verletzt zu werden, und spielte es herunter. »Ach, ein Baby ist doch ein völliger Klacks. Du wirst doch nicht Windeln wechseln wollen.«
»Und schon wieder sagst du mir, was ich will. Weißt du, Susan, du bist genau wie dein Vater. ›Ich weiß schon, was du willst‹, hat er immer gesagt. Aber das wusste er nicht und ich auch nicht. Wir haben beide angenommen, dass er es am besten wisse. Aber vielleicht hat er

das nicht. Vielleicht hätte er ab und zu mal fragen müssen. Vielleicht hätte er zuhören sollen. Aber er ist nicht mehr hier, also ist es zu spät. Und vielleicht hätte ich sowieso nicht den Mut gehabt, es ihm zu sagen. Aber ich werde es dir sagen. Du musst zuhören.«
Susan hatte noch nie ein offenes Gespräch mit Ellen geführt – und schon gar nicht über Fehler –, doch ihre Mutter redete weiter. »Du hast mich eingeladen, also bin ich hier. Ich bin in das Flugzeug gestiegen. Ich könnte es wieder tun. Ich muss nicht unterhalten werden. Aber ich könnte helfen. Ich könnte eine gute Mutter sein.«
Susan hörte zu und hörte das Wort *Mutter*. Nicht Großmutter. Nicht Urgroßmutter. Mutter. Und plötzlich war das alte Gepäck weit offen, ein Haufen schlechter Kram, aber eine große Sache, von der sie wusste, dass sie sie behalten wollte. Sie hatte einen Kloß im Hals und das schreckliche Bedürfnis, zu umarmen und umarmt zu werden.
Doch sie hatte keine körperliche Beziehung zu Ellen, hatte sie nie gehabt. Also nickte sie nur und sagte leise: »Das würde mir gefallen.«

Das Bedürfnis, zu umarmen und umarmt zu werden, blieb in der Luft. Als sie an diesem Abend wieder in ihrem Zimmer war, dachte Susan daran, Rick anzurufen, zögerte jedoch. Noch etwas war ihr von dem Gespräch im Auto an jenem Donnerstagabend im Gedächtnis geblieben. Mutter zu sein war die natürlichste Sache der Welt. Es war die erste Beziehung im Leben, diejenige, aus der alles andere entsprang.
Ellen, Susan, Lily.

Leise durchquerte sie auf den knarzenden Dielenbrettern den Flur zum Zimmer ihrer Tochter. Im schwachen Licht der Schmetterlingslampe war Lily nur ein Fleck unter ihrer Decke. Lily und ihr Baby. Kein so verrückter Gedanke, wie er es einmal gewesen war.

Lily rührte sich, doch es dauerte eine Minute, bevor sie erkannte, dass Susan da war. Sie rutschte zur Seite und schlug die Decke hoch.

Sobald Susan daruntergeschlüpft war, kuschelte sich Lily an sie. Sie war ruhig und atmete gleichmäßig. Susan glaubte schon, dass sie wieder eingeschlafen sei, als sie ein geflüstertes »Irre« hörte.

»Was?«, fragte Susan ebenfalls im Flüsterton.

»Deine Mom. Sie ist ganz anders als im Dezember.«

Der Ort spielte eine Rolle, wie Susan wusste. Und der Zeitpunkt, jetzt gab es keine Beerdigung. Und der Geisteszustand, wie Ellen selbst es ausgedrückt hatte. Sie hatte sich für den Besuch entschieden.

»Sie entwickelt sich«, flüsterte Susan an Lilys Kopf.

»Irre.«

»Wäre es für dich okay, wenn sie noch ein wenig bliebe?«

»Völlig.«

»Rick auch?«

»Hm.«

»Er hat mich gebeten, ihn zu heiraten.«

Lily wurde ganz still. »Wirklich?«, sagte sie nach einer Weile.

»Ja.«

Sie rappelte sich auf. »O mein Gott.« Dann schlang sie die Arme um Susans Hals. »Das ist *irre*.«

»Findest du?«
»Du nicht?«
Langsam gewöhnte sie sich an den Gedanken. »Eigentlich doch.«
»O mein Gott. Warte nur, bis ich das den anderen erzähle. Sie werden sterben. Das hat mein Baby geschafft. Er hat uns zusammengeführt. Wie poetisch ist das denn? Wann werdet ihr es machen?«
Susan strich Lily das Haar hinter die Ohren und fuhr mit den Daumen die vertraute Herzform entlang. »Ich weiß es nicht. Ich habe noch nicht ja gesagt.«
»Mom, du wirst keinen besseren Mann als ihn finden.«
Susan brauchte gar keinen Mann. Aber Lily vielleicht. Außerdem gab es einen Unterschied zwischen brauchen und wünschen. Dass Rick hier war, war während einer sehr schweren Zeit wundervoll gewesen. Es schien ihn nicht zu langweilen, hier zu sein. Und wenn ein Baby da war, mit dem er spielen konnte, wie aufregend würde das erst werden?
»Leben ist ein laufender Prozess«, sagte sie schließlich. »Für mich. Für deine Großmutter. Sie will dich und dein Baby kennenlernen.«
Lily legte ihre Hand auf Susans Schulter. Ihre Nasen waren nur wenige Zentimeter voneinander entfernt. »Es wird ihm gutgehen, Mom. Wenn so viele Menschen für ihn mitfiebern, wie sollte das nicht so sein?«
»Die Menschen fiebern mit ihm mit, weil sie dich lieben. Du bist ein netter Mensch.«
»Weil du es auch bist. Ich meine, was habe ich nur für ein Glück? So viele Babys haben schlimmere Probleme.«

Susan nickte. Sie musste etwas richtig gemacht haben, wenn ihrer Tochter das klar war.
Lily kuschelte sich wieder an sie. »Mom?«
»Was, Süße?«
»Ich kann sie immer noch nicht Nana nennen.«
»Lass dir Zeit.«
»Ich glaube, es ist gut, dass sie gekommen ist, wegen des Babys.«
»Sie will wiedergutmachen, was sie versäumt hat.«
»Weil sie es beim ersten Mal verpatzt hat? Was, wenn ich es auch tue? Was, wenn ich auch Fehler mache?«
Du ribbelst es auf und strickst neu, dachte Susan und erinnerte sich an das, was ihre Mutter gesagt hatte.
»Du versuchst es wieder.«
»Wirst du mich trotzdem lieben?«
»Immer.«
Lilys Atmung wurde gleichmäßiger und fühlte sich warm an ihrem Hals an. »Du bist eine gute Mutter«, flüsterte sie.
»Ich versuche es.«

EPILOG

»Was meint ihr?«, fragte Susan und trat zurück, um besser sehen zu können. Sie befand sich mit Kate, Sunny und Pam auf dem Dachboden des alten viktorianischen Hauses, das ihr neues Heim war.

Sie hatte Rick Ende Mai geheiratet, doch sie hatten erst Ende Juli das Haus gefunden. Rick wollte ein Steinhaus, Susan fünf Zimmer und ein Studio, und es stand außer Frage, dass ein Rasen mit viel Gras und Bäumen unabdingbar war. Dieses Haus hier war kaum auf dem Markt gewesen, als sie zugegriffen hatten. Es lag auf viertausend Quadratmetern Land und näher bei der Stadt und war doppelt so groß wie Susans altes, und obwohl einiges daran getan werden musste, war Rick mit im Boot. Er leitete die Renovierungsarbeiten und hielt eine Mannschaft aus Ortsansässigen in Atem, so dass Mitte September eine neue Heizung, Rohre und elektrische Leitungen installiert waren. Sobald die Hartholzböden abgeschliffen und versiegelt waren, zogen sie ein.

Von den steilen Giebeldächern und Rundumveranden bis zu den tiefliegenden Fenstern und Treppenhausnischen gab es eine Menge zu streichen. Du suchst die Farben aus, das ist deine Sache, hatte Rick gesagt, doch angesichts der Freiheit blieb Susan zurückhaltend. Aus Achtung vor ihm – und davor, dass, obwohl sie sich einfach nicht für das Blassblau und Gelb der

Nachbarhäuser entscheiden konnte, es in der Ehe um Kompromisse ging – ließ sie die Schindeln in einem hellen Blaugrün und die Umrandung in einem frischen Weiß streichen. Beides sah hinreißend aus vor den leuchtenden Herbstblättern, die nun, in der ersten Oktoberwoche, auf dem Höhepunkt waren.

Bei den Farben im Haus war sie mutiger gewesen, hatte sich in manchen Zimmern für tiefere Schattierungen, in anderen für wildere entschieden. Dann kam der Dachboden, dessen neu installierte Dachluken von der Krone einer hundertjährigen Eiche überschattet wurden. Hinten, unter Dachsparren, die himmelblau mit Wolken bemalt waren, befand sich ein Spielzimmer. Vorne war ihr Studio. Es war fuchsienrot.

Dieses betrachtete Susan nun. »Zu viel?«, fragte sie die anderen.

»Eigentlich nicht«, fand Kate.

»Es ist ganz du«, sagte Sunny.

Pam hatte die Hände in die Hüften gestützt, die unter einem mit Farbe bespritzten Hemd verborgen waren. »Du verdienst das hier, Susan. Du warst unten so diszipliniert.«

»Entschuldigung, unser Schlafzimmer ist burgunderrot. Rick sagt, er liebt es, aber ist er nur nett? Ich muss mich ständig daran erinnern, dass es nicht mehr nur um mich geht.«

»Es ging nie nur um dich. Es ging auch um Lily.«

»Aber dieses Haus gehört zur Hälfte Rick.«

Kate lachte laut los. »Der Mann ist so in dich verliebt, dass er dich das Haus neongrün streichen lassen würde, wenn du das wolltest.«

Susan lächelte. Sie hatte so lange die Augen vor der Wahrheit verschlossen, dass es sie immer noch verblüffte, dass Rick Wirklichkeit war.
»Komm schon«, neckte Sunny sie sanft, »gib es zu. Du liebst es, verheiratet zu sein.«
Susan seufzte. »Ja. Es hat lange gedauert. Vielleicht bin ich nun erwachsen genug.«
»Vielleicht er auch«, bemerkte Pam.
Kate ordnete ihr Haar neu, dessen eine Strähne nun zur Wand passte. »Es war süß, dass er die ganzen Wochen bei dir gewohnt hat, als ob er beweisen wollte, dass es funktioniert, bevor er mit der Frage rausrückte.«
»Ich bin mir nicht sicher, ob es Absicht war«, überlegte Susan laut. »Es hat uns einfach beschlichen. Unser Zusammenleben hat eindeutig geholfen, dass das Offensichtliche plötzlich klarwurde. Trotzdem ist alles anders, wenn man verheiratet ist. Es ist endgültig. Wenn wir uns auf die Nerven gehen, müssen wir damit umgehen. Es ist nicht so, dass er in ein, zwei Tagen wieder verschwindet, wie er es vorher immer getan hat. Ich meine, natürlich reist er noch«, fuhr sie mit einem schnellen Blick auf die Uhr fort. Rick war zu einem Sonderauftrag in London gewesen und sollte jeden Moment zurück sein. Obwohl er nur für drei Tage weg gewesen war, wartete sie voller Ungeduld auf ihn. Als sie daran dachte, rief sie aus: »Ich bin völlig abhängig geworden. Wie jämmerlich ist das denn?«
»Abhängigkeit muss nichts Schlechtes sein.«
»Sie macht Angst«, beharrte Susan.
»Ich glaube«, wandte Kate ein, »dass er genauso ab-

hängig von dir geworden ist. Es ist so süß mit anzusehen.«

»Nun, das bringt mich auf ein ganz anderes Thema. Ich habe jetzt einen Partner, also ist mein Leben leichter. Lilys ist schwerer.«

»Das liegt nicht an dir«, mahnte Sunny sie.

»Nein, aber es ist schwer, dabei zuzusehen. Ich schwöre, Rick und ich sprechen jeden einzelnen Tag darüber, wenn unser Instinkt uns sagt, wir sollten einfach zupacken und etwas tun. Lily muss lernen, für ihren Sohn zu sorgen, ohne vorauszusetzen, dass wir immer da sein werden. Aber ich habe jetzt so viel mehr Hilfe denn je, dass ich mich schuldig fühle.«

»Wirklich.« Das kam von Kate. »Es gibt Zeiten, da stehe ich in meinem Schlafzimmer und höre das Baby weinen. Ich will zu ihm gehen, aber – dasselbe – ich weiß, es wäre nicht gut für Mary Kate. Sie muss es selber schaffen.«

»Tut sie das nicht?«, fragte Pam.

»Eigentlich doch. Sie besitzt mehr Kraft, als ich erwartet hätte. Es ist schrecklich, so etwas über das eigene Kind zu sagen, aber sich um ein Baby zu kümmern ist eine Herausforderung. Will und ich kämpfen immer noch mit der Ausstattung, und dabei haben wir es schon fünfmal hinter uns.«

»Deshalb kämpft ihr ja. Ihr hättet nicht gedacht, dass ihr es noch mal müsst.«

Kates Gesicht heiterte sich auf. »Aber Willie ist das Beste, was uns passiert ist seit ... seit Mary Kate. Meine Jungs sind besessen von ihm. Ich schwöre, sie werden noch nach ihrem Abschluss da sein, einfach um mitzuerleben, wie dieses Kind groß wird.«

»Wenn sie bleiben, ist das ein Tribut an dich«, erwiderte Susan, woraufhin Kate sarkastisch lächelte.
»Es gibt Tribute, ohne die ich gut auskommen könnte. Ich wünschte immer noch, dass Mary Kate mit dem College angefangen hätte, doch sie ist nicht bereit dazu, und das verstehe ich. Sie wird im Januar anfangen, und selbst dann wird sie Probleme haben, das Baby in der Tagesbetreuung zu lassen. Und das ist noch etwas, weswegen ich Schuldgefühle habe. Ich weiß, sie wäre glücklicher, wenn wir bei ihm wären. Aber ich arbeite. Ich brauche die Arbeit. Ich will arbeiten. Ich denke, das, was ich verdiene, wird die Kosten für die Tagesbetreuung abdecken; trotzdem mache ich mir deshalb Sorgen.«
»Zumindest hilft Jacob«, erinnerte Sunny sie. »Adam ist lange verschwunden. Er wird nicht oft zurückkommen.«
»Hat er zugegeben, dass er derjenige, welcher ist?«, fragte Susan.
»Nein. Das wird er nie.«
»Weißt du, ob er es ist?«
»Jessica sagt ja, und seine Eltern wechseln so schnell die Richtung, wenn ich in ihre Nähe komme, dass ich glaube, sie wissen es auch.«
»Warum sind sie nicht neugierig?«
»Was sind das für Leute, die ihren eigenen Enkel verleugnen?«
Sunny hob warnend die Hand. »Dan schlägt in regelmäßigen Abständen vor, ihn gerichtlich zu einem Vaterschaftstest zwingen zu lassen, aber was nützt das? In dem Punkt stimme ich Jessica zu. Wenn Adam keinen Anteil an dem Baby nehmen will, dann sind wir

ohne ihn besser dran. Außerdem, warum sollte ich wollen, dass er sich in unser Leben einmischt? Nein. Adam ist nicht so ein netter Kerl wie Robbie. Du hast Glück, Susan. Robbie ist einfach oft genug da und oft genug weg.«
»Erwärmt sich Lily allmählich für ihn?«, fragte Kate.
»Sie mag ihn sehr. Das hat sie immer getan. Und jetzt? Sie ist beeindruckt davon, wie gut er mit Noah umgeht und wie gut er seine Mutter im Griff hat – die übrigens neugierig ist. Sie und Bill kommen einmal in der Woche vorbei. Aber ob Lily Robbie heiraten will? Noch nicht. Sie müssen beide noch erwachsen werden.« Sie warf Pam einen verlegenen Blick zu. »Es tut mir leid. Wir scheinen andauernd darüber zu reden.«
Gutmütig, wie sie geworden war, lauschte Pam freundlich, und obwohl sie nicht lautstark forderte zu babysitten, bemühte sie sich, bei PC Wool auszuhelfen, wenn Babynotfälle auftraten. Da außerdem Abby auf dem College war und Tanner akzeptierte, dass seine Frau ein Recht auf ihr Leben hatte, war sie das Gesicht von PC Wool auf Messen geworden. Gleichzeitig bekam ihre Stimme im Schulausschuss immer mehr Gewicht. Zwei der Männer, Morgan und Lombard, hatten beschlossen, sich nicht wieder zur Wahl zu stellen, so dass sie Ersatz anheuerte, und diese Initiative hatte Konsequenzen. Je öfter sie das Wort ergriff, desto mehr Leute hörten ihr zu, und desto stärker wurde sie. Es ging um Selbstvertrauen. Sie arbeitete nun nicht mehr so sehr daran, eng mit Susan, Sunny und Kate zu werden – weshalb sie auf natürlichere Weise dazugehörte.

»He, es ist schon okay«, sagte sie jetzt. »Ich bin froh, dass ihr es seid und nicht ich.«

»Was gibt es Neues von Abby?«, fragte Kate. »Werden sie es zulassen, dass sie ihre fiese Zimmergenossin loswird?«

»Nein, aber sie hat jemanden, mit dem sie im zweiten Semester zusammenzieht, und sie liebt ihre Kurse. Nächstes Wochenende sind Herbstferien. Ich kann es nicht erwarten, bis sie zu Hause ist.«

Susan freute sich darauf, sie zu sehen. Nicht, dass sie nicht auch einen leichten Stich verspürte. Abby machte, was sie sich für Lily gewünscht hätte.

Doch die Träume der Vergangenheit verblassten, waren nur noch wenige wehmütige Momente. Lily war eine aufmerksame, tüchtige Mutter, und das Baby – nun, das Baby war ein Wunder. Mit fünf Monaten wurde der Kleine zum Lächler, bemerkenswert für ein Kleinkind, das einen lebensbedrohenden Zustand überlebt hatte. Vom ersten Schrei im Kreißsaal an war sein Temperament reizend gewesen, kurz nachdem der Ballon aus seiner Luftröhre entfernt worden war, als ob er einfach dankbar wäre zu leben.

Susan vermochte sich ein Leben ohne ihn nicht mehr vorzustellen. Aber schließlich hatte sich auch ihr eigenes Leben so verändert, dass sie es nur schwer mit früher vergleichen konnte.

Einerseits war ihr Job nun auf eine Weise gesichert, wie er es noch nie zuvor gewesen war. Die Stadt hatte das Schlimmste erfahren und zu ihr gehalten. Sie hatte die Feuerprobe bestanden.

Und dann war da Rick. Er war ein Fels in der Brandung

und war während Lilys Entbindung und Noahs Operation ruhig geblieben, und er wechselte gleichmütig Windeln, wenn Lily wirklich Schlaf brauchte. Genauso übernahm er seinen Teil der Hausarbeit – nicht, dass er perfekt war. Susan musste ihn immer noch dazu anhalten, das Waschbecken auszuwischen, nachdem er sich rasiert hatte, und schmutzige Handtücher in den Wäscheraum hinunterzutragen und sogar – »Ja, Rick, dieser Korb ist voll!« – die Wäsche selber hineinzulegen. Aber wenn sie schon von jemandem abhängig sein musste, dann war Rick eine gute Wahl.

Und dann war da Susans Mom, die Nicht-Reisende, die nun wie ein Profi zwischen Oklahoma und Maine hin- und herfuhr. Jack hatte Susan vorgehalten, sie ungebührlich oft zu beanspruchen, und obwohl Ellen nicht widersprochen hatte, änderte sie nichts daran. Sie schien zufrieden in Zaganack zu sein und lächelte öfter, als sich Susan erinnern konnte. Sie mochte Susans Freundinnen, und nun, da sich Lily vollständig von der Entbindung erholt hatte und sich um Noah kümmern konnte, hatte sich Ellen angewöhnt, mit Kate in die Scheune von PC Wool zu kommen. Sie scheute davor zurück, sich am Färben zu beteiligen, beschäftigte sich aber mit anderen Aufgaben am Eichentisch hinten. Kate und die anderen freuten sich inzwischen auf ihre Besuche.

Erstaunlicherweise ging es Susan inzwischen genauso, auch wenn es ihr leichter fiel, in Ellen eine Freundin zu sehen. Der Mutterteil war von der Vergangenheit überschattet, und da sie jetzt eine friedliche Beziehung hatten, wollte keine von beiden diese riskieren. Wenn empfindliche Themen aufkamen, steuerte Ellen sie wieder in die Gegenwart zurück. Und vielleicht hatte sie ja recht, fand Susan. Beim Muttersein ging es darum, aufzuheben und nach vorne zu schauen. Es ging darum zu versuchen, es besser zu machen, und nicht sich durch das lähmen zu lassen, was man nicht ändern konnte.

Lilys Gedanken gingen in eine ähnliche Richtung, als sie mit Mary Kate und Jess am Hafen saß. Eingelullt vom Herbstwind, der vom Meer herüberwehte, und dem Rauschen der Wellen gegen den Pier, waren alle drei Babys eingeschlafen. Weder der Schrei der Möwen noch das Klirren der Vertäuungen hatte sie geweckt. Es war ein Moment, wie er selten vorkam.
»Ich glaube, wir haben Glück«, meinte Lily und schaukelte Noahs Babykarre mit dem Fuß. »Unsere Moms lieben diese Kinder.«
»Warum sollte man sie auch nicht lieben?«, fragte Mary Kate.
»Wegen des Geschreis«, bemerkte Jess. Addison Hope Barros spuckte die ganze Zeit. Man hatte bei ihr gerade die Diagnose Reflux gestellt.
»Es wird besser werden, sobald das Medikament wirkt«, beruhigte Lily sie. »Und außerdem wird sie daraus herauswachsen. Deine Mom weiß das. Sie bittet dich nicht darum, bei Delilah zu wohnen.«
In der Hoffnung, dass Addie ihre Nahrung bei sich behalten würde, wenn sie sie aufrecht hielt, trug Jess ihre Trage an ihrer Brust. Sie blickte zu ihr hinunter und richtete ihre Mütze gerade. »Delilah könnte nicht gut mit Krankheiten umgehen. Meine Mom schon. Sie hat

die Medikamentensache voll im Griff und führt Listen.«
»Bist du gerade sarkastisch?«, fragte Mary Kate nach.
»Bin ich nicht. Sie ist irre gewesen. Ich meine, wenn es ein Problem gibt, schaue ich auf, und schon ist sie da und hat, was immer ich brauche.«
Genau das meinte Lily. »Sie hat sich dran gewöhnt. Das haben sie alle.«
»Und wir auch«, fügte Mary Kate leise hinzu.
Lily wusste, dass sie ans College dachte. Wie auch nicht, schickten doch ihre Freundinnen ihnen ständig aufgeregte Nachrichten?
Na ja, nicht ständig. Die SMS waren weniger geworden. Lily musste sich auch daran gewöhnen. »Kein Wort mehr von Jacob?«
»Seit vier Tagen nicht. Ich denke, es ist in Ordnung. Er weiß, ich sage ihm, wenn es ein Problem gibt.«
»Will er nicht wissen, wie es Willie geht?«, fragte Jess.
Mary Kate warf ihr einen spöttischen Blick zu. »Essen, schlafen, kacken? Ich meine, es ist jämmerlich, aber darum geht es bei einem vier Monate alten Kind. Ab und zu bekomme ich von ihm ein Lächeln, und er ist hinreißend, wenn er kräht. Ich könnte ihm stundenlang beim Schlafen zuschauen. Jacob will, dass er spielt. Denkt doch nur. Im Augenblick sind diese Babys ziemlich langweilig.«
»Ich habe keine Zeit, darüber nachzudenken«, bemerkte Jess. »Ich bin zu sehr damit beschäftigt, Ausgespucktes wegzuwischen.«
Da sie nur mit diesen beiden so reden konnte, sagte Lily: »Ich denke schon darüber nach. Ich denke daran,

was ich letztes Jahr um diese Zeit gemacht habe. Ich meine, ich würde nichts ändern wollen. Aber Junge, das Leben ist anders – und abgesehen von Noah sogar auch noch auf andere Weise«, sagte sie, weil Susan sie gelehrt hatte, immer zuerst das Positive zu sehen. »Ich habe ein neues Haus. Ich habe einen Dad. Ich habe Großeltern.«
Mary Kates Augen wurden groß. »Gehen Ellen und Big Rick miteinander?«
»Nicht offiziell. Aber es gefällt ihr, wenn er kommt.«
»Wie es dir gefällt, wenn Robbie kommt?«, neckte Jess sie.
»Mir gefällt es«, teilte Lily ihr mit, »weil ich glaube, dass es gut für das Baby ist. Robbie genießt ihn.«
»Schickt er immer noch so viele SMS?«
»O ja.« Seine SMS kamen mehrmals am Tag, und er war zweimal zu Hause gewesen, seit die Kurse angefangen hatten. Er war wirklich so süß im Umgang mit Noah, und da Noah Lily alles bedeutete, dachte sie allmählich, dass Robbie Potenzial besaß. Dann wieder kehrte er in die Schule zurück und verärgerte sie, indem er erneut SMS schickte. »Alle paar Stunden bekomme ich einen detaillierten Bericht über das Leben am College. Als ob ich mich damit identifizieren könnte.«
»Mit Veranstaltungen, die die ganze Nacht hindurch gehen?«, fragte Mary Kate mit hoher Stimme. »Damit kann ich mich identifizieren. Natürlich können die am nächsten Morgen bis zehn Uhr schlafen. Wann haben wir das das letzte Mal gemacht? Ich habe letzte Nacht vier Stunden in einem Stück geschlafen. Das ist ein Rekord.«

Lilys Rekord waren fünf, so dass Noah der beste Schläfer von den dreien war. Da seine Organe nun fein säuberlich dort waren, wo sie hingehörten, schien er zu essen, um die verlorene Zeit aufzuholen. Vielleicht schlief er ja deshalb so gut. Aber er war auch so gut zu haben. Jess' Addie war nerviger. Soweit Lily wusste, schrie sie immer noch alle drei Stunden, weil sie Hunger hatte. Natürlich war sie erst vierzehn Wochen alt, während Noah schon zwanzig Wochen zählte.
Jetzt ertönte ein Quäken von ihr. Jess sprang auf, richtete den Schnuller und begann unter leisem Gefluche heftig zu schaukeln.
»Das kannst du nicht machen, Jess«, mahnte Mary Kate.
»Fluchen?«
»Dich anspannen. Sie spürt das. Du musst locker werden.«
»Du hast leicht reden. Du musst dir keine Sorgen darüber machen, ob dein Baby genug zu essen bekommt.« Doch sie schaukelte nun langsamer. »Es ist, als ob sie dauernd Hunger hätte. Ich bin nicht sicher, ob die neue Zusammensetzung das Richtige ist.«
Lily fragte sich, ob Muttermilch besser gewesen wäre, doch Jess hatte nach drei Wochen aufgehört zu stillen, als das Baby nicht genug zu bekommen schien. Sie würden niemals erfahren, ob der Reflux und nicht der Mangel an Nahrung das Schreien ausgelöst hatte. Oder ob es Jess' Nervosität war. Oder einfach nur Addies Persönlichkeit.
Doch Lily stimmte Mary Kate zu. Jess musste sich entspannen. »Wenn diese Zusammensetzung nicht hilft«,

meinte sie, »wirst du eine andere ausprobieren und dann noch eine, und bevor du dichs versiehst, hat sie dieses Stadium überwunden.«

»Ich vermute es mal«, erwiderte Jess, die jetzt müder schaukelte. »Es ist wahrscheinlich nur gut, dass Adam nicht da ist. Er würde es hassen. Habe ich ernsthaft geglaubt, er wäre ein guter Vater?«

»Wir haben uns das nie gefragt. Wir wollten sie nicht darin einbeziehen, unsere Kinder großzuziehen. Adam hat gute Gene. Das allein zählt.« So sagten sie jedenfalls. Doch Lily gefiel es, Robbie mit Noah zu sehen. Es gefiel ihr auch, Rick mit ihm zu sehen. Und Big Rick. Und Ellen. Ganz zu schweigen davon, dass sie, wenn jemand anders mit dem Baby spielte, eine Pause hatte. Selbst mit sechs Stunden Schlaf konnte sie nicht glauben, wie müde sie war. Kaum hatte sie seine Windeln gewechselt, da hatte er wieder gekackt, kaum hatte sie seine Kleidung gewaschen, schon war sie wieder schmutzig. Die Arbeit endete nie.

»Ich habe Schuldgefühle, wenn ich mich beklage«, bekannte Jess. »Addie hat das nicht gewollt. Es gibt Zeiten, da mache ich sie sauber, und sie wirft mir diesen wirklich entschuldigenden Blick zu, als ob sie sagen wollte: Es tut mir leid, Mommy. Ich habe es nicht so gemeint. Ich mache es auch nie wieder. Und dann fühle ich mich so schlecht. Dabei kann Darcy nicht genug von Addie bekommen. Dad geht mit ihr spazieren. Und Mom ist sehr viel lockerer geworden. Manchmal glaube ich, je weniger neurotisch sie ist, desto mehr bin ich es, als ob es von ihr in mich geflossen wäre.«

»Du bist nicht neurotisch«, beruhigte Lily sie. »Du machst dir nur Sorgen, das ist alles.«
Sie schwiegen eine Zeitlang und ruhten sich am Pier aus. Schließlich räusperte sich Mary Kate. »Haben wir schon entschieden, was wir tun sollen, wenn Abby dieses Wochenende nach Hause kommt? Sie will uns zu sich einladen.«
»Nicht nur uns«, erklärte Jess. »Sie hat alle eingeladen, die zu Hause sind. Was sollen wir mit ihnen reden?«
»Wir können zuhören«, schlug Lily vor. »Sie reden doch gerne.«
»Ich auch. Werden sie mich nach meinem Leben fragen?«
»Nein. Aber Abby will wirklich, dass wir kommen. Sie wird enttäuscht sein, wenn wir nicht hingehen.«
Erneut herrschte Schweigen, dann meinte Mary Kate vorsichtig: »Wir könnten die Babys mitnehmen.«
Lily schüttelte gleichzeitig mit Jess entschieden den Kopf. »Nein.«
»Was, wenn wir nur für eine Stunde gehen und unsere Moms bitten zu babysitten?«, versuchte es Mary Kate.
Lily wusste, warum Mary Kate hingehen wollte. »Wird Jacob da sein?«
»Ich weiß es nicht, ich habe nicht gefragt, aber es wäre doch nur für eine Stunde. Ich meine ...« Mary Kate sah von Lily zu Jess. »Okay, wir fragen nicht gerne. Unsere Eltern haben uns nicht darum angefleht, sie babysitten zu lassen. Soweit es sie betrifft, war es Teil des Pakts, unser gesellschaftliches Leben aufzugeben.« Ihre Stimme wurde demütiger. »Vielleicht würden sie es aber nur dieses eine Mal tun?«

Lily sagte nichts. Sie fragte sich, wie ihre Mutter es geschafft hatte, ohne jemals jemanden zu haben, der ihr half. In diesem Moment wurde ihr klar, dass es der leichtere Teil war, schwanger zu werden. Zu gebären war auch nicht schlimm, wenn ein Raum voller Leute einen unterstützte. Der schwierige Teil kam danach – sich sieben Tage lang und vierundzwanzig Stunden am Tag um ein Baby zu kümmern.
Ihre Mutter hatte es alleine geschafft. Das war erschreckend. Lily wusste nicht, was sie tun würde, wenn sie Susan nicht in der Nähe hätte.
Jess, die ihre Gedanken zu lesen schien oder auch selbst einfach nur bereit für einen Schuss mütterliche Unterstützung war, sagte: »Ich glaube, wir sollten wieder zurück. Addie wird bald essen wollen.«
Minuten später überquerten sie in Gedanken versunken die Main Street und wurden aufgeschreckt von einer Hupe. Es war Rachel Bishop, die zurück aus Vassar war. Sie wurde langsamer, winkte aufgeregt, zeigte auf die Babys, hob den Daumen, beschleunigte dann wieder und war verschwunden.
Danach war alles still. Zwei Babykarren und eine Trage, und drei junge Mütter gingen weiter.

Susan hatte beschlossen, dass, wenn die Hälfte des Dachbodens, die dem Baby gehörte, einen Sternenhimmel hatte, ihre Hälfte Gras brauchte. Sie waren gerade dabei, vom Wind verwehte Stengel an die unteren Wände zu malen, als Susan auf ihre Uhr sah. Sie legte den Pinsel zur Seite, stand auf und ging zum Fenster – und da bog er auch schon in die Einfahrt.

Mit klopfendem Herzen trabte sie zwei Stockwerke hinunter und nach draußen und empfand eine Erregung, die sie nicht erwartet hätte. Sie kannte Rick schon den größten Teil ihres Lebens, war mit ihm mehr als die Hälfte davon sexuell zusammen, doch mit der Bindung wurden ihre Rollen neu definiert. Eine Ehe bedeutete, dass er nicht weggehen würde, dass er für immer Teil ihres Lebens wäre, dass er sie liebte. Das gab ihr die Lizenz zum Aufgeregtsein.

Er grinste, als er aus dem Auto stieg, die Arme ausbreitete und sie auffing – und das war noch eine Veränderung. Gefühle in der Öffentlichkeit zu zeigen war vollkommen in Ordnung. Danach nahm sie seine Hand und zerrte ihn die zwei Stockwerke hoch.

»Wow«, sagte er, als er des Fuchsiatons gewahr wurde.

»Es gefällt dir nicht?«, fragte Susan besorgt, doch er sah bereits an Susans Teil vorbei zu dem Himmel mit seinen wogenden weißen Wolken.

»Das liebe ich«, sagte er, und seine Augen blitzten, während er Kate, Sunny und Pam begrüßte.

»Aber du hasst das Fuchsiarot.«

Er grinste schief. »Solange ich nicht hier arbeiten muss, ist Fuchsia toll.«

»Es wird besser sein, wenn das Gras fertig ist. Ich füge vielleicht sogar noch ein paar riesige Sonnenblumen hinzu.«

»Füg hinzu, was immer du willst. Es ist dein Raum. Wir können immer noch einen Vorhang aufhängen, den ich zuziehen kann, wenn es mich beim Zugspielen mit dem Jungen stört«, neckte er und sagte dann leise: »Keine Karre auf der Veranda. Wo sind sie?«

»Am Pier. Sie müssen jede Minute zurück sein.«

Er ging zum Fenster und hatte kaum Richtung Hafen geschaut, als er rief: »Da!« Und in Windeseile war er fort.

Susan nahm seinen Platz am Fenster ein und sah zu, wie er in die Gasse einbog, wo die Karawane aus Mädchen und Babys auftauchte.

»Er ist hinreißend«, sagte Kate neben ihr.

Hinter ihr fügte Pam hinzu: »So aufgeregt, als ob es sein eigenes Kind wäre.«

»Das ist es«, murmelte Susan, die an Lily dachte, weil Rick sie zuerst umarmte. Er ließ eine Hand auf ihrem Arm, während er die anderen Mädchen küsste und sich dann zu Noah hinabbeugte.

»Die Krönung«, flüsterte Susan anerkennend.

Während sie zusahen, griff Rick nach dem Baby und hob es hoch, dann nahm er es mit bewundernswerter Lockerheit und ging mit den Mädchen den Weg entlang.

»Abgeschrieben wegen eines fünf Monate alten Babys«, verkündete Pam.

Doch Susan lächelte nur. Sie konnte sich nichts Besseres wünschen. Zu teilen war kostbar.

Sie war eine Mutter. Sie hatte das gelernt.

DANKSAGUNG

Mein tiefster Dank an Nancy Shulman, Debbie Smith und Dianne List, weil sie ihre Kenntnisse in Wolle, Medizin und Schule mit mir geteilt haben. Wenn ich mich bei einem dieser Themen trotz eurer Hilfe von der Realität entfernt habe, bitte habt Verständnis, dass ich mir diese schriftstellerische Freiheit genommen habe – und verzeiht sie mir.

Mein Dank geht auch an Amy Berkower, Phyllis Grann und Lucy Davis, die, jede auf ihre besondere Weise, geholfen haben, das Buch zu machen, das Sie nun in den Händen halten.

Wie immer danke ich meiner Familie, ohne deren Liebe ich verloren wäre.

Ein spannender und emotionaler Roman
von der New-York-Times-Bestsellerautorin!

BARBARA DELINSKY

Die schöne Nachbarin

Roman

In einem beschaulichen Vorort in Connecticut ist es mit der Harmonie schlagartig vorbei, als die schöne junge Witwe von nebenan plötzlich ein Kind erwartet – und das, obwohl man nie einen Mann bei ihr gesehen hat. Ist der Vater etwa einer der angeblich so treuen Ehemänner aus der Nachbarschaft?

Knaur Taschenbuch Verlag

Ein sensibler,
herausragender Roman!

BARBARA
DELINSKY

Im Schatten meiner Schwester

Roman

Molly ist geschockt: Ihre Schwester Robin erleidet einen Herzinfarkt und fällt ins Koma. Diagnose: Hirntod. Molly, die ihre Schwester manchmal gehasst hat, fühlt sich schuldig und forscht nach der Ursache für das Unglück. Dabei stößt sie auf mehr als ein Geheimnis im Leben ihrer Familie und ihrer Schwester …

Knaur Taschenbuch Verlag

»Für die Liebe
ist es nie zu spät ...«

BARBARA DELINSKY

Julias Entscheidung

Roman

Immer war sie eine vorbildliche Ehefrau und Mutter und hat sich stets um ihre Lieben gesorgt: Niemals hatte Julia das Gefühl, dass ihr etwas in ihrem Leben fehlte. Doch als sie auf einer Insel in Maine um Haaresbreite dem Tod entgeht, beginnt Julia plötzlich ihr Schicksal in Frage zu stellen: Genügt es wirklich, versorgt und begütert zu sein? Muss eine Ehe im Lauf der Jahre schal werden?
Und dann lernt sie den wortkargen und geheimnisvollen Fischer Noah näher kennen ...

Knaur Taschenbuch Verlag

**Dramatisch,
gefühlvoll, spannend!**

BARBARA DELINSKY

Wer mit der Lüge lebt

Roman

Wozu eine Mutter fähig ist ...
Deborah Monroe und ihre 16-jährige Tochter Grace werden in einen Unfall verwickelt, bei dem ein Mensch stirbt. Was keiner weiß: Nicht Deborah, sondern Grace saß am Steuer des Unfallwagens. Um ihre Tochter zu schützen, ist Deborah zu allem bereit – und verstrickt sich dabei in ein Netz aus Lügen, aus dem sie bald keinen Ausweg mehr sieht. Schuld und Verrat drohen nicht nur die enge Beziehung zwischen Mutter und Tochter zu zerstören ...

Knaur Taschenbuch Verlag